Martin Clauß
wurde 1967 in Esslingen am Neckar geboren. Er studierte Japanologie und Anglistik in Tübingen, Kioto und Tokio und hält seit 1996 Japanischkurse und Vorträge für Unternehmen bzw. an der Volkshochschule. Zu seinen Interessengebieten gehören japanische Mythologie und Popkultur. Schon als Kind schrieb er fantastische Literatur und veröffentlichte seitdem über hundert Erzählungen in Fanzines und bei Kleinverlagen. Mehr über den Autor auf www.martinclauss.com

Maho Clauß
wurde 1974 in Niihama, Japan, geboren. Sie studierte in Kioto internationale Beziehungen und gehörte während des Studiums einer Theatergruppe an, die sich dem klassischen japanischen Nô-Theater widmete. Seit 2000 lebt sie in Deutschland. 2005 schrieb sie mit Ehemann Martin Clauß »Das große Anime Lösungsbuch«, ein Japanisch-Lehrwerk für junge Manga- und Anime-Fans. Die Büchernärrin fungiert häufig als Ideen- und Ratgeberin bei Martin Clauß' schriftstellerischen Aktivitäten.

Martin & Maho Clauß

Die Saat der Yôkai

UEBERREUTER

Für Tante Keiko (1939–2007),
die Romane liebte und der wir dieses Buch
gerne noch in die Hand gegeben hätten.

ISBN 978-3-8000-5400-8

Umschlagillustration von Paolo Barbieri
Umschlaggestaltung von Nele Schütz Design, München

Druck: Kösel, Krugzell
1 3 5 7 6 4 2

Ueberreuter im Internet: www.ueberreuter.at

1

Manchmal muss man im Leben lange auf etwas warten können.

Behauptet mein Vater.

Und so etwas sagt er, obwohl er selbst auf mich überhaupt nicht den Eindruck macht, als ob er warten würde. Oder könnte. Eine Minute stillsitzen, nach dem Essen rumtrödeln oder morgens lange im Futon liegen bleiben, kommt bei ihm nämlich nicht infrage. Immer ist er in Bewegung, wie die feinen Bambusgräser, die auch bei scheinbar vollkommener Windstille noch sanft zittern. Wo mein Vater ist, da klappert und hämmert es, da macht das Holz alle Arten von Krach, zu denen Holz fähig ist, da fliegen die Späne in dichten Kaskaden, wie aufgescheuchte Fliegen im Sommer, und ...

Augenblick mal! Nach sanft zitternden Gräsern hört sich das nicht gerade an. Ich fürchte fast, an meinen Vergleichen muss ich noch etwas feilen. Was sage ich da? Am besten nicht nur feilen, sondern gleich kräftig hobeln – beschäftige ich mich damit nicht ohnehin den halben Tag?

Jedenfalls warte ich. Darauf, eine Rolle in dieser Geschichte zu spielen. Und es wird nicht irgendeine sein, sondern die Hauptrolle. Ich fühle schon, wie sie sich nähert. Ich brauche wohl nur noch etwas Geduld.

Lasst mich an dieser Stelle anmerken, dass ich nur ein einfacher Zimmermannssohn bin, vierzehn Jahre alt, ein bisschen zu groß für mein Alter, aber deswegen noch lange nicht erwachsen.

Sagt wiederum mein Vater. Ich kann mich seiner Meinung nicht anschließen. Zu groß komme ich mir nicht vor, meine sogar, ich könnte noch ein gutes Stück größer sein. Erwachsen bin ich natürlich längst, und das sage ich nicht einfach so. Dafür habe ich einen guten Beweis.

Ich spiele schon Go, stundenlang, ohne Kopfweh davon zu kriegen oder in einem Wutanfall das Brett wegzuwerfen. Falls ihr Go nicht kennt, seid nicht enttäuscht, wenn ich es euch nicht erkläre. Ohne euch das Brett und die Spielsteine zeigen zu können, würde ich das, glaube ich, nicht auf die Reihe bekommen. Ich kann euch zumindest sagen, dass es ein Spiel ist, zu dem man normalerweise zwei Leute braucht. Aber ich bin ganz außerordentlich gut darin, es alleine zu spielen. Es ist außerdem ein Spiel, bei dem Erwachsene manchmal diesen leeren Blick bekommen und wie versteinert auf die Anordnung der schwarzen und weißen Steine starren. Es dürfte sich von selbst verstehen, dass es damit keine Beschäftigung für meinen Vater ist. Aber er kann die Bretter herstellen und die Steine, was auch der Grund ist, warum ich überhaupt zum Go gekommen bin.

Jetzt habe ich euch schon einen kleinen Einblick in mein Leben gegeben. Sicher könnte ich die Gelegenheit nutzen, euch noch viel mehr von mir zu erzählen. Wie die Stadt aussieht, in der ich wohne, wie ich selber aussehe, was ich mag und was nicht, ob ich den Reis vor dem Gemüse esse oder umgekehrt – oder ob ich alles zu einem Brei zusammenmische, wie die Bauern in den Dörfern das tun. Ich könnte euch berichten, wie es kam, dass mein Vater mir das Go-Brett schenkte, das jahrelang mein größter Schatz war. Oder ich könnte euch einweihen, wie ich mich ein einziges Mal – oder eher ein halbes Mal – um ein Haar *fast* in ein Mädchen verliebt hätte.

Aber ich möchte es nicht übertreiben. Ich fürchte, ihr habt das alles wieder vergessen, ehe ich endlich in dieser Geschichte in Erscheinung trete. Also verrate ich vorerst nur noch meinen Namen: Ich heiße Hayate. Hayate bedeutet »schnelle Hand«, und es wäre ein wunderbarer Name für einen Menschen, der ein Schwert zu führen hat oder mit Pfeil und Bogen umgeht.

Ich bin sicher, mein Vater dachte an den Hobel, als er beschloss, mich so zu nennen.

Es bedeutet doch wohl nicht zu viel Mühe, sich diesen Namen bis später zu merken, sodass ich kein völlig Fremder für euch bin, wenn wir uns wieder begegnen.

Wirklich, es lohnt sich. Bald schon werde ich wichtiger sein, als ich jetzt bin.

Unendlich viel wichtiger.

Woher ich das jetzt schon weiß?

Das allerdings werdet ihr nur verstehen, wenn ihr bis zum Ende lest.

Dann werdet ihr noch viel mehr verstehen. Zum Beispiel wie ich dieses Buch verfassen konnte, obwohl ich nie schreiben gelernt habe.

Und warum ich euch von Orten berichten kann, die ich nie betrat. Wie zum Beispiel vom früheren Kaiserhof in Nagaoka. Ich war nie in dieser Stadt, und dennoch werde ich euch jetzt gleich dorthin entführen, mitten in den Palast hinein. Und das geht alles mit rechten Dingen zu.

Vertraut mir.

2

Das Jahr 11 der Ära Enryaku.[1]
Die Stadt Nagaoka. Im Palast des Kaisers Kammu.

Als Ort für die Verbrennung des Buches hatte man den östlichen Palastteil gewählt, ein großes, von außen helles, im Inneren dunkles Holzgebäude. Auf der Südostseite wurde es von einem Teich umgeben und war durch eine schmale Holzbrücke zu erreichen. Diese führte kerzengerade und schmucklos aus den Hügeln des Landschaftsgartens hinaus über das Wasser. Man wurde als Gast praktisch gezwungen, einen Spaziergang über die verschlungenen Wege des Parks zu unternehmen, ehe man dieses Palastgebäude erreichte. Also durfte man es nicht allzu eilig haben. Das Bauwerk war, wie jedes andere hier, erst in den letzten Jahren errichtet worden, und noch immer verströmten die Balken den süß-scharfen Duft von Harz.

Die Entscheidung über die besondere Audienz an diesem Tag war rasch getroffen worden, ohne das sonst übliche langwierige Hin und Her zwischen den Hofämtern. Auch der Kaiser selbst hatte sich ohne Widerspruch dem Wunsch seiner Onmyôji gefügt, seiner Hofastrologen und Magier. Jede Verzögerung – das hatten die gelehrten Männer sehr deutlich gemacht

– stellte ein unverantwortliches Risiko dar, für den Hof, für die neu errichtete Hauptstadt, für das ganze Reich. Und der Kaiser, durch Krankheit geschwächt und von den unheilvollen Ereignissen der letzten Jahre verunsichert, nickte nur und ließ alles so durchführen, wie sie es wünschten.

Beklemmende Leere herrschte im Inneren des weiten, schlichten Bauwerks. Es gab keine Zimmer, keine Abgrenzungen, nur eine kleine Nische, in die der Kaiser sich zurückziehen konnte. Die Wände waren mit weißem Papier bespannt, die Decke hoch, und jetzt, im Winter, fuhr eine eisige Kälte durch den Raum. Im Reich Nippon war kein einziges Gebäude zu finden, nicht einmal im Palast, das ausreichend vor dieser Kälte schützte und den Wind aussperrte. Die Bauern in ihren schmutzigen Höhlenhäusern waren vielleicht sogar besser davor abgeschirmt. Die Welt des Hofes war vollkommen den Naturgewalten und dem Wechsel der Jahreszeiten ausgesetzt. Im Sommer so heiß und schwül, dass man stundenlang den klimpernden Saiten der Biwa-Laute und den windähnlichen Geräuschen der Bambusflöte lauschte, um ein wenig Kühlung zu empfinden und so dem Geist eine Erfrischung vorzuspiegeln, die man dem Körper nicht geben konnte. Im Frühling reichte der Duft der Blüten bis in die Palasthallen hinein, und das Zwitschern der Vögel drang durch die dünnen Wände, begleitete selbst die feierlichste Zeremonie und die ernsthafteste Besprechung. Im Herbst fielen die goldenen und purpurfarbenen Blätter auf die Balkone. Es konnte vorkommen, dass ein übereifriger Diener von einem Mitglied des Kaiserhauses erbarmungslos gerügt wurde, weil er die Blätter zu rasch zu entfernen versuchte.

So und nicht anders liebte man es. Wollte die Natur nicht beherrschen, sich nicht einmal für einen Augenblick von ihr abwenden oder abkapseln, sondern stets an sie erinnert werden. So wie die Götter dieses Landes nicht in einem entfernten Himmel logierten, sondern mitten in der Natur in Felsen, Bäumen und Wasserfällen lebten, wollten es auch die edlen Leute halten. Kaiser und Adlige in anderen Ländern mochten es vorziehen, in einer Fabelwelt zu wohnen, die ihnen fantasievolle Architekten und Künstler entwarfen. Die Edlen Nippons schätzen es, die Blätter fallen zu sehen, die Zikaden zirpen zu hören und das Blasen des Windes zu spüren. Das gab ihnen Gelegenheit, für einen raschen Moment in sich zu versinken, über das Prinzip des Werdens und Vergehens nachzudenken und ein kurzes Gedicht zu erschaffen, das diesen Augenblick der Erkenntnis für immer festhielt.

Nur zwei Beamte begleiteten den Kaiser an diesem eisigen Vormittag. Sie hatten sich weit entfernt von ihm in die Nähe der Wände gesetzt. Die drei Besucher schritten langsam durch die Halle, ehe sie sich tief und lange verneigten und schließlich in großer Entfernung vor dem Kaiser auf dem Boden Platz nahmen. Die unverzierten Schilfmatten waren von durchdringender Kälte. Jetzt, im Winter, roch man sie nicht. Im Sommer, besonders während der Regenzeit, verbreiteten sie einen intensiven Geruch von Gras.

Auch der Kaiser saß auf dem Boden, nur leicht erhöht, auf einer Matte, deren einzige Besonderheit eine schwarz-grün gemusterte Borte darstellte. Er trug ein weites, helles Gewand, das wie von selbst in kantige Falten fiel. Das braune Blumenmuster war in der dunklen Halle kaum sichtbar. Seine Krone war nicht viel mehr als ein hoch aufgerichteter schwarzer Hut aus Seide. Dieser unterschied sich nur wenig von den Kopfbedeckungen der anderen Anwesenden. An den Füßen trugen sie alle dicke weiße Socken. Hinter dem Kaiser stand ein Wandschirm mit einem Landschaftsgemälde, und vor ihm hing das Misu von der Decke herab, ein Sichtschutz aus Bambus, der beliebig weit herabgezogen werden und den Kaiser so fast vollständig verdecken konnte. Heute jedoch hatte der Mikado den Schutz ganz nach oben geschoben.

Einer der drei Männer trug ein Buch bei sich. Schlicht mit wenigen Fäden gebunden, aus braunem, lappigem Papier, ohne festen Einband, wie Bücher eben aussahen. Es war auch nicht besonders dick oder schwer. Mitunter sah man die Beamten mit ganzen Stapeln davon von Schreibstube zu Schreibstube schlurfen. Hatten bis vor wenigen Jahren Schriftrollen das Bild in den Bibliotheken und Amtsräumen geprägt, bekam man nun immer mehr dieser gebundenen Bücher zu Gesicht.

»Es sieht neu aus«, bemerkte der Kaiser.

»In der Tat«, antwortete der Mann, der das Buch nun vor sich ablegte, nachdem er ein Seidentuch als Unterlage ausgebreitet hatte. »Es wurde im letzten Jahr geschrieben.« Irgendetwas an dem Magier drückte eine innere

Unruhe aus, und es war gewiss nicht seine Befangenheit vor dem höchsten Mann im Reich.

»Und was genau, sagtest du, macht das Buch so gefährlich?« Die Stimme des Kaisers war müde, beinahe desinteressiert.

»Es ist ein Buch der Irrtümer, ehrenwerter Mikado.« Der Onmyôji hustete, warf den anderen Magiern hastige Blicke zu, senkte den Kopf weiter und korrigierte sich: »Nein, es ist kein Buch der Irrtümer, sondern eines der Lügen. Es gibt vor, voller neuer Erkenntnisse zu sein und Weisheiten von unschätzbarem Wert zu enthalten. Doch diese Erkenntnisse sind Fälschungen. Uns, die wir die wahre Lehre kennen, vermögen sie nur ein Schmunzeln abzuringen. Wenn sie aber unseren unreifen Schülern in die Hände fallen würden, dann ...« Der Sprecher ließ die Konsequenz offen.

»Ich verstehe. Sind alle Onmyôji der Meinung, dass dieses Buch unbedingt vernichtet werden muss?«

Einer nach dem anderen neigte sein Haupt in stummer Zustimmung tief hinab.

»Ihr werdet es aber nicht in dieser Halle verbrennen«, meinte der Kaiser unsicher. In der Hand hielt er einen zusammengeklappten schwarzen Lackfächer, den er nun öffnete, nur um ihn im nächsten Moment wieder zu schließen.

»Mit Eurer gütigen Erlaubnis, Mikado, werden wir das tun.«

Der Kaiser reckte sich. »Was? Feuer in diesen Wänden?«

Noch tiefer beugte der Sprecher der Onmyôji seinen Oberkörper hinab, bis seine Stirn den Boden berührte.

Er trug ein veilchenfarbenes Kariginu, die übliche Mode am Hof, eine Art Tunika mit den zwei charakteristischen Schlitzen an den Schultern, darunter ein schwarzes Hemd und den Hosenrock, den alle männlichen Hofleute anhatten. »Es wird kein gewöhnliches Feuer sein«, erklärte er. »Wir verwenden ein Feuer, dessen innerste Essenz das Wasser ist. Es wird nur das Buch vernichten – dem Holz dieser Halle kann es nichts anhaben.« Der Mann tastete mit der Hand im Inneren seines Ärmels umher und zog ein kleines Päckchen hervor. Dieses war nur durch ein paar Knicke verschlossen und wurde nun unter den Augen des Kaisers aufgefaltet. Ein farbloses Pulver rieselte auf die Handfläche des Magiers. Im nächsten Moment hatte der Mann seine Hand gekippt und das Pulver lief auf die Schilfmatte neben das Buch.

Einer der beiden Beamten, die den Kaiser begleitet hatten, sprang auf und rannte herbei. Auf der Matte hatte sich ein kleiner feuchter Fleck gebildet, der sich noch ein wenig ausbreitete, während der Beamte zusah. Das war alles.

»Dieses Pulver vermag das Buch zu verbrennen?«, fragte der Kaiser zweifelnd, der nicht viel gesehen haben konnte, dafür aber umso aufmerksamer in den Mienen der anderen las.

»So ist es, Mikado. Weil wir es ihm befehlen. Sein Zustand ist in der Schwebe. Natürlicherweise möchte es zu Wasser werden. Aber auch Feuer ist ein Weg, den es gehen kann. Wenn man ihm das Tor dazu öffnet.«

Der Onmyôji schlug das Buch in der Mitte auf. Die

Seiten waren bis zu den Rändern hin so dicht mit großen schwarzen Schriftzeichen bedeckt, dass kaum etwas von dem Papier zu sehen war. Blickte man flüchtig hin (oder aus einiger Entfernung, wie der Mikado es tat), dann sah es aus, als wären die Seiten aus schwarzem Papier gemacht und mit weißer Tusche beschrieben. Natürlich gab es so etwas wie weiße Tusche nicht.

Nun streute der Onmyôji den gesamten Inhalt des Päckchens in die Falte zwischen den Buchseiten. Er schloss das Buch und zeichnete mit dem rechten Mittelfinger ein unsichtbares Zeichen darauf.

In den ersten Sekunden geschah nichts.

Die Blicke des Kaisers gingen von einem zum anderen. Alle wirkten sie besorgt. Vielleicht fragte der Mikado sich, worüber sie sich sorgten. Darüber, ob die Vernichtung des Buches auch wirklich ohne Zwischenfälle über die Bühne gehen würde?

Oder darüber, ob es richtig war, es zu vernichten?

»Wer, sagtest du, sei der Verfasser?«, wollte der Kaiser wissen.

In diesem Moment ging das Buch in Flammen auf. In einem Feuer, wie der Mikado nie eines gesehen hatte. Ein blaues, stumpfes Feuer war es, das kaum Licht erzeugte und keinerlei Wärme abstrahlte. Es kroch über das Buch, hüllte es vollständig ein, ohne daran emporzulodern. Der Laut, den das Papier beim Brennen machte, war weniger ein Knistern als ein ersticktes Blubbern. Trotzdem brannte es, ohne Frage. Das Papier warf sich auf, rollte sich, kräuselte sich, schnurrte zusammen und verdampfte, Blatt für Blatt, zunächst der Umschlag, dann die Innenseiten. Einer der beiden Beamten hustete unablässig und entfernte sich schließlich unter krächzenden, keuchenden Entschuldigungen rückwärtsgehend aus der Halle.

Dabei stieg von dem brennenden Gegenstand gar kein Rauch auf, sondern lediglich ein träger, bläulich schimmernder Dampf. Kaum leichter als die Luft sammelte er sich nur behäbig unter der Decke, ehe er vom Luftzug langsam fortgetrieben wurde.

Das Feuer verlosch mit einem ... Glucken.

Auf dem Seidentuch, das selbst keinen Schaden genommen hatte, blieb ein kleiner Rest zurück.

»Asche?«, fragte der Kaiser, dessen Teilnahmslosigkeit in den letzten Sekunden zusehends verflogen war. Das Schauspiel hatte ihn fasziniert, Neugier blitzte gedämpft in seinen Augen.

»Wenn man so will, Mikado, ja. Aber es hat eine andere Konsistenz als Asche.«

»Bring es her.«

Der Onmyôji erhob sich nicht, sondern rutschte in kniender Haltung vorwärts und trug dabei das Seidentuch mit Inhalt zum Kaiser. Dieser wartete geduldig, bis der Magier es vor ihm abgelegt und das Tuch ausgebreitet hatte, und griff dann zögernd nach dem Gegenstand in seiner Mitte. Er war unregelmäßig geformt und von bräunlicher Farbe.

»Es ist schwer«, stellte der Mikado erstaunt fest.

»Ein wenig von dem Wasser, das es verbrannt hat, steckt noch in ihm.«

»Hm.« Lange wog der Kaiser das schlackeartige Stück

in der Hand, ehe er es wieder auf das Tuch zurücklegte. Dann bewegte er ein wenig die Schultern gegeneinander, wie um eine Verkrampfung zu lösen. »Ich verstehe nichts von solchen Dingen.«

»Ihr versteht das Reich zu regieren, Mikado«, schmeichelte der Onmyôji.

»Das ist fraglich«, brach es unvermittelt aus dem Kaiser hervor. Eine tiefe Falte auf seiner Stirn bewies, dass dieser Ausbruch ihn selbst überraschte. Er winkte ab, seufzte und bedeutete dem Magier, sich zurückzuziehen. Die Erschöpfung war von einem Augenblick auf den anderen wieder in seine Miene zurückgekehrt. Ohne dass weitere Worte gewechselt wurden, verließen die Onmyôji das Gebäude, und der Kaiser konnte von seinem Sitzplatz aus verfolgen, wie sich ihre drei Silhouetten gemessenen Schrittes über die Brücke entfernten. Die Stille in dem Saal wurde noch tiefer. Schließlich erhob sich der Mikado und ging mit dem verbliebenen Beamten durch eine Tür auf der gegenüberliegenden Seite aus dem Gebäude.

Im Freien stand der zweite Beamte. Sein Gesicht war fahl. Er stand im Weg, als hätte er noch etwas zu sagen, und der Kaiser bat ihn zu reden.

»Verzeiht meine Worte, Mikado«, begann der Mann. »Die Onmyôji – sie jagen mir Angst ein. Heute mehr als je zuvor.«

»Mir auch«, meinte der Kaiser leise und mit einem bitteren Lächeln. Und er setzte dazu an, seinen Worten noch etwas hinzuzufügen, doch dann blickte er sich um, schwieg und ging weiter.

3

»Glaubst du, es wird sich in der … von dir … von uns gewünschten Weise verhalten?« Der Magier, der die Frage zurückhaltend und etwas ungeschickt formulierte, trug eine graue Tunika. Er sprach natürlich von dem, was in das Seidentuch eingeschlagen war. Der veilchenfarben gekleidete Mann, der sie als Sprecher vor dem Mikado vertreten hatte, trug es bei sich … und sah nicht aus, als würde er es freiwillig wieder aus der Hand geben. So eilig, wie es ihnen eben möglich gewesen war, ohne im Palastgarten Aufsehen zu erregen, waren sie in ihre Arbeitsräume zurückgekehrt. Nachts dienten ihnen die Zimmer auch als private Gemächer.

»Du hast Angst?«, gab der andere schmunzelnd zurück. »Angst, das Wissen des verbotenen Buches könne verloren sein? Du versprichst dir noch etwas davon …«

Der Graue zuckte unwillig mit dem Kopf. »Warum hat es nicht gereicht, es zu verbieten?«

»Weil es die Schüler nur neugierig gemacht hätte – und einen Haufen anderer Leute dazu. Was nicht existiert, wird von niemandem gesucht. Der Kaiser musste sehen, wie wir es zerstörten. Es ist eine Schande, dass nicht mehr seiner Beamten zugegen waren. Ich hätte es zu gerne dem ganzen Hofstaat vorgeführt.«

Der Dritte hatte eine Metallschale hergebracht, in der kleine Kohlestückchen wie mandarinenfarbene Edelsteine glommen. »Du brauchst Hitze, nicht wahr? Es wurde vom Feuer des Wassers verzehrt. Wir müssen es trocknen.« Seine Kleidung war braun. Die Tuniken der Männer unterschieden sich lediglich in der Farbe. Verzierungen gab es keine und der Schnitt war bei allen der gleiche.

Das kleine Schlackestück in dem Tuch pendelte langsam über der Glut hin und her. Die Miene des Mannes, der es hielt, verriet äußerste Konzentration, und die Mienen der anderen sahen nicht anders aus. Die Hofmagier, die sich in der Öffentlichkeit eher herrisch und selbstsicher gaben, verwandelten sich für kurze Zeit in staunende Kinder.

So schnell das Buch »verbrannt« war, so schleppend vollzog sich die Rückverwandlung in seine ursprüngliche Form. Eine wirre Abfolge knarrender, klickender und murmelnder Geräusche begleitete die Bewegungen unter der seidigen Umhüllung – das Objekt schien erst zu wachsen und dann wieder zu schrumpfen, seine Form zu ändern.

»Nimm es aus dem Tuch heraus!«, verlangte der grau Gekleidete. »Ich möchte zusehen, was damit geschieht.« Doch der Onmyôji in der braunen Tunika hielt ihn zurück: »Nein. Man darf nicht hinsehen. Man würde den Verstand verlieren.«

»Wirklich?« Der Mann ließ die Hand sinken, mit der er im Begriff gewesen war, nach dem Tuch zu greifen. »Aber warum?«

Der Magier in der veilchenfarbenen Kutte antwortete anstelle des anderen: »Weil wir etwas sehen würden, was so ursprünglich ist, dass unser Geist es nicht verkraften könnte.«

»Wie haben wir das zu verstehen?«

»Wir sind es gewohnt, dabei zuzusehen, wie Dinge vernichtet werden, aber wir beobachten normalerweise nicht, wie sie entstehen. Wer hat schon gesehen, wie ein Kind entsteht? Wir wissen, was ein Blitz anrichtet, wenn er in einen Baum einschlägt. Aber haben wir je mit angesehen, wie er sich bildet? Was in dem Augenblick geschieht, ehe er am Himmel erscheint?«

Der Gegenstand unter dem Tuch hatte aufgehört sich zu bewegen. Die Geräusche waren verklungen. Dafür begann es im Raum nun streng zu riechen.

»Das Tuch«, erläuterte der Magier, der es hielt. »Es beginnt zu verbrennen. Das heißt, dass die Hitze jetzt nicht mehr ins Innere gesogen wird. Der Prozess ist beendet.«

Als er das Tuch entfernte, hielt er das Buch in Händen. Es sah nicht anders aus als zuvor. Der Mann mit der veilchenfarbenen Kleidung reichte es dem Grauen.

Dieser blätterte es durch. »Einige der Seiten sind etwas feucht. Andere fühlen sich warm an.«

»Jeder von euch darf es anfassen. Jeder darf es lesen. So war es abgemacht. Aber niemand darf es abschreiben. Und vor allem darf niemand auch nur eine Silbe darüber verlieren, dass es nicht zerstört wurde, habt ihr verstanden? Dieses Buch ist die größte Gefahr, die dieses Reich bedrohen könnte. Und ihr wisst alle, weshalb das so ist ...«

Die anderen nickten ernst. Der Graue, der es eben in der Hand hielt, fragte: »Was geschieht mit deiner ... mit der Person, die es geschrieben hat?«

»Diese Person muss sterben«, stieß der veilchenblau Gekleidete mit gedämpfter Stimme hervor.

»Nein. Nein, beruhige dich!«, sagte der Träger der braunen Tunika mit Nachdruck. »Wir werden unsere Hände nicht mit Blut beflecken. Das ist auch nicht nötig. Es gibt eine viel wirkungsvollere Methode.«

»Welche?« Im Gesicht des Mannes zuckte es.

Der Braune lächelte. »Sie steht in diesem Buch.«

4

Es war wie eine Sonnenfinsternis.

Die Wolke, die von Norden her auf das Schiff zu kam, erinnerte an einen Drachen. Einzeln, ganz ohne Begleitung, kam sie über den klaren Abendhimmel gezogen, schwer und zielstrebig, als wäre sie selbst ein Schiff auf einem festen Kurs. In kürzester Zeit hatte sich ihr bleigrauer Bauch schwarz gefärbt. Das Licht der hinter ihr verborgenen Sonne malte einen strahlenden Kranz um sie, und wo es sie in feinen Linien durchdrang, schienen goldene Schuppen hervorzutreten. Irgendetwas sagte ihrem Beobachter, dass die Sonne nicht mehr dieselbe sein würde, wenn sie unter der Wolke hervorkam.

Stumm zeigte der Mann, der einsam am Bug stand, auf den Himmel hinauf. Niemand sah seine Geste, doch das war auch nicht nötig. Keiner befand sich an Bord, der nicht längst von selbst auf das ungewöhnliche Naturschauspiel aufmerksam geworden wäre. Seemänner heften ihre Blicke nicht an das Schiff, wie Passagiere es manchmal tun. Ihre Welt ist nicht das schwimmende Stück Holz unter ihren Füßen – ihre Welt ist dieser schwer greifbare und namenlose Ort zwischen dem Wasser und der Luft. Ihre Augen sind in Bewegung, beobachten den Himmel und das Meer, denn diese beiden haben achthundert Gesichter, sind zwei Liebende, die sich streiten und kosen, sich niederbrüllen und anschweigen, sich niemals die gleiche Miene zuwenden. Wie der Diener eines reizbaren Paares edler Herrschaften seine Blicke niemals von den Mienen seines Herrn und seiner Herrin nehmen darf – hat er doch ihre Launen und Wünsche stets vorauszuahnen –, so muss auch der Seemann immer schon im Voraus wissen, wozu sich Himmel und Meer in Kürze entschließen werden.

»Hat man das öfters?«, erkundigte sich der Reisende. »Eine solche Wolke, meine ich.« Er rief seine Frage einfach in die Runde, in der Hoffnung, jemand würde sie auffangen.

Ob das geschah oder nicht, blieb unklar. Nach einiger Zeit jedenfalls kam der Erste Maat angelaufen, verbeugte sich etwas nachlässig vor ihm und sagte dann so knapp, wie es nur ging: »Wir kehren um.«

Der Passagier war fassungslos. »Es ist kein Sturm in Sicht«, wand er ein. Er war ein groß gewachsener Mann, mit harten und herben Zügen, die Mundwinkel herabgezogen, die Augen schmal und stechend.

»Ein Zeichen steht am Himmel«, entgegnete der Seemann nur. »Überdeutlich. Mit Verlaub, Herr, es wundert mich, dass gerade Ihr es nicht sehen wollt.«

Der Reisende zuckte nervös mit den Schultern. Es hatte eine Zeit gegeben, in gar nicht ferner Vergangenheit, da hätte er einen Mann für solche Worte aus dem Land verbannen können. Jetzt senkte er nur betreten den Kopf. Das Meer war nicht seine Domäne. Er warf einen langen Blick auf die Wolke, bis er seine Augen abwenden musste, weil die Sonne unter dem dunklen Bauch hervorkroch. Tatsächlich war er bloß einen winzigen Schritt davon entfernt, dem Maat nachzugeben. Das Omen über ihren Köpfen konnte nur beeindruckend genannt werden. Doch er durfte seine Mission nicht schon jetzt scheitern lassen. Hatte er nicht eigens das Orakel befragt? Der Reisetermin war günstig. Wenn er jetzt den Schwanz einzog, stellte er die Furcht eines einfachen Seemanns, der weder lesen noch schreiben konnte und nichts von den Mächten wusste, die die Welt regierten, über das eigene Wissen und die eigene Autorität.

Es ging nicht. Die Sonne war zurück, ein wenig fahler vielleicht als zuvor, doch ohne Zweifel ein Lichtspender, die brennende Fackel des Himmels, welche die fette Wolke nicht auszulöschen vermocht hatte. Und überhaupt: Diese Wolke sah jetzt kaum mehr wie ein Drache aus – vielmehr hatte sie sich in eine dicke, schwangere Kröte verwandelt. In einigen Minuten würde sie über sie alle hinweggezogen sein, sich eine neue Heimat am Horizont suchen und sich dabei weiter verwandeln. Bald schon würde niemand mehr einen Gedanken an sie verschwenden.

»Wir setzen unsere Fahrt fort«, ordnete er an.

»Nein, das tun wir nicht«, meinte der Seemann ruhig.

»Was?« Er fuhr herum, starrte das Gesicht dieses unverfrorenen Kerls an. Er hatte mit einem vorsichtigen

Widerspruch gerechnet, das ja, denn diese Seeleute konnten nicht existieren, ohne zu widersprechen, ohne sich mit ihrer angeblich so großen Erfahrung zu brüsten. Aber offene Meuterei? Darauf war er wirklich nicht gefasst gewesen.

»Hol mir den Kapitän«, zischte er.

Dieser Befehl erwies sich als unnötig. Umso besser, denn es war fraglich, ob der dickköpfige Maat ihn befolgt hätte. Der Schiffsführer kam in diesen Momenten die ganze Bootslänge herauf. Noch ehe der kleine, kräftige Mann bei ihm war, formte er die Hände zu einem Trichter und rief: »Wir kehren um, werter Meister. Es tut mir leid. Der Himmel lässt uns heute keine andere Wahl.«

»Das ... das ...« Kein einziges passendes Wort fiel ihm ein.

»Wir versuchen es später noch einmal«, sagte der Kapitän tröstend. »Es ist ein eindeutiges Zeichen. Was sind schon ein paar Tage Aufschub? Die Reise wird Wochen dauern. Besser, etwas später anzukommen, als ... gar nicht.«

»Willst du mir drohen?«, fauchte der Passagier.

»Ihr droht doch uns! Es geht um unser Leben genauso wie um Eures.« Mehr sagte der Kapitän nicht. Er gab dem Maat einen Wink, ihm zu folgen, und die beiden wandten sich eilends ihren Aufgaben zu. Der Kapitän packte bei den Segeln mit an, um die Kursänderung ohne Verzögerung durchzusetzen.

Dieses Schiff war im selben Stil gebaut wie jene, mit denen man in den vergangenen Jahrzehnten Gesandte nach Tô[2] gebracht hatte – zwei rot lackierte Masten mit je einem einfachen rechteckigen Segel daran, das Deck an Bug und Heck weit nach oben gezogen, sodass man beinahe über die gehissten Segel hinwegblicken konnte, wenn man dort stand. Außerhalb der Reling waren an beiden Seiten schmale Planken angebracht, auf denen je ein gutes Dutzend Ruderer stand, junge Männer, von der Sonne schwarz gebrannt, nackt, bis auf ihre Lendenschurze. Immer paarweise standen sie an den langen Rudern und nahmen ein endloses Bad in Sonne und Gischt. Auf der Poop stand eine gewaltige Trommel, aufwändig im Stil von Tô verziert, als wäre sie das wichtigste und wertvollste Stück auf dem ganzen Schiff. Diese Trommel hatte der Passagier gestiftet – alles, was aus Tô kam, war ihm lieb und teuer. Auf dem Trommelfell prangte das Tomoe-Zeichen, drei Schlieren, die einen Wasserwirbel symbolisierten. Der Trommler war ein Bulle von einem Mann, der stärkste von allen, und die Frage, warum man ihn nicht an eines der Ruder stellte, blieb offen.

Wenn man genau hinsah, konnte man achtern sogar noch den verwaschenen Schatten der Küste ausmachen. Man hätte sich einreden können, dass man noch Glück gehabt hatte, denn das fatale Himmelszeichen war erschienen, noch ehe eine große Strecke zurückgelegt war. Der Passagier jedoch weigerte sich, darin etwas Gutes zu sehen.

Langsam, sehr langsam, zog er einen Papierstreifen unter seiner Tunika hervor. Diesen hielt er in die Höhe, schloss die Augen und wartete einige Herzschläge lang.

Schließlich begann er mit monotoner, singender Stimme einen Spruch zu intonieren. Selbst auf offener See waren seine Worte weithin zu vernehmen, und viele der Seeleute sahen sich mit besorgter Miene nach ihm um. Ihnen schien erst jetzt bewusst zu werden, welche Art von Passagier sie da an Bord genommen hatten.

Das Schiff beschrieb eine ausladende Kurve. Noch einige Minuten, dann würde es seinen Bug wieder der Küste Nippons zuwenden.

Der Körper des Passagiers straffte sich, er schien um einen Kopf größer zu werden, die Luft um seine Finger herum zog sich merkwürdig zusammen und waberte, als bestünden seine Hände aus einer Art flüssigem Spiegel, der das Licht verwirrte. Der Papierstreifen begann sanft zu flattern. Die schwarzen Schriftzeichen darauf verschwammen, pulsierten, bewegten sich.

Als er das Papier nach oben schleuderte, flog es sirrend wie ein von der Bogensehne schnellender Pfeil empor. Bohrte sich in das vordere der beiden großen Segel. Der Mund des Mannes verzog sich zu einem angestrengten Schmunzeln. Mochten die Seeleute einen *Namen* für dieses Segel haben, er hatte jetzt die *Macht* darüber. Was bedeutete es schon, den Oberbefehl über ein Schiff zu führen, wenn es Menschen gab, die den Elementen selbst gebieten konnten?

Die Seemänner schrien auf, als ihnen die Taue aus den Händen gerissen wurden. Verbissen kämpften die Ruderer gegen das unnatürliche Rucken, das durch das Schiff lief. Einige von ihnen begannen über die Reling an Deck zu steigen. Offenbar fürchteten sie, das Schiff könne sie abschütteln. Der Trommler hatte seine Arbeit eingestellt und warf Blicke voll düsterer Vorahnung über das Deck.

Auch der Kapitän begriff allmählich, dass er nicht länger Herr der Lage war. Starr presste er seinen Rücken gegen die Poop und verfolgte mit zusammengekniffenem Mund, was mit seinem Schiff vor sich ging.

Sein Gesicht wechselt schneller die Farbe als ein Oktopus, dachte der Reisende nicht ohne Genugtuung.

»Tötet Euch selbst, wenn es Euch beliebt«, geiferte der Erste Maat und rannte auf den Passagier zu, »aber nicht uns!«

Der Reisende bewegte seine rechte Hand in einer Schlangenlinie von seinem Gesicht bis zur Lende und formte sie dabei langsam zu einer Faust. Vor ihm entstand ein knisterndes Feld, das Funken sprühte und laut genug zischte, um das Ächzen des Schiffes zu übertönen. Dieser Zauber war der erste, den er jemals gelernt hatte – damals war er ein dünner, linkischer Junge gewesen, und es hatte nichts Wichtigeres für ihn gegeben, als andere mit echter Tô-Magie zu beeindrucken. Seither hatte er ihn hundertmal und öfter ausgeführt und das Kunststück hatte seine Wirkung nie verfehlt.

Der Maat allerdings war aus einem anderen Holz geschnitzt als die Höflinge und Bauern, die er damit erschreckt hatte. Blitzschnell war er der prasselnden Wand ausgewichen und hatte den langen grauen Ärmel des Reisenden erwischt. Daran riss er ihn zu Boden, mit einem wilden, ansatzlosen Ruck, der selbst einen Ochsen zu Fall gebracht hätte. Die Schulter seines Gegners schlug hart gegen die Planken, und dessen Kehle produzierte ein klagendes Röcheln.

»Das ist nicht meine erste Fahrt nach Tô!«, stieß der Maat zwischen zusammengebissenen, gefletschten Zähnen hervor. »Bei der letzten habe ich das gesehen, was man Feuerwerk nennt. Mich täuschst du nicht!« Ohne dass der Reisende etwas dagegen tun konnte, setzte sich der Seemann auf seine Brust und drückte seine Arme auf das Deck. Die magische Wand, die entstanden war, verglühte zischend.

»Ich bin ein ... großer Zauberer«, presste der Liegende hervor. Als er plötzlich die Rechte des Maats an seiner Gurgel fühlte, spülte Panik durch seinen Körper.

»Ein toter Zauberer«, knurrte der Seemann und verstärkte den Druck in seiner Hand, während er mit der anderen ohne Mühe beide Arme seines Gegners niederdrückte. Eine animalische Kraft wohnte in dem sehnigen Leib des Seemanns, und es dauerte, bis der Reisende begriff, dass er es tatsächlich ernst meinte! Er versuchte mit den Füßen nach dem Maat zu treten. Erfolglos. Er versuchte sich seitwärts aus seiner Umklammerung zu winden. Sinnlos.

Ich habe immer noch meine Magie, dachte er fieberhaft. *Mein Wissen. Meine Beherrschung der Elemente!* Doch die Hand an seiner Kehle ließ ihn nicht atmen und er konnte keinen klaren Gedanken mehr fassen. Duelle in diesem Stil auszufechten war er nicht gewohnt. Wenn ein Magier kämpfte, dann lief dies nach einem bestimmten Muster ab: Man stand an einer einsamen Stelle, sammelte sich, errichtete eine Barriere um sich und begann in aller Ruhe, die richtigen Papieramulette zu wählen und diese mit der passenden Formel zu aktivieren.

Was tun, wenn nichts davon mehr möglich war? Wenn man weder Ruhe zur Versenkung hatte noch unter sein Gewand greifen oder einen Spruch über die Lippen bringen konnte? Allein aus dem Geist heraus ließen sich die Elemente nicht bändigen. Es brauchte Zeichen, Worte, Gegenstände, weltliche Dinge, um die Magie zu aktivieren.

Seine Kehle strahlte Schmerzen aus, sein Herz schien sich gegen die tödliche Gefahr zu stemmen, polterte mit unregelmäßigen, verzweifelten Schlägen in seinem Brustkorb. Er riss die Augen auf, so weit es ging. Von dem triumphierenden, mordlustigen Gesicht des Maats sah er wenig. Farbige Schlieren legten sich über sein Blickfeld wie ein Schleier.

Und diese Schlieren brachten ihn auf eine Idee. Die letzte Chance, sein Schicksal zu wenden.

Die Energie, mit der er die Segel beherrschte und das Schiff auf dem ursprünglichen Kurs hielt, lag noch in der Luft. Zwar hatte sie sich von ihm gelöst, sich verselbstständigt, doch nach wie vor zähmte sie die Elemente, zumindest auf dem Schiff und in dessen unmittelbarem Umkreis. Wenn er es schaffte, einen Teil dieser Energie wieder an sich zu bringen …

Er konzentrierte sich auf seine Nase. Einzuatmen war nahezu unmöglich, solange der Atem nicht durch die Kehle und in die Lungen floss. Trotzdem versuchte er es. Sog die Luft durch die Nase ein, pustete die Backen wie Ballone auf, füllte sie bis zum Äußersten, quetschte die Luft hinter die Lippen und bis in seine Kehle hinunter.

Niemand, der diese Luft atmete, hätte die Energie der Elemente aus ihnen filtern können. Niemand außer ihm. Seine Zunge schmeckte den Geschmack der Erde, der Luft, des Feuers, des Wassers und des Metalls heraus, und auf eine wundersame Weise, die nicht einmal er selbst hätte erklären können, fügten sich die Spuren der fünf Elemente neu zusammen, wie sie es jede Sekunde in der Natur tausendfach und unermüdlich taten. Was sich in den lächerlich aufgeblähten Backen des Mannes bildete, war klein, flüchtig und schwach. Doch nichts auf der Welt war so winzig, dass es nicht einen Unterschied machen konnte, ob es existierte oder nicht.

Sein Mund war zu einem Punkt zusammengezogen, und nun, ehe seine Kräfte ihn vollends verlassen würden, öffnete er diesen Mund einen unendlich kleinen Spaltbreit ... und stieß das winzige Ding mit einem Schwall Luft aus. Es war nicht viel mehr als ein Sandkorn, doch es vereinte die Leichtigkeit von Luft, die Masse von Erde, die Gewandtheit von Wasser, die Hitze von Feuer und vor allen Dingen – die Schärfe einer metallischen Klinge.

Alles war in diesem Korn, und es traf den Ersten Maat, der sein mörderisches Werk beinahe vollendet hatte, mitten in die Stirn.

Der Reisende bekam nicht mit, wie sein Gegner zurückprallte. Hörte nicht dessen Schrei. Er spürte nur, dass sich der Griff um seine Kehle gelockert hatte, drehte sich zur Seite und pumpte hustend und ächzend Luft in seine Lungen. Doch er gestattete sich nur wenige Sekunden. Obwohl die Welt sich noch um ihn drehte, der Himmel ein großes Loch unter ihm zu sein schien und das Schiff eine reich im Stil von Tô verzierte Zimmerdecke über ihm, rappelte er sich auf und kam schwankend auf die Füße. Das Röcheln des Maats, das Rauschen des Meeres, der vielstimmige Aufschrei der anderen Männer – dies alles war noch eins für ihn. Ein unbändiger Zorn und die Angst vor weiteren Angriffen erfüllten ihn. Einen Papierstreifen um den anderen kramte er hektisch unter seiner Kleidung hervor, presste ihn gegen seinen Mund, spuckte die magischen Worte förmlich in die Zeichen hinein, bis die sich auflösende Tusche seine Lippen schwarz färbte und sein bartloses Kinn besudelte.

»Aus meinen Augen!«, kreischte er mit überschnappender Stimme. »Fort! Fort!«

Wie kraftvoll geschleuderte Wurfsterne flogen die Papieramulette zu allen Seiten davon. Trafen die Männer, die herbeieilten, um seine Schwäche zu nutzen und ihn unschädlich zu machen, in Brust und Rücken. Sie verletzten die Leute nicht, doch sie blieben an ihnen kleben und drückten sie mit unerbittlicher Macht hinaus, auf die Reling zu. Überall erklang das Bersten von Holz – die rot lackierte Reling brach, die Männer wurden über Bord geschleudert.

Einer der letzten war der Kapitän. Er trug den qualvollen Gesichtsausdruck eines Menschen, der sich und viele andere mit einer falschen Entscheidung in den Tod gerissen hatte.

Der Reisende stand reglos an Deck, lief nicht hinaus, um die Ertrinkenden zu sehen.

Die widersprüchlichsten Gefühle tobten so heftig in seinem Inneren, dass es ihm immer schwererfiel, sich zu erinnern, wer oder was er war und zu welchem Zweck er diese Reise angetreten hatte.

Es war nicht seine Absicht gewesen, so viele Menschen in den Tod zu schicken. Er hatte das nicht gewollt.

Nein, wirklich nicht?

Wozu hatte er diese Reise angetreten?

Er musste nachdenken.

Zu sich finden.

Erschöpft ließ er sich auf die Planken nieder, genau in der Mitte des Schiffes. Doch die Methoden, die er sonst anwandte, um zur Ruhe zu finden, prallten diesmal wirkungslos an dem Chaos in seinem Inneren ab. Er zuckte und zitterte, konnte nicht mehr normal atmen, nur keuchen, und seine Blicke huschten hin und her.

Er sprach einige Formeln, die dem Wahnsinn, der ihn zu übermannen drohte, ein Ventil geben sollten. Doch in dem Maße, in dem seine aufgewühlten Emotionen aus seinem Geist und Körper hinaus nach draußen in die Welt sickerten, veränderten sich die Elemente und nahmen seine Unruhe an. Der Wind wurde stärker, die See wallte auf, Wellenberge erhoben sich, und die schwarze Wolke, die längst hätte fortgezogen sein sollen, kehrte wieder zurück. Sie schwebte über ihm und senkte sich wie ein schwerer Vorhang herab.

Das Schiff stellte sich auf, die Segel zerrissen und die Masten brachen. Es ging schnell. Alles geschah gleichzeitig. Und nur wenige Augenblicke, nachdem das Grauen begonnen hatte, erreichte es bereits seinen Höhepunkt.

Das Schiff machte Anstalten auseinanderzubrechen. In der Mitte, wo der Reisende saß, splitterten Lack und Holz, als wolle ein Riss den Rumpf in annähernd gleich große Hälften teilen. Der Mann warf sich auf die Planken, fuhr mit der Hand über den entstehenden Spalt und presste gurgelnd Worte hervor. So schnell er konnte, kroch er von Steuerbord nach Backbord und pflasterte die Route, die der Riss zu nehmen drohte, mit Amuletten aus Papier und Holz. Zusätzlich sicherte er die Enden des Risses mit kleinen Stoffsäckchen, die ebenfalls Amulette enthielten, zusammengefaltete Papierblätter.

Den Rest des Tages verbrachte er damit, wie ein Wahnsinniger über das Deck zu kriechen. Überall, wo der Rumpf zu brechen drohte, ritzte er mit dem Fingernagel schützende Zeichen in das Holz. Irgendwann schlief er mit zerfetzten Nägeln und blutenden Fingerkuppen ein.

Das Schiff trieb über die See, ohne Segel, ohne Ruderer.

Ohne Kurs.

In seinen Träumen erlebte der Reisende die Schrecken der vergangenen Stunden noch einmal, und dann, kurz bevor er unter einem trügerisch anmutigen Morgenhimmel erwachte, träumte er, dass an einem anderen Ort, vielleicht an einem anderen Tag, ein anderer Kapitän ebenfalls einem wie ihm begegnen würde.

Er kannte weder den Kapitän noch den Ort. Doch er erkannte denjenigen, der ihm ähnlich war.

Und er ahnte, dass die Taten dieses Mannes eines Tages auch mit ihm in irgendeinem Zusammenhang stehen und sein Schicksal entscheidend beeinflussen würden. Wie, wo und wann, das konnte er nicht sagen.

Im Moment wusste er nicht einmal, wohin ihn diese Reise führte.

Es sah nicht so aus, als ob er jemals wieder lebend eine Küste erreichen würde.

5

Erinnert ihr euch noch an mich, an Hayate, den Handwerkerjungen?

Sicher wartet ihr schon voller Ungeduld auf mein Auftreten in dieser Geschichte. Ich könnte mir sehr gut vorstellen, dass ihr besonders aufmerksam gelesen habt, um den Moment nicht zu verpassen, an dem ich mit einem gekonnten Satz in die Handlung springe. Vielleicht habt ihr erwartet, mich hinter einem der Büsche im Palastgarten auftauchen zu sehen, doch wie gesagt: Ich war niemals dort, und zu der Zeit, da sich die seltsame Buchverbrennung ereignete, wäre ich ohnehin erst sieben Jahre alt gewesen. Die Fantasiebegabteren unter euch könnten mich auch unter den Seeleuten gesucht haben. Was soll ich dazu sagen? Ich bin froh, keiner von ihnen gewesen zu sein, denn sonst wäre ich jetzt tot wie sie.

Ach ja, der Tod der Seeleute. Ich muss mich als Verfasser dieser Geschichte für diese makabre Szene bei euch entschuldigen. Es gibt Menschen, die sich entsetzt abwenden, wenn jemand auf gewaltsame Weise stirbt. Viele von ihnen müssen sich sogar übergeben oder fallen in Ohnmacht. Andere finden Spaß daran, ganz genau hinzusehen. Die Ersteren habe ich wahrscheinlich mit dem plötzlichen Tod der vielen fleißigen Leute gründlich schockiert. Wie soll das noch weitergehen?, werden sie sich fragen. Werden in dieser Geschichte noch mehr unschuldige Menschen den grausamen Tod finden?

Keine Sorge, nein. Oder besser gesagt ... zumindest nicht sofort, dafür verbürge ich mich.

Aber auch die anderen, jene, die sich für die genauen Einzelheiten der Tode interessieren, habe ich vermutlich enttäuscht. Ich habe nicht beschrieben, wie die armen Seefahrer untergingen, wie sie noch um ihr Leben kämpften, wie sie versuchten sich an der Schiffswand hinaufzuziehen. Über ihre Rufe und Schreie habe ich geschwiegen, weil ich weder zu der einen noch zu der anderen Gruppe von Menschen gehöre. Ich bin kein Sofort-Abwender und kein Lange-Hinseher. Ich mache es so: Ich sehe einen Moment lang hin und wende mich dann erst ab.

Ihr müsst bedenken, dass ich diese Geschichte nicht erfunden habe. Ich schreibe sie nieder, wie sie sich ereignet hat. Und wenn es tragische Ereignisse gab, dann kann ich sie euch nicht vorenthalten, muss sie aber auch nicht breittreten.

Jetzt möchte ich euch von dem zweiten Schiff berichten, das in dieser Erzählung eine Rolle spielt. Und mehr noch von einer Person, die in meinem Leben eine Rolle spielen wird – später, wenn meine Zeit gekommen ist.

6

Zum ersten Mal in ihrem Leben verspürte sie den Drang, unter Wasser einen Schrei auszustoßen – und das in fünf Ken[3] Tiefe. Luftblasen quollen zwischen ihren Lippen hervor. Sie verschwanden so schnell in einem Wirbel über ihr, dass es zwecklos war, ihnen nachsehen zu wollen. Die dicke Wasserschicht schien Iso hinabzudrücken, entgegen dem Auftrieb, und der Zug nach unten ließ sich nicht allein durch den Ballast erklären, der an dem Hanfseil an ihrer Hüfte hing. Auch in dieser Tiefe war das Wasser noch unangenehm warm, stickig beinahe, fand sie. Sie schüttelte sich, doch das Gefühl, gefangen zu sein, ließ sich dadurch nicht loswerden.

Vielleicht lag es einfach daran, dass sie es nicht gewohnt war, in Süßwasser zu tauchen. Ihr fehlte der salzige Geschmack auf der Zunge, das kühle Prickeln auf der Haut. Die Suppe, in der sie hier schwamm, schmeckte schal und modrig, wie getrunken und wieder ausgespuckt. Und dies, obwohl der Biwa-See angeblich das größte Binnengewässer in ganz Nippon war und achthundert Gedichte die klare Frische seines Wassers priesen.

Gedichte!

Was wussten schon Leute, die Zeit hatten, sich Gedichte auszudenken?

Wahrscheinlich hatte das Gefühl der Enge und des Eingeschlossenseins ohnehin andere Gründe. In der Dunkelheit unter ihr glomm etwas dumpf in einem Licht, das nicht von dieser Welt zu sein schien. Ein rötlich gelber Schein war es, organisch, lebendig, wie der Schimmer, den die Häutchen zwischen den Fingern annahmen, wenn man die eigene Hand mit gespreizten Fingern gegen die Sonne hielt. Aber es war ziemlich ausgeschlossen, dass dort unten ein riesiges Wesen gerade das tat. Rot und Gelb waren keine Farben, die in diese Umgebung passten. Blau und Grau, und Grün vielleicht, ja, wässrige, algige Tönungen, die gehörten hierher. Und natürlich durfte es hier unten gar keine leuchtenden Farben mehr geben, an einem Tag wie diesem, denn oben versteckte sich die Sonne hinter einem Berg aus Wolken. Die wenigen Lichtstrahlen, die diese Tiefe noch erreichten, waren ausgedünnt und fahl. Unfähig, irgendetwas warm und rötlich zum Strahlen zu bringen.

Iso kämpfte mit dem Wunsch, umzukehren. Sie kämpfte tatsächlich damit, nicht nur in ihrem Inneren, sondern auch körperlich, denn für einen Moment stießen sie ihre Beine mit den gewohnten Bewegungen nach unten, während ihre ausgebreiteten Arme in die entgegengesetzte Richtung arbeiteten und den Abwärtsschwung zu bremsen suchten. Dann erkannte sie erst, wie nahe sie ihrem Ziel war. Goldgelbe Kugeln lagen ein, zwei Ken vor ihr, dicht aneinandergedrängt, als wären sie miteinander verwachsen. Das Leuchten kam eindeutig aus ihrem Inneren. Und das Licht war nicht alles, was dort drinnen wohnte. Hinter einer milchigen Membran verbarg sich ein längliches Etwas, rosa schimmernd, zuckend.

Es waren Fischeier.

Natürlich sah Iso nicht zum ersten Mal Fischeier. Sie war eine Ama, eine Perlentaucherin. Jetzt war sie sechzehn und sie tauchte seit ihrem fünften Lebensjahr. Seit sie neun war, bestritt sie ihren Lebensunterhalt damit, denn trotz ihres zarten Alters zählte sie in ihrem Dorf bereits zu den besten. Zwar konnte sie noch nicht ganz so lange die Luft anhalten wie die älteren, geübteren Frauen, doch diesen Schwachpunkt machte sie durch fischgleiche Wendigkeit locker wett. Gerne brüstete sie sich mit der Behauptung, es gebe nichts im Meer, was sie noch nicht kannte.

Auch wenn ein Süßwassersee eine ganz andere Tier- und Pflanzenwelt beherbergte als der salzige Ozean, hatte sie doch keine Sekunde lang erwartet, hier auf etwas völlig Fremdes zu stoßen. Tja, manchmal konnte sie ein richtiges Großmaul sein und ein Angsthase war sie nie gewesen. Obwohl der Mann, der sie angeheuert hatte, nicht den zivilisiertesten Eindruck machte und in seinem Benehmen und seiner Wortwahl wenig zimperlich war, hatte sie sich nicht von ihm einschüchtern lassen. Die lange Reise von der heimatlichen Meeresküste ins Landesinnere war wie im Flug vergangen. Sicher auch deshalb, weil sie unermüdlich die dreisten Annäherungsversuche des Mannes abwehrte. Obwohl er mit seiner Tochter reiste, schien er keine Scham zu kennen. Zum Glück war sie ihm nicht alleine ausgeliefert. Zwei weitere Taucherinnen aus ihrem Dorf begleiteten sie zum Biwa-See, alle miteinander ein bisschen hochnäsig und belustigt, denn dass jemand eigens den weiten Weg auf sich nahm, um drei Ama anzuheuern, die für ihn ein paar Fischeier aus einem See holten, kam ihnen ziemlich übertrieben vor.

Leuchtende Fischeier. Immerhin.

Sie waren ein bisschen wie Perlen. Und ein bisschen wie die Augen eines glitschigen Seeungeheuers. Iso hatte fast nie nach Perlen getaucht. Es gab viel zu wenige davon an ihrer Küste, um davon sein Leben bestreiten zu können. Meistens pflückte sie Muscheln und Krebse vom Meeresboden.

Iso streckte ihre Hand nach den glühenden Kugeln aus. Sie waren so groß wie Pflaumen. Unweit von den Eiern entfernt glaubte sie einen riesigen Schatten auszumachen. Schwer und reglos lag er auf dem Grund, schwarz, mit grauen Flecken, die wie Ausschlag anmuteten. Er schien zu schlafen. Aber wer vermochte bei einem Fisch schon mit Sicherheit zu sagen, ob er wachte oder schlief? Diese Tiere schlossen in ihrem ganzen Leben nicht ein einziges Mal die Augen.

Sie hätte es vor niemandem auf dieser Welt zugegeben, doch aus irgendwelchen verrückten Gründen erwartete sie, die Eier seien warm. Erwärmt vielleicht von dem Leuchten, das in ihnen wohnte. Natürlich waren sie es nicht. Beim Anfassen unterschieden sie sich überhaupt nicht von vielem anderen, was unter Wasser sein

Dasein fristete. Glatt. Weich. Geleeartig. Und trotz dieser Weichheit irgendwie … abweisend. Da war ein leichtes Vibrieren in ihnen. Auch das kannte sie eigentlich. Das junge Leben pulsierte in den Eiern, als schwinge dort die reine, konzentrierte Lebensenergie. Aber dieses Zittern fühlte sich anders an. Es erinnerte an etwas, was sie überhaupt nicht mit Fischen oder anderen Lebewesen in Verbindung brachte.

An das Beben der Erde.

Iso versuchte die Zahl der Gallertkugeln zu schätzen. Es war kein weiter Teppich von Laich, nur ein paar traubenartige Ballungen, insgesamt sicher nicht mehr als hundert Stück. Wenn dies der einzige Laichplatz war, den ihr Auftraggeber zu plündern gedachte, dann nahm es sich wirklich lächerlich aus, gleich drei von ihnen anzuschleppen. Iso konnte das alleine schaffen, ehe der Mann da oben im Boot einen Becher Sake leerte.

Sie hatte ein Netz bei sich, wie immer, wenn sie tauchte. Es war so feinmaschig, dass viel kleinere Dinge als diese Eier sich damit an die Oberfläche bringen ließen. Einzeln pflückte das Mädchen die leuchtenden Kugeln ab und ließ sie in das Netz gleiten. Nahezu schwerelos trieben sie in ihrem Gefängnis umher.

Als die Luft in ihren Lungen knapp zu werden begann, hatte sie zwei Dutzend von ihnen erbeutet. Der riesige Schatten regte sich nicht. Er sah jetzt aus wie ein versunkener Baumstamm. Die Eier in ihrem Netz gaben eine seltsam geisterhafte Lampe ab, schwebend in dem nahezu unbewegten Wasser.

Plötzlich brachte etwas Iso dazu, den Kopf in den Nacken zu drehen und nach oben zu blicken. Aus der Dämmerung des Wassers tauchten zwei menschliche Körper auf. Die beiden Frauen, die mit ihr gekommen waren. Die an ihren Kleidern befestigten Netze wehten unendlich langsam um ihre Hüften. Die Ankunft der beiden machte Iso den Abschied von dem eigentümlichen Ort nicht leichter. Sie teilte die Magie des Fundes ungern mit den anderen. Doch ihre Lungen protestierten mit kleinen, spitzen Lanzen aus Schmerz, und es war höchste Zeit, aufzusteigen.

Mit einigen kraftvollen Schwimmzügen glitt sie mitten zwischen den beiden Frauen hindurch und sprudelte der Oberfläche entgegen. Der Weg zurück kam ihr unnatürlich weit vor, und es war, als wögen die duftig schwebenden Eier in ihrem Netz schwer wie Stein und zögen sie hinab.

Ihr Kopf durchschlug die Wasserebene und tauchte in die Luft ein. Luft, die so gar nicht nach der salzigen Brise schmeckte, die sie gewohnt war. Luft, der es an Frische und Würze fehlte und die im ersten Moment kaum atembar schien.

Dazu passte auch das Boot, das wenige Ken von ihr entfernt unbeweglich auf dem Wasser stand, als ruhe es auf einem unter der Oberfläche verborgenen Felsen. Es war ein hässliches, eckiges Monstrum, der goldene Lack längst abgeblättert, die untere Hälfte vom Wasser aufgeweicht. Aufs offene Meer hätte sich mit einem solchen Gefährt kein geistig Gesunder gewagt. Iso ahnte, dass sie den Ekel gegenüber diesem See niemals würde abschütteln können, denn er zeigte sich in allem, was damit zusammenhing, angefangen von dem Dialekt, der an seinen Ufern gesprochen wurde, über die Manieren der Menschen, die ihn befuhren, bis hin zu dem Geschmack, dem Geruch und der Farbe des Wassers selbst. Mochte die Ausdehnung dieses Gewässers für die Leute aus dem Landesinneren auch Quelle ständigen Staunens und Schwärmens sein, für sie war der Biwa-See nichts anderes als eine zu groß geratene Regenpfütze.

Auf dem Boot erhob sich die verwischte Silhouette des Mannes, der sie hierhergebracht hatte. In der kurzen Zeit, die sie unter der Oberfläche verbracht hatte, war der Himmel noch dunkler geworden, und die Nacht schien sich entschieden zu haben, an diesem Abend früher als sonst hereinzubrechen. Die Wolken hatten sich tief auf den See herabgesenkt, wie um die Taten der Menschen zu verbergen. Vor den Blicken den Götter vielleicht?

Iso hatte nicht den Eindruck, etwas Unrechtes getan zu haben. Fische oder deren Laich zu sammeln gehörte zum Leben wie das Essen, das Trinken und das Atmen. Was sie befremdete, war das sichere Gefühl, dass ihr Auftraggeber sie keineswegs auf den Grund des Sees hatte tauchen lassen, um seinen oder irgendjemandes Esstisch aufzuwerten. Auf ihre neugierigen Fragen nach dem Geschmack der Eier hatte er nie eine Antwort gegeben, und je länger sein Schweigen anhielt, desto klarer wurde ihr, dass niemand vorhatte sie zu essen.

Blieb die Frage, wozu Fischeier sonst noch gut waren. Schließlich konnte man keine Löcher hineinbohren und sie sich um den Hals hängen, wie das bei Perlen möglich war.

Iso schwamm auf das Boot zu, widerwillig, denn sie traute dem Kahn und seinem Kapitän noch weniger als dem See, auf dem sie trieben. Neben dem Mann war ein zweiter Schatten auszumachen, heller und noch verwaschener, eine junge Frau. Er hatte sie als seine Tochter vorgestellt, obwohl sie ihm nicht ähnlich sah. Gut, es war auch ein bisschen schwierig, ihm ähnlich zu sehen, denn die Pockennarben, die sein Gesicht überzogen, ließen wenig von seinen Zügen übrig. Mochte man in den entschlossenen Augen und der scharf geschnittenen Nase eine gewisse männliche Schönheit erahnen, wurde diese durch die von Kratern verunstalteten, aufgeblähten Wangen wieder zunichtegemacht. Die Frau an seiner Seite dagegen hatte ein längliches Gesicht, kaum sichtbare schmale Augen, einen winzigen Mund und darunter ein nicht enden wollendes Kinn, einer Waffe gleich, die sie bei Bedarf wohl einsetzen konnte wie ein Vogel seinen Schnabel. Obwohl ihr Gesicht glatt und makellos war, jung und von edler Blässe, ging ihr jegliche Schönheit ab. Ihre Haare strömten dünn und ohne den Hauch einer Krümmung zu den Seiten ihres schmalen Gesichts hinab, wie zwei glänzende schwarze Tuschestriche, die ein ungeübter Maler viel zu hart und viel zu gerade aufs Papier geworfen hatte.

Ein merkwürdiges Paar, dieser Vater und diese Tochter … falls sie tatsächlich miteinander verwandt waren. Iso hatte bei sich eine andere Theorie. Dass sie nämlich seine Braut war und er sie nach außen hin nur deshalb als seine Tochter ausgab, weil er sich schämte, einem so kalten, reizlosen Geschöpf verfallen zu sein. Besser, eine solche Tochter zu haben, als eine solche Geliebte. Dachte Iso.

Er war wie ein Beschützer für sie. Ließ nicht zu, dass sie sich für mehr als ein paar Augenblicke von ihm entfernte. Prangte als mächtiger, dunkler, sonnenverbrannter Koloss neben diesem gespenstisch weißen Schemen. Eine mächtige, knorrige alte Kiefer, die mit ihrem Schatten ein zartes Blümchen vor den heißen Sonnenstrahlen schützte. Eine missratene Pflanze, die diese Fürsorge gar nicht verdiente. Vielleicht war sie weder seine Tochter noch seine Braut, sondern etwas ganz anderes.

Was, das würde Iso sich in Ruhe überlegen, sobald diese Episode am Biwa-See hinter ihr lag und sich die ganzen unangenehmen Empfindungen allmählich in die nicht ganz wahrheitsgemäße, aber umso erfreulichere Erinnerung an ein interessantes Abenteuer verwandelt hatten.

Mit vor Ekel verzogenem Mund griff sie in das schwammige, aufgedunsene Holz, zog sich ein Stück nach oben und hievte ihre Fracht an Bord, direkt vor die Füße der beiden reglosen Gestalten. Das Leuchten der Eier war nicht mehr zu sehen. Verglichen mit der Dunkelheit des Seebodens musste man dieses bleiche Dämmerlicht geradezu »hell« nennen. Iso überlegte, ob sie von dem Glühen erzählen sollte. Oder von dem gewaltigen Schatten in der Nähe des Laichs.

Doch der Mann auf dem Boot schnitt ihr den Gedanken ab. »Ist das alles?«, fragte er. Seine Stimme war hart, mit einem Hauch von unnötiger Grausamkeit. Dieser Klang entlarvte ihn als einen Menschen, der gerne Befehle erteilte und sich doch viel zu selten in der Position befand, die ihm solches Verhalten ermöglicht hätte. Jemand, der oft tun musste, wozu man ihn angewiesen hatte, und der es hasste und sich niemals daran gewöhnte, weil er sich zu Höherem bestimmt sah.

Iso deutete ein Kopfschütteln an. Es war mehr ein nachdenkliches Nicken zur Seite hin. »Insgesamt ist es vielleicht viermal so viel, nicht mehr.«

Der Mann verstummte und schien unzufrieden. Der Gesichtsausdruck der schlanken jungen Frau neben ihm mutete kompliziert an, aber es war unmöglich zu sagen, was sie dachte. Ihre Blicke streiften unablässig das Netz mit dem Fischlaich, ohne lange dort zu verweilen. Endlich bückte sich der Mann danach. Befühlte eines der Eier schweigend.

Hinter Iso tauchten beinahe gleichzeitig die beiden anderen Frauen auf. In ihren Augen lag ein fasziniertes Glänzen. Sie kamen herangeschwommen und hoben ihre Beute vorsichtig aufs Deck. Mit Genugtuung sah Iso, dass beide zusammen nur etwa so viel heraufgebracht hatten wie sie alleine. Die Ältere rückte nahe an Iso heran und flüsterte ihr etwas von einem Kami zu, dem sie dort unten begegnet waren. »Es ist nicht gut, die Eier zu stehlen.«

Iso hätte wirklich nicht sagen können, ob sie den Gedanken selbst schon gehabt hatte oder nicht. Der große schwarze Fisch – falls es ein Fisch war – schlief entweder sehr tief oder er war sehr dumm. Es gab noch eine dritte Möglichkeit: Er duldete absichtlich, was die Taucherinnen taten.

Und das wiederum würde bedeuten, dass der Fisch kein Fisch sein konnte.

Ein Kami?

Kami gab es überall. Es waren Götter, Geister, sie wohnten in den Körpern von besonderen Tieren, in seltenen Pflanzen, alten Bäumen, ungewöhnlich geformten Felsen, schönen Wasserfällen oder klaren Flüssen und Bächen. Es gab Myriaden von ihnen, mehr vielleicht als Menschen, und man konnte mit ihnen auskommen, wenn man ihre Wünsche zu lesen vermochte, die Rituale durchführte, die sie verlangten, ihre Regeln einhielt. Doch oftmals war es unmöglich, mit ihnen zu kommunizieren. Sie sprachen nicht einfach so mit den Menschen, und man erkannte es oftmals zu spät, wenn man sie verärgert hatte.

»Habt ihr den Mutterfisch gesehen?«, wollte der Mann auf dem Boot wissen. Er hatte sich als Ukyô vorgestellt, ein dunkler Name, wie Iso fand. Ein Name, der nach Fisch stank. Nach Süßwasserfisch. Und dieses Gefühl hatte sie, obgleich ihr eigener Name »Küste« bedeutete. Den Namen seinen Tochter hatte Ukyô nie erwähnt. Er sprach auch nicht mit ihr, zumindest nicht in Gegenwart anderer.

»Da liegt ein Brocken wie ein versunkener Baumstamm«, antwortete Iso. »Er macht keinen sehr lebendigen Eindruck.«

Sie erwartete eine brummige Erwiderung wie »Täuscht

euch da nur nicht!«, aber der Mann schwieg wieder. Ihnen war Reis für ein ganzes Jahr geboten worden, dazu Kleider und schöne Keramik – das alles für diesen kurzen Einsatz. Die Freude, mit wenig Arbeit viel Gewinn gemacht zu haben, begann sich bereits einzustellen und überdeckte alle anderen, weniger erquicklichen Emotionen. Noch ein-, zweimal tauchen und es würde vorüber sein. Die lange Heimreise mit Ukyô und seiner mysteriösen namenlosen Tochter würde beginnen, und falls vorher noch Gelegenheit war, einen kurzen Ausflug in die neue Kaiserstadt Heian zu machen, deren prachtvolle Paläste und Villen eben aufgebaut wurden, sollte sie das nicht stören.

Die erhabene Stadtluft würde den Gestank des Biwa-Sees schon aus ihren Kleidern und Haaren waschen. Sie würde Geschichten mit nach Hause bringen, die sie an ihrer Küste ohne Zweifel zu einer kleinen Berühmtheit machte.

Mit diesen Gedanken zog sie das Muscheleisen unter dem Hanfgurt hervor und klopfte damit gegen die Schiffswand, wie sie es immer tat, um die Götter gütig zu stimmen. Es klang dumpfer als gewöhnlich, als poche man von der Innenseite gegen ein riesiges Höllenportal, ohne Hoffnung, jemals gehört zu werden. Sie murmelte ein leises Gebet. Dann holte sie ein weiteres Mal tief Luft, füllte ihre geübten Lungen bis zum Bersten und fuhr mit kraftvollen, geschmeidigen Bewegungen in die Tiefe.

Im Meer war das Hinabtauchen etwas Wohliges. Der Druck auf den Ohren, das dumpfe Brummen, in dem sich das Rauschen des eigenen Blutes mit dem des Wassers mischte, diese Empfindungen gaben ihr die Befriedigung, mit ihrem kleinen Körper die Elemente beherrschen zu können. Wie ein Fisch.

In diesem überdimensionierten Tümpel dagegen hätte sie kein Fisch sein wollen. Wäre sie einer gewesen, hätte sie vermutlich versucht an Land zu kriechen, wäre lieber bei diesem sinnlosen Versuch erstickt, als ihr Dasein in dem faden, stillen Wasser zu fristen.

Wieder fand sie den Laichplatz auf Anhieb. Die Eier glommen wie ein magisches Feuer in der Dunkelheit. Langsam schälte sich auch der Schatten heraus. Hatte er seine Position geändert? Ihr schien, der Winkel, in dem er zu den Dolden aus Laich lag, habe sich kaum merklich verschoben. Während sie auf den Ort zuglitt, kam ihr eine Frage in den Sinn:

Woher kannte Ukyô die genaue Lage der Eier? Leuchteten sie etwa so hell, dass sie in der Dunkelheit der Nacht sogar von der Oberfläche aus zu erkennen waren? Kaum vorstellbar, denn dazu lagen sie zu tief und ihr goldener Schein war zu schwach. Aber es blieb die einzige Erklärung, die ihr einfiel. Niemand außer den Ama konnte so tief tauchen.

Die Zahl der Eier hatte sich etwa halbiert. Der Schatten daneben musste tatsächlich ein Baumstamm sein. Ein Fisch hätte die Gefahr für seine Brut längst bemerkt. Sie unterdrückte den Impuls, das fleckige Etwas mit dem Fuß zu berühren, um sich Gewissheit zu verschaffen. Eilig sammelte sie die Eier in ihr Netz, bemüht, diesmal noch mehr zu erbeuten als zuvor. Am liebsten hätte sie alle genommen, aber dafür würde ihr Atem nicht reichen.

Unwillkürlich führte sie eines der Eier an ihrem Mund vorbei und berührte es sanft mit den Lippen. Wie sie wohl schmeckten? Der Laich kleinerer Meeresfische gehörte zu ihrem üblichen Speiseplan. Und natürlich schätzte sie auch den vollen, kräftigen Geschmack ungeborener Eier in den Bäuchen weiblicher Fische und Garnelen. Aber Fischlaich in dieser Größe hatte sie nie gekostet.

Iso dachte nach, ob sie es schaffen konnte, eine der Kugeln in ihrer Kleidung zu verstecken und an Ukyô vorbeizuschmuggeln. Aussichtslos. Der leichte weiße Leinenstoff, der ihren Körper umhüllte, wurde in nassem Zustand durchscheinend.

Das Wasser war trüber als zuvor. Entweder hatten sich die beiden anderen Taucherinnen ungeschickt angestellt und den Seeboden aufgewühlt. Oder der Fisch hatte sich tatsächlich bewegt.

Es war Zeit zum Auftauchen. Enttäuscht verschloss sie das Netz. Ihr Ehrgeiz hatte sie mehr als einmal in gefährliche Situationen gebracht. Das Gefühl, nicht aufhören zu können, wenn die Unterwasserwelt ihr reiche Schätze offenbarte, war ihr ständiger Begleiter.

Während sie das Netz an ihrer Hüfte befestigte, veränderte sich die Situation plötzlich.

Der schwere dunkle Leib schnellte so ruckartig empor, dass es aussah, als würde der Seeboden von unten her aufgesprengt. Iso wurde von der Welle zur Seite gedrängt. Schlick wallte in einem mächtigen Wirbel herauf, und auch die Eier, die noch am Grund verblieben waren, wurden in die Höhe gespült und tanzten um das Mädchen herum wie trübe goldrote Irrlichter. Iso verlor das Gefühl für Oben und Unten. Der Ballast hielt sie in der Schwebe und die schwache Helligkeit der Oberfläche verbarg sich hinter Wolken aus Morast.

Ein gewaltiger Schemen wuchs wie ein Berg aus der Tiefe. Eine Landschaft aus weißgrauen Flecken zog hinter den Schleiern an ihr vorbei und beschrieb einen weiten Kreis um sie. Sie war wie erstarrt, hypnotisiert von dem geheimnisvollen Naturschauspiel. Und gelähmt von der unmittelbaren Todesgefahr. Ihr erster Gedanke war, das Netz mit den Eiern von ihrem Gurt zu lösen, dem Tier, dem Kami seine Brut zurückzugeben. Doch warum auch immer, es gelang ihr nicht. Das Netz schien sich an den Hanfseilen um ihre Hüfte verfangen zu haben.

Über Wasser hätte sie ein Gebet gesprochen. Hier war es unmöglich, auch nur die Lippen zu bewegen. Das brackige Süßwasser drängte in ihren Mund und sie musste ihn krampfhaft geschlossen halten.

Gerade als von dem gewaltigen Fischleib nichts mehr zu sehen war und sie all ihre Hoffnung in die unwahrscheinliche Möglichkeit setzte, das Ungeheuer könne das Interesse an ihr verloren haben, teilten sich die Vorhänge aus Schlick vor ihr. Ein riesiger Kopf tauchte daraus hervor, vier-, fünfmal so groß wie sie. Ein breites, weißlippiges Maul, irgendwie formlos und verschwollen, schien um den ganzen Kopf des Fisches herumzuführen. Tiefe Scharten wechselten sich mit geschwürartigen Erhebungen ab, hinter denen die kleinen, runden gelben

Augen fast verschwanden. Vom Unterkiefer hingen vier armdicke Bartfäden herab, seitlich des Maules wuchsen, Schlangen gleich, zwei weitaus längere Exemplare hervor und wogten wie gewaltige Wasserschlangen in der trüben Brühe.

Einige Herzschläge lang sahen sich die beiden ungleichen Wesen an, eine endlose Zeitspanne. Isos Körper begehrte gegen den Druck in den Lungen auf, wollte frischen Sauerstoff, drohte damit, die Lebensfunktionen einzustellen. Ein Reißen erwachte in ihrer Brust, ihre Gliedmaßen kribbelten und schmerzten. Doch ihr Geist war unfähig, ihren Leib zu lenken. Reglos schwebte sie vor dem Maul der Bestie und erwartete ihren Tod. Ihre Blicke waren gefangen von dem schwarzen Schlund, in den sie jeden Augenblick gespült werden konnte.

Dann ließ sich der Riesenfisch hinabsinken, er verschwand im aufgewühlten Schlamm und der Bann löste sich von dem Mädchen.

Die Warnzeichen ihres Körpers drangen wieder bis zu ihr durch, und als sie den Schmerz erst einmal spürte, verlor sie davon beinahe das Bewusstsein. Geistesgegenwärtig erkannte sie, dass es ihr vielleicht nicht mehr gelingen würde, aus eigener Kraft die Oberfläche zu erreichen. Sie öffnete den Hanfgurt und die Ballaststücke fielen hinab. Merkwürdigerweise blieb das Netz mit den erbeuteten Eiern in ihrer Hand, und sie entschied sich, es mitzunehmen. Der Auftrieb riss sie hinauf, nach einer scheinbar unendlichen Reise durchbrach ihr Kopf die Seeoberfläche, und mit einem unmenschlichen Brüllen sog sie die Luft in ihre Lungen.

Vier Hände packten sie, als sie wieder unter Wasser zu sinken drohte, und schleppten sie zum Boot. Iso sah die Gesichter der beiden anderen Taucherinnen. Sie mussten auf ihre Rückkehr gewartet haben, ehe sie selbst wieder tauchen würden. »Geht nicht hinunter«, gurgelte sie. »Nicht mehr. Es ist genug.«

»Ist das alles?«, wollte Ukyô wissen, der tatenlos dabei zusah, wie die beiden Frauen Iso und das Netz mit ihrer Beute aufs Boot hievten. »Ist da unten wirklich nichts mehr?«

»Da unten ist ein Ungeheuer«, brachte die Taucherin hervor. Ihr Leib bebte trotz der Wärme des Wassers und der Luft. Innerlich ergänzte sie: *Aber das Ungeheuer hat mir nichts getan. Warum? Hatte ich einfach nur Glück?*

»Ein Ungeheuer«, wiederholte der Mann. Es klang nicht einmal spöttisch, nur wie eine Feststellung, der er nicht allzu viel Bedeutung beimaß. Und dann wurde sein ohnehin harter Gesichtsausdruck noch einen Deut brutaler. »Ich verlange, dass ihr noch einmal taucht. Ihr werdet großzügig dafür bezahlt.«

»Ich werde tauchen«, sagte die ältere der beiden Frauen. Die Vorstellung, ihre in der Tat edle Entlohnung zu verlieren, gab ihr offenbar Mut. Iso griff nach ihrem Arm, doch sie schüttelte ihn ab. Die erfahrene Taucherin klopfte mit ihrem Muscheleisen gegen die morsche Wand des Bootes und murmelte ihr Schutzgebet, das diesmal besonders lang ausfiel. Doch noch ehe sie es abschließen konnte, hielt sie plötzlich inne.

Iso richtete sich hustend auf, als das vertraute Murmeln mitten im Satz verstummte. Sie folgte dem Blick der Frau, der ein Stück weit auf den See hinaus zu reichen schien. Sah die Taucherin dort irgendetwas?

»Was ist da?«, brummte Ukyô mit einer Ungeduld, die untypisch für ihn war. »Ist das ein Stück Papier?«

Iso musste gestehen, dass seine Augen scharf waren. Sie erkannte es erst jetzt. Drei Bootslängen entfernt schwamm etwas Helles auf dem See. Es konnte sich tatsächlich um ein Blatt Papier handeln.

»Hol mir das!«, befahl der Mann, und die Taucherin gehorchte. Als sie die Stelle erreicht hatte, fielen ihr offenbar weitere Objekte auf, denn ohne die Order dazu erhalten zu haben, schwamm sie einen größeren Bogen um das Boot und fischte mehrere davon aus dem Wasser. Wieder bei ihnen angekommen legte sie fünf Papierblätter auf Deck, blieb selbst jedoch im Wasser, um weitere Anweisungen abzuwarten.

Es war Ölpapier, und jedes der weißen Blätter zeigte mehrere untereinandergeschriebene Tô-Schriftzeichen, wovon jeweils eines größer war als die anderen. Iso hatte nie lesen gelernt – das war den Mönchen, den Beamten und den Adligen vorbehalten. Bisher hatte sie sich keine Gedanken darüber gemacht, ob Ukyô zu einer dieser Gruppen gehörte. Doch es musste so sein, denn er schien die Zeichen entziffern zu können, auch wenn es ihn etwas Zeit kostete.

»Ruhe«, flüsterte er. »Ruhe. Was hat das zu bedeuten? Wer hat das geschrieben?« Nervös sah er sich auf dem Schiff um. Es war ein schlichtes Gefährt. Acht Männer standen an den Rudern, gedrungene Leute mit einfachen Gesichtern. Wenn ihr Kapitän sie nicht ansah, flogen wilde Zoten hin und her, in einem so fremdartigen Dialekt, dass Iso ihren Sinn nur erahnen konnte. Sobald die Blicke Ukyôs die Männer trafen, machte das Grinsen auf ihren Mienen einem verkniffenen Ausdruck Platz.

Der Pockennarbige war bei dem untersten der fünf Blätter angekommen. Dieses starrte er an, die Augen geweitet. »Stein«, sagte er. Und dann: »Ein Stein, der im Wasser schwimmt …«

»Da sind noch mehr!« Diesmal war Iso es, die die treibenden Blätter entdeckt hatte. Die Wolken waren für einen Augenblick durchscheinend geworden. Die dem Horizont entgegenstrebende Sonne erhellte den Biwa-See, wie sie es seit dem Mittag nicht mehr getan hatte. Überall auf dem Wasser rund um das Boot waren rechteckige, glänzende Flecken auszumachen. Dutzende von Blättern aus Ölpapier wie jenes, aus dem man Lampions oder Schirme machte.

»Jemand ist auf dem Schiff, ein Fremder!«, stieß Ukyô unvermittelt hervor. Iso erschrak. Sie verstand nicht recht, wie er überhaupt auf diese Idee kam. Konnte das Papier nicht von irgendwoher angeschwemmt worden sein? Vielleicht hatte ein anderes Boot ein Paket davon verloren. Die Schriften erinnerten sie in ihrer Anordnung an Zaubersprüche, die sie einmal gesehen hatte. Wie konnte ein Fremder auf dieses einfache, übersichtliche Boot gelangen, ohne dass es jemandem auffiel?

Hatten ihm die Zaubersprüche dabei geholfen?

»Soll ich jetzt noch einmal tauchen?«, wollte die Frau wissen, die sich eben dafür angeboten hatte.

»Still!«, fauchte Ukyô. Die ganze Zeit über hatte seine Tochter schweigend neben ihm gestanden, reglos wie eine Puppe, doch jetzt drehte sie den Kopf, hob die schmale Hand und wies zum Heck des Schiffes.

»Er ist dort«, wisperten ihre dünnen, farblosen Lippen.

Woher wollte sie das wissen? Sie hatte bis zu diesem Moment nicht einmal in diese Richtung gesehen! Nur auf den See hinaus hatte sie gestarrt. Für Iso stand fest, dass sie ein eingebildetes Ding war, verwöhnt von Ukyô, der sich allen anderen Menschen gegenüber herrisch gab und nur sie schützte und verzärtelte.

Leider musste die Ama diese Einschätzung im nächsten Augenblick revidieren. In den Schatten am Heck rührte sich etwas. Ehe sie erkennen konnte, was es war, pfiff nahe an ihrem Kopf ein Schwert vorbei. Ukyô hatte es blitzschnell gezogen und sprang auf den Punkt zu, auf den seine Tochter gezeigt hatte.

Es war völlig unmöglich, dass sich dort ein Mensch verbarg, denn die Nische bot nicht einmal genügend Raum für eine junge Katze. Dennoch handelte es sich bei der Gestalt, die sich nun schwungvoll erhob, um einen Menschen. Oder zumindest um ein Wesen in menschlicher Form.

Der Mann trug einen leichten Seidenmantel von der Farbe schwarzen Tees. Der Mantel hüllte ihn fast völlig ein, unten ragten die schwarzen Schuhe, oben ein weißer Kragen hervor. Auf dem Kopf trug er die schwarze Kappe, deren schräg aufgerichtete klappenartige Erhöhung Adligen und Hofbeamten vorbehalten war. Dem dreieckigen Gesicht mit den breiten Wangenknochen und dem schmalen Kinn verlieh der sauber geschnittene Kinn- und Schnurrbart einen edlen Ausdruck, und die Augen blickten erstaunlich sanft wie die eines Mönchs, oder besser gesagt: eines Mönchs, den die Annehmlichkeiten seines Berufs noch nicht verdorben hatten. Das Haar des Mannes war vollständig ergraut, doch voll und kräftig. Harte Linien in seinen Zügen verrieten sein hohes Alter. Gleichzeitig schien von dem Körper unter dem Mantel eine Spannkraft und Energie auszugehen, die dazu in krassem Widerspruch stand. Die Hände des Fremden ragten nur ein wenig unter den lang hinabfallenden Ärmeln des Mantels hervor. Sie trugen keine Waffe, und es war schwer vorzustellen, dass er unter dem dünnen Seidenstoff eine solche verbarg.

»Wer seid Ihr? Wie kommt Ihr hierher?«, verlangte Ukyô zu wissen. Seiner Stimme fehlte es an Nachdruck und er verwendete eine höfliche Sprachebene, ohne jedoch an eine Verbeugung zu denken. Iso verblüffte das. Der Kapitän schien sich nicht entscheiden zu können, wie er dem Fremden gegenübertreten sollte. Als der Besucher einen Schritt auf ihn zu kam, hob er die Schwertspitze bis direkt unter dessen Nase.

Der Fremde wich mit einer weichen, nicht zu schnellen Bewegung zur Seite aus, und das Schwert folgte ihm. »Keinen Schritt mehr!«, zischte Ukyô. Der Manteltráger, dessen Blicke den Kapitän nur gestreift und sich lieber auf seine Tochter konzentriert hatten, blieb tatsächlich stehen und drehte nun langsam den Kopf in die Richtung des Pockennarbigen.

»Der See ist nicht dein Garten«, sagte er endlich. Er sprach wie im Selbstgespräch, undeutlich, zurückhaltend. »Dennoch hast du etwas geerntet.«

»In der Tat! Und was schert das Euch?«

»Ich bin gekommen, um es an mich zu nehmen.«

Ukyô lachte humorlos. »Es steht mir nicht zu, es Euch auszuhändigen. Es gehört mir nämlich selbst nicht.«

»Ich weiß«, meinte der Fremde. »Du bist nur ein Handlanger, beauftragt von einem Feigling, der sich nicht selbst an diesen Ort wagt. Sieh mich an – ich bin alleine zu Fuß über den See gekommen, ohne vor Furcht mit den Zähnen zu klappern. Und mir ist nichts geschehen.«

»Auf Steinen, die nicht untergehen«, ergänzte Ukyô zerknirscht. Eines der Ölpapierblätter lag in seiner Nähe und er trat mit dem Fuß darauf. Es war ein unverblümter Ausdruck seiner Verachtung.

»Schrift hat kein Gewicht«, sagte der Fremde gleichgültig. »Sie durchdringt alles wie die Wahrheit. Man kann die Wahrheit nicht verbergen, nicht auf Dauer. Denn die Welt ist wie ein Schwamm, der die Wahrheit aufsaugt und sie wieder hergibt, wenn man ihn drückt. Man muss nur die Stellen kennen, an denen er sich drücken lässt …«

»Und wer seid Ihr? Etwa der Beschützer des Biwa-Sees? Warum stellt Ihr Euch nicht wenigstens vor, wenn Ihr schon so tut, als liege Euch etwas an der Wahrheit? Immerhin erscheint Ihr ohne Erlaubnis auf meinem Schiff!«

Nun stahl sich ein Hauch von einem Lächeln auf die

Lippen des Mantelträgers. Es ähnelte jenem, das man auf den Gesichtern von Buddhastatuen finden konnte. »Einverstanden. Wenn die auf diesem Schiff versammelte Gesellschaft mir ihre Namen verrät, werde ich keinen Grund mehr sehen, nicht auch den meinen zu nennen.«

»Warum nicht?«, sagte der Kapitän. »Ich bin Ukyô. Die Perlentaucherinnen heißen ... einen Augenblick ... Ayu, Kame und ... und ...« Er kniff die Augen zusammen, als krame er angestrengt in seiner Erinnerung.

»Iso«, warf Iso eilig ein.

Die Besatzungsmitglieder, die längst zusammengelaufen waren und sich in einem Kreis um Ukyô und den Fremden aufgestellt hatten, nannten nacheinander ihre Namen, manche mit einem schiefen Grinsen, andere voller Ernst und einige mit Mienen, die ein tief sitzendes Misstrauen ausdrückten.

»Ich höre«, sagte der Kapitän.

»Ja«, meinte der Fremde. »Auch ich bin gespannte Aufmerksamkeit.«

»Wir haben unseren Teil erfüllt«, behauptete Ukyô. »Nun seid Ihr an der Reihe.«

»Nicht ganz. Die edle junge Dame dort hat sich bis jetzt in Schweigen gehüllt.« Es war klar, wen er meinte. Er sah sie die ganze Zeit über an.

»Meine Tochter?«, lachte Ukyô. »Sie ist ... ein wenig schüchtern.«

»Deine Tochter?«, wiederholte der Fremde. »Ein Familienausflug, wie schön! Ich möchte fast wetten, man könnte ihr Gesicht mit Lagen aus Schminke bedecken, ja mit achthundert Klammern zurechtzurren, ohne dass die geringste Ähnlichkeit zustande kommen würde.«

»Es reicht!«, stieß Ukyô hervor. »Dein Name!« Er hatte jede Höflichkeit abgelegt. Sein Kopf war bis zum Hals hinunter gerötet vor Zorn, und seine Hand mit dem Schwert zitterte. Der Fremde strich mit seiner Rechten gemächlich über das eigene Kinn und murmelte dabei etwas Unverständliches. Dann reckte er den Kopf langsam nach vorne, bis sein Kinn die Schwertspitze erreichte. Er drückte so stark gegen die Klinge, dass die Spitze sich eine Fingerbreite weit in sein Kinn zu bohren schien. Nun schloss er die Augen, wartete ... und zuckte jäh mit dem Kopf nach links. Das Schwert wurde dem Kapitän aus der Hand geprellt und flog in hohem Bogen über das Schiff. Einer der Ruderer, den es nur knapp verfehlte, zog den Kopf ein, und die Waffe wirbelte über die Reling hinweg und klatschte ins Wasser.

»Nur Narren verraten einem Onmyôji ihren Namen«, meinte der Fremde kaum hörbar. »Ein Name gibt ihm Macht über dessen Besitzer. Aber auf einem Schiff voller Narren verbirgt sich meist ein einziger Kluger, und wenn es eine Frau ist.« Er deutete eine höhnische Verbeugung vor der Tochter des Kapitäns an. Diese verzog keine Miene. Sie ließ ihn nicht aus den Augen, beobachtete ihn vielleicht noch gründlicher als er sie.

Ein Onmyôji! Iso, die das Geschehen aus einer Entfernung verfolgte, die keineswegs sicher genannt werden konnte, spürte Hitze in sich aufsteigen. Jedes Kind hatte von den geheimnisvollen Beamten am Hofe des

Mikados gehört, mächtige Zauberer und Wahrsager, bewandert in zahlreichen Wissenschaften. Wenn die Gerüchte stimmten, gab es fast nichts, was sie nicht vermochten. Wenn sie wollten, flogen sie durch die Luft wie ein Vogel, sie wurden groß wie ein Berg oder winzig klein wie ein Insekt. Einen von ihnen in Fleisch und Blut vor sich zu haben, war beinahe aufregender, als dem Kaiser selbst zu begegnen. Als Iso das Schwert über Bord schwirren sah, erstarrten die Gedanken in ihrem Kopf, doch nun, als der Name Onmyôji gefallen war, strömten sie nur so durch ihren Schädel.

Vor allem aber begriff sie mit einem Mal, was sie unten auf dem Grund des Sees erlebt hatte. Warum dieses Monstrum von einem Fisch so geduldig neben seiner Brut gelegen – warum es sie nicht einfach mit einem kurzen Schnappen seines weißen Maules gefressen hatte. Jetzt war ihr klar, dass die ganze Zeit über Magie im Spiel gewesen war. Zwei Sorten von Blättern hatten sie aus dem Meer gefischt. Zum Glück hatte Ukyô die wichtigsten Zeichen darauf laut vorgelesen, sonst hätte sie die Zusammenhänge nie verstanden. »Stein« stand auf den einen, »Ruhe« auf den anderen. Die Steine streute der Onmyôji aus, um darauf über das Wasser zu gehen, und mit den Ruhe-Zaubersprüchen tat er nichts anderes, als den gewaltigen Fisch in der Tiefe des Biwa-Sees zu besänftigen.

Mit anderen Worten: Die auf Ölpapier geschriebenen Zeichen hatten ihr und den anderen beiden Taucherinnen das Leben gerettet. Und vielleicht auch das von Ukyô und den anderen Menschen auf dem Schiff.

Denn ein Fisch dieser Größe hätte mühelos das Boot umwerfen oder sogar zerstören können, wenn er richtig wütend wurde.

Auf einmal hatte Iso keine Angst mehr vor dem Fremden. Während alle anderen zurückwichen, erhob sie sich und näherte sich ihm. Ihre Einstellung zum Biwa-See hatte sich schlagartig geändert. Es mochte ein schlammiges Loch sein, aber während ihre Küste in der Provinz lag, weit abseits der Orte, an die sich jemals ein Onmyôji verirrte, befand sich dieser See in der Nähe der neuen Hauptstadt. Und damit unter dem Schutz dieser mächtigen und edlen Männer.

Iso wusste nicht, was der Magier mit den Eiern anfangen wollte, die sie erbeutet hatte, aber sie erwartete gar nicht, dass sie es verstand. Es war ihr nur wichtig, dass er sie bekam. Sie griff nach den Netzen, die im Eifer der Ereignisse noch niemand hatte wegräumen können, und schleppte sie zu ihm hin. Schwer wog der Laich des Riesenfisches nun, da der Auftrieb des Wassers ihn nicht mehr trug.

»Da unten liegen noch Eier, Herr«, rief sie. »Mit Eurem Schutz werde ich hinabtauchen und sie ...«

Ehe der Onmyôji etwas erwidern konnte, trat Ukyô zwischen ihn und sie. Er tat mehr, als ihr nur den Weg zu versperren – er versetzte ihr einen Schlag gegen die Brust, nicht zu stark allerdings, damit der kostbare Inhalt der Netze keinen Schaden nahm. »Undankbares Luder«, grunzte er dumpf. »Stellt sich auf die Seite des Diebes ...«

Ein Onmyôji war kein Dieb. Konnte keiner sein.

Wenn er nicht im Auftrag des Kaisers kam, dann im Namen der Götter selbst ...

Der Kapitän schritt auf den Fremden zu. Des Schwertes beraubt trug er nur noch einen kurzen Dolch am Gürtel. Diesen zog er, hob den Arm, tat so, als wolle er seinen Gegner von oben her attackieren, wechselte dann blitzschnell die Richtung und rammte ihm die Waffe von unten her in den Bauch. Es gab ein unnatürliches, metallisches Geräusch.

Iso schrie auf. Sie konnte es nicht verhindern. Alle anderen sahen nur schweigend zu. Die Männer der Besatzung hatten vor Aufregung die Hände zu Fäusten geballt.

Der Onmyôji schwankte nicht. Das Messer steckte in seinem Körper. So zumindest sah es aus. Deutlich war der Schlitz in seinem Mantel zu erkennen, den es gerissen hatte. Langsam kroch die Hand des Magiers unter den Mantel und zog einen Stapel Ölpapier hervor. Er fächerte die Blätter auf – es waren mindestens zehn. Auf allen waren die gleichen Schriftzeichen. »Stein«, las der Onmyôji mit gleichgültiger Stimme. »Glaubtet ihr, ich hätte nicht an meinen Rückweg gedacht?« Der Dolch fiel hinab und die Umstehenden konnten sich davon überzeugen, dass seine Spitze im rechten Winkel abgeknickt war ...

Iso war sicher, dass sie das Geräusch niemals vergessen würde, mit dem das Messer auf das Ölpapier mit der Aufschrift »Stein« geschlagen war. Konnte ein Onmyôji jedes Ding imitieren, indem er das entsprechende Schriftzeichen auf ein Blatt Papier schrieb?

»Die Kugeln«, forderte der Magier kühl. Das Wort »Eier« vermied er. Iso dachte bei sich, dass beim Verhalten eines Onmyôji alles, aber auch wirklich alles eine besondere Bedeutung haben musste: was er aussprach, und auch, was er nicht aussprach. Schließlich fügte der Magier hinzu: »Dieses Schiff fährt nirgendwohin, und ich wüsste nicht, warum ich noch viel länger sein Passagier bleiben sollte.«

Als ein paar Beherzte den Kreis um ihn enger schlossen, hob er eines der Blätter in die Höhe und zerknüllte es. »Ein Stein«, begann er und holte tief Luft, als setze er zu einer langen Rede an. »Ein Stein wird härter, wenn man ihn zusammendrückt. Und er fliegt besser. Jedes Kind kann einen Stein in einer geraden Linie werfen. Zehn Jahre ernsthaftes Studium der richtigen Lehren und man lernt einen Stein in einer Kurve zu werfen. Zwanzig Jahre und die Kurve schließt sich zu einem Kreis. Dann reicht ein Stein für viele.«

Die Männer traten zurück. Sie glaubten ihm jedes Wort.

»Ich kann Euch die ... Kugeln nicht geben«, brachte Ukyô hervor. Er hatte den Kopf gesenkt. Hass und Scham brodelten in ihm. »Mein Auftraggeber wird mich töten, wenn ich das tue.«

»Das bezweifle ich sehr«, entgegnete der Magier. »Einen so geschickten Handlanger wie dich hält man sich warm. Zumal wenn es jemand ist, der sich bereits als Mörder bewährt hat.«

Ukyô sah verwirrt auf. Es schien, als wisse er nicht, wovon sein Gegenüber redete.

Nun schritt der Onmyôji, der sich die ganze Zeit über nicht vom Fleck bewegt hatte, mit kleinen, gemächlichen Schritten auf Iso zu. Er ging so eng an der Tochter des Kapitäns vorbei, dass sich ihre Gewänder beinahe berührten. Die junge Frau starrte ins Leere, folgte ihm nicht mit ihren Blicken. Ihr war anzusehen, dass sie dies eine Menge Überwindung kostete.

Isos Hände zitterten, denn sie hielt die Netze mit den Eiern schon lange vor sich ausgestreckt, ehe er sie erreicht hatte. Sie fieberte dem Moment entgegen, da er sie ihr abnehmen würde, und fürchtete ihn gleichzeitig. Ihr war bewusst, dass sie gerade dem mächtigsten Wesen gegenüberstand, dem sie in ihrem Leben begegnet war. Dieser Mann war stärker als der gewaltige Fisch auf dem Grund des Biwa-Sees.

»Ich danke Euch, Herr«, formulierten ihre bibbernden Lippen, und sie konnte nicht anders, als den Kopf zu senken, als er vor ihr stehen blieb. »Ich danke Euch, dass Ihr in Eurer Güte mein Leben beschützt habt.«

Der Onmyôji hob eine Augenbraue. Er nahm ihr die Netze ab und tat es mit einer solchen Leichtigkeit, als hätten sie kein Gewicht.

»Manchmal«, meinte er, »beschützt man eine Schnecke vor dem Igel, damit sie einem einen winzigen Dienst erweist. Wie lächerlich wäre es, würde die Schnecke sich dafür bedanken. Könnte man sie doch ohne Bedenken zertreten, sobald sie ihre Aufgabe erfüllt hat.«

Seine Stimme war dabei gleichmütig und reglos geblieben. Weder Wärme noch Kälte noch Humor schwang darin mit. Es war die Stimme eines Gelehrten, der die Dinge aussprach, wie sie waren, ohne Wertung, ohne Emotion.

Im nächsten Augenblick jedoch bewies er, dass er mehr war als nur ein kühler Wissenschaftler. Er öffnete seinen Mantel und ein weißes Papier tanzte heraus wie das Blatt eines Baumes im Herbst. Noch während es endlos langsam auf das Deck herabpendelte, setzte er sich nieder, einen Pinsel in der Hand. Das Blatt fand seinen Platz unmittelbar vor ihm und er hielt einen Moment inne. Alle Anwesenden fixierten ihn gebannt.

Plötzlich schien ihn eine Eingebung zu überkommen und er schrieb mit raschen Bewegungen Zeichen auf das Papier, fünf vertikale Zeilen.

Ein Gedicht.

Ohne Tusche waren sie geschrieben worden und doch zeichneten sie sich schwarz auf dem Papier ab.

Wortlos erhob sich der Onmyôji, hängte sich die Netze über den linken Arm und warf mit der rechten Hand die Ölpapierblätter aus. Sie flatterten, als wären sie Vögel, flogen weit über die Reling hinaus und verteilten sich auf dem See. Der Magier sprach kaum verständliche Worte, eine Mischung aus den Sprachen von Tô und Nippon, malte sich mit dem Finger ein unsichtbares Zeichen auf die Stirn … und sprang.

Sein Sprung reichte fünfmal so weit, wie der eines durchtrainierten jungen Mannes hätte reichen können. Er kam mit einem Fuß auf dem ersten Blatt auf, das im See schwamm, federte davon ab und flog weit in den Himmel hinauf, um auf dem nächsten Blatt wieder herabzukommen. Innerhalb weniger Augenblicke war nur noch das Glimmen der Fischeier an seinem Arm zu erkennen, und schließlich wurde auch dieses von der diesigen Atmosphäre der Dämmerung verschluckt.

Der Kapitän löste sich als Erster aus seiner Erstarrung. Er kniete neben dem weiße Blatt mit der schwarzen Tuscheschrift nieder, das der unheimliche Passagier auf dem Deck hinterlassen hatte. Offenbar wagte er es nicht, es aufzuheben.

Ukyô las das Gedicht gerade so laut, dass auch Iso es hören konnte.

»Auf einer Schiffsreise,
Bei der man sich fremd wähnt,
Einem alten Bekannten begegnen.
Eine Farbe des Herbstlaubs,
Die man übers Jahr doch nicht vergessen hat.«

7

An einer schlecht einsehbaren Stelle am Ufer des Biwa-Sees wartete ein dunkles Pferd auf seinen Reiter. Es graste nicht, es reckte und schüttelte nicht den Kopf, es stand nur abwartend da. Man hätte das Tier für krank halten können. Genau das Gegenteil war der Fall: Es war voller Energie, aber von einer Energie, die es kontrollieren konnte. Wie ein Mensch besondere Kräfte zu entwickeln vermochte, die ihn über sich selbst hinauswachsen ließen, so war auch ein Tier fähig, sich aus dem bloßen Tiersein zu lösen. Das Tier konnte einen Schritt hin zum Menschsein machen, ohne sich jemals in einen Menschen zu verwandeln. So wie ein Mensch einen Schritt in Richtung Gott tun konnte, ohne wirklich voll und ganz zum Gott werden zu können. Tiere, die sich unkontrolliert veränderten, wurden oft zu Yôkai, bizarren Wesen, die Unheil anrichten und Menschen in Angst und Schrecken versetzen konnten. Ein Tier, das sich in der Obhut eines Onmyôji befand, verwandelte sich in wünschenswerten, kontrollierbaren Bahnen. Tiere konnten die Lehre von den beiden Prinzipien Yin und Yang nicht verstehen, wie ein Mensch sie verstehen konnte, aber ein großer Onmyôji konnte sie lehren, sie zu *fühlen*.

Der Herr, den das Pferd erwartete, kam vom See her. Mit großen Sätzen sprang er von einem auf dem Wasser treibenden Blatt Ölpapier zum nächsten, begleitet von einem wirbelnden Nebel aus Gischt, und jene Blätter, die er hinter sich gelassen hatte, erhoben sich triefend aus dem Wasser und flatterten an ihm vorüber, um sich vor seinen Füßen wieder auf den See zu legen. In einem Netz an seinem Arm schwangen kupfern oder golden schimmernde geleeartige Kugeln.

Als der Mann das Ufer erreichte, kam das Pferd langsam hinter dem Gebüsch vor, hinter dem es sich verborgen hatte. Nichts deutete darauf hin, dass es unruhig war, doch als der Mann das Pferd berührte, spürte er eine Dissonanz in dem Fluss seiner inneren Energie. Ohne den Kopf zu drehen, sah er sich um. Er bewerkstelligte das, indem er eines der nassen Ölpapierblätter in der Hand hin und her bewegte wie einen Fächer und die Reflektionen auf der spiegelnden Oberfläche aufmerksam beobachtete.

Die innere Balance des Pferdes war nicht ohne Grund gestört worden. Ja, jemand befand sich in der Nähe. Zwei Personen. In diesem Moment brachen sie aus dem Unterholz hervor, groß gewachsene, kernige Burschen, hochwertige Lederrüstungen über den dunklen Gewändern. Dichtes Haar strömte unter ihren Helmen hervor, doch ihre Kinne waren glatt rasiert.

»Manche Männer wehren Pfeile, Speere und Schwerter ab!«, brüllte einer von ihnen in einem hässlichen Wortstakkato. Speichel spritzte dabei aus seinem Mund. »Wie sieht es damit aus?« Ein Schrei folgte. Ein

Schrei, mit dem er dem Gegenstand in seiner Hand den nötigen Effet verlieh.

Der Onmyôji konnte auf den ersten Blick nicht erkennen, was der Angreifer da auf ihn schleuderte. Es war ein kleines kugelförmiges Etwas, nicht größer als eine Kastanie. Er duckte sich darunter hinweg, doch das Objekt änderte sofort die Richtung und umkreiste seinen Kopf. Der Magier zögerte nicht. Er griff mit beiden Händen in den jeweils anderen Ärmel seines Mantels und zog etwas heraus. Einen winzigen Moment später wirbelten zwei Papierstückchen in die Luft, die sich mit einem Rascheln wie von selbst entfalteten. Zwei blassen, geisterhaften Libellen gleich kreisten auch sie um den Onmyôji. Dieser schloss die Augen, während das Wurfgeschoss sich ihm in einer immer enger werdenden spiralförmigen Flugbahn näherte.

Die beiden Feinde betrachteten das Schauspiel fasziniert. Das kastaniengleiche Objekt war längst nicht mehr mit den Augen zu verfolgen, sondern nur noch eine dunkle Spur in der Luft. Immer schneller kreiste es, seine Oberfläche begann von der Luftreibung zu brennen. Grauer Rauch mischte sich in den Orbit des seltsamen Gegenstands und blähte es zu einem formlosen Ring auf.

In diesen Orbit hinein flogen die beiden Papierlibellen. Die erste stieß in spitzem Winkel hinein, verging mit einem Zischen in einer winzigen blauen Flamme und ihre Asche hinterließ eine rußige Spur auf dem Gesicht des Magiers. Die zweite drang in flachem Winkel in den Ring aus Rauch ein, der nun bis auf wenige Fingerbreit an den Kopf des Onmyôji herangerückt war. Der Mann begann zu husten. Einzelne Schweißperlen zeigten sich auf seiner Stirn.

Anstatt einen Versuch zu unternehmen, der Falle zu entgehen, die sich um ihn schloss, blieb er aufrecht stehen. Während sich sein Oberkörper nicht rührte, malte sein rechter Fuß ein Schriftzeichen in die Erde. Seine Angreifer konnten erkennen, wie öfters kleine Ecken des weißen Papierchens aus dem Rauch hervordrangen, als würde die zu magischem Leben erwachte Libelle dort drinnen Jagd auf die brennende Kugel machen.

Die Zähne des Onmyôji knirschten überlaut. Ein Stöhnen versickerte in seiner Kehle. Jäh riss er den rechten Arm nach oben und der lange Ärmel seines Mantels durchbrach die Flugbahn.

Im selben Augenblick gab es einen Knall. Der kastanienartige Gegenstand prallte an einer unsichtbaren Barriere ab, jagte qualmend in den Himmel hinauf und traf einige Äste. Fiel Sekunden später mit ihnen zusammen zu Boden. Der Magier betrachtete seinen Ärmel. Er wies ein pflaumengroßes Loch auf, dessen Ränder versengt waren. Nicht am Seidenstoff war die unkonventionelle Waffe abgeprallt, sondern … an der Papierlibelle, der die winzige Verzögerung des Objekts offenbar gereicht hatte, um zum Angriff überzugehen.

Die Libelle selbst war unversehrt. In einem anmutigen, geradezu spöttisch wirkenden Tanz flirrte sie herab und landete mitten in dem Schriftzeichen, das der Onmyôji gemalt hatte.

»Ich nehme an, Ihr edlen Herren seid des Lesens

mächtig«, ließ er sich vernehmen. Er war ein wenig kurzatmig geworden, doch seine Stimme festigte sich rasch, während er fortfuhr: »Dann brauche ich Euch nicht zu erläutern, dass ich eben mit dem Fuß das Zeichen für ›Stachel‹ auf die Erde geschrieben habe ...«

Die Libelle flog in aller Ruhe die Striche des Zeichens ab. Sonst tat sie nichts. Am Ende angekommen stieg sie mit der zauberhaften Leichtigkeit eines Papierfetzens empor, bis sie die Augenhöhe der beiden Angreifer erreicht hatte. Dort blieb sie in der Luft stehen.

Die Männer stierten sie an. Ein kleines, für das menschliche Auge kaum sichtbares Stückchen Schwarz malte sich auf ihrem Schwanz ab.

Die beiden sahen es, warfen sich herum und rannten los.

Einer von ihnen geriet zu nahe ans Ufer und glitt aus. Wasser klatschte und wenig später erhob sich ein durchnässter Mann und setzte seine Flucht fort.

»Es sind die kleinen Dinge, immer wieder die kleinen Dinge«, flüsterte der Onmyôji im Selbstgespräch. Er öffnete seine Hand und schloss sie. Die Libelle fiel wie eine Schneeflocke vom Himmel und war wieder das, was sie zuvor gewesen war – ein Stück feines Schreibpapier, einmal gefaltet. Doch in einem einzigen Punkt unterschied sich das Blatt von dem Zustand, den es Minuten vorher gehabt hatte. Eben noch war es unbeschrieben und rein gewesen. Nun prangte das Tô-Zeichen für Stachel in schwarzer Tusche auf der Oberfläche des Blättchens, gemalt wie von der Hand eines begnadeten Kalligrafen, mit breiten, ausdrucksvollen Schwüngen und mit feinen Spitzen an den Stellen, wo der Pinsel sich vom Papier löste …

Der Onmyôji bückte sich nach der Kugel, die ganz in der Nähe herabgefallen war. Noch immer stieg Rauch von ihr auf. Vorsichtig nahm er sie zwischen zwei Finger wie eine heiße Kastanie. Nach außen hin schien sie nichts zu sein als ein kugelförmig geschliffenes Stück Holz. Mit dem Fingernagel ritzte er einen Spruch in unsichtbar winzigen Zeichen auf den Äquator der Kugel und klopfte dann ohne Gewalt mit der flachen Hand einmal dagegen. Das Objekt brach in zwei saubere Hälften auseinander. Das Innere war hohl, aber nicht hohl wie eine ausgetrocknete Frucht oder die Schale einer blinden Nuss. Die Innenseite war kunstvoll mit Zeichen bedeckt, fast unsichtbar klein.

Dazu waren einige Materialen in das Holz eingelassen. Seit er die Kugel geöffnet hatte, roch es außerdem intensiv nach Gewürzen.

Der Onmyôji untersuchte den Gegenstand einige Minuten lang. Ein Ausdruck tiefer Anerkennung erschien auf seinem Gesicht. Jedes einzelne Symbol und jeder einzelne Stoff hatte eine Bedeutung und fügte sich perfekt in das Ganze. Die meisten Menschen hätten das Innere der Kugel stundenlang studiert, ohne sich den geringsten Reim darauf machen zu können. Für einen Mann wie ihn war diese fragile und meisterhafte Arbeit mehr als nur ein sinnloses Kunstwerk. Er vermochte darin zu lesen wie in einem Buch.

Der Onmyôdô – auch Yin-Yang-Lehre genannt –, auf dem das Wissen und Können eines Onmyôji beruhte, stammte aus dem Land Tô. Er war ein vielschichtiges geistiges Gebilde, eine Philosophie, die alles erklären wollte und konnte, was es auf dieser Welt gab. Im Zentrum dieser Lehre gab es die beiden Gegensätze Yin und Yang. Sie standen für das Dunkle und das Helle, das Passive und das Aktive, das Weibliche und das Männliche. Aber gleichzeitig behauptete die Lehre auch, dass alles Existierende aus nur fünf Elementen zusammengesetzt war: Holz, Feuer, Erde, Metall und Wasser. Die Elemente Holz und Feuer gehörten dem männlichen Prinzip Yang an, die Elemente Metall und Wasser dem weiblichen Prinzip Yin. Das fünfte Element, die Erde, verhielt sich neutral. Jedem der Elemente wurden weitere Begriffe zugeordnet. So gehörte zum Beispiel die Jahreszeit Frühling zum Element Holz, was man leicht nachvollziehen kann, wenn man etwa an das Wachsen der Pflanzen im Frühling denkt. Dass zum Element Feuer der Sommer am besten passt, klingt ebenfalls logisch. Außerdem waren den Elementen auch bestimmte Farben zugehörig, ebenso Zahlen, Tageszeiten, Himmelsrichtungen, Tiere und Gefühlsregungen.

Das Wissen eines Onmyôji war viel mehr als reines Auswendigkennen dieser Strukturen. Er erkannte das Zusammenspiel der fünf Elemente in der Natur und in allem, was um ihn geschah. Sah er einen Menschen, wusste er, welche seiner Körperteile dem Wasser zugehörten und welche dem Feuer. Seinem Aussehen und seinem Benehmen entnahm er, welche der Elemente in diesem Moment die Gewalt über ihn hatten. Und indem er mit den Elementen hantierte, veränderte er die Welt nach seinen Vorstellungen.

Ein wichtiges Werkzeug dafür waren die Tô-Schriftzeichen. Denn sie drückten nicht einen Laut aus, wie die Schriftzeichen vieler anderer Völker, sondern waren direkte Symbole für Eigenschaften oder Tätigkeiten, Dinge oder Wesen. Schrieb ein Wissender ein solches Zeichen, dann war es, als erschaffe er dieses Ding oder dieses Wesen. Natürlich mussten dazu die Umstände günstig sein und natürlich hatten die Dinge, die ein menschlicher Weiser erzeugte, nicht den gleichen Bestand wie jene, die ein Gott schuf. Ein Onmyôji konnte zwar für eine kurze Zeitspanne ein Insekt aus einem Stück Papier schaffen, doch dieses Insekt würde nicht einen Sommer lang leben, würde nicht essen und trinken können und sich nicht fortpflanzen. Sobald seine Kraft verbraucht war, wurde es wieder zu dem, wozu die Götter es vorgesehen hatten – in diesem Fall zu einem Stück Papier.

Die unscheinbare Kugel, die den Magier attackiert hatte, war eine akkurat ausgeklügelte Miniatur, in der zahllose Stoffe, Farben und Zeichen so perfekt zusammenwirkten, dass eine nahezu grenzenlose Menge männlicher, feuriger Energie dabei entstand. Menschen einer anderen Zeit hätten es wohl eine Yang-Maschine genannt oder einen Yang-Generator. Der Onmyôji hatte keinen Begriff dafür. Aber er musste eines zugeben: Es war eine begnadete Arbeit und stammte von einem Magier, der ihm ebenbürtig, wenn nicht überlegen war.

»So sieht es also aus, wenn sich jemand tatsächlich

die Mühe macht, es zu erschaffen«, murmelte er. Er steckte die beiden Hälften ein, jede davon in eine eigene Tasche. Zwar hatte ihm die Waffe keinen Schaden zufügen können, dennoch respektierte er die Macht, die in ihr steckte. Sie wegzuwerfen war ebenso riskant, wie sie unbedacht wieder zusammenzufügen.

Mit einer langsamen Bewegung wandte er sich den Netzen mit den Kugeln zu, die er dem Kapitän abgenommen hatte, und wurde nachdenklich. Auf ihre Art waren diese Objekte sogar noch komplexer als die Yang-Kugel. Und verwirrender. Vielfältiger. Sie entstammten dem Bauch eines Fisches und hatten bis vor Kurzem in der kalten, nassen Dunkelheit des Seebodens gelegen – ein Übermaß an Yin, wie man es sich kaum extremer ausmalen konnte. Doch ihre Farbe war nicht schwarz. Auch nicht weiß oder grau oder eine andere Yin-Farbe. Sie strahlten ihr eigenes Licht aus und das Licht war golden und rot. Feuer in der Dunkelheit. Yang im Yin.

Leben im Tod.

Und er war nicht er Einzige, der fasziniert davon war. Der Mann, der Ukyô den wunderlichen Befehl gegeben hatte, einem gewaltigen Wels im Biwa-See den Laich zu stehlen, wusste um die Macht, die in diesen Eiern steckte. Und er hatte auch geahnt, dass jemand versuchen würde, sein Vorhaben zu vereiteln.

Natürlich. Gewissermaßen war alles vorherbestimmt. Nein, nicht von den geheimnisvollen Mächten des Schicksals, sondern durch einen ganz konkreten, greifbaren Gegenstand.

Ein Buch ...

Allerdings hatte der Mann zu sehr auf sein zugegebenermaßen hübsches Spielzeug vertraut, das nun harmlos in zwei Hälften im Mantel seines Gegners ruhte.

Bald würde er wissen, dass er verloren hatte. Das Duell und seine Beute.

Der Onmyôji nickte ernst vor sich hin. Nun war es wichtig, keine Spuren zu hinterlassen. Einfach zu verschwinden. Bis die Zeit reif war. Bis die *Eier* reif waren.

Dann würde sich das Land verändern.

Es würde … hässlich werden.

Die Erde würde sich auftun, um Gestalten des Schreckens auszuspucken.

Menschen würden sich verändern.

Es würde Opfer geben.

Angst würde regieren.

Die Dunkelheit senkte sich über den See. Mit versteinerter Miene schwang sich der Onmyôji auf sein Pferd, das sich gemächlich, äußerst gemächlich in Bewegung setzte. Dort, wo die Hufe des Tieres den Boden berührten, blieben keine Vertiefungen zurück. Und wo Haare aus dem Schweif oder aus der Mähne sich in Zweigen verfingen, sich lösten und hinabfielen, vergingen sie in einem stumpfen, raschelnden Feuer, ohne etwas zu hinterlassen.

Für zwei Jahre tauchte der Magier unter.

Dann kehrte er zurück, um das Grauen zu säen …

8

Mir ist da etwas eingefallen. Eine kleine Episode, die ich selbst erlebt habe und die ich gerne einflechten würde.

Überall in der Stadt entstehen Tempel, und die Mönche, die sie bauen, verstehen sich auf viele Dinge. Unter anderem betätigen sie sich gerne als Geschichtenerzähler. Ich würde ihre Geschichten nicht immer als spannend bezeichnen, denn viel zu oft drehen sie sich um den fernen Gott Buddha, der lieber grübelnd unter Bäumen saß als Dämonen zu bekämpfen – obwohl er die Macht dazu gehabt hätte, wohlgemerkt.

Ich spiele eigentlich viel lieber gegen mich selbst Go, als den Mönchen bei ihren langen Erzählungen zuzuhören. Trotzdem fand man sich an dem einen oder anderen Abend vor einem der Tempel wieder, wo die Diener Buddhas eine Schar von jungen und weniger jungen Zuhörern um sich versammelt hatten.

Einer dieser Mönche war sehr alt und blind. Eines Tages begann er mit einer langen, langen Vorrede zu einer Geschichte. Die Leute hörten eine Weile zu und begannen dann zu fragen: »Wann geht es denn richtig los? Wann lernen wir den Helden kennen?«

Den Mönch schien es nicht zu ärgern, dass er unterbrochen worden war. Er lächelte sogar und sagte: »Habt noch etwas Geduld. Der Held braucht Zeit.«

Natürlich erinnerte mich das an die Worte, die mein Vater immer gebrauchte. Und ich beschloss ein wenig zu warten. Ich betrachtete die Erzählung des Mönchs als Gelegenheit, um überprüfen zu können, ob mein Vater tatsächlich recht hatte. Ob man wirklich belohnt würde, wenn man wartete. Ob die Zeit irgendwann etwas Gutes für einen bringen würde oder ob man einfach nur bis in alle Ewigkeit hingehalten und vertröstet wurde.

So stand ich drei Abende nacheinander am Tempel und lauschte den nicht enden wollenden Einleitungen und Vorbemerkungen des Mönchs. Schließlich verlor auch ich meine Gelassenheit und sagte in einem Ton zu ihm, in dem man eigentlich nicht mit Erwachsenen und schon gar nicht mit Geistlichen redet: »Wie lange soll ich noch warten? Dein Held ist bestimmt ein ausgewachsener Reinfall. Er ziert sich deshalb so lange, weil er nichts zu bieten hat. Vermutlich setzt er sich unter einen Baum, sobald er auftaucht, und denkt über das Leben nach.«

Der blinde Mönch sah mit seinen großen hellen Augen an mir vorbei und erwiderte: »Morgen. Morgen wird deine Geduld belohnt werden. Morgen erscheint der Held meiner Geschichte.«

Und er klang so aufrichtig, dass ich beschloss, ihm noch eine Chance zu geben.

Aber er war sehr alt, und bei sehr alten Leuten kommt es mitunter vor, dass sie einschlafen und nicht mehr aufwachen. So war es bei ihm und es geschah gerade in dieser Nacht.

Als ich davon hörte, bat ich, ihn sehen zu dürfen, und man ließ mich ohne Weiteres zu ihm. Mit fest aufeinandergepressten Lippen stand ich neben seiner Leiche, aber innerlich brüllte ich ihn an und warf ihm vor, mich um die Geschichte betrogen zu haben. Warum hatte er sie nicht an den drei Abenden erzählt, anstatt sich mit Vorreden aufzuhalten?

Zu einem der anderen Mönche sagte ich: »Er wird wiedergeboren, nicht wahr?« So viel wusste ich mittlerweile, denn seine Geschichten hatten ja immer wieder von diesem Thema gehandelt. »Wenn er wiedergeboren wird, dann muss ich nur die Person finden, in der seine Seele jetzt steckt. Sie muss mir doch verraten können, wie die Geschichte weitergegangen ist. Oder angefangen hat«, verbesserte ich mich.

Der Mönch lächelte. »Du müsstest dazu auch noch warten, bis diese Person alt genug ist, um dir die Geschichte zu erzählen.«

»Warten ist meine Stärke«, antwortete ich patzig. Freilich meinte ich das ironisch.

»Ich glaube«, sagte der Mönch, »ich muss dir deine Hoffnung sowieso nehmen. Der Mann, dem du bis gestern gelauscht hast, wird nicht wiedergeboren werden. Er hat die Stufe der Erleuchtung erreicht, von der aus er direkt ins Nirwana eingehen kann. Seine Seele ist befreit von den Fesseln der Welt. Er befindet sich außerhalb des Rades der Wiedergeburt.«

Meine Stimme wurde noch schärfer: »Wie kann jemand befreit werden, der sein Versprechen noch nicht eingelöst hat?«

»Die Geschichte existiert nicht«, erklärte mein Gegenüber und wandte sich langsam von mir ab. »Sie ist nicht fertig, hat nicht einmal angefangen, also existiert sie nicht. Sie ist wie ein unerfüllter Wunsch, den man mit sich herumträgt. Diese Wünsche plagen einen wie Flöhe, saugen einem das Blut aus wie Blutegel. Wenn man ohne Schmerzen und Jucken durchs Leben gehen möchte, muss man sie abzupfen, jeden einzelnen davon.«

»Jeder unerfüllte Wunsch ist ein Blutegel?«, fragte ich empört.

»Richtig.« Der Mönch wandte sich zum Gehen, doch ich ließ ihn nicht.

»Aber wozu soll man dann immer nur warten und warten, wenn nicht darauf, dass die unerfüllten Wünsche eines Tages in Erfüllung gehen?«

Der Geistliche drehte sich noch einmal zu mir um. »Man wartet nicht auf die Erfüllung der Wünsche. Man wartet darauf, dass die Wünsche verschwinden.«

»Kein Mensch wartet auf so etwas!«, hielt ich ihm vor. Und dann ging er tatsächlich weg und sprach kein Wort mehr mit mir. Ich wusste nicht, welcher der beiden Mönche mich mehr empörte – dieser hier oder der verstorbene.

Was ich sagen will, ist: Mein Wunsch, dem Leser als Held dieser Geschichte in Erscheinung zu treten, ist keiner dieser unerfüllten Wünsche, auf deren Eintreffen oder Verschwinden man wartet. Er ist bereits erfüllt, verwirklicht, und ich versuche lediglich den richtigen Moment abzupassen, an dem ich euch davon berichten kann.

Der Moment ist in greifbare Nähe gerückt, doch vorher wollen wir noch einmal einen Blick auf das Meer werfen. Das Schiff mit seinem einzelnen Passagier ist inzwischen weit von der Küste Nippons entfernt ...

9

Das Schiff hielt den Naturgewalten stand.
Aber es gehorchte ihm nicht.

Der Mann in den grauen Gewändern war überzeugt gewesen, das Boot auch alleine steuern zu können. Die Besatzung, deren er sich leider auf unangenehme Weise hatte entledigen müssen, war von Anfang an nur zu seiner Bequemlichkeit an Bord gewesen. Das wenigstens redete er sich ein. Ein Onmyôji wie er vermochte nicht nur den Elementen zu gebieten, er kannte auch die Sterne, und wer aus ihrer Stellung die Zukunft zu weissagen verstand, der konnte ihnen doch wohl auch die Route eines Schiffes entnehmen, oder etwa nicht?

Weder das eine noch das andere gelang ihm. Die Zukunft blieb ein dunkles Loch für ihn, ein Tal, dem er entgegenschlitterte, ohne seinen Kurs beeinflussen zu können. Und was die Himmelsrichtungen anging – das Schiff trieb in durch und durch unerklärlichen und *unmöglichen* Schlangenlinien meist nach Westen oder Norden und änderte ständig die Richtung. Selbst ein völlig entgegengesetzter Südostkurs schien bisweilen zu seinem Repertoire zu gehören.

Alle Versuche, die Winde und Strömungen zu beherrschen und die führerlose Fahrt unter Kontrolle zu bekommen, schlugen fehl. Segel und Ruderer gab es keine mehr und das Steuer bewegte sich wirr und ohne System. Es riss sich los, sobald man es festzubinden versuchte. Auch Magie prallte wirkungslos an ihm ab.

Keine andere Erklärung fiel ihm ein, als dass ein Fluch die Gewalt über ihn und das Schiff erlangt haben musste.

Wenigstens zu hungern brauchte er nicht. Nahrung befand sich im Übermaß an Bord, auch wenn es aussah, als verderbe sie viel schneller als gewöhnlich. Er hielt sich in zunehmendem Maße an den Sake, der in großen Fässern vorrätig war. Hatte er sich zunächst nur sporadisch einen Schluck genehmigt, um seine Magie nicht zu schwächen, ersetzte er nach und nach sogar die Mahlzeiten durch eine kräftige Ration Reiswein.

Damit ließ sich auch die Kälte besser ertragen. Bei all den undurchsichtigen Manövern, die das Schiff ausführte, schien sich unter dem Strich doch ein Nordwestkurs herauszukristallisieren. Mit jedem Tag der Reise wurde die Luft merklich kälter. Die Kleider der Seeleute, die er nur widerwillig anzog, hielten sie äußerlich von ihm fern, doch *eine Ebene* der Kälte schien einen Weg hindurch zu finden.

Das Ziel seiner Reise hätten die Städte jenseits des Meeres sein sollen. Dazu hätte er eine Route südlich des Königreichs Shiragi[4] befahren müssen. Zwar hatte er sich keine Hoffnung gemacht, jemals Chang'an zu erreichen, die tief im Landesinneren liegende Hauptstadt des chinesischen Tô-Reiches, doch dies wäre wohl auch nicht nötig gewesen. Er versprach sich viel von der Küstengegend rund um Hangzhou. Wo genau er für seine speziellen Zwecke fündig werden würde, war ohnehin schwer vorauszusehen, selbst für ihn.

Doch die Ländereien, auf die er nun zu trieb, gehörten nicht mehr zum Einflussgebiet der stolzen und blühenden Tô-Dynastie. Über die Welt nördlich von Tô und Shiragi war nichts bekannt. Wenn überhaupt Menschen sie besiedelten, musste es sich um Barbarenvölker handeln, ungehobelt und rau wie die strenge Natur in diesen Breiten. Bestien, halb Mensch, halb Tier. Man konnte sich gut vorstellen, dass sie sich in grob aufgeschlitzte Bärenfelle hüllten, an denen vermutlich noch Blutreste klebten.

Sicher würde er längst erfroren sein, wenn das Schiff diese Gestade erreichte. Er nahm sich vor, noch durchzuhalten, bis der Sake-Vorrat erschöpft war. Der Grund für seine Reise kam ihm von Tag zu Tag alberner vor, und vielleicht konnte er ihn sogar ganz vergessen, wenn er sich etwas Mühe gab.

Er hatte Tod und Unglück über sein Reich bringen wollen, doch der Tod, den er über die Schiffsbesatzung gebracht hatte, befriedigte ihn viel weniger, als er angenommen hätte. Im Gegenteil – das Schicksal der Leute hatte einen scheußlichen Nachgeschmack in seinem Mund hinterlassen, den all der Alkohol nicht wegzuspülen vermochte.

Sehr wahrscheinlich war es gut, dass er Tô nie erreichte. Gut für sein Land, gut für den Kaiser.

Gut für seine eigene Seele.

10

Das Jahr 18 der Ära Enryaku, und damit auch das Jahr 18 der Regierungszeit des Kaisers Kammu. Eine Zeit großer Umwälzungen.

Kammu war der erste starke Mikado seit Jahrzehnten, ein Kaiser, der sich die Macht nicht gerne aus der Hand nehmen ließ. Bereits im vierten Jahr seiner Regierung hatte er eine tief greifende Entscheidung getroffen: Die Kaiserstadt sollte verlegt werden.

Vierundsiebzig Jahre lang hatte Heijô[5] als Kaiserstadt von Nippon fungiert – als Hauptstadt eines weitgehend geeinten Reiches. Es war eine ereignisreiche und fruchtbare Epoche gewesen. Die Macht der Zentralregierung festigte sich und man schickte Gesandte über das Meer nach Tô aus, die reiches Wissen mit nach Nippon brachten. Der ebenfalls aus Tô nach Nippon gelangte Buddhismus gewann überall im Land an Einfluss, vor allem natürlich in der Hauptstadt. Zahllose Tempel wurden errichtet, die Macht der Mönche nahm zu und schließlich begannen sie sich selbst in die Regierungsgeschäfte einzumischen.

Genau das war es, was Kaiser Kammu Sorgen bereitete. Die buddhistischen Mönche waren zu stark geworden, um in Ruhe regieren zu können. Sie begannen jetzt sogar die Autorität des Kaisers infrage zu stellen, und dies, obwohl dieser als direkter Nachkomme der Sonnengöttin Amaterasu doch eigentlich über ihnen allen stand. Stehen musste.

Es war an der Zeit, ein paar Dinge zu ändern.

Kammu entschied als Erstes, die Gesandtschaften nach Tô zu reduzieren. Sie waren unnötig, wenn nicht sogar gefährlich geworden. Sicher, man hatte viel von dem Wissen der Tô profitiert, hatte den gesamten Beamtenapparat nach ihrem Vorbild aufgebaut, hatte in Sachen Architektur und Ackerbau große Fortschritte gemacht, sodass das einfache Volk endlich genug zu essen hatte. Bei der Planung der Kaiserstadt hatte man die Tô-Hauptstadt Chang'an imitiert, eine tiefe Verbeugung vor der Kultur des Riesenreiches. Darüber hinaus hatte man die Schrift von den Tô übernommen und war damit erstmals in der Geschichte fähig, Gesetze, Regeln und wichtige Erkenntnisse für die Nachwelt festzuhalten sowie die gelehrten Tô-Schriften zu lesen. Trotzdem, so fand der Kaiser, musste man sich nun allmählich auf das Eigene besinnen. Der Mikado, den man nach dem Vorbild der Tô neuerdings auch Tennô[6] nannte, durfte nicht zu einer Marionette der Mönche werden.

Kammus zweite und wichtigste Entscheidung bestand darin, die Kaiserstadt zu verlegen. So konnte man den Mönchen geschickt entgehen. Eigentlich hatte man Heijô als Hauptstadt für die Ewigkeit geplant. Während es zuvor üblich gewesen war, den Regierungssitz alle naselang zu wechseln, sollte Heijô jahrtausendelang Bestand haben.

Dazu kam es nun nicht mehr.

Kaiser Kammu befahl seinen Beratern, sich nach einem geeigneten Ort für die neue Kaiserresidenz umzusehen. Bei der Suche spielte vor allem eine ganz bestimmte Art von Beamten eine wichtige Rolle:

Die Onmyôji.

Innerhalb des Kaiserhofes gab es das Onmyôryô, das Amt für Wahrsagerei und Magie. Die dort tätigen Beamten nannte man Onmyôji, ihre Lehre Onmyôdô, den »Weg des Yin und Yang«. Sie betrieben Studien unterschiedlichster Art, und ihre Hauptaufgabe bestand darin, Horoskope zu erstellen. »Kalender-Macher« nannte man das. Am Hof geschah nichts, ohne sie zuvor zu konsultieren. Andere mochten beschließen, *was* getan werden musste, doch die Onmyôji entschieden, *wann* und *wo* es getan wurde. Auch die Erforschung geografischer Gegebenheiten fiel in ihr Aufgabenfeld. Das nannten die Tô Fûsui[7]. Ehe man ein Gebäude errichtete, musste man die Lage auf bedrohliche Einflüsse hin untersuchen. Entdeckten die Onmyôji an einer Stelle Unheil bringende Energien, blieben nur zwei Möglichkeiten: den Ort magisch zu reinigen und von den dämonischen Einwirkungen zu befreien, oder, wenn dies nicht durchführbar erschien, ganz von dem Bau abzuraten.

Nach monatelangen Forschungen hatten die Onmyôji eine Stelle gefunden, die sie als ideal ansahen, um dort die neue Kaiserstadt zu errichten – die wiederum für die Ewigkeit gebaut werden sollte. Der Ort hieß Nagaoka und befand sich weniger als zehn Ri[8] von

Heijô entfernt, in nordnordwestlicher Richtung. Zwei erfahrene Onmyôji traten eines sonnigen Vormittags im Frühling vor den Kaiser, stimmten für Nagaoka und priesen die Vorzüge des Ortes in höchsten Tönen, während ein dritter ihm davon abriet, weil er am Himmel böse Vorzeichen wahrgenommen zu haben glaubte. Der Tennô gab noch am selben Tag den Befehl, unverzüglich mit dem Bau der neuen Hauptstadt in Nagaoka zu beginnen. Ob er deshalb so überhastet handelte, weil die beiden Beamten sein vollstes Vertrauen genossen, oder einfach deshalb, weil er es mit dem Umzug sehr eilig hatte, bleibt ein ungeklärtes Rätsel der Geschichte.

Die Vorbereitungen liefen an. Kaiser Kammu beauftragte einen Mann namens Fujiwara no Tanetsugu mit der Leitung und Überwachung des gewaltigen Bauprojekts. Tanetsugu war ein fähiger und verdienter Beamter, und nach allem, was wir wissen, kam er seinem Amt mit ganzer Kraft nach. Der Einsatz von mehr als zwanzigtausend Lohnarbeitern brachte den Bau mit großen Schritten vorwärts, sodass bereits im November desselben Jahres der Kaiser seinen neuen Palast beziehen konnte. Wie erleichtert und stolz muss er sich gefühlt haben, wenn er durch das winzige Fenster seiner Sänfte aus die Arbeiten an der halb fertigen Stadt beobachtete! Endlich war er dem würgenden Griff der Mönche entflohen.

Allerdings sollte sich bald herausstellen, dass es Dinge gab, auf die auch sein tüchtiger Bauleiter Tanetsugu keinen Einfluss hatte. Und nicht einmal er, der Kaiser selbst ...

Es geschah im September des folgenden Jahres. Die Bauarbeiten waren ein wenig ins Stocken geraten und Tanetsugu inspizierte die Baustelle täglich bis spät in die Nacht hinein. Ein fahler Halbmond stand am Himmel, als er mit einigen Begleitern zwischen den Feuer spuckenden Kohlebecken umherging, die überall ihren rußigen Geruch verteilten. Die kahlen Holzkonstruktionen ragten wie Skelette riesiger Tiere in den Himmel. Überdeutlich stand die Erschöpfung in den Gesichtern der Arbeiter, und ihre Leiber glänzten trotz der fortgeschrittenen Stunde vom Schweiß. Ihre Haut war von der Sonne verbrannt und schimmerte rot im Licht der Kohlebecken. Obwohl die Arbeiten nicht den Fortschritt zeigten, den Tanetsugu sich ausgerechnet hatte, gab er den Befehl, die Werkzeuge für diesen Tag niederzulegen. Die Müdigkeit der Arbeiter übertrug sich auf ihn, er spürte ihre Kraftlosigkeit körperlich. Sie brauchten unbedingt Ruhe – vielleicht muteten sie ihnen zu viel zu.

Seine Begleiter wollten sich eben von ihm trennen, um seine Anordnung weiterzuleiten, da stoppte sie ein plötzliches scharfes Sirren. Sie kannten das Geräusch. Jeder, der jemals mit einem Bogen geschossen hatte, kannte es.

Zwei Pfeile trafen Fujiwara no Tanetsugu in die Brust. Obwohl sie aus einiger Distanz kommen mussten (denn in der unmittelbaren Nähe gab es keine Versteckmöglichkeiten), war ihre Wucht enorm und sie drangen tief in den Körper des Mannes ein. Dieser ging noch einige Schritte, seine Miene drückte mehr Überraschung als

Schmerz aus. Nach sechs oder sieben Schritten strauchelte er und fiel nach hinten um, ohne einen Laut von sich gegeben zu haben. Die dünnen Pfeile ragten gespenstisch aus seiner Brust wie die Stängel seltsamer Pflanzen. Eine halbe Stunde später hatten die Wurzeln dieser Pflanzen das Leben aus ihm gesaugt. Fujiwara no Tanetsugu, der Bauleiter der neuen Kaiserstadt, war vor den Augen Dutzender Beamter, Handwerker und Lohnarbeiter gemeuchelt worden.

Sein Mörder schien sich in dem Durcheinander in Luft aufgelöst zu haben. Von ihm gab es keine Spur.

Doch der Kaiser hätte sein Gesicht verloren, hätte er sich damit zufriedengegeben. Wochen später wurden einige Männer für das Attentat bestraft, vielleicht aufgrund von Indizien, vielleicht auch nur, um das Volk zu beruhigen. Einen sicheren Beweis für ihre Täterschaft gab es jedenfalls nicht. Immerhin handelte es sich um enge Vertraute der Herren Ôtomo und Saeki, zweier erbitterter Feinde des Tennô, und angeblich waren sie in den Tagen vor dem Attentat in Nagaoka gesehen worden. Andererseits: Wen sah man dort nicht? Die von Tag zu Tag höher und prachtvoller in den Himmel wachsenden Holzbauwerke lockten jeden Tag viele adlige Müßiggänger an. Die wenigsten davon planten einen heimtückischen Mord.

Der Vorfall schlug indes Wellen bis in die höchsten Kreise des Kaiserhauses, und es geschah, was niemand für möglich gehalten hatte. Der Kronprinz Sawara Shinnô höchstpersönlich wurde der Mittäterschaft bezichtigt. Zwar beteuerte der Prinz seine Unschuld und versuchte diese durch ein strenges Fastengelübde zu untermauern, doch schließlich konnte er dem Urteil nicht entgehen. Man unterwarf ihn der Strafe, die zu dieser Zeit für Schwerverbrecher üblich war: Man verbannte ihn auf eine abgelegene Insel, viele Tagesreisen vom Hof entfernt. Mit dieser Strafe ließ es sich eigentlich gut leben, vor allem wenn man bedachte, dass er in jeder anderen Epoche der Geschichte gehenkt, gekreuzigt oder enthauptet worden wäre. Der Kronprinz Sawara allerdings konnte sich mit seinem Schicksal nicht abfinden. Auf der Fahrt zu der Insel Awaji, wo er den Rest seines Lebens verbringen sollte, geriet er so sehr in Rage über das Urteil, dass er starb, ehe er sein Ziel erreichte.

Die Nachricht wurde im Kaiserhaus mit Schrecken aufgenommen. Solche Vorkommnisse zogen selten Gutes nach sich.

Und wirklich – der Tod des Kronprinzen markierte den Beginn einer Reihe von entsetzlichen Unglücksfällen. Innerhalb weniger Jahre verlor der Tennô seine Mutter und seine Gemahlin. Dass die Bauarbeiten immer schleppender vorankamen, bekam er kaum mehr mit, denn auch er selbst erkrankte bald schwer. Nach fast zehn Jahren Bauzeit waren zahlreiche wichtige Gebäude noch immer nicht fertiggestellt, und zu allem Überfluss gab es Überschwemmungen, die Menschenleben forderten und den Fortschritt weiter bremsten.

Das alles, vermutete man bald, müsse mit dem Tod des Kronprinzen zusammenhängen. Bestimmt war Prinz Sawara unschuldig verurteilt worden und hatte im Sterben einen Fluch über die neue Kaiserstadt gelegt. Flüche fürchtete man in dieser Zeit mehr als alles andere und da machte auch der Tennô keine Ausnahme.

Nur ein Jahrzehnt nachdem er sich für Nagaoka als Hauptstadt entschieden hatte, traf Kaiser Kammu erneut schwerwiegende Entscheidungen. Als Erstes entließ er die beiden ehrwürdigen Onmyôji, die ihm zu Nagaoka geraten hatten. Mehr Beweise, dass sie unfähig waren, die Zukunft vorherzusehen, brauchte es nicht. Doch Kammu war ein konsequenter Mann. Auch den dritten Onmyôji, also jenen, der ihn seinerzeit vor Nagaoka gewarnt hatte, entließ er unehrenhaft aus seinem Amt. Ihm legte er zur Last, ihn nicht vehement genug davon abgehalten zu haben, die Hauptstadt nach Nagaoka zu verlegen. Wenn er gewusst hatte, was auf den Kaiser zukommen würde, wie hatte er dann noch ein Auge zutun können all die Nächte, die Kammu auf das Desaster zusteuerte?

Was sollte der Tennô nun tun? Zurück nach Heijô zu gehen stand nicht zur Auswahl. Damit hätte er sich zum Gespött des Volkes gemacht und sich vollends der Macht der Mönche unterworfen. Also blieb nur die Flucht nach vorne.

Es half alles nichts: Die Hauptstadt des Reiches musste noch einmal verlegt werden.

Neue Onmyôji waren nachgerückt und brannten darauf, dem Tennô bessere Dienste zu erweisen als ihre unglücklichen Vorgänger. Sie brauchten nicht lange zu suchen, und diesmal war ihre Entscheidung einstimmig. Nur einen Katzensprung von Nagaoka entfernt gab es einen Punkt, der in jeglicher Hinsicht perfekt schien.

Heian[9].

Um zu verstehen, was Heian zu einem so idealen Standort machte, muss man ein wenig ausholen.

Die Arbeit der Onmyôji fußte auf der Lehre der beiden gegensätzlichen Prinzipien. Ursprünglich entstand diese Philosophie in Tô, wo sie als Yin-Yang-Lehre bekannt ist, und wurde in Nippon weiterentwickelt. Zu dieser Lehre gehört der Glaube an die vier Götter der Himmelrichtungen. Jede Himmelsrichtung hat ihre Eigenschaften und ihren Gott, der sie bewacht. Eine Landschaft, die den Vorlieben dieser Götter genau entspricht, ist also ein idealer Ort für den Bau einer bedeutenden Stadt, denn nur wenn die vier Götter sich rings um diesen Ort niederlassen, ist die Stadt vor bösen Einflüssen aus allen Himmelsrichtungen geschützt.

Der Gott des Nordens hat die Gestalt einer Schildkröte und liebt gebirgiges Land, und im Norden von Heian findet sich tatsächlich ein Gebirge. Der Gott des Ostens ist ein blauer Drache und benötigt einen Fluss, um sich wohlzufühlen. Dieser Fluss im Osten existiert. Der weiße Tiger, der Gott des Westens, liebt weite Straßen, und westlich von Heian verlaufen tatsächlich zwei wichtige Verkehrsadern. Im Süden von Heian liegt ein großer Teich – genau diesen Teich braucht der Gott des Südens, ein wunderschöner roter Vogel, um sich niederzulassen.

Der Tennô befand sich in einer verzweifelten Situation. Geschwächt von den nicht enden wollenden Schicksalsschlägen und der eigenen Krankheit, war er kaum bei der Sache, als die Onmyôji ein großes Blatt Papier vor ihm ausbreiteten und mit geschickten Tuschestrichen eine Karte des Ortes hinwarfen, den sie für den Bau der nächsten Kaiserstadt vorschlagen wollten. Erst als einer von ihnen mit kostbarer farbiger Tusche die Gestalten der vier Götter skizzierte, merkte er auf. In den Bergen des Nordens kroch die braune Schildkröte, im Fluss des Ostens vergnügte sich der blaue Drache, auf den Straßen des Westens tollte der weiße Tiger umher und im Teich des Südens schwamm der rote Zaubervogel. Sie waren so anmutig und farbenfroh gezeichnet, dass jeder für sich glücklich und ausgelassen wirkte.

»Das ist der Ort, den ich suche«, sagte der Kaiser mit brüchiger Stimme.

Einer der Onmyôji legte seine Stirn auf den Boden und meinte: »Dieser Ort wird Euch endlich Frieden und Sicherheit bringen.«

»Dann werde ich ihn ... Heian nennen«, erwiderte der Kaiser spontan, und man sagt, bei diesen Worten kehrte die Röte des Lebens wieder in seine Wangen zurück.

Den Namen Heian schreibt man mit zwei Schriftzeichen. Das erste bedeutet »Friede«, das zweite »Sicherheit«.

Zum zweiten Mal in kurzer Zeit ließ Kaiser Kammu die Hauptstadt verlegen. Diesmal gingen die Bauarbeiten ungleich zügiger voran, und in den ersten Jahren kam es zu keinen unheilvollen Ereignissen, die sie überschattet hätten. Der Tennô genas, und dies schien allein schon die Richtigkeit seiner Entscheidung zu beweisen. Die Onmyôji wurden als Lebensretter des Tennô gefeiert. Bis in die entlegensten Provinzen des Landes trug man ihre Geschichten. Die Bauern waren überzeugt davon, dass die Gebete der Onmyôji ihnen reiche Ernten brachten, und die Fischer glaubten, die Magie der Onmyôji würde die Fische in ihre Netze treiben. Überall verbreiteten sich die Nachrichten von den Wundern, die die Onmyôji gewirkt hatten. Allerorten wurden die Zauberer und Wahrsager als Helden verehrt, trieben Dämonen aus, wendeten Katastrophen ab und stoppten Epidemien. Eine neue Zeit schien angebrochen zu sein. Eine Zeit, in der das Gute über das Böse siegen würde.

Doch das Glück währte nur ganze fünf Jahre ...

11

»Was stehst du da und glotzt mich an? Du ... du hast mich geweckt, stimmt's?« Ich richtete mich ein wenig auf, meine langen Haare struppig, die Augen nur mit Mühe der Mittagssonne geöffnet.

»Woher willst du das wissen? Du stellst Behauptungen auf, die du nicht beweisen kannst!«

»Und ob! Dein Fuß steht noch auf meinem Knie.«

»Oh ...« Das Mädchen betrachtete den eigenen Fuß, mit dem es mein Knie so lange hin und her gerüttelt hatte, bis der Schlaf klein beigab und aus meinem Körper floh. Da sie so verblüfft von der Position ihres Körperteils schien, dass sie es nicht wegnahm, erledigte ich das für sie. Natürlich riss ich ihren Fuß so ruckartig und heftig zur Seite, dass sie strauchelte und *ein bisschen* ungeschickt zu Boden stürzte. Ihr beleidigtes Knurren ignorierend rappelte ich mich auf, taumelte ein wenig, klopfte mir den Schmutz von den Kleidern und ging ein paar Schritte auf die Wiese hinaus. Ich kniff die Augen zusammen, als ich der Sonne entgegensah. Sie war hell. Unnötig hell. Ich hätte sie auch als Sonne erkannt, wenn sie es mit der Helligkeit nicht ganz so sehr übertrieben hätte.

Wir hatten an einem Waldrand genächtigt. Na ja, *wir*

war vielleicht nicht das richtige Wort. Bis lange nach Sonnenaufgang war ich, Hayate, alleine umgestreift, hatte die Gegend erkundet, an wehrlosen Sträuchern meine Kampfkünste geübt, den Zug der Vögel beobachtet und natürlich auf meinem kleinen, zusammenklappbaren Go-Brett, das ich stets bei mir trug, immer wieder gegen mich selbst gespielt. Oder besser gesagt: gegen schreckliche Zauberwesen oder mächtige Magier, die in meiner Vorstellung immer bunter und fantastischer wurden, je weiter die Zeit fortschritt.

Einmal hatte ich im Licht des Mondes etwas Seltsames gesehen. Ein Wesen wie einen kleinen schwarzen Hund, unnatürlich dünn, als hätte ihn ein Maler mit einem eiligen Pinselstrich einfach so in die Landschaft gesetzt, wo er sich verselbstständigte. Das Geschöpf kam zwischen den Bäumen des Waldes hervor und jagte mit langen Sätzen über das Grasland davon. Ich zuckte die Schultern und stellte mir bei der nächsten Go-Partie vor, ich würde gegen diesen Hund spielen. Um diesem flinken Gegner gerecht zu werden, erfand ich eine neue Regel: Für jeden Zug durfte ich nur so lange brauchen, wie ein Atemzug dauerte. Mit solchen Spielereien verflog die Nacht im Nu.

Tatsurô und Urara hatten es nicht so lange ausgehalten. Kurz nach Sonnenuntergang hatten sich die beiden, den gebührenden Abstand wahrend, ins Gras gebettet. Ihr Schlaf war bereits seicht und unruhig geworden, als mir erst die Augen zufielen. Na und? Ich war eben kein Mensch, der sein Leben verschlief. Ich liebte es, die Nacht für mich zu haben. Wenn man den ganzen Tag lang von Leuten herumkommandiert wurde, schätzte man die Freiheit der nächtlichen Stunden, in denen einem die Welt alleine gehörte. Die anderen wussten gar nicht, was einem entging, wenn man eine Nacht um die andere Nacht verpennte. Schlafen konnte man immer noch, sobald man alt und grau war.

»Der Meister ist schon losgegangen«, verkündete Urara. Ihre Haare waren kurz geschnitten – es fiel mir immer wieder neu auf. Ich hatte nie eine Frau mit kürzeren Haaren gesehen, außer einer Alten in Takatsuki, und die hatte den Aussatz. Trotz der Sache mit den Haaren war Urara ein überaus hübsches Ding. Ihre großen Augen standen schräg, Nase und Mund waren klein, ihre Backen rund und groß. Geschminkt und entsprechend herausgeputzt hätte sie als Hofdame durchgehen können. Natürlich nicht mit dieser Frisur.

Urara trug duftig leichte orangefarbene Kleider, mit denen sie sich gerne einmal im Kreis drehte, und hatte nicht nur deswegen etwas Erfrischendes an sich. Sie konnte sehr niedlich sein, vor allem wenn sie nichts tat und nichts sagte, sondern einfach nur vor der Sonne stand und ins Leere blickte. Die meisten Menschen dachten nach, wenn sie sonst nichts taten. Möglicherweise dachten sie belangloses Zeug, zählten die Blätter eines Baumes, fragten sich, wie hoch der Himmel war, oder erinnerten sich, was sie empfunden hatten, als sie zum ersten Mal klebrigen Yamswurzelbrei gegessen hatten. Jedenfalls dachten sie irgendetwas. Urara – da war ich ganz sicher – verfügte über die seltene Begabung, mitunter gar nichts zu denken. Man sah es in ihren Zügen. Kein Muskel spannte sich in solchen Momenten, kein Zeichen von Freude oder Kummer malte sich auf ihrem Gesicht ab, nicht einmal ein kleines Blitzen war in den Augen, kein Zucken im Mundwinkel.

Urara beherrschte die Kunst des Nichts-Denkens. Und das war gut so. Denn *wenn* sie dachte, dachte sie etwas Falsches. Sie war eben eine Frau.

»Wo ist der Kopf hin?«, wollte ich wissen.

Mit »Kopf« meinte ich dieselbe Person, von der Urara sprach, wenn sie »Meister« sagte. Nämlich Tatsurô, den Anführer unserer kleinen Gruppe. Ich gab mich gar nicht absichtlich respektlos, aber ich hatte ein komisches Gefühl dabei, jemanden wie Tatsurô »Meister« zu nennen. Wenn ich das tat, wie sollte ich dann zu jemandem sagen, der tatsächlich etwas draufhatte? *Erlauchter Meister-Meister? Sehr geehrter Am-meisten-Meister?*

Tatsurô hatte im Gegensatz zu Urara und mir sogar einen echten Familiennamen, weil adliges Blut in seinen Adern dümpelte. Er war das, was man gemeinhin einen Onmyôsei nannte. Dieses Wort hatte einen besonderen Klang. Es bezeichnete einen Schüler, der die Yin-Yang-Lehre studierte und damit rein theoretisch die Chance hatte, eines Tages zum Onmyôji aufzusteigen. Allerdings brachten es von zehn Schülern höchstens ein oder zwei zum Meister. Ich für meinen Teil hatte das sichere Gefühl, dass unser lieber Tatsurô zu der Mehrheit gehörte, die es nicht schaffen würde.

Freilich zog ich es vor, diese Ansicht für mich zu behalten.

»Der Meister steht da drüben und besänftigt die Geister des Waldes.« Urara sagte es mit Ehrfurcht in der Stimme. Sie deutete eine leichte Verbeugung an, vage ins Nichts gerichtet.

Ich, der ich durchaus ein Interesse an der Yin-Yang-Lehre hegte und mir vorgenommen hatte, ihrem Anführer im Verlauf der Reise den einen oder anderen Trick abzugucken, ging eilig an dem Mädchen vorüber. Ich wollte sehen, was der *Kopf* da genau trieb.

Tatsurô wandte uns den Rücken zu. Er hatte die Beine etwas gespreizt, die Oberarme leicht vom Körper abgewinkelt. Er ruckte leicht in den Knien und schaukelte sachte mit den Schultern. Seine Hände taten, wie es aussah, unsichtbar etwas Geheimnisvolles vor seinem Bauch. Der Bauch – zu welchem Element gehörte der noch einmal? Tatsurô hatte es mir erklärt, aber ich war nicht so gut im Auswendiglernen von abgehobenen, schwer greifbaren Theorien. Ich stellte zwar gerne Fragen, konnte mir jedoch meist die Antworten nicht behalten. Kein Problem! Mit etwas Verstand leitete man sich so etwas ohnehin besser selbst her. Dazu brauchte ich nur ein griffiges Beispiel aus meinem Alltag. Was konnte ich da nehmen? Ja, neulich in einem dieser Dörfer, da hatten wir von nicht mehr ganz frischem Reiswein gekostet. Ein eindrückliches Erlebnis. Aus einem Holzbecher hatte ich getrunken. (Merke: Der Mund ist dem Element Holz zugehörig!) Das Zeug brannte mir gehörig in der Kehle. (Also: Die Kehle gehört dem Feuer!) Als ich zu tanzen versuchte, hatte ich Beine, so schwer wie Eisen (Beine gleich Metall), und der Reiswein schwappte unangenehm in meinem Bauch (Bauch bedeutete also Wasser).

So einfach war die Lehre der fünf Elemente. Im Grunde ein Kinderspiel! Wäre ich nicht der Spross einfacher Handwerker gewesen, ich hätte es leicht selbst zum Onmyôji bringen können.

Wie richtig meine philosophischen Erörterungen waren, erkannte ich staunend: Von der Stelle her, an der Tatsurô in seiner ehrwürdig-magischen Pose verharrte, klang mit einem Mal das Plätschern von Wasser herüber. Noch immer hielt der Hagere seine Hände vor seinem Bauch.

Wasser ... Bauch ... Unglaublich einfach! Tatsurô schuf Wasser aus dem Nichts mit einem ... wie sollte man sagen ... Bauchzauber. Vielleicht hatte Urara mit ihrem Respekt ja ein klitzekleines bisschen recht, und der *Kopf* war doch kein hoffnungsloser Fall.

Munter rannte ich weiter. Ich wollte Zeuge sein, wie der Bauchzauber genau vonstattenging.

Als ich auf Tatsurôs Höhe angekommen war, verhedderten sich unvermittelt meine Beine ineinander. Ich knallte zu Boden wie ein Drachen, den eine Bö vom Himmel riss. Eigentlich war ich ein sportlicher Junge. Ich knallte nicht einfach so hin. Meine Beine hatten von einem Moment auf den anderen das Laufen verlernt, und das kam daher, dass meine Augen ... die Wahrheit gesehen hatten.

Die Wahrheit hinter dem Zauber.

»Urara, du bist ein unbelehrbarer Dummkopf«, krächzte ich. Was streng genommen bedeutete, dass ich selbst auch einer war, denn ich hatte ihr ja zunächst geglaubt. Ich rollte mich auf den Rücken wie ein Hund, der gekitzelt werden will, und wartete, ob das befreiende Lachen sich einstellen würde, das einem bisweilen zu Hilfe eilt, wenn man etwas ganz besonders Trotteliges getan hat. Doch es schien heute nicht in der Nähe zu sein.

»Kann ein Onmyôsei nicht einmal ungestört seine Notdurft verrichten?«, schrie Tatsurô ziemlich gereizt. Seine hohe Stimme war beinahe zu einem Piepsen geworden. Umständlich packte er zusammen, was es zusammenzupacken gab, ordnete noch umständlicher die vielen Lagen seiner Kleider und stapfte von dannen. Mein Auftauchen musste ihn gehörig aus dem Konzept gebracht haben – normalerweise pflegte er lange Strafpredigten zu halten, wenn er etwas an meinem oder an Uraras Verhalten auszusetzen hatte. Zitierte auswendig aus den Werken alter Yin-Yang-Meister, bis er an einen Punkt kam, an dem er nicht mehr weiterwusste. Meistens kam er sehr schnell an einen solchen Punkt.

Eine Weile gingen wir uns schweigend aus dem Weg. Es gab eine Stelle, an der die Wiese in einen Abhang überging. Von dort hatte man eine wunderbare Aussicht auf ein tiefes Tal. Lang gestreckt lag es da, von Schatten bedeckt. Ein Fluss lief weit abgesunken in einer großen, gemütlichen Kurve durch das Tal, und zwei, drei schmale Waldstreifen durchzogen es. Nahe an einem dieser Wäldchen, jenseits des Flusses, zeichneten sich die Hütten eines Dorfes ab, rund vierzig Behausungen, schlicht, grau und klein, in der Mitte des Fleckens ein offener Platz, an einem Ende ein kleiner Schrein, nur zu erkennen durch den Klecks roter Farbe, der dort sichtbar war.

Ich seufzte, oder genauer gesagt: Ich machte »hm«. Wir waren in den letzten Wochen Dutzenden von Dörfern begegnet, die diesem hier glichen wie eine Gurke der anderen. Auf der gegenüberliegenden Talseite fanden sich grünende Terrassenfelder. Hirse, wie ich gleich erkannte. Und mein Magen begann ungefragt zu knurren.

Tatsurô war vermutlich nicht bewusst, dass wir so nahe an einer menschlichen Siedlung genächtigt hatten. Seine Magie war ihm nicht im Geringsten hilfreich gewesen. Sonst hätten wir unser Lager gewiss nicht unter freiem Himmel aufgeschlagen. Ich dagegen hatte schon bei meinem nächtlichen Spaziergang Feuerschein in der Dunkelheit bemerkt, war bis an den Rand der Grasebene gegangen und hatte lange hinabgesehen.

Ehrlich gesagt, bei Nacht hatte mir das Tal mit seinem Dorf besser gefallen als jetzt. Woran das lag, wusste ich nicht genau. In der Nacht war mir die Dunkelheit naturgemäß ganz normal und … *gesund* vorgekommen. Nun, am Tag, fragte ich mich, woher der leichte Schatten rühren mochte, der sich über die Hütten auszubreiten schien. Ein Blick auf den wolkenlosen Himmel des Mittags brachte keine Erklärung für diese seltsame Erscheinung. Weder war das Tal eng genug noch waren die Bäume hoch genug, um den Schatten zu werfen. Diese Bäume knickten zwischendurch unter jähen Böen ab, was aussah, als würden sie sich hektisch vor hohen Gästen verneigen. Hier oben dagegen war es vollkommen windstill.

»Tatsurô-samaaaaa![10]«, rief ich den Onmyôsei herbei.

Dieser raffte seinen Mantel und kam mit den hüpfenden Schritten eines Mannes angerannt, der zu viel Zeit vor schwierigen Büchern sitzend verbrachte und sich zu wenig bewegte. Tatsurô war groß und knochig, seine Haare dünn. Das quadratische Gesicht erinnerte mich immer an eine würfelförmige Lampe, die ich irgendwo einmal gesehen hatte. Der Kopf saß auf einem sehr langen und dünnen Hals. Neben dem kümmerlichen Ziegenbärtchen hing eine bläuliche Geschwulst von der Größe einer Saubohne herab. Tatsurô brachte ein Viertel des Tages damit zu, sie mit Kräutern und Salben zu betupfen, ohne sie kleinzukriegen. Böse Zungen sagten ihm nach, er sei nur deshalb Onmyôsei geworden, um dieses Ding in seinem Gesicht loszuwerden. Er sah aus wie dreißig und hatte doch erst seinen zwanzigsten Geburtstag begangen.

Es war seine schlechte Laune, die ihn vorzeitig altern ließ, ohne Frage. Ein Onmyôji vermochte Regen zu machen und Erdbeben zu verhindern. Er, der Onmyôsei Tatsurô, konnte nicht einmal einen kleinen Schönheitsfehler in seinem eigenen Gesicht verschwinden lassen.

Wortlos wies meine Wenigkeit auf das Dorf hinunter. Tatsurô stellte sich neben mich und verbreitete wie immer einen strengen Kräutergeruch. Ich hörte, wie er schluckte. Es klang, als hätte jemand ein kleines Kriechtier zertreten.

»Mit diesem Tal stimmt etwas nicht«, verkündete Tatsurô, nachdem er mehrmals dieses Geräusch gemacht hatte.

»Also haben wir wieder einen der Orte gefunden. Das ging aber schnell. Haben wir nicht erst vor drei Tagen in den Bergen hinter uns einen Oni[11] vernichtet?«

Der Onmyôsei nickte. »Die Abstände zwischen den Orten werden kürzer. Der teefarbene Schatten scheint langsamer voranzukommen.«

»Das ist ja eine gute Nachricht. Vielleicht ist er verletzt«, vermutete ich. »Dann könnten wir ihn erwischen.«

»Das glaube ich nicht. Was sollte ihm eine Verletzung zugefügt haben?«

»Was? Fragen wir doch lieber: wer? Zehn Gruppen sind unterwegs, um ihn zu finden. Seit Wochen beseitigen sie die Übel, die er sät. Das Land ist nicht unendlich groß. Ist es so unwahrscheinlich, dass wir ihn endlich eingekreist haben?«

»Ziemlich«, sagte Tatsurô knapp. Vorsichtig ging er ein paar Schritte den grasbewachsenen Abhang hinab, beinahe als wäre es eine steil abfallende Felsklippe. »Um das Dorf dort unten weht ein Wind, der keines natürlichen Ursprungs ist.«

Inzwischen war Urara herangekommen und blickte ebenfalls ins Tal. »Gibt es da etwas zu sehen?«, fragte sie nach einer Weile. Ihr schien nichts aufgefallen zu sein.

Der Onmyôsei zog sich den Mantel enger um die Schultern. »Wir sollten uns dick anziehen.«

»Im Hochsommer?« Urara war entrüstet. »Ich schwitze jetzt schon.« Sie gehörte zu den Leuten, die interessante

Dinge taten, wenn ihnen heiß war. Zum Beispiel stellte sie sich gerne stundenlang unter eiskalte Wasserfälle. Tatsurô hätte so etwas nie getan, aber seltsamerweise begegneten er und ich uns jedes Mal zufällig hinter irgendeinem Strauch, wenn Urara es tat.

»Ich denke auch, dass wir das leichte Lüftchen im Tal überstehen werden, ohne uns Bärenfelle überwerfen zu müssen«, meinte ich.

Tatsurô hob die Augenbrauen. »Bärenfelle! Eine wahrhaft ausgezeichnete Idee. Besser noch wären Lederrüstungen. Aber wo nehmen wir das eine oder das andere her?«

Urara und ich warfen uns einen Blick zu und zuckten die Achseln. Wir gingen zurück zu unserem Lager, packten unsere wenigen Habseligkeiten zusammen und machten uns auf den Weg ins Dorf. Es schien eine Brücke über den Fluss zu geben – diese nahmen wir uns als Anhaltspunkt.

Als wir die Hälfte des Abhangs hinter uns gebracht hatten, fiel uns die Kälte auf, die in der Luft lag. Sie war nicht immer da, nur manchmal, wenn der Wind wie eine Schlange durch die Wäldchen zog und sich in unsere Richtung bewegte.

»Ein dämonischer Wind«, schnaubte ich, der ich mich ärgerlich dabei ertappte, wie ich mir auf einmal doch ein Bärenfell wünschte.

»Komisches Wetter«, meinte Urara.

»Ein Kama-Itachi«, sagte Tatsurô.

»Ein was? Ein Sichelwiesel?« Ich blieb stehen. Sah dem Wind zu, wie er sich wieder durch das Gras zurückzog. Die Bö bewegte sich kreisförmig, ein Wirbel. Sie überquerte den Fluss in der Nähe der Brücke. Die einfache Hängebrücke begann hin und her zu schwanken, dann auf und ab, und als sie sich wieder beruhigte, rauschten die Bäume am anderen Ufer heftiger. Der wandernde Wirbel streifte das Dorf nur am Rande, doch ich glaubte aus der Ferne eine Art vielstimmiges Aufstöhnen zu hören, wie aus menschlichen Kehlen.

Nein. Vermutlich war es doch nur der Wind.

Ich junger, unbedarfter Busche hatte noch nie von einem Sichelwiesel gehört und es fiel mir schwer, mir eines vorzustellen. Ich dachte an eine Sichel, die Haare hatte und sich wie ein Wiesel bewegte. Eine beunruhigende Vorstellung, zugegeben, und doch gleichzeitig ziemlich ... putzig ...

Ich grinste.

Putzig? Sagte man so?

12

Ich war schon einigen merkwürdigen Wesen begegnet, seit Tatsurô mich angeheuert hatte. Bis zu jenem Zeitpunkt hatte ich überhaupt nichts mit Yôkai zu tun gehabt. Sicher war während meiner Kindheit die übliche Dosis an Märchen und Gutenachtgeschichten durch meine Gehörgänge geflossen, und die Erwachsen hatten sich alle Mühe gegeben, dem kleinen Hayate Angst einzujagen. Allein schon deshalb, damit ich mir nachts die Decke über den unfrisierten Kopf zog und an der Futon-Matratze lauschte, anstatt in und außerhalb des Hauses umherzuschleichen. Aber ich hatte mir nichts daraus gemacht. Hatte nie zu den Kindern gehört, die sich die Namen und Beschreibungen der unheimlichen Wesen merkten. Nie hatte ich mit meinen Freunden darüber gefachsimpelt, ob ein grüner, zweifach gehörnter Oni bei einem Duell unter dem Vollmond gegen einen roten, einfach gehörnten gewinnen oder verlieren würde. Ich hatte auch nie mit eigenen Augen ein Gespenst oder ein Irrlicht gesehen. Bei all meinen nächtlichen Ausflügen nicht.

Natürlich glaubte ich an Yôkai. Jeder Mensch glaubt daran. Ich hielt es nur für recht wahrscheinlich, dass sie sehr dünn gesät waren, auf weit abgelegenen Berggipfeln hausten und von mir oder meiner Familie nichts wollten.

Als meine Mutter starb, änderte sich das für einige Zeit. Da gingen schaurige Gestalten in meinen Träumen aus und ein; Gestalten, bei denen die Zahl der Augen und Ohren nicht mit denen der Arme und Beine übereinstimmte. Doch es ging zu keinem Zeitpunkt so weit, dass ich sie auch in wachem Zustand zu sehen glaubte. Und nach einigen Monaten verschwanden sie sogar wieder aus meinen Träumen.

In den letzten Wochen war alles anders geworden.

Träume und Geschichten waren jetzt das kleinste Problem.

Überall im Land tauchten sie auf.

Die Yôkai.

Die Ungeheuer.

Am helllichten Tag erschienen Ôkubi, die großen Köpfe in den Wolken, und in dem Schatten, den sie auf die Erde warfen, brachen grundlos Feuersbrünste aus. Einsame Tempel waren von Nyûdô bewohnt, von monströsen Mönchen mit langen Hälsen oder einem dritten Auge auf der Stirn. Rund um die Kaiserstadt herum wurden Dörfer und Städte von Baumgeistern, Seeungeheuern und listigen Fuchswesen geplagt. Bald kamen die Nachrichten von ihrem Auftauchen aus allen Winkeln des Landes.

Wenige wagten es, die Berichte als Massenhysterie abzutun. Für die meisten Menschen waren Spukgestalten und Kobolde Realität – und gerade diese Leute sollten recht behalten.

Das Gesicht des Landes veränderte sich wie das einer Frau, die ihre Schminke abwusch. Die Yôkai, von denen alle sprachen, denen aber nur wenige jemals begegnet waren, kamen an die Oberfläche, dorthin, wo alle sie sehen konnten.

Und sie kamen nicht, um die Sommersonne zu genießen ...

Menschen, die sich in ihre Nähe wagten, bezahlten dafür. Trugen Verletzungen davon. Oder verloren ihr Leben.

Dabei war es eine so friedliche Zeit gewesen. Selten hatte man in den Jahren nach dem zweimaligen Umzug der Hauptstadt irgendwo Schwerter klirren hören. Kriege tobten nur im äußersten Nordosten Nippons, wo die kaiserlichen Armeen gegen die Ebisu kämpften, angeblich ungesittete Barbarenvölker, die es wagten, sich den Gesetzen des Kaisers zu widersetzen. Immer wieder waren Truppen erfolglos von dort zurückgekehrt und viele Soldaten hatten auf den Schlachtfeldern ihr Leben gelassen.

Doch das Volk rund um die Kaiserstadt hatte davon wenig mitbekommen. Die Wirtschaft florierte, den Bauern ging es allmählich besser. Reiche Adlige hatten auf Befehl des Kaisers hin neues Ackerland erschlossen und überließen es den Bauern gegen einen vertretbaren Ernteanteil als Lehen. Die Steuerlast wog weniger schwer als in früheren Jahren und Hungersnöte waren jetzt die Ausnahme anstatt die Regel. Man konnte wieder mit Hoffnung in die Zukunft blicken. Wenn man die Menschen gefragt hätte, wem die Entwicklung zum Guten zu verdanken war, hätten die meisten ohne nachzudenken geantwortet:

Natürlich den Onmyôji!

Die weisen Männer, die das Wissen und die Magie der Tô bewahrten, mochten zurückgezogen am Kaiserhof leben, unsichtbar für die einfachen Leuchte draußen auf den Feldern, doch die Wirkung ihres Zaubers und ihrer Gebete reichte ins ganze Reich hinaus.

In diese Zeit des Blühens und Gedeihens hinein trat das Grauen, stapfte wie ein unsichtbarer Riese durch das Land und hinterließ als Fußabdrücke schaurige Wesenheiten, vielfältig wie das Land selbst, doch ähnlich in ihrer tödlichen, vernichtenden Kraft.

Offenbar hatte die Macht der Onmyôji doch ihre Grenzen. Noch brachte niemand den Mut auf, solche Worte laut auszusprechen, im Inneren jedoch dachten es viele. Mehrere Monate waren vergangen, ohne dass dem Schrecken Einhalt geboten wurde.

Ja, man hatte ein oder zwei der Hofmagier durch die prächtigen Stadttore ausreiten sehen, und es hieß, sie hätten in den Bergen nördlich von Heian einen Oni vernichtet und irgendwo im Westen ein Flussungeheuer unschädlich gemacht. Doch neue Yôkai sprossen aus dem Boden wie die sprichwörtlichen Pilze nach dem Regen. Bis die Onmyôji eingriffen, hatte es bereits Opfer gegeben. Die Bemühungen der Magier, das Unheimliche aufzuhalten, erinnerten immer mehr an die sinnlosen Bemühungen der kaiserlichen Truppen, im Nordosten des Landes die Barbaren zu überwältigen.

Panik grassierte im Volk. Bis in die entlegensten Siedlungen drang die Kunde von den geheimnisvollen Vorkommnissen.

Und dann tauchte eine neue Nachricht auf. Es war nicht mehr zu sagen, wo man sie zuerst vernommen hatte. Im Nu wurde sie von anderen bestätigt.

Ein Schatten war gesehen worden.

Der Schatten eines Mannes, von der Farbe schwarzen Tees. Er reiste durch das Land, auf verborgenen Wegen, wurde nur nachts oder in der Dämmerung beobachtet und tauchte immer dort auf, wo kurze Zeit später ein Yôkai erschien ...

War er der Verursacher des Grauens?

Hatte er die Macht, die Ungeheuer zu rufen?

Jemand behauptete gesehen zu haben, wie der Schatten *Samenkörner* im Boden vergrub, faustgroße Kugeln. Ein anderer wollte beobachtet haben, dass der Schatten in eine schwarze Sänfte stieg, und die Sänfte wurde angehoben und setzte sich in Bewegung, ohne dass die Träger zu sehen waren.

Schon bald war es kaum mehr möglich, Wahrheit von Fantasie zu trennen. Die Berichte, die aus allen Himmelsrichtungen und auf den unterschiedlichsten Wegen in die Kaiserstadt gelangten, übertrafen sich gegenseitig mit ihrer Schilderung unvorstellbarer Szenen. Einzelheiten von Kämpfen mit Dämonen wurden dargelegt, und nicht selten steigerten sich die Berichterstatter so sehr in die blutigen Details hinein, dass manche ihnen wie gebannt zuhörten und andere eilig davoneilten, um sich zu übergeben.

Einige der Geschichten waren ganz und gar nicht

blutig. Und dennoch faszinierten sie die Zuhörer und reizten ihre Vorstellungskraft. Der Schatten, so hieß es etwa, hinterlasse zwar keine Fußspuren, dafür aber finde man bisweilen Gedichte dort, wo er gewesen war, fünf Zeilen in der Art der am Hofe praktizierten Dichtkunst, in vollendeter Tuscheschrift auf weißes Papier geworfen. Die Bauern konnten sie nicht lesen, doch eines der Blätter fand seinen Weg nach Heian und wurde dort den höchsten Beamten übergeben.

Nichts geschah daraufhin und der Verbleib des Gedichts ist unklar. Es ging das Gerücht um, die Onmyôji hätten es als Fälschung entlarvt, mit magischen Methoden vielleicht. Aber was sie wirklich glaubten, und vor allem, was sie zu unternehmen gedachten, drang ebenso wenig an die Öffentlichkeit wie der Inhalt des Gedichts. Das wichtigste Amt des Kaiserhofs, das Onmyôryô, war dafür bekannt, strengstes Stillschweigen über seine Aktivitäten zu bewahren. Die Geheimnisse der Yin-Yang-Magie beeinflussten die höchste Ebene der Politik, konnten in den falschen Händen selbst dem Kaiser gefährlich werden und durften unter keinen Umständen an Unbefugte weitergegeben werden. Onmyôji oder Onmyôsei, die gegen dieses Statut verstießen, wurden hart bestraft.

Eines allerdings vermochte das Amt bei allem Bemühen nicht vor der Öffentlichkeit zu verbergen: dass es ratlos war und wie gelähmt.

Dem Volk blieb, wie so oft, nichts anderes übrig, als sich selbst zu helfen. Das war in dieser Situation leichter gesagt als getan, doch das Schicksal schien den Leuten wenigstens einen kleinen Strohhalm zu reichen, an dem sie sich festhalten konnten.

In den von den Yôkai heimgesuchten Dörfern traten Menschen hervor, die eine Art *Begabung* zu entwickeln schienen, irgendetwas, eine besondere Fähigkeit, von der sie zuvor nichts geahnt hatten. Vielleicht war es Einbildung – vielleicht mussten sie einfach daran glauben, mit einer außergewöhnlichen Kraft gesegnet zu sein, um den nötigen Mut aufzubringen für einen Kampf gegen die Ungeheuer.

Manche brachten den Mut dennoch nicht auf.

Andere stellten sich tapfer der Gefahr.

Und fanden den Tod. Oder ergriffen mit schweren Verletzungen die Flucht. Vor den Ungeheuern und vor ihrer Familie und ihren Freunden, die sie nicht hatten beschützen können.

Einigen wenigen schien es gelungen zu sein, einen Kobold oder einen Spuk zu bezwingen, zu bannen, wie es sonst nur die Onmyôji vermochten. Aber die Gerüchte von ihren Taten waren zu ungewiss, um sich auf sie verlassen zu können. In Kriegen waren es meist die Unterlegenen, die sich Geschichten von wundersamen, übermenschlichen Helden ausdachten. Die Sieger brauchten so etwas nicht.

Alles in allem schien die Hoffnung verloren. Die buddhistischen Mönche verkündeten, das Mappô sei angebrochen, das Zeitalter des Anti-Buddha, die Epoche, da die Welt zu einem Ende kommen würde. Die Priester der alten Naturreligion, des Shintô, tanzten und tranken und feierten ohne Unterlass in ihren Schreinen, angeblich, um die Götter zu unterhalten und fröhlich zu stimmen. Und viele verließen die heiligen Orte wieder, enttäuscht von den Göttern, die ihnen nicht zur Seite standen.

Die Bauern aber machten einfach weiter mit ihrem Leben, bewässerten die Felder, brachten die Ernte ein, bereiteten die Getreidespeicher für den Winter vor, obwohl sie nicht wussten, ob es für sie noch einen Winter geben würde.

Dann schienen die Götter es sich doch noch einmal anders zu überlegen. Mitten in der größten Hitze des Sommers, als die glühenden Tage und die schwülen Nächte die Menschen auslaugten und ihres Mutes beraubten, entstand unverhofft etwas, was mehr war als nur ein brüchiger Strohhalm:

Truppen von Rettern, die durchs Land zogen und den Kampf gegen die Yôkai nicht scheuten.

Sie trugen den Namen Sora-no-me – die Augen des Himmels. Es waren kleine Gruppen von drei oder vier Menschen, bunt zusammengewürfelt aus tapferen Männern und beherzten Frauen, die meisten jung und abenteuerlustig. Jede Gruppe stand unter der Leitung eines Onmyôsei, auch diese noch unreif und ohne Erfahrung, aber gewillt, das Schicksal des Landes in die Hand zu nehmen.

Jemand hatte diese Bewegung ins Leben gerufen. Niemand wusste, wie diese Person hieß und wo sie sich aufhielt, was für ein Mensch sie war. Sicher schien nur, dass der Anstoß nicht aus dem Onmyôryô kam. Der Kaiserhof schien vollständig resigniert zu haben.

Die Onmyôsei, von denen jeder wenigstens einige Augenblicke lang diesem Gründer gegenübergestanden hatte, nannte ihn *Sumire-iro no kage*, den veilchenfarbenen Schatten, vermutlich als Kontrast zu *Cha-iro no kage*, dem teefarbenen Schatten. Ob er tatsächlich violette Gewänder trug, blieb ungewiss. Die Gerüchteküche brodelte. Dem Glauben der Öffentlichkeit nach konnte er alles sein: ein Hofbeamter, der die Untätigkeit des Onmyôryô nicht mehr ertrug und selbst das Heft in die Hand nahm. Ein enttäuschter Krieger, der von seinem Herrn verstoßen worden war und den es danach verlangte, sein Talent für etwas Sinnvolles einzusetzen. Eine Frau, die ihren Geliebten an ein Ungeheuer verloren hatte und Rache üben wollte – Geschichten von Frauen, die zu rächenden Furien wurden, erfreuten sich sowieso großer Beliebtheit, am Hofe wie im Volk. Vielleicht handelte es sich auch um den Geist des Fujiwara no Tanetsugu, des gemeuchelten Bauleiters der Hauptstadt in Nagaoka. Oder das Gespenst des fälschlicherweise verurteilten Kronprinzen Sawara, der ein für alle Mal seine Ehre wiederherzustellen suchte, indem er das Volk vor den Yôkai rettete. Die abstrusesten Theorien behaupteten, der veilchenfarbene Schatten sei womöglich selbst ein Yôkai, im Krieg mit seinen Artgenossen.

Freilich gab es auch realistische Leute. Leute, die sagten, der Gründer der Sora-no-me könne eigentlich nur ein Onmyôji sein. Vieles sprach dafür. Zum Beispiel, dass es ihm gelungen war, die jungen Onmyôsei so rasch zu mobilisieren. Aber wenn dem so war – warum veranstaltete er dann eine solche Geheimniskrämerei um seine Person? Warum ritt er nicht auf einem prächtigen Ross durch das Reich, mit wallenden Gewändern, ließ sich feiern und schenkte den einfachen Leuten mit seinem Erscheinen die Hoffnung, die sie so bitter nötig hatten?

Doch Hoffnung findet immer einen Weg. Wie Wasser rinnt sie durch die kleinste Ritze, manchmal zu den Menschen hin, manchmal von ihnen weg. Die Kunde von den Rettern eilte den ausschwärmenden Gruppen voraus. In den betroffenen Gegenden erwartete man ihre Ankunft sehnsüchtig, nein, händeringend, und die Dorfältesten schickten Männer aus, die nach den Sora-no-me suchen und sie unbedingt herbeizitieren sollten, koste es, was es wolle. Es war ganz natürlich, anzunehmen, die Retter seien käuflich. Wer in diesem Land, in dieser Zeit war das nicht? Etwas anderes zu denken wäre geradezu weltfremd gewesen.

Die Bauern besaßen jedoch nicht viel, mit dem sie jemanden bestechen konnten. Reisenden Dämonenjägern ein paar Säcke Hirse und ein Bündel Rüben anzubieten, verbot sich von selbst. Für alle Fälle führte man zwei oder drei hübsche junge Frauen mit sich, mit langen Haaren, prallen Schenkeln und runden Gesichtern, wie es das Schönheitsideal der Zeit war. Überall grassierte die Furcht, ausgerechnet das eigene Dorf könne den »Augen des Himmels« entgehen. Diese Furcht war nicht unberechtigt. Das Land war groß und die zehn kleinen Grüppchen verloren sich darin ebenso wie die vielen Schauplätze des Grauens. Wie leicht konnte man eine kleine Siedlung übersehen ...

Die Sora-no-me hatten eine ganz besondere Methode im Kampf gegen die Yôkai. Diese Methode hatte möglicherweise ihr Gründer entwickelt, der veilchenfarbene Schatten. Ein anderes Gerücht sprach von einem geheimen, einem verbotenen Buch, in dem sie verzeichnet stand. Ein Buch, von dem es keine Abschrift gab, nur das Original, und dieses befand sich angeblich im Besitz des veilchenfarbenen Schattens. Worin die Methode bestand – darüber gab es wieder die unterschiedlichsten Annahmen. Nur eines stand fest: Sie war erfolgreich.

Mitunter zumindest.

Denn bei den Mitgliedern der Sora-no-me-Gruppen herrschte eine gewisse Fluktuation. Ständig war man auf der Suche nach neuen Gefährten. Schließlich überlebten nicht alle die Auseinandersetzungen mit den Yôkai ...

13

Ich weiß nicht, ob diese Brücke sicher ist«, sagte Tatsurô. Wir hatten den Fluss erreicht, und so weit wir sehen konnten, gab es keine andere Möglichkeit, ihn zu überqueren. Der Fluss selbst war nicht sehr breit, aber er lag tief unten in einem schroffen Einschnitt, und es schien schwierig, hinabzuklettern und ihn schwimmend zu überwinden.

»Was wollt ihr?«, meinte Urara. »Sie sieht doch stabil aus.«

Ich erinnerte sie an den unerklärlichen Wirbelwind, der die Brücke vorhin heftig zum Schwanken gebracht hatte. »Bitte einen Zauber«, sagte ich zu unserem Anführer.

Dieser brummte etwas Unergründliches. Ich wusste inzwischen, dass Tatsurô nur einen Kopf halb voll mit theoretischem Wissen hatte und praktisch nicht in der Lage war, irgendetwas in der Welt zu bewirken. Ihm seine Unfähigkeit fortwährend unter die Nase zu reiben, war zu einem gerne genutzten Zeitvertreib für mich geworden. Wahrscheinlich war es der Neid auf den Onmyôsei, der sich bei mir eingestellt hatte, als nach ein, zwei Tagen das flüchtige Gefühl der Hochachtung verschwunden war. Vielleicht veräppelte ich Tatsurô auch nur, um Urara zu imponieren. Was wiederum dumm von mir gewesen wäre. Denn um Urara zu beeindrucken, reichte es, vorauszusagen, welchen Weg die Sonne in den nächsten Stunden nehmen würde.

»Wie sieht das Sichelwiesel aus?«, erkundigte sich das Mädchen zusammenhanglos.

»Gestreift«, erwiderte Tatsurô noch zusammenhangloser.

So liefen die Gespräche zwischen den beiden manchmal ab.

»Ich gehe als Erster«, erklärte ich. Es war nichts Heldenhaftes daran, sich vorzudrängen. Ich hatte einfach keine Lust hier herumzustehen. Mein Magen knurrte nicht mehr, er röhrte. Ich wollte etwas zu essen und eine stille Ecke. Während unseres Abstiegs waren mir ein paar neue imaginäre Gegner für mein Go-Spiel eingefallen, und ich brannte darauf, gegen sie zu spielen, sie zu besiegen und sie, wenn noch Zeit blieb, ein bisschen zu verhöhnen.

Der Wind hatte sich gelegt. Die Sonne glühte inbrünstig am Zenit. Das Gras wackelte nicht einmal. Die Hanfseile der Brücke blieben so still, als wäre sie aus Stein.

Kommt, schien das Sichelwiesel zu sagen. *Geht unbesorgt über die Brücke. Ich bin ganz lieb. Handzahm. Wenn ihr mich hinter den Ohren krault, mache ich Männchen für euch. Dann bin ich kein Sichelwiesel mit einem krummen Rücken mehr, höchstens ein Schwertwiesel. Ein liebes. Sagte ich das bereits?*

»Es will uns in eine Falle locken«, bemerkte Tatsurô.

Und konstatierte damit wieder einmal nur, was ohnehin offensichtlich war.

»Wieso Falle?«, fragte Urara. »Es verhält sich doch ruhig.«

Ich umgriff die beiden Hanfseile, die das Geländer bildeten. Sie waren niedrig. Ich bekam sie gerade zu fassen, wenn ich die Arme normal hinabhängen ließ. Sie waren auch nicht besonders straff gespannt. Wenn man sie vor sich zusammenzog, berührten sie sich. Die Knoten, auf die man die Füße setzen musste, waren mir in ihrer Knüpfart unbekannt und zudem noch ausgefranst. Es fiel nicht schwer, sich vorzustellen, dass man nur an der richtigen Stelle zu ziehen brauchte, um das ganze Gebilde aufzulösen. Wahrscheinlich gab es dafür überhaupt nur richtige Stellen.

Ich setzte meinen linken Fuß auf den ersten Knoten, meinen rechten auf den zweiten. Jetzt hörte ich, dass der Wind nicht ganz verstummt war. Er blies in weiter Entfernung, wahrscheinlich im hintersten der Wäldchen, noch jenseits des Dorfes. Dort machte er anständig Lärm – es klang, als knicke er knarrend dünne Bäumchen um und reiße Äste von den größeren herab. Dazu kam ein ungeheuer dichtes, rauschendes Tosen. Als ich hinübersah, erhob sich ein brauner Wirbel aus Blättern, Zweigen und Erde über dem Wald, nur einen Moment lang, wie ein aufgeblähter Brummkreisel.

Ich schätzte den Abstand zum anderen Ufer. Zwanzig Ken, höchstens. Weniger als hundert dieser Knoten. Wie schnell konnte der Wind seine Richtung wechseln? Warum nur hatte Tatsurô das mit dem Wiesel erwähnt?

Wiesel waren … wieselflink. Konnten wir es nicht mit einer Sichelschildkröte zu tun haben?

»Du schaffst das«, spornte Urara mich an und ich fluchte. Musste sie das sagen? Auf einmal fiel es mir viel schwerer, daran zu glauben.

Es bringt nichts, zu warten, dachte ich. *Diesmal nicht.* Und lief los.

Die ersten Schritte tat ich vorsichtig, um die Stabilität des Materials zu testen. Der Blick auf den Abgrund unter mir machte mir wenig aus. Das Knarren und Krachen aus der Ferne setzte mir viel mehr zu.

Ich erreichte die Mitte der Brücke und warf einen Blick nach hinten. Tatsurôs Miene war angespannt und plötzlich verzerrte sie sich. Mein Kopf ruckte nach vorne. Der Wind kam. Als gewaltige Sturmbö jagte er auf mich zu, trieb eine hohe Wand aus zerfetzten Blättern und Zweigen vor sich her. Holzsplitter regneten auf die Gegend herab, und die ersten Ausläufer würden mich im nächsten Augenblick erreichen.

Manchmal macht es einen Helden aus, dass dieser die unvernünftigere von zwei Möglichkeiten wählt. Nicht um des Guten willen. Nicht irgendjemandem zuliebe. Einfach nur des eigenen Dickkopfs wegen.

Ich wich nicht zurück, sondern lief dem Wind entgegen. Die Brücke begann zu schwanken, zuerst nur in vertikaler Richtung. Ich streckte die Arme zu den Seiten hin aus und hielt mich gut an den Seilen fest. Ich kam zügig voran. Noch ein Viertel des Weges lag vor mir. Ich würde das sichere Ufer erreichen, ehe die braungrüne Wand aus Erde und Pflanzenteilen es erreichte.

Sicher? Wie sicher war ein Ufer, an dem ein Wirbelsturm tobte?

Ich hatte die Ausläufer des Sturms unterschätzt. Völlig unvermittelt fing die Brücke an, seitwärts auszubrechen, sich zu schlängeln und in alle Richtungen hin zu peitschen. Meine Füße glitten von den Knoten ab, rutschten in die Maschen dazwischen. Die lockeren Taue, an denen ich mich festhielt, halfen mir nicht weiter. Ehe ich reagieren konnte, waren sie mir aus den Fingern geschnellt und ich saß auf der Brücke, anstatt zu stehen. Ein einziges Seil verlief zwischen meinen Beinen hindurch, die anderen waren mir entglitten. Unwillkürlich schrie ich. Die Brücke bäumte sich auf wie ein bockiges Riesenpferd. Ich umklammerte das Seil mit den Armen, um nicht hinabgeschleudert zu werden. Vor meinen Augen wischten Urara und Tatsurô vorbei, die sich zu Boden geworfen hatten. Die weiten Gewänder des Onmyôsei brausten auf wie Segel.

Ich hatte keine Zeit zu verlieren. Wenn ich nicht gehen konnte, musste ich mich eben vorwärtshangeln. Dieser Sturm hatte die Macht, die Brücke zu zerfetzen, und wenn dies geschah, würde ich mitsamt dem Stück Seil, das ich zufällig gerade umklammert hielt, irgendwohin geschleudert werden.

Vom Dröhnen des Windes hob sich ein helles Sirren ab, ein metallisches Geräusch, unangenehm und grausam. Es näherte sich in einer kreisenden Bewegung. Eine Klinge!

Ich heulte auf. Etwas hatte mich gestreift. Es schmerzte so sehr, dass ich nicht einmal sagen konnte, wo ich verletzt worden war. Meine Finger wollten die Brücke loslassen. Ich gestattete es ihnen nicht. Das metallische Sausen entfernte sich und kehrte wieder zurück. Ich sah die Landschaft vorüberjagen und fragte mich, wie ich den richtigen Punkt finden sollte, um abzuspringen.

Jetzt! Die Brücke hob sich weit in den Himmel und fiel wieder in sich zusammen. Ich ließ das Seil einfach fahren und hoffte, in der Abwärtsbewegung das andere Ufer zu erreichen. Es hätte klappen können – auch wenn der Aufprall ziemlich heftig ausgefallen wäre.

Doch mein rechter Fuß hatte sich in einer Schlaufe verfangen und ich kam nicht von der Brücke weg. Sie riss mich mit sich hinab in die Tiefe. Die Tasche, in der meine Kleider und das Kästchen mit dem Go-Brett und den Go-Steinen verstaut waren, hämmerte schmerzhaft und klappernd gegen meine Schläfe.

Nun schrie ich nicht mehr. Ich presste meine Lippen fest aufeinander, vielleicht weil ich mich davor fürchtete, den eigenen Todesschrei mit anhören zu müssen. Die Theatervorstellung in meinem Kopf, bei der mein Leben in kurzen, melodramatischen Akten an mir hätte vorbeiziehen sollen, musste aus Zeitmangel abgesagt werden. Meine Glieder zog ich eng an den Körper, bedeckte den Kopf mit den Armen. Mein Fuß entschied sich, sich in dem Moment aus der Schlinge zu lösen, als ich ganz unten in der Kluft war, und die Brücke schnellte, um ihre Last erleichtert, alleine wieder nach oben. Ein schönes Bild, so voll Energie und Übermut.

Ich hatte Glück. Ich verpasste das felsige Ufer und klatschte in den Fluss. Obwohl sich die Wasseroberfläche beim Aufprall wie Stein anfühlte, war sie nicht hart genug, um mir die Knochen zu brechen. Mein Körper verschwand im seichten Wasser, schlug mit gebremster Wucht gegen den Grund des Flusses. Durch den Stoß wurde mir die Luft aus den Lungen gepresst und ich nahm einen tiefen Schluck von dem Flusswasser.

Wenig später lag ich hustend und würgend am Ufer. Ich hätte im ersten Moment niemandem beschreiben können, wie ich dorthin gekommen war. Das Bündel mit meinen Siebensachen fand ich neben mir, vollkommen durchnässt. Als ich bereit war den Kopf zu heben, hatte der Wind sich gelegt. *Wie eine Lüge*, dachte ich, eine übliche Redensart benutzend. Die Gesichter von Tatsurô und Urara erschienen fünf, sechs Ken über mir, fahlweiß.

»Lebst du?«, rief Urara. »Oder bist du tot?«

Ich winkte ab. Ich kramte mein Go-Brett aus der Tasche und musste feststellen, dass es bereits angefangen hatte, sich mit Wasser vollzusaugen. Mit dem Ärmel trocknete ich es, so gut es ging, und dabei fiel mir erst auf, dass mein Ellbogen schmerzte. Egal! Jeden einzelnen der linsenförmigen Spielsteine wischte ich ab, zuerst die weißen, denn damit spielte ich selbst, dann die schwarzen, die dem jeweiligen Fantasiegegner gehörten.

Ich blickte auf, als etwas in mein Gesichtsfeld rutschte. Ein Tau hing von der Wand der Schlucht herab. Zuerst dachte ich an Überreste der Brücke, die der Wind zerlegt hatte. Doch Stimmen klangen von oben herab und es waren nicht die meiner beiden Begleiter.

Auf der Dorfseite des Grabens hatten sich einige Männer versammelt. Offenbar hatten sie mich erst stumm beobachtet und waren dann in eine Art Jubelgeschrei ausgebrochen. »Kommt rauf, junger Herr«, rief jemand, und mehrere Zeigefinger wiesen auf das Tau, das sie lachend festhielten. Es machte tatsächlich einen stabilen Eindruck.

Ich warf einen Blick zur anderen Seite, wo Tatsurô und Urara recht ratlos aus der Wäsche schauten.

»Herr Onmyôji!«, brüllte einer der Dorfleute lautstark, obwohl die Schlucht wirklich nicht so breit war, dass man so schreien musste. »Wenn es Euch beliebt, fliegt doch auf unsere Seite! Der Wind hat die Flucht vor Euch ergriffen! Eure Mätresse ist natürlich ebenfalls willkommen!«

Onmyôji. Fliegen. Die Flucht ergriffen. Mätresse. Ich musste grinsen, und wenn ich es nicht gemusst hätte, hätte ich es dennoch getan. Von dem Amt eines Onmyôji war Tatsurô so weit entfernt wie die Höhle eines verlausten Barbaren vom Palast des Kaisers. Fliegen gehörte ganz bestimmt nicht zu seinen spärlichen Fähigkeiten. In Pfützen, über die Urara und ich mühelos einen Satz hinweg machten, konnte der Onmyôsei nur mit grimmiger Miene hineintreten. Und der Wind hatte sich bestimmt bloß deshalb gelegt, weil er die drei Eindringlinge fürs Erste abgewehrt und damit seine Aufgabe erfüllt hatte.

»Das ist nur ein Onmyôsei!«, klärte ich die einfachen Leute mit lauter Stimme auf. »Er kann fast gar nichts.«

Tatsurô brummte etwas Unflätiges und krallte die

Hände in sein Gewand. »Gibt ...« Er räusperte sich. »Gibt es einen Weg durch die Schlucht? Ich ... äh ... möchte die Kräfte, die mir der Himmel geschenkt hat, nicht für so triviale Dinge wie das Fliegen vergeuden.«

»Die Bescheidenheit der Onmyôji ist sprichwörtlich«, entschied einer der Dorfleute. »Und der Weise macht einen Umweg, wenn Eile angebracht scheint. An der nächsten Biegung flussabwärts sind Treppenstufen in den Fels geschlagen und der Fluss ist dort besonders seicht.«

Während ich mich kraftvoll an dem Tau nach oben hangelte, traten meine Begleiter den weiten Umweg an. Man empfing mich begeistert, versicherte mir, dass man tagtäglich auf den Feldern und abends an den Feuern von nichts anderem mehr sprach als von den Heldentaten der Sora-no-me. Man sah sich als gerettet an und würde sofort mit den Vorbereitungen für das Willkommensfest beginnen. Und falls die erlauchten Gäste nichts dagegen hatten, würde man die Siegesfeier gleich mit einflechten, damit das Fest ein noch rauschenderes würde – auch wenn vielleicht noch der eine oder andere Zauberspruch zu sprechen, das eine oder andere O-Fuda zu werfen sei, ehe der teuflische Wind vollständig vernichtet war.

Unter O-Fuda verstand man längliche Papierstücke, auf denen mit Tô-Zeichen Bannsprüche geschrieben waren, Papier-Amulette, das Hauptwerkzeug der Onmyôji.

Ich hatte schon das erste Hirseschälchen und den ersten Becher Sake geleert, als Tatsurô und Urara eintrafen. Die weite Kleidung des Onmyôsei war bis zur Brust durchnässt, das helle Blau seines Mantels hatte sich zu einem satten Indigo vertieft. Offenbar war der Fluss nicht ganz so seicht gewesen. Tatsurô hielt den Packen mit seiner kostbarsten Habe hoch über den Kopf, als fürchte er noch immer, er könne nass werden. Ich wusste, was sich darin befand: die Schreibutensilien und ein dicker Stapel O-Fuda mit der immer gleichen Schutzformel darauf. Tatsurôs Amulette waren so erbärmlich schwach in ihrer Wirkung, dass er sie in inflationärer Menge herstellte und verbrauchte.

Eines musste man den Dorfbewohnern lassen: Sie wussten, wie man ein Fest feierte.

Die Rettung ihres Dorfes begingen sie mit einem schier unerschöpflichen Vorrat an dickem, trübem Hirsewein, süß, würzig und stark an Alkohol. Zum Essen wurden die verschiedensten Gemüse und Wurzeln gereicht. Hunderte kleiner Holzschälchen machten die Runde und der Inhalt schmeckte niemals gleich.

Die Bewohner der kleinen Siedlung hatten sich auf hellen Matten um den Feuerplatz versammelt. Das Feuer würde man erst am Abend entfachen. In der Hitze des Nachmittags war man um Kühle bemüht. Große, starre Schirme aus Stroh waren aufgestellt worden, um einen Schatten über den Festplatz zu werfen. Doch der Wind lebte in kurzen, scharfen Böen wieder auf, verdrehte die Schirme oder drückte sie um, sodass man es schließlich aufgab und in der Sonne feierte. Ein Gutes hatte der Wind: Er machte die Hitze erträglicher.

Männer und Frauen trugen nahezu identische Kleidung: helle, weite Hosen aus grobem Leinenstoff, dazu breitkrempige, schwere Strohhüte gegen die Sonne. Ihre Füße und Oberkörper waren nackt, bei Männlein wie Weiblein – lediglich die älteren Leute hatten sich flatternde Jacken umgehängt. Drei der Bauern wiesen Verletzungen auf, die eine klare Handschrift zeigten: lange Schnitte auf Brust, Rücken und Armen. Ihr Anblick in Verbindung mit dem Wind, der noch immer verhalten um das Dorf kreiste, machte mich nervös ...

Tatsurô wurde gefeiert wie eine Gottheit und ich wie ihr oberster Priester. Von Urara nahm man wenig Notiz, lobte jedoch dem Onmyôsei gegenüber ihre »unvergleichliche Anmut« und damit seinen erlesenen Geschmack. Urara schien es nichts auszumachen, als seine Mätresse eingeordnet zu werden, solange man sie mit leckeren Speisen und berauschenden Getränken verwöhnte.

Im Gegensatz zu Tatsurô und Urara konnte ich Maß halten. Nicht dass ich einen kleinen Begrüßungstrunk abgelehnt hätte, aber nach dem ersten Becher verlangte ich eisern nach Wasser. Der Kampf lag noch vor uns, und die Wunde, die der teuflische Wind mir zugefügt hatte, schmerzte – eine Warnung vor dem, was noch kommen würde.

Die Frauen führten einen Tanz zur Trommelbegleitung auf, und die jüngeren unter ihnen gaben sich keine Mühe, ihr Interesse an mir zu verbergen. Mit gemischten Gefühlen betrachtete ich mich in einem Kupferteller: ausdrucksvolle, intelligente Augen unter kräftigen, aber nicht zu buschigen Brauen, eine intelligente Nase und ein kleiner, ernst wirkender Mund in einem ansehnlichen Gesicht. Während meine Züge die eines Aristokraten hätten sein können, erinnerten die widerspenstigen, schulterlangen Haare an einen Jäger oder Holzfäller. Es war fraglich, ob die Frauen mein Gesicht überhaupt beachteten. Für sie war ich eine Art berufsmäßiger Dämonenjäger, die rechte Hand eines der legendären Hofmagier, und das reichte ihnen vollkommen, um mir mit Haut und Haar zu verfallen.

Man mochte es mir nicht ansehen, aber ... na ja, ich war eher schüchtern im Umgang mit Frauen. Vielleicht lag es daran, dass ich nie viel mit ihnen zu tun gehabt hatte. Meine drei Geschwister waren alle Brüder. Ich hatte als Kind niemals mit Mädchen gespielt, und wenn ich es einmal versuchte, verabreichte mir mein strenger Vater eine Tracht Prügel dafür. Seit meine Mutter gestorben war, gab es im Leben ihres Mannes nur noch harte Arbeit, vom Sonnenaufgang bis in die Nacht hinein. Und ein solches Leben verlangte er auch von seinem Sohn. Die Aufmerksamkeit, die mir in den Dörfern von all den fremden Mädchen entgegengebracht wurde, war mir eher unangenehm. Ich lächelte meinen Verehrerinnen kurz und unsicher zu, zog mich aber unbewusst immer mehr zwischen die zechenden Männer zurück.

»Sind alle Dorfbewohner hier versammelt?«, wollte ich wissen. Ich hatte einen ganz bestimmten Grund, diese Frage zu stellen.

»Ja!«, antwortete ein bulliger Bauer mit einem zerschlissenen Strohhut. Sein riesiges Gesicht strahlte vor Stolz, von mir, dem Teufelsjäger, angesprochen zu werden. »Alle sind sie da, Euch zu Ehren. Bis auf den alten Ronta natürlich.« Er leerte einen Sake-Becher auf einen Zug und stöhnte wohlig. »Ach, vergesst ihn! Der wäre keine Bereicherung für die Feier, mit seinem unablässigen Geschwätz von alten Zeiten.«

Ich nickte geistesabwesend und ließ meine Blicke schweifen. Ich fragte mich, welcher dieser Männer – oder welche der Frauen – wohl die Person war, die wir suchten, die wir brauchten, um den Kampf zu führen. Denn es gab da ja diese bestimmte Methode, die der Gründer der Sora-no-me sich ausgedacht oder dem geheimen Buch entnommen hatte. Nur diese Technik gab uns Macht – ohne sie waren wir nichts weiter als ein Haufen wehrloser Reisender.

Todgeweihte, um die Dinge beim Namen zu nennen.

Haha.

Eine der Tanzenden drehte sich immer schneller im Kreis, verlor scheinbar die Kontrolle über sich und schaffte es doch wie durch Zauberei, genau vor meinem Sitzplatz zu Boden zu stürzen. »Entschuldigt, Herr«, hauchte sie. »Entschuldigt.« Noch im Liegen öffnete sie ihr geflochtenes Haar und sorgte mit einem gekonnten Kopfrucken dafür, dass es sich wie ein schwarzer Fächer auf der Erde ausbreitete. Ihre Brust hob sich in kurzen, erregten Atemzügen. Peinlich berührt lenkte ich meinen Blick zur Seite.

Von einem der Strohdächer in der Nähe löste sich ein Stück, tanzte anmutig in den Himmel hinauf und wurde dort urplötzlich von einer Bö zerfetzt. Die Art und Weise, wie dies geschah, hatte etwas ungeheuer Zorniges und Böses an sich. Sicher war es kein Zufall, dass ich Zeuge dieser kleinen Szene wurde. Der Wind – oder besser gesagt: der Geist hinter dem Wind, das Sichelwiesel – zeigte mir, was er in Kürze mit mir anstellen würde.

»Wir ... haben Vorbereitungen zu treffen«, würgte ich hervor. Niemand schien auf meine Worte zu achten. Meine Verehrerin legte ihren Kopf gegen meine Füße, und die Umsitzenden lachten und klatschten in die Hände. Wo war Tatsurô?

Der Onmyôsei scharte einen Ring von begeisterten Dorfleuten um sich und ließ sich von ihnen seine eigenen Heldentaten erzählen. Dabei nahm er den Sake-Becher kaum mehr von den Lippen, und wenn doch, dann nutzten seine Gastgeber die Gelegenheit, um ihm augenblicklich nachzuschenken. Urara saß nicht mehr in seiner Nähe. Sie hatte sich in den Reigen der Frauen gemischt und imitierte mit wachsender Begeisterung ihre Tanzbewegungen.

Die Bäume im nahe gelegenen Wäldchen warfen sich lautlos hin und her. Natürlich taten sie es nicht wirklich lautlos, doch das ekstatische Getrommel überdeckte sogar ihr infernalisches Rauschen.

»Himmel«, flüsterte ich im Selbstgespräch. »Uns bleibt keine Zeit mehr.« Ich sprang auf, trat dabei versehentlich auf die Haare der gurrenden Taube zu meinen Füßen. »Tatsurô-sama! Wir müssen uns sputen. Das Wiesel geht zum Angriff über.«

Der Onmyôsei hörte mich nicht. Die roten Wangen

glühten in seinem schmalen Gesicht wie zwei Farbkleckse. Mir blieb nichts anderes übrig, als zu den Trommlern hinüberzulaufen. Meine wilden Gesten, mit der Musik aufzuhören, werteten diese als Anfeuerung und bearbeiteten die Felle umso kraftvoller. Ein Dutzend Frauen aus dem Kreis winkte mir zu, unter ihnen Urara, die einen Heidenspaß zu haben schien. Ich verdrehte die Augen und stieß die drei Trommeln mit den Füßen um.

Von einem Moment auf den anderen verstummte der Lärm. Doch Stille folgte keine. An die Stelle des Trommelns trat das Heulen des Windes, unbändig und animalisch wie das Brüllen eines wutentbrannten Drachen. Die Tänzerinnen stoben auseinander, die Männer schnellten in die Höhe, manche taumelnd von dem Alkohol, den sie genossen hatten. Niemand dachte im Schock des Augenblicks daran, dem edlen Gast aufzuhelfen, und so kämpfte sich der Onmyôsei mühsam in die Höhe.

»Tatsurô-sama! Wir müssen handeln. Vielleicht ist es schon zu spät!«

Achthundert Emotionen erschienen auf den Gesichtern der Leute. Von ungläubigem Grinsen bis zu Fratzen der Panik war alles vertreten.

»Ja«, murmelte der Onmyôsei und rieb sich die Augen. »Hanneln. Moment, ich ... wir brauchen ... nen Begabden ... jaja ...«

Die Menschen starrten ihn verständnislos an. In weiter Ferne wurde ein Baum entwurzelt und in den Himmel geschleudert. Dann noch einer, viel näher am Dorf. Es war wie Donnern, als die herabstürzenden Bäume nacheinander auf dem Boden aufschlugen und zerbarsten.

»Was der Kopf … der Meister sagen möchte«, rief ich, »ist Folgendes: Bei diesen Spukerscheinungen, die wir bekämpfen, gibt es ein immer gleiches Muster. In jedem Dorf, in dem ein … ein Spuk oder Kobold oder … etwas Ungewöhnliches geschieht, tritt noch etwas anderes Ungewöhnliches auf. Und dieses zweite Ungewöhnliche …« Verflucht, warum brauchte ich so lange, um zur Sache zu kommen? Große Reden zu schwingen war nie meine Stärke gewesen, und der enorme Zeitdruck, unter dem ich stand, stahl mir die Konzentration. Die leeren, begriffsstutzigen Blicke der Menschen machten mir furchtbar zu schaffen. Es war, als stünden lauter Uraras um mich herum, und für einen Moment schien es aussichtslos, diesen Leuten überhaupt irgendetwas erklären zu wollen. Ich schloss die Augen, atmete tief durch und nahm mich zusammen, machte einen neuen Anlauf. Jetzt ging es besser. »Jemand in diesem Dorf muss in den letzten Tagen übermenschliche Begabungen gezeigt haben. Diese Kräfte brauchen wir, um den Dämon besiegen zu können.«

Tatsurô kam herbeigestolpert. »Er hat recht«, lallte er. »Unser Grünner haddas herausgefun… gefunden. Der farbenveilige … der veilenfarbliche … der Schadden, dessen Namen niemand kennt. Es funxioniert. Man braucht nur …«

»Wer ist es?«, schnitt ich ihm das Wort ab. »Schnell! Derjenige soll vortreten! Jede Sekunde zählt.«

Niemand trat vor. Niemand rührte sich. Niemand

sagte etwas. Das Rauschen war zu einem Tosen angewachsen, die Häuser schwankten und knarrten, die Strohdächer wurden zerwühlt und zerfetzt, verabschiedeten sich Stück für Stück in den blauen Himmel hinein. Einige der leeren Holzschälchen, in denen das Essen gereicht worden war, kullerten, vom Wind getrieben, über die Erde.

»Das darf doch nicht wahr sein!«, stöhnte ich. »In diesem Dorf gibt es niemanden? Aber bisher gab es immer einen! Immer!« Mir wurde bewusst, dass ich mich wie ein trotziges Kind anhörte.

Einer der Dorfleute hob die Hand. »Es mag seltsam klingen«, sagte der Mann. »Sehr, sehr seltsam.«

»Sprecht schon!«, drängte ich. Meine Handflächen waren schweißnass geworden.

»Es ist Ronta.«

»Was? Der alte Herr, der nicht aus seiner Hütte gekommen ist?«

Nicken.

»Wo ist die Hütte? Muss man euch jedes Wort aus der Nase ziehen?«

»Da hinten«, antwortete jemand und wies in eine Richtung, wo eben ein ganzes Dach in die Höhe stieg, begleitet von ein paar Balken. Eine Ecke, in der der Sturm besonders heftig tobte.

Davon durften wir uns jetzt nicht beeindrucken lassen. Der Wind bewegte sich mit einer solchen Geschwindigkeit, dass sein Zentrum jederzeit einen Sprung zu uns machen konnte. Das einzig Gute an der Sache war, dass Flucht unter diesen Umständen keine Option darstellte. Hätten wir es mit einer dämonischen Riesenschnecke zu tun gehabt, hätten wir es zumindest in Erwägung ziehen können, Fersengeld zu geben und das geplagte Dorf ein geplagtes Dorf sein zu lassen. Niemand zwang uns, in den sicheren Tod zu ziehen. Immerhin waren wir praktisch unbewaffnet. Doch das Sichelwiesel war zu schnell, um ihm durch Wegrennen zu entgehen.

»Gehn wir!«, befahl Tatsurô in einer seltenen Aufwallung von Entschlossenheit. Er öffnete seine Tasche und nahm ein dickes Bündel O-Fuda hervor. Schutzamulette. Eines davon klebte er sich auf die verschwitzte Stirn, weitere befestigte er ebenso hastig wie schlampig an seiner Kleidung. Den Rest umklammerte er fest und eilte voran. Er ging in leichten Schlangenlinien.

Urara und ich folgten ihm. Das Mädchen rempelte mich an. »Warum hast du die Trommeln umgestoßen?«, meckerte sie. »Du alter Spielverderber.«

Ich sagte nichts. Mit zusammengekniffenen Lippen starrte ich auf den vor mir her gehenden Tatsurô. Der Onmyôsei bot einen lächerlichen und erschreckenden Anblick zugleich. Der Wind wurde mit jedem Schritt stärker und entriss dem Zauberschüler ein Papieramulett nach dem anderen. Tatsurô sah aus wie ein ... ein Schwan in der Mauser: Zu allen Seiten flogen die weißen Papierstreifen mit den kümmerlichen Schutzformeln von ihm weg, flatterten ungeschickt davon und klatschten gegen den Boden, die Hüttenwände oder Bäume.

Egal wie viele Tatsurô davon bei sich hatte – es würden nicht genug sein. Ebenso gut könnte man versuchen, die Geister der Hungerhölle mit ein paar Handvoll Hirsekörnern satt zu bekommen.

Jetzt war das metallische Sirren wieder zu hören, das untrügliche Zeichen für die Nähe unseres Gegners. Unwillkürlich presste ich meine Arme eng an den Körper und beugte mich etwas vor, als könnte ich damit den Hieben aus dem Nichts entgehen. Noch griff das Yôkai nicht an. Vielleicht hielten es Tatsurôs O-Fuda tatsächlich auf Distanz. In dieser Menge mussten sie ja irgendetwas bewirken.

Einer der Bauern überholte uns und zeigte uns den Weg. Rontas Hütte war von zwei anderen flankiert, die der Sturm schon gehörig mitgenommen hatte. Der linken Behausung fehlte die komplette Vorderfront, und man konnte in den primitiven Raum mit der rußigen Feuerstelle hineinsehen. Die Regale an der Wand waren vermutlich vorher schon schief gewesen, aber jetzt fuhr der Sturm hinein, riss sie herab und wirbelte sie den Ankömmlingen, also uns, entgegen. Ich duckte mich und stieß Urara zu Seite. Diese rollte sich ab, ließ im Fallen ihr Bein hervorschnellen, traf eines der Bretter mit dem Fuß und zerlegte es in ein halbes Dutzend Bruchstücke. Das nächste Brett prallte gegen den Bauern. Der ertrug die Attacke mit einem Stöhnen und schirmte den Onmyôsei ab. Tatsurô wiederum versuchte dem Wind ein Bündel seiner Papieramulette entgegenzuschleudern, was naturgemäß misslang. Die O-Fuda wurden vom Sturm einfach fortgerissen. Eines davon blieb an einer Hütte kleben – das Ruckeln und Knarren des Hauses beruhigte sich für einige Augenblicke, ehe der Papierstreifen von einer seitlich heranbrausenden Bö weggerissen und zerfetzt wurde. Einen Moment später hob sich die Behausung vollständig in die Luft. Die Seitenwände klappten dabei nach außen, und es sah aus, als probiere ein riesiger altersschwacher Vogel noch einmal das Fliegen. In gewaltiger Höhe zerplatzte das Haus in seine Einzelteile, und Balken regneten in weitem Umkreis herab.

Bei Rontas Hütte hatte lediglich ein Teil des Strohdaches Schaden genommen. Der vorauseilende Dorfbewohner riss die Tür auf, und wir drei stürmten hinein, der Onmyôsei zuerst, ich als Letzter.

Ich wusste nicht, was ich erwartet hatte, aber ich war sicher, dass es etwas grundlegend anderes gewesen war als das.

In der Mitte des einzigen Raumes stand ein uralter Mann, der kugelförmige Kopf ohne Bart und Haar, dafür aber voller Falten wie eine ausgetrocknete Frucht, der zahnlose Mund zu einem entrückten Lächeln verzogen. Die Arme hatte der Greis nach oben gestreckt, wo seine sehnigen, blau geäderten Hände den Dachbalken umklammerten. Die Beine hatte er leicht gespreizt. Auf den ersten Blick hätte man denken können, er halte sich an dem Balken, um nicht umzufallen. Doch als der Sturm in die Hütte fuhr, wurde schnell klar, dass genau das Gegenteil der Fall war.

Der alte Ronta hielt sein Haus fest.

Mit übermenschlicher Kraft trotzte er den Attacken des Windes. Der Sturm, der die Macht hatte, Häuser fortzureißen und Bäume zu entwurzeln, vermochte den Greis nicht umzustoßen.

»Seit zwei Tagen ist er stärker als ein Ochse«, erklärte der Bauer in einem Tonfall, der verriet, dass er seine eigenen Worte kaum glauben konnte. »Davor musste man ihn noch stützen, wenn er seine Hütte verlassen wollte.«

»Schnell! Die Tusche und das Papier!« Ich drängte Tatsurô, den der Alkohol schwanken ließ. Als dieser eine Weile tapsig an seiner Tasche herumnestelte, riss ich sie einfach an mich und kramte die Schreibutensilien hervor. Sie waren in ein dunkles, ungemustertes Tuch eingeschlagen. Eine innere Stimme sagte mir, dass es unsinnig sei, überhaupt mit den Vorbereitungen zu beginnen. Bisher hatte das Herstellen der speziellen O-Fuda, in denen die Kraft eines anderen Menschen wohnte, nie weniger als eine halbe Stunde in Anspruch genommen – manchmal hatte es einen Nachmittag gedauert. Ein kurzes Gespräch ging voran, dann eine Meditation, Gebete, als Nächstes musste der harte Tuscheblock auf dem Reibstein mit Wasser angerieben werden, bis die Tusche die ideale Deckkraft erreicht hatte, das alles unter Intonierung langwieriger magischer Formeln. Nun wurde das Papier sorgfältig auf einer glatten Unterlage wie etwa einem Tischchen ausgebreitet, der übernatürlich Begabte bekam den Pinsel in die Hand gedrückt, hatte sich diese von dem Onmyôsei führen zu lassen und malte in nervtötender Langsamkeit mehrere Schriftzeichen untereinander auf das Papier. Wenn etwas schiefging, der Pinsel kleckste, ein Strich nicht an der richtigen Stelle saß oder das Zeichen zu groß wurde und über den Rand des Papierstreifens hinausreichte, musste das misslungene Werk in einer kurzen Zeremonie vernichtet werden.

Lief alles perfekt, konnte man drei, fünf oder sieben Amulette herstellen, die die besondere Kraft des Menschen konservierten und sich später im Kampf gegen die Yôkai wirkungsvoll einsetzen ließen. Eine gerade Zahl brachte Unglück – ergab sich eine solche, musste das überzählige Papier zerstört werden, als handle es sich um einen Fehlversuch. Da tatsächlich Energie aus der Hand des Betreffenden durch den Pinsel in die Tusche und auf das Papier lief, laugte die Prozedur die Menschen aus, und oft war schon beim dritten O-Fuda Schluss, weil der Kraftspender den Pinsel nicht mehr halten konnte oder gar die Augen verdrehte und bewusstlos zur Seite kippte.

Trotz der Aussichtslosigkeit der Situation holte ich die Werkzeuge hervor. Eine flache Unterlage war nirgends in Sicht, also zog ich das Go-Brett aus meinem Bündel und platzierte es auf dem lehmigen Boden. Während ich Tusche und Reibestein vorbereitete, versuchte Tatsurô ein Gespräch mit dem Alten.

»Ronda«, begann er mit schwerer Zunge. Die Dramatik unserer Lage hatte den Geist des Alkohols nicht aus seinem Körper vertreiben können. Im Gegenteil – jetzt, wo er sich bewegte und wo sein Herz wie wild pochte, schien ihm das Getrunkene erst recht in den Kopf zu steigen. »Wir müssn einen … Zauber middir veransdrengen … veransdanden … ver…«

»Ganz schön windig«, bemerkte Urara, die das Zerren des Sturmes mit einer gewissen Anerkennung zu beobachten schien.

Wir schaffen das nie, hämmerte es in meinem Schädel. *Nie!*

Dann begann der Alte zu reden. Seine Stimme trug nichts von der Stärke seiner Muskeln in sich. Kaum zu vernehmen war sie in dem Sturmgetose.

»Damals«, krächzte der Greis, »in meiner Jugend, im Jahr fünfzehn der Shômu-Zeit, da hatten wir einen Sturm, gegen den ist dieser hier ein stinkender Hühnerfurz.«

Ich griff mir an den Kopf. Der Reibestein lag bereit, das schwarze Tuschestück darauf.

»Ja«, fuhr der alte Ronta grinsend fort. »Da flogen die Bäume mit einer solchen Wucht durch die Luft, dass sie sich zehn Ken tief in Berghänge bohrten und sogar in Felswände. Mein Vater – sie nannten ihn den mutigen Ginmei – ging bei diesem Wetter aufs Feld, um zu sehen, was die Hirsepflanzen machten. Natürlich flogen die ihm um die Ohren, und als der Sturm seinen Höhepunkt erreicht hatte, packte er meinen Vater, den mutigen Ginmei, und warf ihn den ganzen Weg bis vor unsere Hütte. Und wisst ihr, wo er runterkam? Direkt auf meiner Mutter, die gerade rausgegangen war, weil sie ihn suchen wollte. Sie hatte Angst, er nehme den Sturm als Vorwand, um eine Geliebte zu besuchen. Man nannte meine Mutter damals die eifersüchtige Iku. Viel später würde man sie dann die resolute Iku nennen und meinen Vater den Stubenarrest-Ginmei …«

Irgendwo draußen gab es einen gewaltigen Schlag. Dann erwachte das sirrende Geräusch wieder, als schliche das Sichelwiesel um die Hütte. Würden wir es zu Gesicht bekommen, ehe es uns erledigte, oder mussten wir sterben, ohne zu wissen, wer oder was uns getötet hatte? »Ronta-sama«, mischte ich mich ein. »Wir brauchen Eure Hilfe! Sofort!«

Der Alte beachtete mich nicht. »Damals hatten wir Fische zu essen. Der Sturm trug sie vom Meer her über die Küste, über die Wälder, die Wiesen bis zu uns. Es war ein richtiger Regen und der Dorfplatz war voll mit zuckenden frischen Fischen. Unsere Frauen wussten gar nicht, wie sie das zubereiten sollten. Die meisten von uns hatten nie in ihrem Leben Fisch gegessen. Könnt ihr jungen Leute euch das heute überhaupt noch vorstellen?«

»Guder Mann«, lallte Tatsurô, wusste aber nicht weiter.

»Vergesst diesen Mann!«, schrie ich plötzlich. »Vergesst die Prozedur! Vergesst den Reibestein! Vergesst alles, einfach alles ...« Ich hielt inne, las flink mein Go-Brett vom Boden auf und steckte es in mein Gepäck zurück. »Ich habe eine Idee. Wir gehen jetzt raus und kämpfen gegen das Wiesel.«

Tatsurôs gerötetes Gesicht wurde kreideweiß. »Ja, aber ... wie ...«

»Eine gute Idee«, sagte Urara.

»Hört zu!« Ich zog meine beiden Begleiter in eine Ecke der Hütte. Der alte Ronta ließ sich nicht aus dem Konzept bringen und erzählte weiter von dem Sturm seiner Jugend. »Wir haben noch ein Bündel von Tatsurôs Schutzamuletten«, beeilte ich mich hinzuzufügen. »Wenn wir sie klug und sorgsam einsetzen, können sie uns vielleicht retten. Außerdem müsste jeder von uns noch ein, zwei von den O-Fuda bei sich tragen, die wir mit den Kraftspendern in den anderen Dörfern erstellt, aber nicht verbraucht haben. Es sind bestimmt nicht viele und wir wissen nicht, ob sie uns gegen dieses Ungeheuer da draußen helfen, aber sie sind jetzt unsere einzige Chance.«

»Ja!«, rief Urara begeistert. »Ich habe sie hier!« Sie griff zwischen die Bahnen ihrer leichten Jacke und beförderte zwei Streifen Papier zutage. Wellig waren sie, formlos beinahe.

Und von einer gleichmäßigen grauen Farbe.

Von einer Farbe, in der alle Hoffnungen dieser Welt versinken konnten.

Ein Bild tauchte in meiner Erinnerung auf. Eigentlich ein schönes Bild. Urara, wie sie sich unter einem Wasserfall erfrischte, beobachtet von Tatsurô und mir, ungewohnt einträchtig aus dem Schutz dichter Büsche heraus. Damit wir uns nicht falsch verstehen: Urara nahm ihre Bäder nicht nackt, sondern stellte sich einfach in voller Bekleidung unter das herabstürzende Wasser. Im Grunde machte es keinen Unterschied, nicht für ihre Beobachter, denn im Handumdrehen waren ihre dünnen hellen Leinengewänder zu einer eng anliegenden zweiten Haut geworden.

Dummerweise hatte Urara es nicht mit dem Denken. Nicht nur ihre Kleidung trug sie beim Baden, auch die beiden O-Fuda, die sie bei den früheren Kämpfen nicht verbraucht hatte.

Von den Tuschezeichen war nichts mehr übrig als graue Schlieren. Aus zwei Amuletten waren zwei Streifen schmutzigen Papiers geworden. Urara hielt sie zwischen Daumen und Zeigefinger, ihre Miene schwankte unentschlossen von Enttäuschung nach Belustigung und zurück.

Ich stöhnte jämmerlich. Bisher hatte ich ihre ... geistige Unbeweglichkeit hingenommen. Manchmal hatte sie mich sogar amüsiert, wie einen bei hübschen Frauen alles amüsiert, jeder Sprachfehler, jede Grimasse, jede Schrulle. Jetzt löste sie Panik bei mir aus. Ein Wunder, dass jemand wie sie überhaupt lebensfähig war! Wie war sie nur fünfundzwanzig Jahre alt geworden?

Zum Glück trug ich auch noch drei Amulette bei mir – und *ich* gehörte garantiert nicht zu den Einfaltspinseln, die mit ihnen am Leib ein Bad nahmen. Ich konnte Papier und Tusche schließlich von Stein und Meißel unterscheiden und wusste ...

Meine Hand erstarrte, als sie die Papierstreifen unter der Jacke hervorziehen wollte.

Mein Sturz.

In den Fluss.

Mit dem ganzen Körper war ich eingetaucht, bis auf die Haut durchnässt worden.

Ich setzte das unterbrochene Vorhaben fort, beförderte die Streifen ans Tageslicht, aber ich tat es ohne Elan. In jeder Faser meines Fleisches hockte die Enttäuschung, und eine trauervolle Stimme schien aus dem

Nichts »Du Unglücklicher!« zu rufen, lauter und dröhnender als der Sturm.

Im Gegensatz zu Uraras Amuletten waren die Zeichen auf meinen O-Fuda immerhin zu erahnen. Aber das machte es beinahe schlimmer. Zu hoffen, dass die zerflossenen, zu schwammigen Pilzgewächsen aufgedunsenen Zeichen noch einen Ansatz von Macht in sich trugen, war nichts als törichte Selbsttäuschung. Auch *meine* Waffen waren wertlos geworden.

»Tatsurô-sama«, ächzte ich kraftlos. »Wie viele der alten Amulette habt Ihr noch?«

»Fümpf«, erwiderte der Onmyôsei.

»Fünf! Das ist ... das ist ja ...«

Der Hoffnungsfunke, der in mir aufzuglimmen begann, wurde im nächsten Moment erstickt. Tatsurô hob verlegen die Schultern. »Ich drage meine O-Fuda gerne in ... inner Hose«, sagte er stockend. »Da hamman sie schnell bei der ... Hand ...«

Tatsurô war durch den Fluss gewatet.

Und dabei bis zur Brust durchnässt worden.

Und die Amulette in seiner Hose waren ... hatten ...

Herzlichen Glückwunsch. Alles lief traumhaft.

»Wir sind tot«, sagte ich.

»Gans deiner Meinung«, lallte der Onmyôsei.

»Wir sind nicht tot«, widersprach Urara trocken und bewegte ihre Arme zum Beweis. Die Papierstreifen ließ sie zu Boden fallen.

»Du hast recht.« Ich machte einen Schritt in Richtung Tür. »Noch sind wir nicht tot. Gehen wir raus. Lassen wir das Sichelding unsere Fäuste spüren!«

14

Das Erste, was ich dachte, als ich in den Sturm hinausging, war:

Man kann es tatsächlich sehen.

Ja. Das Kama-Itachi war nicht mehr ganz unsichtbar. Ein schmaler Körper tauchte für Augenblicke aus dem schmutzigen, staubgetränkten Sturmwirbel auf, nicht länger als ein menschlicher Arm, oben von einem kräftigen Rindebraun, an der Unterseite blendend weiß. Die Hinterbeine sahen aus, wie man es bei einem Tier dieser Rasse erwartete – von den Vorderbeinen hingegen konnte man das nicht behaupten. Anstelle von Pfoten liefen die Beine in gebogenen Klingen aus, die noch einmal so lang waren wie der restliche Körper, Schnittblätter wie von Sicheln oder Sensen.

Mein zweiter Gedanke war:

Ich bin nicht sicher, ob ich ihm wirklich meine Fäuste entgegenstrecken möchte.

Urara drängte hinter mir ins Freie. Ich erwartete eine Bemerkung wie »Was für ein hübsches Tierchen!«, doch selbst bis zu ihrem tumben Verstand schien das Grauen der Situation durchzudringen. Das Mädchen weitete die Augen, und seine etwas zu ausgeprägten oberen Schneidezähne verbissen sich in der Unterlippe.

Ein Bambusstab, der von einer der auseinanderberstenden Hütten stammen musste, jagte auf unsere kleine Gruppe zu, und ich fing ihn mit einem Schrei auf. Wild schlug ich damit in den Sturm hinein. Allerdings, ohne das Ungeheuer zu treffen.

Um uns herum herrschte eine Hölle aus umherfliegenden Trümmerteilen aus Erde und Ästen. Der nachmittägliche Himmel hatte sich verdunkelt wie in der späten Dämmerung, und geisterhaft schimmerte eine braune Sonne durch den Sturm, als wäre der Sonnenball in einen sumpfigen Tümpel gefallen. Die unterschiedlichsten Geräusche lärmten um die Wette, denn jedes Ding gab beim Zerbrechen einen anderen Todesschrei von sich. Menschen waren kaum mehr in diesem Chaos zu sehen. Wohin sich die Dorfbewohner zurückgezogen hatten, darüber konnte ich nur mutmaßen. Zwischen den Hütten war das Risiko zu groß, und das Gleiche galt für den Wald. Aber selbst in der Schlucht, in die ich zuvor gestürzt war, würden sie keine Zuflucht finden. Dort waren sie dem Kama-Itachi hilflos ausgeliefert.

Eine Sichelklinge tauchte aus dem Wirbel auf. Ich zog meinen Arm zurück. Das Ratschen, das sich anschloss, hätte von zerreißendem Stoff stammen können. Die Bambusstange war nur wenige Sun[12] über meinen Fingern mit einem sauberen Schnitt gekappt worden.

Von hinten flatterte ein O-Fuda herbei. Tatsurô, der in meinem Rücken stand, hatte es geworfen, und ich griff danach, ehe der Sturm es fortwehen konnte. Ich spannte es um meine fest geschlossene Faust. »Noch eins!«, verlangte ich. Tatsurô schüttelte den Kopf. Der Onmyôsei drückte sich das dünne Bündel Papierstreifen an die Brust wie ein Kind, das sein Spielzeug nicht mit anderen teilen will.

Der Wirbel konzentrierte sich um uns, das Wiesel kam näher. Mit tränenden Augen starrte ich in den Sturm. Ich wagte nicht zu blinzeln. Als die Sichelklingen vor meiner Nase aufblitzten, ließ ich mich fallen, rollte über den Boden, robbte ein Stück und kam dann wieder auf die Füße. Mein Ziel war ein unordentlicher Haufen aus Trümmerstücken, den der Wind zufällig zusammengetrieben hatte. Unter anderem lag dort etwas Metallisches, ein Ackergerät vielleicht. Zeit, es genau zu inspizieren, blieb mir keine. Ohne mich nach meinem Feind umzusehen, hob ich es auf. Ich wog das Werkzeug in der Hand, holte aus und schleuderte es nach dem Wiesel, dessen Konturen ich nun immer besser aus dem Durcheinander zu schälen vermochte. Besser gesagt, ich schleuderte es dorthin, wo das Yôkai voraussichtlich gleich sein würde.

Ein merkwürdiger klirrender Schrei durchdrang die Luft, mehr nach Wut denn nach Schmerz klingend. Das Wiesel machte einen kleinen Satz und schien nun auf mich zuzujagen. Doch ehe es mich erreichte, änderte es erneut seine Richtung.

Voller Bestürzung erkannte ich, was das neue Ziel des Monstrums war.

Urara stand wie gebannt vor der Hütte des alten Ronta, die dem Wind noch immer standhielt. Tatsurô war unweit von ihr auf die Knie gefallen, bedeckte sein Gesicht mit den Papieramuletten und stieß darunter wirre Gebetsformeln hervor.

Urara musste das Wiesel kommen sehen.

Sie hätte sich darunter wegducken oder einen Satz zur Seite machen können. Das Wiesel war so schnell wie die Reflexe eines begabten und trainierten Kämpfers, nicht schneller, aber auch keinen Deut langsamer. Wenn man auf der Hut war, konnte man ihm ausweichen, ein, zwei Mal wenigstens, ehe die Aufmerksamkeit ermüdete.

Doch Uraras Verstand hatte nicht diese Beweglichkeit. Er floss langsam und schwer dahin, einem schlammigen Bach gleich.

Ich schrie ihren Namen. Brüllte ihn mit meiner ganzen Kehle, mit meiner ganzen Brust, mit allem Atem und aller Kraft, die in mir war. Brüllte ihn so laut, dass Tatsurô ruckartig den Kopf hob und dabei seine nutzlosen Amulette in den Wind streute.

Wenn unbedingt jemand durch die Klauen des Kama-Itachi sterben musste, dann sollte es bitte Tatsurô oder ich sein. Nicht Urara. Auch wenn sie vielleicht die Älteste von uns war – sie war noch wie ein Kind. Nicht sie!

NICHT SIE!

Einen Augenblick lang empfand ich die Welt als den widerwärtigsten Ort, den man sich nur vorstellen konnte.

Alles, was die junge Frau tat, war, sich ein wenig zur Seite zu drehen. Sie ging nicht aus der Flugbahn des Wiesels, wandte ihm nur ihren Rücken anstelle ihrer Brust zu. Das Ungeheuer hatte die beiden sichelbewehrten Vorderläufe zur Seite abgespreizt, die scharfen Seiten nach innen.

Und nun zog es die Klingen durch wie ein Bauer, der Ähren mähte.

Die rechte Sichel traf Uraras Rücken. Ich hätte jeden Schwur geleistet, dass ich spätestens jetzt die Augen schließen würde, doch ich konnte noch erkennen, was weiter geschah, also hatte ich es wohl nicht getan. Urara erhielt durch den Aufprall der Sichel einen Stoß nach vorn, taumelte gegen die Front von Rontas Hütte. Während sie zusammenbrach, traf sie die zweite Sichel, ebenfalls in die obere Hälfte des Rückens. Diesmal konnte ich deutlich sehen, wie das Metall von ihrem Körper ... abprallte.

Ich musste wohl träumen.

Musste das Bewusstsein verloren haben und mir einen Kampf zusammenfantasieren, wie ich ihn mir wünschte.

Urara selbst drehte ungläubig den Kopf und konnte nun gewiss beobachten, was ich auch sah: ein Wiesel, das zu Boden fiel, sich schüttelte und sich umblickte. Es stieß ein pfeifendes Jaulen aus, machte einen Satz auf mich zu. Die Bewegungen des Tieres waren wesentlich langsamer geworden. Ich hatte Zeit, so viel Zeit, ein Brett vom Boden aufzulesen und den Angriff zu parieren. Als die Sichelklauen gegen das Brett schlugen, wurde es mir beinahe aus der Hand geprellt. Doch zu durchtrennen vermochten sie es nicht.

Die Klingen des Kama-Itachi waren stumpf geworden.

Stumpf an Uraras Rücken.

Was trug sie unter ihrer Kleidung? Einen eisernen Panzer?

»Dassis unmöglich«, brabbelte Tatsurô und schaffte es beim dritten Versuch, auf die Beine zu kommen. »Gegn das Kama-Itachi kann kein Metall bestehn …«

Das Wiesel schüttelte sich noch einmal, warf jedem der drei einen hasserfüllten Blick zu und suchte dann mit linkischen, ziellos wirkenden Sätzen das Weite. Der Wind war längst schwächer geworden, binnen weniger Sekunden legte er sich vollständig, und an die Stelle seines Brausens trat das Knarren und Quietschen der Hütten, von denen die meisten kurz vor dem Einsturz standen. Ich entschied, dass es nicht nötig war, das Tier zu verfolgen. Es war jetzt nur noch eine harmlose Laune der Natur mit seinen beiden stumpfen Klingen anstelle der Vorderpfoten. Es konnte nicht einmal richtig gehen. Wahrscheinlich würde es in diesem Zustand keine Nahrung finden und in wenigen Tagen von alleine verenden.

Ich näherte mich Urara, die noch immer auf der Erde kauerte, von den Ereignissen überwältigt.

Natürlich trug sie keine Metallrüstung am Leib. Jedem von uns wäre das längst aufgefallen – man denke nur an ihre Bäder unter dem Wasserfall … Also blieb nur eine Alternative übrig.

Magie.

Ich hätte es nicht gewagt, ihr die leichte Jacke auszuziehen und ihre Schultern freizulegen, aber als Urara es von sich aus tat, war ich nicht unglücklich darüber.

»Wie sieht es aus?«, fragte sie mit rauer Stimme. »Habe ich mich verletzt?«

Ich vermutete, dass ein Hieb des Sichelwiesels, mit voller Kraft ausgeführt, unter normalen Umständen nicht nur eine Wunde zurückgelassen, sondern ihren Körper an dieser Stelle *sauber in zwei Hälften geteilt hätte*. Genau das erwartete ich zu sehen, und obwohl es nicht geschah, hatte der Schock, die bloße Vorstellung, seine Wurzeln noch immer tief in mir stecken. Die Fantasiebilder lagen noch über meinen Augen wie eine halb transparente Schicht, durch die die Realität nur matt hindurchschimmerte. Diese Bilder ließen meine Hände zittern und sorgten dafür, dass mein Magen sich anfühlte wie mit Zitronensaft gefüllt. Nur langsam machte die blutspritzende, zweigeteilte Frau der echten, unversehrten Platz.

Uraras Haut wies nicht einmal einen Kratzer auf. Sie war sanft und glatt und doch nicht alltäglich.

Genau in der Mitte zwischen ihren Schulterblättern, unterhalb ihres Nackens, war etwas aufgemalt. Nein. Ich berührte es und spürte an den winzigen Narben, dass es nicht nur aufgemalt, sondern in die Haut eingeritzt war. Eine Tätowierung. Ein einzelnes Schriftzeichen, kaum größer als ein Querschnitt durch eine Kaki-Frucht.

»Tatsurô-sama«, sagte ich. »Was bedeutet dieses Zeichen?«

Der Onmyôsei gab sich sichtlich Mühe, sein Schwanken zu verbergen, als er herbeitaumelte. Seine Trunkenheit musste ihm unangenehm sein, doch nur die Zeit würde ihn davon befreien. »Es bedeudet … nein,

Mo-Moment ... es heißt ...« Staunend schüttelte er den Kopf, als könne er nicht glauben, was er sah.

»Es bedeutet *was*, Meister?« Ausnahmsweise gönnte ich ihm diese Anrede.

»Stumpf«, nuschelte er. »Stumpf.«

»Stumpf«, wiederholte ich wie ein Bergecho.

Urara trug als magische Tätowierung auf ihrem Rücken ein Zeichen, das dort auftreffende Klingen stumpf werden ließ. Zweifellos war es angebracht worden, um sie vor hinterhältigen Messerstichen oder Pfeilschüssen zu bewahren. Ein Abwehrzauber, den ihr jemand als Schutz mitgegeben hatte. Jemand, aber nicht *irgendjemand*. Zu so etwas war nur ein Onmyôji imstande.

Ich lächelte verwirrt und fasziniert. Warum trug sie den Zauber? Weil sie ohne ihn ein hilfloses Wesen war? Gab es irgendwo in Heian im Palast, unter den ehrwürdigen, für das gemeine Volk nahezu unsichtbaren Hofmagiern, jemanden, dem ausgerechnet die Sicherheit dieses kleinen, beschränkten Geschöpfes am Herzen lag?

Urara hatte ein Geheimnis? Sie?

»Was habe ich da?«, wollte sie wissen.

Ich log, ohne zu wissen warum. »Einen kleinen Kratzer, der für einen Moment wie ein Schriftzeichen aussah. Nichts von Belang.«

Damit gab sie sich zufrieden, zog die Kleidung wieder zurecht und erhob sich.

Ich ordnete derweil meine Gedanken oder versuchte es zumindest. Wir würden warten müssen, bis Tatsurô wieder einigermaßen nüchtern war, und anschließend in aller Ruhe die sagenhaften Körperkräfte des alten Ronta auf Amulette bannen. Schon bald könnten wir darauf angewiesen sein.

Die Dorfbewohner liefen zusammen. »Unsere Hütten sind zerstört«, riefen sie. »Aber wir leben. Lasst uns ein Fest feiern! Rührt die Trommeln! Bringt den Sake!«

15

Am späten Abend, als Tatsurôs Blick sich wieder geklärt hatte, führten wir mit dem alten Ronta das Ritual durch und gewannen fünf Amulette, prallvoll mit seinen unglaublichen Kräften. Ich konnte es kaum erwarten, sie einzusetzen.

Der Greis unterhielt uns noch mit Geschichten aus seiner Jugend, da lag er längst entkräftet auf seinem Lager, und als er endlich eingeschlummert war, bewegte sich sein Mund weiter. Endlich begaben auch wir drei uns zur Ruhe.

Sagte ich ... Ruhe?

Die Dorfleute hatten einige Hütten notdürftig befestigt und ein paar Zelte aufgebaut. In zwei der letzteren sollten wir drei Retter nächtigen, in dem einen der »Onmyôji« mit seiner »Mätresse«, in dem anderen ich, sein tapferer junger Diener.

Und zwar sollte ich mein Lager mit einer der sieben Dorfschönheiten teilen, die sich neben dem Zelt in einer Reihe aufgestellt hatten. Die meisten davon waren wirklich schön, bei zwei oder drei hätte man sich etwas weniger Mondlicht gewünscht.

»Ich ... komme sofort«, stotterte ich. »Bevor irgendwas kalt wird, bin ich zurück. Großes Magier-Diener-

Ehrenwort!« Und ich rannte einfach davon, ein Stück weit begleitet vom Kichern der Mädchen.

Ich kam nicht wieder zurück, nicht, solange es dunkel war. Ich folgte der Schlucht, in der der Fluss rauschte. Erst als ich ein halbes Ri zwischen mich und das Dorf gebracht hatte, verlangsamte ich meine Schritte, spazierte gemächlich am Ufer des sanft gebogenen Flusses entlang. Die Landschaft gefiel mir, dunkel vom Wald ringsum, bergig und geheimnisvoll.

Der Mond wurde allmählich wieder etwas fülliger und seine Farbe war ein tiefes Gelb wie das einer reifen Quitte. Hohe Gräser wogten im sie sanft streichelnden Wind, sangen ein flüsterndes Lied, das man erst hörte, wenn die Ohren sich wieder an die Stille gewöhnt hatten. Das Lied verwehte, sobald die Zikaden sich zu Wort meldeten. Ihr lautstarkes Werben, das sägende »Miiin, miiin« ihrer reibenden Flügel, beherrschte dann alles und ließ selbst die gewichtigsten Gedanken dünn und belanglos werden. Nichts zählte als die indiskrete, marktschreierische Liebesbotschaft der Insekten.

Auch nach einem Tag wie diesem machte die Dunkelheit mich nicht müde. Die Nacht gehörte mir und ich war durchströmt von dem Gefühl, allein und zu Fuß bis ans Ende der Welt gehen zu können, bis in Reiche, wo keine Sichelwiesel lebten, vielleicht nicht einmal Onmyôji. Ich hatte gehört, dass es selbst jenseits von Tô und Indien noch Länder gab – ob von Menschen, Göttern oder Yôkai bewohnt, das entzog sich meiner Kenntnis.

Bei meiner überhasteten Flucht hatte ich mein Go-

Brett mitzunehmen vergessen. Schade um das Mondlicht, das so manche Partie ermöglicht hätte.

Ich sann über Urara nach, über das Zeichen auf ihrem Rücken.

Stumpf.

Irgendetwas hakelte in meinen Gedanken, wenn ich das Wort dachte. Als ob es noch eine zweite Bedeutung hätte, neben der, mörderische Klingen unbrauchbar zu machen.

Als der Mond schon nahe an den erdbraunen Horizont gerückt war, fiel es mir auf.

Ich hielt an. Rief mir Uraras Benehmen in den Sinn. Ihre Reaktionen, ihre Kommentare, ihr ganzes Gehabe. Viele kleine Szenen standen in Gedanken vor mir, und in der feuchten Wärme der Nacht lief mir eine Gänsehaut über den Rücken.

Wer so wenig Erfahrung mit Frauen hatte wie ich, nahm es leicht hin, wenn eine ausgesprochen ... einfach gestrickt war. Zumal jeder zu wissen schien, dass die klügste Frau nicht halb so gescheit war wie der schwerfälligste männliche Bauerntölpel. Es wäre lächerlich und nicht üblich gewesen, von Frauen ausgerechnet Intelligenz zu erwarten.

Und doch ... Uraras Einfältigkeit war außergewöhnlich.

Sie war nicht einfach ungebildet und dabei voller Bauernschläue wie viele Leute, denen ich begegnet war. Sie schien kaum mitzubekommen, was um sie herum wirklich vorging. Und für so etwas gab es ein Wort.

Stumpfsinn.

Ich blickte zum Himmel hinauf. Mir war, als hätten mir die Sterne eine Eingebung geschickt.

Stumpf.

Erfüllte das Schriftzeichen auf Uraras Rücken etwa nicht nur den einen Zweck, sie zu beschützen, sondern noch einen zweiten? Verfolgte der Onmyôji, der es ihr eintätowiert haben musste, damit ganz andere Ziele, als ich zunächst angenommen hatte?

Anders gefragt: War es womöglich eben dieses Zeichen, das ihren Verstand zu einem stumpfen Messer machte, einem Messer, mit dem sie nicht zu schneiden vermochte?

Die Vorstellung war so verrückt, dass ich fürchten musste, sie niemals wieder aus meinem Kopf zu bekommen, auch wenn sie völlig falsch sein sollte. Woher kam Urara? Wer war sie wirklich? Und was hatte man mit ihr angestellt?

Wusste Tatsurô etwas? Wohl kaum. Der Onmyôsei hatte einen perplexen Eindruck gemacht, als er das Zeichen erblickte, und in seinem betrunkenen Zustand konnte er diese Reaktion nicht gespielt haben.

Ich begann wieder zu gehen. Der Mond tauchte allmählich hinter die Berge, und sein schwächer werdendes Licht ließ die Sterne klar und kräftig hervortreten. Noch immer war es hell genug, um mich sehen zu lassen, wohin ich meine Schritte setzte. Der Pfad entfernte sich vom Fluss, führte zwischen struppige, strohige Gräser hinein … und verschwand.

Das Gefühl, bis ans Ende der Welt gehen zu können, verlor sich in dem Maße, in dem die Gräser höher und mächtiger wurden. Ich musste sie niederdrücken, um weitergehen zu können. Nachdem ich bisher zügig vorangekommen war, hatte ich nun den Eindruck, auf der Stelle zu treten. Trotzdem kehrte ich nicht um. Die Nacht war noch zu jung, mein Geist zu aufgeputscht, mein Durst nach einer Nacht voller Abgeschiedenheit und stiller, ereignisloser Abenteuer längst nicht gelöscht.

Ich rechnete nicht damit, auf etwas Bedeutendes zu stoßen. Falls sich jenseits dieses Weges überhaupt schon Menschen umgetan hatten, dann höchstens, um für irgendeinen nebensächlichen Gott einen Schrein zu errichten. Einen dieser armseligen Holzbauten, von einer Handvoll alter Witwen ein paar Jahre lang gepflegt und dann – wenn diese wegstarben – dem Verfall preisgegeben. Vor solchen Orten hatte ich mich als Kind nie gefürchtet. Mittlerweile sah das etwas anders aus. Seit jemand im Reich umherzog und geheimnisvolle Samenkörner aussäte, machte es plötzlich Sinn, Angst zu haben. Man konnte nicht ahnen, was hinter dem nächsten Hügel, dem nächsten Gebüsch lauerte.

Bestimmt eine halbe Stunde lang war ich durch die Gräser gestreift, die mir mitunter bis über den Kopf reichten. Ein- oder zweimal fragte ich mich, welche Richtung ich einschlagen sollte und ob ich auf Anhieb wieder zurückfinden würde. Doch mein Orientierungssinn war gut und die Entscheidungen fällten sich wie von alleine. Es war, als gebe es einen *guten* Weg und viele schlechte, einen, den ich gehen musste, obzwar er sich optisch von all den anderen nicht unterschied.

Zwischen den Gräsern sah ich dann und wann eine huschende Bewegung. Ich war nicht sicher, aber es schien, als wäre es der seltsame, lang gestreckte Hund, den ich letzte Nacht ebenfalls gesehen hatte.

Irgendwann beschlich mich eine Empfindung, die ich so noch nie gehabt hatte. Das Gefühl, sich etwas Bestimmtem zu nähern, ohne es sehen, hören oder riechen zu können. Doch, in Träumen hatte ich Ähnliches schon erlebt. War ich doch erschöpfter als angenommen? Auf der Schwelle zum Schlaf oder mindestens zu einem Wachtraum?

Mit dem Fuß trat ich ein Büschel fester Halme um, die sich fächerförmig vor mir ausgebreitet hatten. Als dieser Vorhang aus Gräsern verschwunden war, erkannte ich, dass ich vor einer kleinen Lichtung stand.

Es war keine natürliche Lichtung.

Das Gras war in einem Durchmesser von etwa vier Ken niedergetrampelt worden – wovon, war nicht zu ersehen. Doch in der Mitte des kreisförmigen Freiraums stand ein Objekt.

Eine Sänfte.

Sie war aus dunklem Holz gefertigt, ohne Lackierung, und zurückhaltend mit silbernen Scharnieren und Schmuckteilen im Stil der Tô besetzt. Kleine verschlungene Drachen und Phönixe, in einer Art Tanz oder Kampf begriffen, zierten die Metallelemente, die hell genug im Licht der Sterne glänzten. Im Reich gab es ein Gesetz, das nur hohen Adligen, Hofbeamten oder kaiserlichen Gesandten die Benutzung dieses Verkehrsmittels gestattete. Alle anderen hatten zu Fuß zu gehen, auf Pferden zu reiten oder sich in schwerfälligen Ochsenkarren fortzubewegen.

Ein Mensch war nicht zu sehen. War der edle Reisende weggegangen oder saß er noch im Inneren der schwarzen Kiste?

Ich sah noch einmal genauer hin. Die Sänfte berührte die Erde nicht. Sie befand sich in der Höhe, in der sie hätte sein müssen, wäre sie von den normalerweise üblichen acht starken Männern getragen worden. Diese Männer fehlten. Nichts – nicht Mensch, nicht Tier und nicht ein Gerüst aus Holz – trug diese Sänfte. Sie schwebte frei in der warmen Luft der Sommernacht.

Atemlos rannte ich um das Gebilde herum. Nein, da war nichts. Keine Räder, kein verborgener Sockel.

»Also doch«, flüsterte ich. »Ein Yôkai. So nahe beim anderen.«

Ich trug nichts bei mir, womit ich mich hätte schützen können. Die neuen Amulette hatte ich alle fünf Tatsurô überlassen müssen. Mich umdrehen und weggehen – das war das Gebot des Augenblicks.

Doch ich kam nicht dazu. Ein Schaben erklang aus dem Inneren der verzierten Kiste. Die Schiebetür wurde langsam, ruckweise geöffnet, als klemme sie ein wenig. Der Raum in der Sänfte lag in tiefen Schatten. Etwas glomm darin, offenbar kein Feuer, aber auch keine Reflexion des Sternenscheins. Das Glimmen bewegte sich wie Wellen in einem See, in den man einen Stein geworfen hatte.

»Nicht alles, was sich in Dunkelheit zurückzieht, ist

ein Yôkai«, sagte eine Stimme. Sie war männlich und alterslos. Ein Schatten entstieg der Sänfte. Im ersten Moment umhüllte ihn eine glänzende Aura der Finsternis, lebendig und wabernd, die jedoch bald schwächer wurde. Seine Gewänder waren nicht ganz schwarz. Ein silberner Kinnbart stach glitzernd hervor wie ein Schmuckstück.

Ich schluckte. »Ich wollte ... Euch nicht stören.« Mit klopfendem Herzen warf ich einen Blick an dem Schatten vorbei und wünschte mir, ich hätte es nicht getan. In der Sänfte bewegte sich farbloses Licht in ganz und gar unnatürlicher Weise, bildete Strudel und Spiralen, Tausende symmetrischer und asymmetrischer Muster. Übelkeit stieg in mir auf. Und Schwindel. Es war, als stünde man frei auf einem Turm, der höher war als der höchste Berg der Welt, und blicke hinab. Etwas zog mich an.

»Du störst mich nicht, junger Mann«, erwiderte der Schatten. »Du warst in der Nähe und ich habe dich gerufen. Ich habe dir etwas zu sagen. Es ist kein Befehl, sondern ein Wink, ein Fingerzeig. Es ist wie der Rat eines besten Freundes.«

Ich sah mit offen stehendem Mund zu, wie der Mann die Schiebetür der Sänfte hinter sich schloss. Dann neigte sich die Gestalt ein wenig zur Seite, zeichnete mit der Rechten eine Figur in die Luft, und die Sänfte senkte sich auf die Erde. »Du erkennst mich«, stellte der Mann fest.

Ich konnte nur nicken. »Ihr seid der teefarbene Schatten.«

»So nennt man mich. Aber sag mir, junger Mann, ist das die Farbe des Tees?«

»Ich habe nie welchen gesehen … oder getrunken …« Tee war das Getränk der Mönche, der wohlhabenderen unter den Mönchen. Wir im Volk kannten es nur gerüchteweise.

»Mir scheint, die Leute trinken ihren Tee zu schnell aus, ohne sich die Zeit zu nehmen, ihn wirklich anzusehen. Er hat so viele Farben, einen so tiefen Ausdruck …« Der Mann betrachtete seinen Ärmel, der jetzt, im Sternenlicht, überhaupt keine Farbe besaß, nur von einem sehr dunklen Grau war.

»Ihr seid es, der die Samenkörner sät«, platzte ich heraus. Ich dachte nicht darüber nach, ob ich gleich sterben würde oder nicht. Ich wollte mit meinem Gegenüber reden. »Ihr seid es, der die Yôkai ruft.«

Der Mann senkte den Kopf und ging ein paar langsame Schritte. Dann wandte er sich mir erneut zu. »Warum sehen die Menschen immer nur eine Seite von vielen? Warum sehen sie mich nicht als den, der die Gedichte schreibt? Wie viele gute Dichter hat unser Land? Hat es nicht jeden einzelnen bitter nötig? Bin ich so schlecht, dass man mich nicht zu den besseren zählen dürfte?«

»Ihr seht aus wie ein Onmyôji«, stellte ich fest. »Ihr *seid* ein Onmyôji.« Plötzlich stockte ich und ergänzte leise: »Nein, Ihr *wart* einer, ehe Ihr ein Yôkai wurdet …«

Die Gestalt drehte sich in einer ruckenden Bewegung weg, als würde sie meinen Anblick nicht ertragen. »Du hast den Ratschlag noch nicht gehört, den ich dir versprach.«

»Warum tut Ihr das?«, fuhr ich unbeirrt fort. Meine Stimme war lauter geworden. Natürlich hatte ich Angst. Aber mehr noch hatte ich einiges loszuwerden. Erst Stunden lag es zurück, dass ich beinahe getötet worden wäre. Und Urara. Wenn dieser Mann es war, der das Sichelwiesel und all die anderen Ungeheuer geweckt hatte, die im Land für Leid und Aufregung sorgten, wollte ich aus seinem Mund wenigstens ein Motiv dafür hören, eine Rechtfertigung, einen Grund, irgendetwas, und mochte es auch ein zähneknirschend vorgebrachter Racheschwur gegenüber jemandem sein, dessen Name mir vielleicht nicht einmal etwas sagte. Bis vor einigen Augenblicken hätte ich es nicht für möglich gehalten, einst dem Verursacher dieses Unglücks von Angesicht zu Angesicht gegenüberzustehen, dem Mann, der das Volk in Angst stürzte und das Kaiserreich in Chaos und Finsternis. Nun war ich bei einem Spaziergang auf ihn getroffen, unvorbereitet und beiläufig fast, wie man zuweilen ein Farn am Wegrand zu entdecken vermag, das man noch nicht kennt.

Der teefarbene Schatten ignorierte meine Frage nach dem Warum seiner Taten. »Mein Rat an dich, junger Mann, ist einfach. Willst du ihn anhören oder nicht?«

»Nein«, sagte ich trotzig. »Nicht aus Eurem Mund!«

Die Gestalt lachte auf, aber es war nur ein fruchtloser Ansatz, ein Stein, der in der Hand zerbröckelt, wenn man zum Wurf ansetzt. »Mein Rat ist, die Sora-no-me zu verlassen.« Und als ich unwillig zuckte, fügte er hinzu: »Was gibt dir diese Gruppe? Ein Unfähiger, der den Namen ›Onmyôsei‹ nicht verdient, ein Weib, das einen

Glück bringenden Drachen nicht von einer zertretenen Eidechse unterscheiden könnte – gehörst du denn wirklich in den Kreis dieser Jammergestalten? Bist du nicht zu Höherem bestimmt?«

»Nicht *mit* wem ich kämpfe, ist entscheidend, sondern *gegen* wen!« Das kam sehr schön und wohlklingend aus mir hervor. Erstaunlich, wie man plötzlich reden konnte, wenn man wild entschlossen war, aufrecht und stolz zu sterben.

Der Onmyôji sah mich an, sein Blick hart wie Stahl. »Geh jetzt«, hauchte er zwischen schmalen Lippen hervor. »Und komme mir nie mehr in die Quere!«

»Nicht ich habe das Kama-Itachi unschädlich gemacht«, hörte ich mich sagen. Offenbar gehörte ich zu den Leuten, die umso respektloser wurden, je mächtiger ihr Gegner war. Ich wusste, dass es solche Leute gab, aber mir war bis heute nicht klar gewesen, dass ich mich zu ihnen zählen musste. »Es war Urara, das ... Weib, das einen Glück bringenden Drachen nicht von ...«

»Schweig!«, tobte der Onmyôji. Von der überlegenen, lehrerhaften, fast schon gutmütigen Gelassenheit, die er zu Beginn unseres Gesprächs demonstriert hatte, war nichts mehr übrig. Seine Stimme, die voll und dröhnend klang, wenn er leise sprach, verlor ein wenig von ihrer Autorität, wenn er schrie.

Mir kam es so vor, als bekäme ich Oberwasser, auch wenn das möglicherweise nur bedeutete, dass ich kurz davor stand, alles zu verlieren. »Wenn ich Euch im Weg stehe«, warf ich ihm entgegen, »warum tötet Ihr mich dann nicht? Was hält Euch davon ab?«

Mein Gegenüber beruhigte sich schlagartig, wenigstens äußerlich. Die Hände, die er voller Wut gehoben hatte, ließ er sinken, sein Körper entkrampfte sich. »Willst du das wirklich wissen?«

Mit dieser Gegenfrage hatte ich nicht gerechnet. »Ja«, sagte ich nur.

»Gut.« Der teefarbene Schatten breitete die Arme aus, schloss die Augen und stieß durch die gespannten Lippen stakkatoartig einige Worte aus. Das seltsame war, dass ich mir einbildete, leuchtende, nebelartige Schriftzeichen aus dem Mund des Magiers strömen zu sehen, fast wie Rauchringe, aber komplizierter und klarer umrissen. Ich wünschte mir, sie lesen zu können.

Die Zeichen schossen in meine Richtung, flogen eng an mir vorüber, und als eines direkt auf mich zuhielt, duckte ich mich darunter hinweg. Hinter mir begann es zu knistern. Die Erde fauchte. Das hohe Gras ging in lodernden Flammen auf. Die Hitze war so groß, dass ich gezwungen war einige Schritte zurückzutreten, auf das Zentrum der Lichtung und damit auf die Gestalt zu. Der Onmyôji bewegte die Arme mit den lang herabhängenden Ärmeln langsam auf mich zu, sodass es aussah, als wolle er mich umarmen. Doch ehe er meinen Körper berührte, verharrte er in dieser Stellung.

»Der Grund, warum ich dich nicht vernichte, ist einfach: Vielleicht werde ich dich eines Tages noch brauchen. Es ist möglich, nein, wahrscheinlich, dass du einst an meiner Seite kämpfen wirst.«

»Ausgeschlossen!«, schnappte ich.

»Nein, ganz und gar nicht. Vergiss nicht, was du eben

selbst gesagt hast: Nicht *mit* wem man kämpft, ist wichtig, sondern *gegen* wen. Jetzt geh! Und noch etwas: Du kannst es dir sparen, mein Versteck preiszugeben. Wenn ich es nicht gewollt hätte, hättest du mich nie gefunden. Schon in wenigen Augenblicken werde ich nicht mehr hier sein.«

Die Sänfte erhob sich vom Boden, und diesmal war es mir, als könne ich vage Gestalten wahrnehmen, die die Stangen trugen. Verschwommene Wesen, grotesk und unbeschreiblich. Es war wohl der Rauch des Feuers, der ihre Konturen sichtbar machte. Oder mir solche vorgaukelte. Und noch etwas war auszumachen. Gleich drei der schlanken, hageren Hunde, die ich mehrmals gesehen hatte, tummelten sich auf der Lichtung. Einer sprang an mir hoch wie ein verspielter Welpe, und ich erkannte in dem kurzen Augenblick, dass von der Unterseite seiner Schnauze bis auf die Brust ein dünner rot-gelber Streifen verlief.

Das Feuer verlosch in diesen Momenten. Es hatte eine Schneise in das Gras gebrannt, ohne auf die benachbarten Halme überzugreifen. Eine Schneise, gerade breit genug für mich.

Ich spuckte aus, schüttelte voller Wut den Kopf und bahnte mir einen Weg durch den Teil der Wiese, den das Feuer unversehrt gelassen hatte ...

16

Schneestürme hatten das Schiff mit einer schweren weißen Decke überzogen. Schaurig ragten die Stümpfe der geborstenen Masten aus dem Schnee. Es schien, als habe die Kälte an ihnen gewirkt und sie weiter und weiter gespalten. Vielleicht schickte die Kälte sich an, den gesamten Rumpf schrittweise zu zerbrechen. Die Stelle in der Mitte des Decks, an der das Schiff beinahe auseinandergebrochen wäre, hatte zu arbeiten angefangen wie eine alte Wunde, die plötzlich wieder zu eitern begann. Ein ständiges Knarren aus dem Bauch des Schiffes begleitete die einförmigen Tage so laut, dass selbst die heftigsten Eisstürme es nicht zu übertönen vermochten.

Der einzige Mensch auf dem Schiff schwankte in ein Dutzend Lagen Kleidung gehüllt über das Deck, ein stummes, grimmiges Wesen. Die Sake-Vorräte, die für eine ganze Mannschaft vorgesehen waren, gingen zur Neige, doch anstatt damit zu haushalten, kippte er nur immer mehr in sich hinein. Weiß Gott mehr als einmal hatte er einen halben Tag lang an der Reling gestanden, nicht um nach Schiffen oder nach Festland Ausschau zu halten, sondern um endlich den Mut zu finden, sich in die eisigen Fluten zu stürzen. Das langsame qualvolle Ende ein wenig schneller und erträglicher zu machen.

Doch er hatte die Kraft dazu letztlich nicht gefunden. Oder war es gerade ein Zeichen von Kraft, es nicht zu tun?

Die See war weiß. Manchmal knatterte sie und scharrte am Bug. Eisschollen. Es klang, als breche man durch ein Meer aus Knochen.

Zusammen mit den extremen Wetterbedingungen hatte der Alkohol in seinen Adern das Schiff zu einem Spukort werden lassen. Immer häufiger schien es ihm, als könne er das Schlagen der Segel im Wind hören, die es nicht mehr gab, oder die Kommandos, die sich die längst ertrunkenen Seeleute über das Deck zuriefen. Er versuchte zu lachen, wie Verrückte und Verzweifelte das manchmal taten, aber es gelang ihm nicht. Nicht einmal Galgenhumor vermochte er in seiner Lage aufzubringen.

Die Nächte waren lang und von einer Kälte, die tiefer, dunkler und grausamer war als alles, was er sich hätte vorstellen können. Trotz des Alkohols war sein Schlaf leicht. Die Träume waren wirr und erschienen ihm realer als die Wirklichkeit.

Ein schwarzer Drache schlich sich in seine Träume. Zunächst nur sporadisch, zurückhaltend beinahe, als wolle er ihn mit seiner Anwesenheit nicht verunsichern. Das Wesen ähnelte nur wenig der dunklen Wolke, die am ersten Tag ihrer Reise einsam über sie hinweggezogen war, und doch zweifelte er nicht, dass sie es war, die dem Geschöpf Eingang in seine Träume gewährte.

Anfangs erschien der Drache als filigrane Gestalt auf Gegenständen. Einmal beispielsweise träumte er, über einen Markt zu gehen, fremd und nach der Art der Tô, voller Waren, wie er sie nie gesehen hatte. Viele der Gefäße, der Schwerter und Schilde trugen den schwarzen Drachen als Emblem. Der Drache bewegte sich. In zahllosen Krümmungen und Schnörkeln wand er sich um lackierte Reisschalen, schlich an fein ziselierten Essstäbchen auf und ab, trennte stolz das Heft eines Schwerts von dessen Klinge. Und das Stück, das ihn am meisten beeindruckte, war ein Bogen, der lebte und aus einem einzigen dunklen Drachenleib bestand, glänzend wie aus lackiertem Holz. Der Bogen verfügte nicht über eine, sondern über zwei Sehnen. Jede davon war ein Barthaar des Drachen. Der Händler, ein kleiner, dicker Tô-Mann, dessen Barthaare denen des Drachen um nichts nachstanden, versuchte ihm den Bogen in die Hand zu drücken, doch er zuckte zurück und suchte voll innerer Unruhe den Ausgang des Marktes.

Innerhalb des Traumes allerdings war der Markt ein endlos weiter Raum, der sich nach allen Richtungen hin ausdehnte. Die kleinen Stände der Händler quollen über mit immer bizarreren Waren, von denen bald alle den lebendigen schwarzen Drachen enthielten. Der Ausgang öffnete sich ihm erst mit einem ohrenbetäubenden Krachen. Im ersten Moment schien es von über ihm zu kommen, als berste der Himmel selbst in zwei Teile. Der Onmyôji schlitterte und stolperte über das schneebedeckte Deck, ohne noch recht zu sich gekommen zu sein. Überall prangten noch die Nachbilder des schwarzen Drachen im Schnee. Erst als er aus einer Intuition heraus an der Bruchstelle in der Schiffsmitte niederkniete, fand er langsam aus dem Traum hinaus in die Realität. Die Drachen verschwanden, doch das Schiff brüllte.

Der Onmyôji glaubte zu sehen, wie die beiden Hälften des Decks nach außen hin abknickten. Aufgeregt schaufelte er den Schnee von der Wunde, die das Schiff durchzog. Seine Magie hatte sie nie zu heilen vermocht, hatte die Verletzung nur zurückgedrängt. Die Hände des Mannes glühten von einer merkwürdigen heißen Kälte – der Schmerz war kaum zu ertragen.

Auf den freigelegten Riss legte er neue Amulette in großen Abständen, denn es blieben ihm nur noch wenige davon. Solange die Tusche noch flüssig gewesen war, hatte er fieberhaft neue geschrieben, doch in dieser Kälte erstarrte die schwarze Flüssigkeit sofort am Tuschestein. Selbst wenn er einen Weg gefunden hätte, den Stein zu erhitzen und Tusche herzustellen, wäre sie ihm am Pinsel gefroren, ehe er auch nur den ersten Strich eines Schriftzeichens setzen konnte.

Unablässig murmelten seine blauen Lippen Zaubersprüche. Mit jedem Tag vergaß er ein paar davon, und es schien, als würde sein Gehirn kaum merklich von zwei Seiten her aufgefressen – von innen her besorgte das der Sake, von außen nagte die Kälte daran.

Das Schiff reagierte nicht mehr auf seine Magie. Es bäumte sich auf, schien seine unsichtbaren hölzernen Muskeln zu spannen, um sich selbst in der Mitte entzweizubrechen.

Es will sterben, schoss es ihm durch den Kopf. *Es sehnt sich nach Ruhe, ewiger Ruhe. Der Sturm, das Eis, das Meer können sie ihm geben. Nur ich zwinge es, sich weiter durch diese Hölle zu quälen.*

Es war sicher nicht das Schlechteste, wenn das alles jetzt und hier ein Ende fand. Da er nicht den Mut hatte, sich über Bord kippen zu lassen, musste das Schiff eben unter ihm wegbrechen.

Doch dann beruhigte es sich wieder, ganz plötzlich. Das Knarren erstarb, die beiden Schiffshälften, die bereits in einem Winkel von zehn Grad gegeneinandergestanden hatten, bewegten sich wieder auf eine Ebene zurück. Keuchend und zitternd erhob sich der Onmyôji. Die untersten zwei, drei Lagen seiner Kleidung klebten schweißgetränkt an seinem Körper. Er war vollkommen sicher, dass nicht seine Magie die jähe Wendung heraufbeschworen hatte.

Im nächsten Augenblick erstarrte er. Rechts hinter ihm, in seinem Augenwinkel, spielte sich eine unglaubliche Szene ab. Ein Segel erschien an einem der abgebrochenen Masten, weißer noch als der Schnee und riesig, mit einem schwarzen Drachen als Symbol darauf.

Dem Drachen aus seinen Träumen.

Der Wind fing sich in dem Segel, hob das Schiff vom Wasser und warf es nach vorn. Die Beine wurden dem Mann unter dem Leib weggerissen. Er rutschte ein Stück rückwärts über das Deck, bis er in einer Schneewehe stecken blieb. Das Schiff schwamm jetzt wieder auf dem Wasser, mit einem Vielfachen der Geschwindigkeit, mit der es zuvor über das Meer getrieben war.

Der Mann suchte nach dem Segel, das er eben am hinteren der beiden zerstörten Masten auszumachen geglaubt hatte. Es war nicht mehr da. Doch! Die Fahrt, die das Schiff machte, ließ keinen Zweifel daran, dass es noch existierte. Man konnte es lediglich nicht mehr sehen.

In den folgenden Nächten wurde der Einfluss des Drachen auf seine Träume immer mächtiger. Das schwarze Geschöpf erschien ihm nicht mehr als rätselhaftes lebendes Ornament. Nun zeigte es sich als gewaltige, turmhohe Riesengestalt. Sie brach aus dem Meer hervor, flog flügellos und ohne den geringsten Laut über den Himmel, verdunkelte die Sonne. Sie herrschte über das Land, und wo immer sie kroch, schwamm oder schwebte, flohen die Tiere der Erde, des Wassers und der Luft. Menschen verließen in wilder Panik ihre Dörfer, wenn der schwarze Drache sich über die Hügel näherte, und die Alten und Schwachen, die nicht schnell genug zu fliehen vermochten, warfen sich flach auf den Boden und beteten ihn an wie einen Gott.

Dem Onmyôji boten die Nächte kaum mehr Ruhe. Die Träume wühlten ihn auf, verängstigen ihn, und er entwickelte Theorien, wer der Drache war und was er von ihm wollte. Eine dieser Theorien war nutzloser als die andere.

Eines Tages stand er vor leeren Sake-Fässern. Ungläubig starrte er auf die Reihen von Behältern, die alle voll mit Wein gewesen waren. Hatte er das alles selbst getrunken? Oder war es vielleicht der Drache in ihm, der ihn benutzt hatte, um sich an dem süßen, trüben Getränk zu berauschen?

Er schüttelte den Schrecken ab und fühlte sich plötzlich erstaunlich wohl. Irgendwie kam er sich befreit vor, ohne den Alkohol im Bauch des Schiffes. Er befand sich in der besten Stimmung seit dem Ablegen des Schiffes. Erleichtert und ruhig schritt er durch den harschen Schnee auf den Bug zu. Seit Tagen hatte es nicht mehr geschneit, die Kälte war noch unerbittlicher geworden und hatte das Schiff mit Eis überzogen. Das Wasser klirrte vor dem Bug. Er rechnete nicht damit, mehr zu sehen als die glänzende Fläche des Eismeers und einen klaren, kältegetränkten Himmel. Mehr wollte er auch nicht sehen. Er hatte das Gefühl, dass selbst dieser trostlose Anblick ihm nun angenehm sein würde. So wie der Himmel sich aufgeklärt hatte, so würde sich auch sein Verstand klären, sobald der Sake erst vollständig aus seinem Körper verschwunden war. Falls er dann immer noch von dem schwarzen Drachen träumte, würde er verstehen, was dieser von ihm wollte.

Doch da draußen vor dem Schiff war mehr, als er zu sehen erwartet hatte.

Schroffe weiße Hügel erhoben sich am Horizont und davor ein schmutziges Stück flacher grauer Küste.

Land!

Er hatte Land erreicht.

Von einem Impuls getrieben warf er den Kopf herum und blickte in Richtung des hinteren Masten. Nicht ohne Grund. Dort fiel in diesen Momenten ein Segel in sich zusammen, und die lang gestreckte Gestalt eines schwarzen Drachen huschte unter dem sich auflösenden Tuch hervor über das Deck, jagte unter der Reling hindurch und verschwand im Wasser.

Das Schiff verlor zusehends an Fahrt. Trieb gemächlich auf die Küste zu.

Im Lauf der nächsten Stunde vermochte der Onmyôji immer mehr Details zu erkennen. Unweit der Stelle, auf die das Schiff zuzuhalten schien, ragten die steilen Berghänge bis ins Meer hinein, ein schmaler Keil aus Fels wuchs ihm entgegen, und auf der Spitze dieser Klippen stand hoch aufgerichtet ein zylinderförmiges Objekt, das keines natürlichen Ursprungs sein konnte. Menschenhand hatte dort einen Turm errichtet, primitiv aus grob behauenen dunkelgrauen Felsblöcken zusammengesetzt, mit einem Kranz aus vier riesigen, leicht nach innen gebogenen Stacheln als Krone. Fenster waren an dem Turm keine zu erkennen, auch keine Erker oder Balkone.

Ein scheußliches Bauwerk ohne jeden Stil und Geschmack. Zweifellos hatte hier die Sorte von Menschen eine Festung errichtet, die sonst schon mit dem Bauen von Lehmhütten überfordert war.

Die Sorte Menschen, die er in einem Land wie diesem erwartete hatte. Menschen, die der Kälte trotzten, anstatt vor ihr in wohnlichere Gebiete zu fliehen. Er dachte daran, wie sehr sein eigenes Volk von dem Wechsel der Jahreszeiten fasziniert war, wie viel man über die Frühlingsboten redete, über die Klänge des Sommers und die Farben des Herbstes. Jedes Kleidungsstück, jedes Essen, jede Zeremonie und jede Feier war dem ewigen Wechsel angepasst. Hier, an diesem Ort, gab es keine Jahreszeiten. Ein einziger eiskalter, verheerender Wintertag, wie er einem zwei-, dreimal in einem langen Leben begegnete, dehnte sich zu einem ganzen Jahr aus. Konnte in den Köpfen von Menschen, die den Wechsel vom Winter zum Frühling, vom Frühling zum Sommer nie erlebt hatten, überhaupt so etwas wie … menschliches Empfinden entstehen?

Ohne Frage befand er sich nördlich von Shiragi. Weit nördlich von Tôs Norden. Nördlich der Zivilisation.

Aber nicht nördlich aller menschlichen Siedlungen.

Diese Küste war sein Ziel. Der Turm mit den drohend emporragenden Stacheln begrüßte ihn. Sein Schiff trieb in nervenaufreibender Bedächtigkeit geradewegs darauf zu. Gab ihm viel Zeit, sich die Schrecken auszumalen, die ihn an dieser Küste und in diesem Turm erwarten würden.

Viel, aber nicht genügend Zeit.

Denn die Schrecken überstiegen selbst die Vorstellungskraft eines Onmyôji.

17

In dieser Nacht konnte mich nichts mehr ängstigen. Ich dehnte meinen Heimweg über viele Stunden hinweg aus, und das nicht nur, um meine Gedanken zu ordnen oder den Frauen zu entgehen, die vor meinem Zelt warteten. Ich tat es auch, um mich selbst kennenzulernen, mein neues, todesmutiges Ich besser zu verstehen. Seit ich der Sora-no-me beigetreten war, hatte ich viel von der unnötigen Angst abgelegt, die mir früher ein treuer Begleiter gewesen war. Der heutige Tag und die heutige Nacht waren zu meiner wichtigsten Lehrstunde geworden: Als ich die schützende Hütte verließ und dem Sichelwiesel entgegentrat, als ich es wagte, dem teefarbenen Schatten zu trotzen, da fiel der letzte Rest Angst von mir ab. Ich war im Jahr der Schlange geboren und nun häutete ich mich wie eine Schlange.

Ich dachte über mein Go-Spiel nach. Das Taktieren gegen fantasierte Gegner war über Jahre hinweg eine Art Lebensinhalt für mich gewesen. Nun erschien es mir mit einem Mal reizlos. Hätte ich das Brett nur mitgenommen – ich hätte dem Onmyôji eine Partie angeboten. Ganz gleich, welchen Einsatz der teefarbene Schatten gefordert hätte, ich hätte gewiss keinen Rückzieher gemacht. Nicht in dieser besonderen Nacht.

Wie ein Held fühlte ich mich, als ich im Morgengrauen ins Dorf zurückkehrte. Wie jemand, der lange genug gewartet und endlich seinen Zeitpunkt gefunden hat. Ich musste an die Worte meines Vaters denken. War alles, was irgendwann einmal zum Vorschein kam, schon immer in einem Menschen angelegt? Musste man nur lange genug darauf warten?

Die Frauen, die mir die Nacht hätten versüßen sollen, schliefen vor meinem Zelt. Tatsurôs Schnarchen drang durch die Stoffbahnen des seinen. Urara hatte sich in der Nähe unter einen der wenigen Bäume gelegt, die vom Sturm verschont geblieben waren.

Ich wartete geduldig, bis sie erwachten. Ich fühlte eine körperliche Müdigkeit, doch mein Geist war hellwach.

Tatsurô musste mit einem Blatt Papier in den Händen eingeschlafen sein. Er hielt es noch immer umklammert, als er aus seinem Zelt geschlurft kam. Der Kater war ihm anzusehen, seine Augen waren wie trübes Glas, die Beule an seinem Kinn leuchtete in tiefem, ungesundem Violett, seine Gewänder waren zerknittert und standen so sehr ab, dass sie ihm das Aussehen einer wandelnden Origami[13]-Figur verliehen.

»Stümperei«, brummte der Onmyôsei. »Talentloses Geschreibsel. Wenn ich so wenig Begabung zum Dichten hätte, würde ich mich tunlichst davor hüten, meine Ergüsse auch noch niederzuschreiben. Jeder Tropfen Tusche ist zu schade dafür.« Dabei schwenkte er das Papier abfällig hin und her.

»Das Gedicht des teefarbenen Schattens?«, erkundigte ich mich. In jedem der betroffenen Dörfer fand man eines. Manche waren von den verängstigen Menschen umgehend vernichtet worden, weil man glaubte, dass ein böser Zauber in ihnen wohnte, der noch mehr Unglück anziehen würde. Einige hatten wir auch zu lesen bekommen.

Ich wusste genau, was jetzt kam. Es war fast schon ein Ritual.

Mit missbilligender Miene, die sein eckiges Laternengesicht noch älter und unansehnlicher machte, trug Tatsurô das Werk des teefarbenen Schattens vor. Dabei schüttelte er sich wie jemand, der sich ein Stück einer verdorbenen Frucht in den Mund gesteckt hatte, und gab sich alle Mühe, es auf unvorteilhafte Weise zu betonen, um es dilettantisch und monoton klingen zu lassen.

»Die Dauer des Tages,
Oder die einer warmen Nacht,
Die Länge des Sommers.
Wer all das messen kann, weiß nichts,
Rät er doch nicht des Menschenlebens Frist.«

»Interessant«, bemerkte ich.

»Bring mich nicht zum Lachen!«, entgegnete der Onmyôsei rasch. Er versuchte erheitert und streng zugleich zu klingen, was ihm gehörig misslang. »Ein banaler Inhalt in einer holprigen Ausführung! Die Jahreszeiten werden nur erwähnt, kommen aber nicht zum Ausdruck. Solche Zeilen könnten zu jeder Zeit, an jedem

Ort erdacht werden. Nichts ist daran, was einen Menschen ergreift oder erleuchtet.«

Ich, der ich eigentlich nichts von Gedichten verstand, war anderer Meinung. Das Gedicht kam mir sogar vor, als sei es speziell für mich verfasst worden. Die Dauer einer warmen Nacht – für Tatsurô, der seinen Rausch ausschlief, war die Nacht nur ein Augenblick, doch für mich, Hayate, hatte sie länger gedauert als jede andere zuvor, war voller Ereignisse und Gedanken gewesen. Und des Menschenlebens Frist war tatsächlich nicht zu erraten. Dreimal im Laufe des vergangenen Tages und der Nacht hätte meines zu Ende sein können: Das erste Mal, als ich in die Schlucht stürzte, das zweite Mal, als ich mich mit dem Kama-Itachi anlegte, und das dritte Mal, als ich es wagte, dem teefarbenen Schatten gegenüber vorlaut zu werden.

Der Tag war vergangen, die Nacht ebenso, doch mein Leben dauerte an.

Das Gedicht gab mir auf seltsame Weise Rückenwind und ich wurde übermütig. Als sich die Dorfleute allmählich versammelten, um uns noch einmal ihren Dank auszusprechen und uns aus ihrem kargen Besitz einen Lohn zu zahlen, stellte ich mich vor meine beiden Begleiter und verkündete mit einem neckischen Grinsen auf den Lippen:

»Der Onmyôsei ist dem teefarbenen Schatten in jeder Hinsicht überlegen. Dies hat sein rascher Sieg über das Sichelwiesel bereits unmissverständlich gezeigt. Obwohl es keines weiteren Beweises bedürfte, möchte unser Retter vor aller Augen und Ohren demonstrieren, dass ihm der teefarbene Schatten auch auf dem Schlachtfeld der Poesie nicht das Wasser zu reichen vermag. Als Thema des Gedichts, das er nun für euch kreieren wird, wählt er … das Kama-Itachi.«

Tatsurôs Miene bewegte sich jenseits dessen, was mit Worten zu beschreiben ist. Mochte seine spätere Rache aussehen, wie sie wollte, in diesem Moment blieb ihm nichts anderes übrig, als das Spiel mitzuspielen, um sein Gesicht nicht zu verlieren.

In dieser Zeit war Dichten nichts, was der Künstler im stillen Kämmerlein praktizierte, Gedichte waren nichts mühsam Ausgefeiltes, zigfach Ausradiertes und neu Formuliertes. Sich Gedichte auszudenken gehörte am Kaiserhof und in den Häusern der Adligen als unentbehrlicher Bestandteil zu jeder Feier. Gedichte hatten spontan zu sein, sie mussten zum vorgegebenen Thema passen, einen Bezug zur Jahreszeit haben und eine feste Form einhalten: fünf kurze Zeilen. Sogar die Zahl der Silben war vorgeschrieben. Menschen dichteten anlässlich alltäglicher oder besonderer Ereignisse, und wenn es jemand schaffte, auf dem Schlachtfeld in den Sekunden vor seinem Tod noch ein Gedicht zu hinterlassen, durfte er sich der literarischen Unsterblichkeit sicher sein.

Aus dem Stegreif feinsinnige Gedichte zu erschaffen war viel, viel mehr als ein Zeitvertreib. Man veranstaltete wahre Wettkämpfe, das Ansehen von Menschen wuchs und fiel mit ihren Gedichten, und nicht selten vergab der Kaiser wichtige Ämter aufgrund eines Gedichtes, das ihn tief berührt hatte. Auch der Kaiser selbst betätigte sich als Dichter, und das Poem, das der Tennô anlässlich seines Amtsantritts verfasste, wurde am Hof mit unbeschreiblicher Spannung erwartet.

Obwohl das einfache Volk von Lyrik nichts verstand, *musste* die Aufgabe Tatsurô einfach nervös machen. Man sah ihm an, dass es so war.

»Über das Wiesel«, murmelte er. »Mal sehen ... Ich habe bereits viele berühmte Gedichte über Pflaumenblüten, jungen Bambus und herbstlichen Ahorn verfasst, und man sagt, der Kaiser selbst kenne mein Schilfgras-Gedicht und spreche es oft vor wichtigen Entscheidungen, um seinen erlauchten Geist zu entspannen ...«

»Uns ist bewusst«, unterbrach ich ihn, »dass wir in wenigen Augenblicken das beste Gedicht hören werden, das je über Sichelwiesel verfasst wurde.«

»Ich kenne kein einziges«, meldete sich Urara.

Die Wangen des Onmyôsei hatten sich gerötet, doch von einer gesunden Farbe konnte keine Rede sein – unregelmäßig und scharf abgegrenzt stießen fiebrige rote Flecken an fahle, gelbliche Haut.

»Also ... ich ...« Tatsurô war so aufgeregt, dass er sich nicht einmal räuspern konnte. Seine Halsmuskulatur schien fast gelähmt zu sein und seine Stimme mutete wie die eines alten Frosches an, als er stockend, stolpernd und stammelnd sein Gedicht vortrug:

»Schnell ... schnell wie der ... Wind ...
Und ... tödlich ist es wie ein Schwert ...
Ungreifbar wie ein ... ein Wiesel ...
Es ist ein Yôkai ... wer zweifelt daran?
Und kommt es zu uns ... dann ist es ... ist es Sommer.«

Die letzte Zeile fügte er hastig hinzu; sie war viel zu lang. Offenbar war ihm gerade noch rechtzeitig eingefallen, dass er vergessen hatte auf die Jahreszeit hinzuweisen. Drei dicke Schweißperlen blitzten auf seiner Stirn und wirkten auf ihre Art poetischer als alles, was Tatsurôs Mund gesagt hatte.

Die Dorfbewohner neigten ihre Köpfe, ob aus Ehrfurcht vor der dichterischen Leistung oder um ihr Grinsen zu verbergen, würde man nie erfahren. Eine ganze Weile standen wir alle stumm im Kreis, und ich genoss Tatsurôs steife Haltung während dieser Zeit, die ihm ohne Zweifel endlos vorkommen musste. Trotzdem war ich noch nicht ganz zufrieden. Ich wünschte mir noch eine Draufgabe, einen Höhepunkt der Peinlichkeit für Tatsurô. Ohne zu wissen worauf, wartete ich.

Warten war ja meine Stärke.

Schließlich, als das Schweigen die Zeit gerinnen zu lassen schien, klatschte Urara in die Hände und meinte:

»Schon fertig? Das war hübsch. Wirklich hübsch. So gut getroffen!«

18

Zwei volle Tage lang sprach Tatsurô kein Wort mehr mit mir. Weder mir noch Urara hatte er etwas von den Geschenken der Dorfleute abgegeben. Was bedeutete, dass er einen riesigen Korb mit bäuerlichen Kleidern, Regenumhängen und primitiven Tonfiguren mit sich herumschleppte, die er vermutlich auf einem Markt gegen nützlichere – und weniger massige – Dinge einzutauschen plante. Nachdem er die Last einen halben Tag lang auf dem Rücken getragen hatte, band er ein Seil um den Korb und zog ihn hinter sich her. Am Anfang, als wir über grasbewachsene Ebenen kamen, funktionierte das noch, auch wenn er an jedem Maulwurfshügel mit einem Aufstöhnen hängen blieb und sein Körper an achthundert Stellen von dem einschneidenden Seil wund sein musste. Am zweiten Tag, als die Landschaft merklich schroffer wurde, bot er ein Bild des Jammers.

Wir waren in nordöstlicher Richtung unterwegs und irgendwann mussten wir die Küste erreichen. Es war ja nicht ganz einfach, den Weg unserer Reise zu bestimmen. Manchmal stießen wir ungewollt auf einen heimgesuchten Ort, so wie es beim letzten Dorf der Fall gewesen war. Ab und zu brachten uns auch Berichte von

Menschen, die wir unterwegs trafen, auf die Spur der Yôkai. Meist jedoch bestimmte Tatsurô mithilfe eines Orakels die Marschrichtung. Dazu warf er kleine Bambusstäbchen in die Höhe und versuchte aus dem Muster, das sie nach dem Herabfallen bildeten, eine Botschaft zu lesen.

Mehr als einmal schon hatte diese Methode uns im Stich gelassen. Doch der teefarbene Schatten schien langsamer voranzukommen, der Abstand der dämonischen Samenkörner, die er säte, wurde enger, und die Wahrscheinlichkeit, dass das Orakel zufällig recht behielt, wuchs damit. Ein altes Sprichwort sagte: »Ein Hund, der einfach nur drauflosrennt, stößt sich irgendwann den Kopf an einer Stange.«

Der Moment, an dem wir das Meer sahen, war großartig.

Wir waren einem Weg gefolgt, der auf halber Höhe an einem Berg entlangführte. Der Pfad war in alter Zeit möglicherweise häufig benutzt worden, denn er war breit und von den Überresten kleiner Schreine gesäumt. In letzter Zeit allerdings hatte die Natur begonnen, sich die von Menschen geschlagene Bresche wieder zurückzuerobern. Trichterwinden krochen über den Boden, ein dichtes Geflecht kräftiger Pflanzenarme, wenngleich die Hitze und Trockenheit der letzten Wochen sie ausgedorrt und gebräunt hatte. Hartnäckig griffen die Gewächse mit ihren vielen Ärmchen nach dem Korb, den Tatsurô hinter sich herschleifte.

Die Sonne näherte sich bereits dem Horizont, als wir drei Wanderer um eine enge Biegung kamen und plötzlich das Meer vor uns auftauchte. Als endlose blaugrüne Fläche breitete sich die See aus, der Geruch des Salzwassers erfüllte schon lange die Luft, und die Brise, die ihn transportierte, trug jetzt auch die Rufe der Möwen zu uns herauf. Am erstaunlichsten aber war, wie nahe das Meer vor uns lag, wie schmal der hügelige, gelbbraune Küstenstreifen sich ausnahm, der den bewaldeten Berg vom Wasser trennte. Drei, nein, vier Dörfer waren von hier oben aus zu erkennen, farblose Ansammlungen winziger Hütten, unordentlich angehäuft, als habe jemand kleine Holzstückchen provisorisch zu mehreren Bergen zusammengekehrt, um sie später vielleicht in einem Aufwasch zu entsorgen. Ich sah zum ersten Mal Dörfer, die wie Abfallhaufen aussahen. Verglichen mit der malerisch gelegenen und sauber um den Dorfplatz herum angeordneten Siedlung, in der wir gegen das Kama-Itachi gekämpft hatten, musste man diese Flecken hier mindestens primitiv nennen, wenn nicht ... abstoßend.

»Das Sichelwiesel war schon hier?«, fragte Urara naiv und ich konnte sie gut verstehen. Diese Dörfer sahen aus, als liege die Katastrophe schon hinter ihnen.

»Wir gehen hinunter«, entschied Tatsurô, und es waren die ersten Worte, die er seit unserem Aufbruch sprach. Er war am Ende seiner Kräfte. Man sah es ihm an. Ohne Frage sehnte er sich nach einem kräftigen Essen und einem weichen Schlafplatz.

Wir machten uns auf die Suche nach einer Stelle, die einen Abstieg ermöglichte. Es war nicht einfach, denn soweit man es erkennen konnte, führte der Weg weiter am Berg entlang und würde sich erst in mehreren Ri Entfernung langsam zur Küste hin absenken, weit jenseits der vier Dörfer. Also arbeitete man sich durch die reiche Vegetation querfeldein auf dem kürzesten Weg nach unten.

Der Abstieg war eine Tortur für sich. Weniger für Urara und mich als für Tatsurô, der sich an manchen Stellen ächzend und stöhnend mit seiner Last abmühte, nur um an anderen, steileren Stellen davon überholt zu werden. Als wir das erste der vier Dörfer erreichten, war der Onmyôsei ein Bündel Erschöpfung.

Aus der Nähe betrachtet war der Flecken noch hässlicher.

Schmutzig und graubraun wuchsen die Hütten aus dem Boden. Sie mit irgendetwas zu vergleichen, was Natur oder Menschen hervorgebracht hatten, wäre einer Schmähung dieser Dinge gleichgekommen. Stroh hatte nicht nur für die Dächer, sondern auch für die Wände Verwendung gefunden, und dieses Stroh war grau und verschimmelt. Viele der Hütten erinnerten an Höhlen. Ein dunkler, lochartiger Eingang schien schräg in einen Erdhaufen hineinzuführen, der am oberen Ende in ein Strohdach mündete. Fischerwerkzeuge hingen an den Behausungen und lagen verstreut auf der Erde. Wo Metall verwendet wurde, war es mit Rost überzogen, und das Holz war verfault, als hätte eine Welle der Vergänglichkeit die Siedlung überrollt und nur Alter zurückgelassen.

Ein Wall aus Dornengestrüpp schützte das Dorf zu der Seite hin, aus der wir kamen. Doch der Wall war zerfetzt worden, vom Wind vielleicht. Tatsurô schüttelte fortwährend den Kopf. Welche Gedanken ihn beschäftigten, war nicht schwer zu erraten: Er war im Begriff, all seine Hoffnungen zu begraben, heute noch ein warmes Mahl zu bekommen und einige der Waren zu verkaufen, die er zwei Tage lang mitgeschleppt hatte.

»Das Dorf ist unbewohnt«, flüsterte ich.

Mein Urteil war verfrüht. Sonnenverbrannte, hagere Menschen krochen aus den Hütten, Männer, nackt bis auf einen Lendenschurz und schmutzige Stirnbänder, die einmal weiß gewesen sein mussten. Vier von ihnen umringten uns. Nach einigen Minuten der Gewöhnungszeit fassten die Dorfleute uns an, zupften an unseren Gewändern. Und wühlten in Tatsurôs riesigem Korb. Ihre Neugier erinnerte an die von Affen.

»Könnt ihr sprechen?«, platzte Urara heraus. »Ihr macht keinen sehr intelligenten Eindruck.« Meine vorschnellende Hand, mit der ich ihr den Mund verschließen wollte, kam zu spät.

»Sprechen?«, erwiderte einer der Männer rasch. »Vielleicht nicht so gut wie ihr Stadtleute. Aber besser als die Fische im Meer.« Der Mann zeigte ein breites Grinsen, das sein hageres Gesicht beinahe sprengte. Zwei Zähne ragten gelb aus seinem Unterkiefer heraus. Seine Lippen waren schwarz und spröde.

»Verzeiht ihre Worte«, beeilte sich Tatsurô zu sagen. »Und ... wenn es euch beliebt ... äh ... lasst die Sachen im Korb, bitte. Ich bin bereit, sie zu verkaufen, aber ... alles zu seiner Zeit ...«

»Verkaufen?« Ein zweiter Mann lachte wiehernd auf. »Verkaufen, ja? Und womit hättet ihr's gerne bezahlt?«

»Was verlangt ihr für dieses hübsche Füchschen hier?«, kreischte ein dritter, auf Urara deutend. Er sah von allen am meisten wie ein Affe aus und seine Stimme passte ebenfalls dazu. Ein ungepflegter Bart wuchs über seine Schläfen herab bis auf sein Kinn. »Ich biete euch drei Angelhaken. Und ein Netz.« Er bückte sich und las das Erwähnte kurzerhand vom Boden auf. Das Netz war in Fetzen, die Haken krumm und rot vor Rost.

Ich spannte mich innerlich. Hier konnten wir nicht bleiben. Und ob es Sinn hatte, die anderen drei Dörfer auszuprobieren, war mehr als zweifelhaft.

Der Kerl, der sich nach Uraras Preis erkundigt hatte, beließ es nicht bei der Frage. Er griff nach ihrem Kinn und hob ihren Kopf, um sie noch besser ansehen zu können. Der Anblick der holzartigen, knorrigen Finger auf ihrem hübschen Gesicht ließ mich ausrasten.

Meine Hand flog ihm entgegen, nein, *stach* auf ihn ein, erwischte ihn an der Schulter. Er hatte nicht damit gerechnet, krümmte sich mit einem pfeifenden Geräusch und knickte zusammen. Ich schüttelte meine Hand aus. Bei der unüberlegten Attacke hatte ich mir die Finger gestaucht. Ich war eben kein Kämpfer. Umso mehr überraschte es mich, dass ich ihn offenbar kampfunfähig geschlagen hatte. Er wand sich weinerlich am Boden, das Affengesicht zu einer faltigen Fratze verzerrt.

Ein Gefühl des Triumphs stieg in mir auf. Schmunzelnd wandte ich mich um … und drehte mich direkt in den Angriff eines der anderen hinein. Der Hagere hatte ein Messer, ein kurzes Ding, dessen Klinge kaum aus seiner Hand herausragte. Es wischte vor meiner Brust vorbei und zerfetzte meine Kleidung. Nach dem Kampf mit dem Sichelwiesel hatte ich mein weites Hemd notdürftig geflickt. Ich stolperte zurück, um weg zu sein, ehe mein Gegner einen besser gezielten zweiten Stich anbringen konnte. Dabei blieb ich mit der Ferse an dem Burschen hängen, den ich eben niedergeschlagen hatte. Dieser umklammerte meinen Fuß und ich legte mich neben ihn in den Dreck.

Drei weitere Männer kamen herbeigerannt – es konnten auch vier sein. Ich sah nur, wie sich ein Gewirr von dürren, knochigen Gliedmaßen näherte. Hände, die an überlang wirkenden Armen saßen, griffen nach mir. Messer hielten sie keines, doch ihre lange nicht geschnittenen braunen Fingernägel bohrten sich so schmerzhaft in meine Haut, dass der Unterschied zu Dolchklingen minimal war.

Ich warf mich zur Seite, wurde sie für einen Moment los. Kam auf die Beine.

»Zurück mit euch, ihr Bastarde!« Das war nicht ich, der da so markig schrie, sondern die hohe Stimme des Onmyôsei. Tatsurô machte scheuchende Bewegungen mit beiden Händen, als hätten wir es mit zudringlichen Hühnern zu tun. Dann zog er einen Papierstreifen aus dem Ärmel und schnippte ihn gar nicht ungeschickt in meine Richtung. Die Tuschezeichen auf dem rotierenden O-Fuda waren kurz zu sehen. Der Angreifer, der gerade auf mich losgehen wollte, bekam einen leichten Schlag vor die Brust, als das Schutzamulett ihn traf.

»Ich dachte, das seien nette Leute«, ließ sich Urara

vernehmen. »Ein hübsches Füchschen hat mich noch niemand genannt.«

»Das sind *ganz bestimmt* keine netten Leute«, rief ich mit Nachdruck.

»Aber er hat mich ein hübsches Füchschen genannt – ich habe mich nicht verhört!«

Ich muss selbst wie ein Yôkai ausgesehen haben, so vehement verdrehte ich die Augen. »Hübsches Füchschen«, sagte ich in meiner Verzweiflung.

Urara strahlte. »Du auch?«

»Hübsches Füchschen, hübsches Füchschen«, plapperte Tatsurô nach und verhaspelte sich beinahe dabei. Er kramte nach weiteren O-Fuda, aber jenes, das er gerade verschossen hatte, war wohl sein letztes gewesen.

»Fahrt zur Hölle!«, krächzte einer der Dorfleute. Es war gut, dass er seiner Meinung so deutlich Ausdruck verlieh. Jetzt begriff selbst Urara, was Sache war. Sie stürzte sich ins Getümmel und auch ich schlug mich wacker. Unsere Kleidung behinderte uns. Die fast nackten Angreifer waren wendiger.

Aber sie waren schwach. Erschöpft.

Ausgehungert?

Urara kämpfte nicht schlecht. Einmal schaffte sie es, zwei der Burschen an den Haaren zu packen und ihre Köpfe gegeneinanderzustoßen. Ich hatte so etwas einmal bei einer Komödiantentruppe gesehen, die in den Straßen der Hauptstadt auftrat. Es hatte damals spektakulär ausgesehen, und das tat es jetzt auch. Die beiden gingen gemeinsam zu Boden, ihre Köpfe und Schultern aneinandergelehnt.

»Wir müssen raus aus diesem Dorf«, stellte Tatsurô fest. »Hier sind wir nicht willkommen.«

Das war uns jetzt allen bewusst, glaube ich. Es stellte sich nur die Frage, in welche Richtung wir uns absetzen sollten. Dorthin, wo wir hergekommen waren oder ...?

Tatsurô ließ seinen Korb mit all den schönen (und schweren) Geschenken zurück, raffte seine Gewänder und lief los. In die entgegengesetzte Richtung, also auf das nächste Dorf zu. Dieses war von unserer Position aus nicht zu erkennen, denn zwischen uns und dem Flecken lagen ein paar Hügel und einige alte, gedrungene Ahornbäume. Allerdings hatten wir es von der Höhe aus gesehen.

Zusammen mit Urara schaffte ich es, einen weiteren Angreifer von mir zu schleudern. Durch den Kampflärm angelockt krochen noch mehr von ihnen aus ihren höhlenartigen Hütten, doch sie griffen uns nicht an. Ihre Blicke sammelten sich auf dem riesigen Korb, der verlassen da stand. Ihnen musste klar sein, dass der Inhalt ihnen gehörte, wenn sie uns nur in Ruhe ziehen ließen.

»Gehen wir«, flüsterte ich Urara zu, und als sie nicht reagierte, wisperte ich noch eine Stufe leiser: »Hübsches Füchschen ...«

Unbehelligt verließen wir dieses scheußliche Dorf. *Fast* unbehelligt. Denn es geschahen zwei merkwürdige Dinge.

Als die hageren Menschen sahen, in welche Richtung wir uns wandten, veränderte sich ihr Gesichtsausdruck, und zwar in verschiedener Weise. Manche von ihnen grinsten spöttisch, andere wirkten besorgt. Allen gemein war, dass ihre ausgetrockneten Lippen zu murmeln begannen.

Es klang wie »Gascha-gascha ... gascha-gascha ...«, mehr ein Geräusch denn ein Wort.

Irritiert beschleunigten wir unsere Schritte. Als wir eben die letzte Hütte passierten, zwang mich irgendetwas dazu, kurz innezuhalten und meinen Blick auf das Eingangsloch zu lenken.

In der braunen Dunkelheit der Lehmhütte regte sich etwas. Ein Mensch kauerte ein Stück hinter dem Eingang, spähte zu uns heraus. Es war eine Frau. Sie hatte ein langes, eigentümliches Gesicht. Schön konnte man sie nicht nennen, aber ihre Züge hatten etwas Edles an sich. Ihre Augen schienen mich hypnotisieren zu wollen. Obwohl ich keinen Grund dazu hatte, ging ich die wenigen Schritte zu ihr hinüber. Sie streckte mir eine schmale, blasse Hand entgegen. Ihre Fingernägel waren schneeweiß und lang. Erst beim zweiten Hinsehen erkannte ich, dass etwas in dieser Hand lag – ein zusammengefaltetes Stück Papier. Ein Amulett? Sie schien es mir reichen zu wollen, also beugte ich mich zu ihr hinab und nahm es an mich.

Sie gehörte nicht hierher. Ihre Kleidung schien sauber zu sein und war – ihrem Glanz nach – aus feinster Seide gearbeitet. Auch ihre Körperhaltung war nicht die einer einfachen Fischersfrau. Obwohl sie kniete wie eine Dienerin, verriet ihre Pose eine vornehme Herkunft.

Ich setzte an, etwas zu sagen. Dann fiel mir ein, dass Urara auf mich wartete. Wortlos und mit einer Verbeugung bedankte ich mich für das Papier, dessen Bedeutung ich noch nicht kannte. Urara war inzwischen auch herangekommen, doch ich schnappte ihre Hand und zog sie hinter mir her, ehe sie noch auf die Idee kam, eine ihrer benebelten Fragen zu stellen.

Es würde wieder eine milde Nacht werden. Inzwischen war die Dämmerung fortgeschritten, die noch dicke Sichel des abnehmenden Mondes stand hoch am klaren Himmel und sorgte zusammen mit dem Rest Sonnenlicht für ausreichend Helligkeit. Auf dem ersten Hügel holten wir Tatsurô ein. Von dort aus konnten wir auch das Nachbardorf sehen. Es war einen Fußmarsch von weniger als einer Viertelstunde entfernt. Fackeln bildeten ein Oval um das Dorf und ließen uns seine Größe und Form gut abschätzen.

Machte es einen vertrauenswürdigeren Eindruck als jenes, dem wir entflohen waren? Von hier aus war das unmöglich zu entscheiden.

»Gehen wir wirklich dorthin?«, fragte ich. »Mittlerweile sind wir doch Meister im Nächtigen unter freiem Himmel. Wird uns da unten heute Abend noch jemand gastfreundlich empfangen?«

»Gascha-gascha«, bemerkte Urara.

Tatsurô hatte auf meine Frage etwas erwidern wollen, unterbrach sich aber und starrte unsere Gefährtin verständnislos an. »Was hat sie?«, erkundigte er sich an mich gewandt.

Ich erklärte es ihm. »Die Dorfbewohner haben das gesagt. Ihr wart schon zu weit weg, um es zu hören.«

»Vermutlich ein örtlicher Gruß ...«

Ich konnte nicht anders, als ironisch zu lachen. »Etwa

wie: Seid vorsichtig und achtet auf den Weg? In meinen Ohren klang es eher wie eine Warnung.«

»Vor den Leuten im Nachbardorf vielleicht? Gascha-gascha. Augenblick mal, das erinnert mich an etwas …«

Der Onmyôsei hatte keine Gelegenheit mehr, uns in seine Erinnerungen einzuweihen. Neben uns, ein Stück hangabwärts, gab es ein hohes Gebüsch. Und aus dieser Richtung kam ein Geräusch. Es klang ein wenig, als ob Äste aneinander reiben würden, alte, hohle Äste.

Mit anderen Worten: Es klang wie »Gascha-gascha«. Man konnte sich vorstellen, dass der Wind in den Sträuchern ein solches Geräusch verursachen mochte. Der Haken war nur – es gab keinen Wind …

»Was ist das?«, raunte ich, die Stimme unwillkürlich senkend.

»Wir müssen weg von hier«, knirschte Tatsurô. »Auf einen Kampf sind wir nicht vorbereitet.«

»Was ist denn da?« Konnte er nicht Klartext reden? Und überhaupt: Dieser Mann war *nie* auf einen Kampf vorbereitet. Er musste doch noch die fünf Amulette bei sich tragen, die mit der übermenschlichen Körperkraft des alten Ronta gefüllt waren. Wenn ich drei davon nahm und Urara und er je eines, dann konnten wir es immerhin versuchen.

Hinter den Sträuchern erhob sich etwas. Es machte weiterhin dieses schabende Geräusch, und allmählich setzte sich in mir die Erkenntnis durch, dass hier nicht Holz an Holz rieb, sondern …

Keine fünfzig Schritte von uns entfernt stand in diesen Sekunden ein Monstrum auf. Es schien uns mindestens um das Doppelte unserer Größe zu überragen. Nein. Jetzt, da es sich ganz aufrichtete, maß es gut und gerne das Sechs- oder Siebenfache eines Menschen.

Genauso schlimm wie seine Größe war sein Aussehen. Es war ein Skelett – das Skelett eines Riesen. Ein gewaltiger fahler Totenschädel, nahezu so groß wie ein Mensch, saß auf einem knöchernen Oberkörper. Beine hatte es nicht, dafür lange, gewaltige Arme, mit denen es seinen enormen Brustkorb und Schädel fortbewegen konnte. Wenn es sich bewegte, glich es ein wenig einer Spinne, der man bis auf das vorderste Paar alle Beine ausgerissen hatte. Dabei machte es das reibende Geräusch, das die ausgemergelten Leute aus dem Dorf so treffend wiedergegeben hatten. Eine der monströsen Hände krallte sich in die Sträucher und zermalmte sie krachend. Gleichzeitig zerrte sich das Skelett daran vorwärts. Es kam auf uns zu, ohne Eile zwar, doch die brauchte es auch nicht. Seine Größe machte die schwerfällige Form der Fortbewegung wieder wett.

»Wie ich es mir dachte«, gurgelte Tatsurôs helle Stimme. »Ein Gasha-Dokuro.«

Jetzt wusste ich also nicht nur, wie die Gefahr aussah, sondern auch, wie sie hieß. Schön. Wichtiger wäre es mir gewesen, eine Waffe in der Hand zu halten. »Die Amulette!«, forderte ich.

Tatsurô schüttelte entschieden den Kopf. »Du dummer Junge!«, piepste er. »Du darfst einen Gasha-Dokuro nicht unterschätzen!«

Ich ballte die Fäuste. Dieser Onmyôsei war in nüchternem Zustand so nutzlos wie in betrunkenem. Wie konnte irgendjemand, der seine sieben Sinne beeinanderhatte, ein baumhohes Skelett unterschätzen? Man konnte einen Dachs unterschätzen, der sich in einen Menschen zu verwandeln vermochte. Man konnte ein Lampion unterschätzen, das alt und zerfetzt an einem verlassenen Haus hing, bis man die scharfen Zähne sah, die es als Yôkai auswiesen. Aber nie im Leben konnte man sich einbilden, ein sieben Mann großes Skelett würde keine Gefahr darstellen. Es kroch ganz schön schnell in unsere Richtung, und wenn ich nicht bald eines der Amulette in die Hand bekam, würde es uns den Garaus machen.

»Man sagt«, keuchte Tatsurô, »er reißt all denen den Kopf herunter, die ihm nicht schnell genug entkommen.«

»Wir rennen schon wieder weg?«, murrte ich wütend. Es sah ganz so aus, denn Tatsurô lief bereits los. Praktischerweise hatte er seine Kleider erst gar nicht hinabgelassen, sondern hielt die Mantelsäume noch immer in den Händen. Falls man ihm je ein Denkmal setzte, dann würde es ihn vermutlich Hals über Kopf fliehend zeigen, die Kleider gerafft. Urara folgte ihm leichtfüßig. Ich stemmte die Arme in die Seiten. »Wozu sind wir eine Truppe der Sora-no-me, wenn wir die meiste Zeit über nur das Weite suchen? Das frage ich mich allmählich.« Ich schüttelte den beiden Fliehenden meine Faust nach.

Schließlich wandte ich mich wieder dem Monstrum zu, um zu prüfen, wie nahe es in der Zwischenzeit gekommen war.

Ich traute meinen Augen nicht.

Es war verschwunden.

Das gewaltige Skelett, dieser Brustkorb, dieser Schädel – jedes für sich so groß wie eine Hütte –, hatte sich einfach in Luft aufgelöst. Ein Ding der Unmöglichkeit! Die Landschaft war übersichtlich, das einzige größere Gebüsch hatte der Gasha-Dokuro vor wenigen Sekunden vollkommen zerlegt. Bis zu der Gruppe von Ahornbäumen auf dem nächsten Hügel konnte es in dieser kurzen Zeit nicht gekommen sein.

Und was merkwürdig war: Das nervenzerfetzende »Gascha-gascha« hatte nicht aufgehört. Im Gegenteil – es war nur noch lauter geworden.

Ich schluckte. Hob den Kopf. Sah nach oben.

Ein kolossaler knöcherner Brustkorb schwebte wie ein Dach über mir, darüber der weiße Schädel, der sich nun langsam herabsenkte. Das Ganze stand auf den zwei monumentalen Skelettarmen wie auf zwei Säulen. Erde rieselte auf mich herab. Die beiden Knochenhände hatten sich mehrere Ken entfernt zu meinen Seiten in den Grasboden verkrallt.

Ich stand direkt unter dem Gasha-Dokuro.

Versuchte ruhig zu atmen und nachzudenken. Mit dem Wesen zu sprechen, würde kaum Sinn haben. Kämpfen auch nicht. Blieb also wieder einmal nur die Flucht.

Aber wie?

Ansatzlos preschte ich los. Absichtlich hatte ich keine der beiden Richtungen ausgewählt, die zu den Dörfern führten. Ich hatte vor, querfeldein zu laufen. Der gigantische Schädel stieß auf mich herab, ich schlug einen Haken und entging den Zähnen knapp. Eine Wolke aus Fäulnisgestank streifte mich, bei der sich mir der Magen umdrehte. Der Erdboden bebte, als der Brustkorb zu Boden stürzte und sich in die trockene Erde bohrte. Das Ungeheuer konnte mich so nicht weiterverfolgen, aber die skelettierten Riesenhände waren frei geworden, und noch hatte ich ihren Wirkungsbereich längst nicht verlassen.

Jeder der Knochenfinger, die auf mich zukamen, hatte die Größe eines Kindes. Ich wagte nicht, an die Kraft zu denken, die in ihnen wohnte. Der erste Griff zielte von oben herab auf mich, und ich konnte ihm entgehen, indem ich einige wilde Sprünge hinlegte. Sie kosteten mich eine Menge Kraft. Ich rollte mich in verschiedene Richtungen hin ab. Dann schoss die Hand flach über dem Boden auf mich zu – ein Zeichen, dass ich mich dem Rande ihres Aktionsradius näherte. Ich versuchte in die Höhe zu springen, damit die Knochenfinger unter mir hindurchgriffen, aber ich schaffte nicht die erforderliche Höhe. Die Fingerspitzen trafen meine angezogenen Beine voll und schleuderten mich weg.

Der Schlag war mörderisch. Es war, als würde man von einem durch die Luft schießenden Baumstamm getroffen. Ich überschlug mich, flog ein Stück und prallte dann auf den Boden. Zum Glück hatte mir eine Eingebung befohlen, Arme und Beine anzuziehen, und nachdem der Aufschlag mir beinahe den Rücken gebrochen hatte, rollte ich wie eine Kugel den Abhang des Hügels hinab.

Und befand mich damit für den Augenblick außerhalb der Reichweite des Ungeheuers.

Freilich würde das nicht lange so bleiben! Der Gasha-Dokuro brauchte nur wieder auf die Beine, pardon, auf die Arme zu kommen, um mir zu folgen. Ich wusste ja jetzt, dass er sich mit den Armen nicht nur vorwärtsschleppen, sondern darauf auch gehen konnte.

Also hieß das Gebot der Stunde, zu rennen. Was nicht einfach war. Nach dem Sturz fühlte sich mein Körper an, als wäre er innerlich in zwei Teile gebrochen und würde nur noch äußerlich von meiner Haut zusammengehalten. Auch das Hinabrollen hatte mir einige Kratzer zugefügt, und meine Muskeln wollten alles, nur nicht mit übermenschlicher Geschwindigkeit bis zum nächsten Dorf flitzen.

Trotzdem zwang ich sie, genau das zu tun. Zuerst hinkte ich, aber nach ein paar Schritten verbot ich meinem Bein das Einknicken. Ich wette, es verfluchte mich insgeheim, aber es gehorchte. Meine Schmerzen brüllte ich nieder. Nur im Geiste allerdings – es hätte mich sonst zu viel Energie gekostet. Meine Lungen schienen zu platzen, doch ich sagte mir, dass ich noch nie von jemandem gehört hätte, der an einer geplatzten Lunge gestorben sei. Also rannte ich.

Ein Gedanke gab mir Kraft. Ich dachte an die beiden Dörfer. Das erste, in dem ich mich geprügelt hatte, war bewohnt, von hageren, abgezehrten, aber lebendigen Menschen. Das zweite kannte ich noch nicht, aber die brennenden Fackeln, die wir gesehen hatten, deuteten darauf hin, dass dort ebenfalls Menschen lebten.

Wenn dieses Ungeheuer frei umhergehen konnte, warum hatte es dann die Dörfer nicht längst dem Erdboden gleichgemacht? Dass das nicht geschehen war, brachte mich auf einen Gedanken. Wahrscheinlich war das gigantische Skelett an diese Hügel gefesselt, konnte sie nicht verlassen.

Erst als ich den letzten Hügel überwunden hatte und eine gleichmäßige Reihe aus Fackeln direkt vor mir auftauchte, gestattete ich meinen Beinen, in einen gemächlicheren Gang zu verfallen. Dort sah ich auch meine beiden Begleiter. Meine Kehle brannte, als hätte ich statt der milden Abendluft beißenden Rauch geatmet. Ich wandte mich um. Der Schädel des Gasha-Dokuro hing wie ein gespenstischer weißer Mond über einem der Hügel. Das Monstrum hatte die Verfolgung tatsächlich aufgegeben.

»Ich hätte nicht gedacht, dass du lebend da herauskommen würdest«, flüsterte Tatsurô sichtlich ergriffen. »Es ist nicht einfach, einem Gasha-Dokuro zu entkommen.«

Das brauchte er mir weiß Gott nicht erst zu sagen. Komischerweise war es mir danach, Urara zu umarmen, obwohl sie meine Ankunft recht gelassen hinnahm. »Deine Kleider sind schmutzig«, meinte sie.

»Ich werde sie waschen, sobald ich Gelegenheit dazu habe«, versprach ich ihr. Das Bedürfnis, sie in den Arm zu nehmen, war verflogen, und ich war ein bisschen erleichtert darüber. »Was sollen diese Fackeln da? Wird das Dorf bewacht?«

»In der Tat«, stimmte der Onmyôsei mir zu. »Mir

scheint, diese Leute gehen nicht so leichtfertig mit ihrem Leben um wie du mit deinem.«

Ich kniff die Augen zusammen. Die Fackeln waren an Stangen befestigt, die man in gleichmäßigen Abständen in den Boden gerammt hatte. Etwa an jeder vierten Fackel stand jemand. Naturgemäß wurden wir von den Menschen kritisch beäugt.

Sie hatten Wachen aufgestellt. Ein Fischerdorf, das sich gegen ein Yôkai schützen musste – so etwas war mittlerweile ja nichts Ungewöhnliches mehr.

»Werden sie uns einlassen?«, wollte ich wissen.

»Sie werden einen Onmyôsei erkennen, wenn sie einen sehen.«

Bei so viel Selbstsicherheit rechnete ich fest damit, dass wieder etwas schiefgehen würde. Aber diesmal behielt Tatsurô recht. Die Wachen traten zwar mit grimmigen Gesichtern auf uns zu, als wir uns ihnen weiter näherten, doch Tatsurôs Kleidung und Gebaren unterstrichen seine Beteuerung, ein Onmyôsei zu sein, und ein paar recht leichtsinnig hervorgezeigte O-Fuda wurden unter den Wachen herumgereicht und erledigten den letzten Rest Überzeugungsarbeit.

»Ihr seid eine dieser Gruppen«, meinte ein Mann aufgeregt. »Sora-no-me?«

»Augen des Himmels, ja, das sind wir«, erklärte Tatsurô mit stolzgeschwellter Brust, als ob er das Ganze erfunden hätte.

Der Wächter allerdings stand ihm in dieser Hinsicht um nichts nach – und er hatte etwas mehr Brust als der schwächliche Onmyôsei, was seinen Stolz um einiges eindrucksvoller erscheinen ließ. »Euer Ruf eilt Euch voraus«, meinte er mit wohlklingender Stimme. »Mit dem Yôkai, das uns plagt, habt Ihr ja schon Bekanntschaft geschlossen.«

Das kann man wohl sagen, dachte ich. Es gab keine Stelle an meinem Körper, die nicht schmerzte, und meine Beine trugen mich kaum mehr.

Der Mann fuhr fort. »Anscheinend ist es üblich, dass in der Nähe des Ortes, wo das Yôkai erscheint, jemand eine besondere Gabe entwickelt. Genau das ist auch bei uns geschehen. Es ist eine junge Frau, eine ganz wunderbare Frau. Sie ist sehr beliebt, und es freut uns ganz besonders, dass sie es ist, die an Eurer Seite gegen das schreckliche Yôkai kämpfen wird.«

»Es ist nicht nötig, dass sie sich selbst in Gefahr begibt«, erklärte Tatsurô. »Wir haben die Macht, uns ihre Kraft zu leihen. Es ist unsere Aufgabe als Sora-no-me, unser Leben zu riskieren.«

»Darf ich Euch zu ihr führen?«

»Je früher wir sie treffen, desto früher können wir Euch von dem Gasha-Dokuro befreien«, versicherte der Onmyôsei.

»Ich hoffe, sie gefällt Euch. Wisst Ihr, sie ist so etwas wie unsere ... Heldin. Seit Jahren schon ist sie etwas ganz Besonderes für uns. Ihr werdet das vielleicht nicht verstehen, aber ... wir sind einfache Fischer, und die meisten von uns haben diesen Landstrich nie verlassen. Sie allerdings war schon in der Hauptstadt und am Biwa-See, vor etwa zwei Jahren, als es überall noch ruhig war. Und wisst Ihr, wen sie dort getroffen hat?«

»Den Mikado?«, riet Tatsurô geistesabwesend.

»Einen Onmyôji. Ein einfaches Mädchen aus unserem Dorf hat einen echten Onmyôji getroffen. Gut, ich weiß, Ihr selbst seid auch schon fast einer, und ich spreche mit Euch von Angesicht zu Angesicht, was mir eine ungeheure Ehre ist. Aber … in unserer Zeit sind Yôkai und Onmyôsei ja nichts Besonderes mehr …«

»Ich verstehe«, hörte ich Tatsurô murmeln.

Inzwischen hatten wir einen einfachen Dornenverhau passiert, der den Gasha-Dokuro sicher nicht abhalten würde. Auch dieses Dorf war schlicht und ein wenig schmuddelig, weit weniger ordentlich als die Bauerndörfer, die wir kennengelernt hatten. Im direkten Vergleich zu der Siedlung aber, die wir eben passiert hatten, war dieses Dorf ein Paradies. Trotz ihrer einfachen und schmutzigen Kleidung und trotz der Bedrohung durch ein haushohes Skelettmonster wirkten die Menschen zufrieden. Auch sie waren dünn, aber nicht so ausgezehrt wie ihre Nachbarn. Es hätte mich interessiert, mehr über die beiden Dörfer zu erfahren. Vielleicht gab es einen Grund für die augenfälligen Unterschiede zwischen ihnen.

Jetzt allerdings war nicht der Moment dafür. Der Wächter redete und redete und führte uns auf geradem Weg zu einer Hütte auf der Küstenseite der Siedlung.

Als wir, von einem Dutzend Menschen eskortiert, darauf zugingen, trat eine junge Frau zu der Türöffnung heraus. Sie trug weiße Kleidung, einen dünnen Leinenstoff, durch den ihre sonnengebräunte Haut hindurchschimmerte.

Ich fand sie ausgesprochen ... ansehnlich. Ihre Haare waren hochgesteckt, sie ging barfuß, und als das Licht der Fackeln sie traf, sah ich ein wunderschönes, selbstbewusstes Lächeln, aus dem vollkommene Zufriedenheit sprach. Unwillkürlich musste ich dem Wächter zustimmen. Wer in einer solchen Zeit so viel Ruhe auszustrahlen vermochte, war nicht wie alle anderen Menschen.

»Die Sora-no-me haben uns gefunden«, verkündete die Wache. »Das hier, werte Gäste, ist unsere Heldin.«

Die Frau verbeugte sich, und mir fiel auf, wie klein und zierlich sie war. Die weite und helle Kleidung hatte sie auf den ersten Blick größer erscheinen lassen.

Wir verbeugten uns voreinander.

»Willkommen«, sagte das Mädchen. »Mein Name ist Iso. Ich bin eine Ama ...«

19

Es gab einen heftigen Ruck, und der Schiffsleib stieß ein letztes Mal einen dieser knarrenden Schreie aus, die in den Stürmen der letzten Wochen an der Tagesordnung gewesen waren.

Unwillkürlich warf der Onmyôji einen Blick nach achtern, um zu sehen, ob das Drachensegel wieder aufgetaucht war. Dann erst bemerkte er, dass das Schiff stand. Es war auf Grund gelaufen. Die Brandung ließ es fortwährend an einer Klippe schaben wie einen großen Fisch, der sich an einer Koralle kratzte.

Das felsige Ufer lag zum Greifen nahe, kein Ri mehr entfernt. Trotzdem: Wie kam er dorthin?

Die Abenddämmerung hatte eingesetzt, und so waren ihm die Boote nicht gleich aufgefallen, die in einem kleinen Schwarm zwischen seinem Schiff und dem Ufer zu sehen waren. Einbäume, aber erstaunlich groß und massig angesichts der Tatsache, dass in jedem nur zwei Männer saßen. Auch die Ruder schienen ihm riesig und dasselbe galt für die Arme, die sie kraftvoll ins Wasser tauchten. Gewaltige Fontänen spritzten hinter den Paddeln in die Höhe. Die Ruderer waren mit dicken Fellen bedeckt und entsprachen gespenstisch genau dem Bild, das er sich von den Bewohnern dieser Region gemacht hatte. Sie wirkten wie Tiere, denen von einem Zauber nach außen hin menschliche Form verliehen worden war.

Was ihn befremdete, war die fast vollkommene Schwärze, die ihnen anhaftete. Schwarz waren die Boote, schwarz die Ruder, schwarz die Felle, schwarz die Stäbe, die sie ans Heck ihrer Einbäume gesteckt hatten und an denen Fetzen von Tierhaut als primitive Banner flatterten. Freilich war ihre Haut nicht schwarz, nicht von Geburt an zumindest, aber es sah so aus, als hätten sie ihre Gesichter mit Ruß beschmiert. In Tô-Schriften hatte er gelesen, dass man im Norden von Tô und im Königreich Shiragi farbenfrohe, bunte Kleidung bevorzugte, am Hofe ebenso wie im Volk – deshalb löste das lustlose, nein, grimmige Schwarz der Männer und ihrer Boote ein unbehagliches Gefühl bei ihm aus, eine Empfindung, die den Magen völlig ausfüllte, wie eine reichhaltige Mahlzeit es tat.

Sich aber ganz anders anfühlte.

Die Boote kamen geradezu angeschossen. Es war sinnlos, sich vor ihnen verbergen zu wollen. Das Schiff bot keine guten Versteckmöglichkeiten und außerdem mussten sie ihn längst gesehen haben.

Kamen sie, um das Boot zu plündern? Viel Brauchbares würden sie nicht erbeuten. Kleidung, die nicht für diese strenge Kälte gemacht war. Eine Handvoll ungewohnter und größtenteils verdorbener Nahrung. Leere Sake-Fässer – vielleicht konnte er ja bei ihnen Eindruck schinden, wenn er ihnen irgendwie verständlich machte, dass er sie alleine ausgetrunken hatte … Was gab es denn noch auf dem Schiff? Ein paar Schriften, die der Onmyôji mitführte, um sich die Zeit zu vertreiben, ein kleines Kästchen, das bis zum Rand mit Silberschmuck gefüllt war – zu Tauschzwecken. Es stand zu bezweifeln, ob diese Männer, die *jetzt* die Schiffswand erreichten und stumm (und erstaunlich leise, wie Raubtiere) an Bord kletterten, philosophische Texte in Tô-Schrift zu schätzen wussten. Oder dass zarte Haarspangen aus Silber, die in Nippon die Häupter schüchterner, puppenhafter Hofdamen zierten, das ideale Tauschobjekt für sie darstellten.

Ein strenger Geruch ging von den Gestalten aus, doch es war nicht der Gestank ungewaschener, verschwitzter Menschen. Sie rochen nach Fischtran. Weshalb sie sich damit einrieben, würde er sicher nie erfahren.

Fischtran ist besser als Blut, sagte er sich.

Die ersten zwei kamen über die Reling. Sie waren keine Riesen, kaum größer als er, aber ungeheuer kräftig und mit breiten, flachen Gesichtern. Haar quoll in zottigen Zöpfen unter ihren Fellkapuzen hervor, und mit seiner Vorstellung von kompletten Bärenfellen als Bekleidung lag er recht nahe an der Wirklichkeit. Der Kopf des Bären diente ihnen als Haube, und an den Ärmeln waren die Klauen des Raubtiers zu sehen.

Was ihm auffiel, war die Tatsache, dass sie vielleicht primitiv gekleidet sein mochten, aber ganz bestimmt nicht dumm waren. Beispielsweise versuchten sie gar nicht erst, mit ihm zu reden. Ihnen war offenbar klar, dass ein Fremder wie er ihre Sprache nicht verstehen würde. Anstatt mit barbarischer Wildheit über das

Schiff zu strömen und alles an sich zu reißen, was nicht niet- und nagelfest war, deuteten sie eine Art Verbeugung an und fragten ihn mit Blicken, ob er es zuließ, dass sie sich umsahen.

Der Onmyôji hob einladend die Hände. Ihrer verblüffenden Manieren ungeachtet, war er nicht sicher, wie sie mit einer Ablehnung umgehen würden. »Seid meine Gäste«, murmelte er und kam sich dumm dabei vor.

Während weitere Boote an seinem Schiff anlegten, starrte er auf den monströsen Turm, hinter dem eben die Sonne untergegangen war. Sein Schatten bewegte sich nun wie der immer länger werdende Zeigefinger eines Riesen über das Meer auf ihn zu.

Genau auf ihn zu.

Es war eine faszinierende Koinzidenz. Der Onmyôji konnte nur fassungslos den Kopf schütteln. Das Schiff, das wochenlang führerlos über das Meer getrieben war, präsentierte eine verrückte Laune. Es hatte sich entschieden, ausgerechnet an einer Stelle zu stranden, an der es wenige Minuten später der Schatten des vermutlich hässlichsten Bauwerks dieser Welt treffen würde.

Er sah auf das Meer hinaus und noch etwas anderes fesselte seine Aufmerksamkeit. Der Schatten traf die Boote der Bärenleute nicht. Sie wichen ihm aus. Bedeutete es etwas Schlechtes, den Schatten zu berühren?

Jedenfalls tat es nicht weh. Davon konnte er sich im nächsten Moment überzeugen, als der Finger aus Finsternis sein Schiff erreichte, über das Deck kroch und auf ihn fiel. Er spürte nichts. Die Situation war so unwirklich, dass er nicht einmal zur Seite springen konnte. Der Schatten legte sich nicht über das ganze Schiff, bildete nur einen schmalen Streifen.

In dessen Mitte er, der Onmyôji, stand.

Die Männer, die bisher wie stumme Geister an Bord umhergegangen waren, brachen in einen vielstimmigen gemeinsamen Aufschrei aus. Dumpf und guttural drang er aus ihren Kehlen.

Einen endlosen Augenblick lang sah der Onmyôji sich bereits als Todgeweihten. Der Schatten des Turms, so mutmaßte er, hatte ihn zum Opfertier auserkoren. Auf wen der dunkle Finger wies, der musste sicher sterben, einem finsteren Gott geopfert werden, auf dem Turm vielleicht, in einer blutigen, unmenschlichen Zeremonie.

Wie sonst war es zu erklären, dass die Männer dem Schatten auswichen? Dass sie sich dem Schiff in großem Bogen näherten, nur um den schwarzen Pfad nicht zu kreuzen, den das Bauwerk vor der untergehenden Sonne aufs Wasser legte?

Doch die Bärenleute kamen nicht mit gezückten Waffen auf ihn zugestürmt. Sie schleuderten auch kein Netz über ihn, in dem sie ihn wie einen Fisch fangen und zum Opferplatz bringen konnten. Die etwa zehn Männer, die mittlerweile an Bord geklettert waren, warfen sich flach auf den Boden, wo immer sie standen, Kopf und Hände auf ihn gerichtet. Ihm fiel eine ganze Legion von Leuten ein, zu denen dieses unterwürfige Verhalten gepasst hätte – den Bärenleuten stand es schlecht.

Ein entsprechend merkwürdiges Gefühl hatte der Onmyôji.

Was ging in ihren Köpfen vor? Sahen sie auf einmal einen Gott oder einen Heiligen in ihm? Im Prinzip passte das zu ihrem bisherigen überraschend höflichen Verhalten. Der Mann mit den fremden Zügen, der fremden Kleidung musste ihnen überlegen vorkommen, schon des großen Schiffes wegen, das er scheinbar alleine steuerte. Sie konnten ja nicht wissen, dass sein Besuch an dieser schroffen Küste dem Zufall zu verdanken war. Und nun hatte ein zweiter Zufall ihre Vermutung bestätigt. Der Turm musste ihr Heiligtum sein, eine Art Tempel, möglicherweise der einzige, den sie hatten oder kannten. Die Wohnung ihres Gottes. Der Schatten des Turms ähnelte tatsächlich einem Finger. Jeden Abend, wenn die Sonne im Westen unterging, fuhr dieser göttliche Finger hinaus aufs Meer. Selten war da etwas, was er traf. Und wenn es doch geschah, zum ersten Mal in Generationen vielleicht – konnte man es diesen Menschen dann verdenken, wenn sie darüber in Verzückung gerieten?

Der Onmyôji schüttelte seine Starre ab und schritt langsam über das Deck. Er achtete darauf, den Bereich des Schattens nicht zu verlassen. Die Männer krochen vor ihm und pressten ihre Gesichter gegen die stinkenden Planken.

Er hätte gelogen, wenn er behauptet hätte, dass es ihm nicht gefiel. Aber die Unsicherheit blieb. Er wusste zu wenig über diese Menschen, um ihr Handeln berechnen zu können. Aus Angst, etwas falsch zu machen, irgendein lächerliches Tabu zu brechen und dadurch womöglich seinen göttlichen Status gleich wieder zu verlieren, tat er gar nichts. Schweigend schritt er ein wenig umher, wartete, was geschehen würde.

Die Sonne ging unter, der Schatten des Turms verschmolz allmählich mit der Dämmerung. Zögernd richteten sich die Bärenleute wieder auf. Einer von ihnen hatte ein Feuer an Bord gebracht und an diesem entzündeten sie nun weitere Fackeln.

Stolz und doch demütig standen sie über das Deck verstreut. Ihre schwarzen Gestalten verschwammen hinter dem grellen Leuchten der Fackeln zu dunklen Löchern. Der Onmyôji verfolgte mit Schaudern, wie schnell die Nacht dieses Land eroberte. Ein Mond stand nicht am Himmel, und die Sterne schienen in weite Ferne gerückt zu sein, ihr Licht das schwache Funkeln winziger Punkte. Eine Nacht, die so schnell und so mächtig hereinbrach, versprach lang zu werden und kalt, wie eine Höhle ohne Ausgang.

Eine Barbarennacht.

Er war ein Spielball in den Händen derer, die ihn anbeteten. Obwohl sie ihn nicht berührten, trugen sie ihn mit sich fort. Wo sich ihre Gestalten einander näherten, bildeten sie undurchdringliche Wälle aus Schwärze, und so geleiteten sie ihn in ehrfurchtsvoller Stille auf eines ihrer Boote, allein durch ihre bedächtigen Bewegungen. Trotz aller Feierlichkeit und Hingebung war es doch, als treibe eine Gruppe Jäger ein verschüchtertes Tier vor sich her.

Es fiel ihm leicht, das Schiff zu verlassen. Er verband keine einzige angenehme Erinnerung damit. Der Tod der Seeleute lastete auf seiner Seele und tauchte auch das Schiff in die Farben der Trauer und des Unheils. Weiß und Schwarz und Grau – es schienen die einzigen Farben zu sein, die noch existierten. Das Weiß der Schneereste auf dem Deck. Das Schwarz des Himmels und der Bärenleute. Das Grau seiner eigenen Kleidung. Grau. Oft hatte er diese Farbe getragen. Als könne er sich nicht zwischen Weiß und Schwarz entscheiden. Ja, er hat sich nie entscheiden können zwischen Gut und Böse, zwischen Leben und Tod, zwischen dem Wunsch, zu helfen, und dem Wunsch, zu schaden, zwischen der Leidenschaft, zu dienen, und der Gier, zu herrschen.

Sie brachten ihn über das Meer ans Ufer. Die Einbäume begegneten sich auf dem Wasser, ihre Insassen gaben das Feuer weiter, von einer Fackel zur anderen. Und doch tauchte die Welt immer tiefer in Dunkelheit. Die Felsen des Ufers glänzten schwarz. Hinter einer schroffen, gefährlich gezackten Klippe versteckte sich eine Treppe, fünf schiefe Stufen, wie für einen Riesen geschaffen. Mühsam zog er sich daran empor. Niemand half ihm, niemand streckte ihm von oben eine Hand entgegen oder stützte ihn vom Boot aus ab.

Wie sollte er sich fühlen, als Gott in dieser Welt? War es nicht angenehmer, ein Sklave im blühenden Nippon zu sein, als ein König über ein Reich aus Stein und Eis?

Mehr Menschen erwarteten sie hinter den Klippen, darunter auch Frauen und Kinder. Die Frauen waren von einer harten, strengen Schönheit, hatten große, flache Gesichter mit hoch angesetzten und breiten Wangenknochen und schmalen, schwarz blitzenden Augen. Die Kinder verhielten sich still wie kleine Erwachsene. Sie spielten nicht, tollten nicht umher, sahen ihn nur an, ein Meer aus Augen, weit geöffneten, kaum blinzelnden Augen. Sie ließen sich keine seiner Bewegungen entgehen.

Auch die Greise unterschieden sich kaum von den Jüngeren. Ihre Falten scharten sich um die Augen und den Mund. Die großflächigen Wangen waren von jugendlicher Glätte, als hätte die Kälte sie gestrafft.

Es gab keine Ausgelassenheit unter ihnen, keine Zeichen von Freude. Der Gott, den man auf dem fremden Schiff gefunden hatte, wurde nicht gefeiert, nur zu einer kleinen Ansammlung von Zelten geführt, *gedrängt*, hin zu Zelten, von denen ihn die eindrucksvollen Köpfe riesiger erlegter Bären anstarrten. Niemand besaß ein Musikinstrument, nicht einmal eine Trommel war zu hören. Niemand schien zu wissen, wie man sang oder tanzte. Keine heiligen Gegenstände wurden umhergetragen, keine Gebete gesprochen, keine Gedichte aufgesagt. Im Gebaren der Leute war keine Herzlichkeit zu spüren, aber auch keine Heuchelei. Voll von tiefem, kaum erträglichem Ernst waren ihre Gesichter und ihre Bewegungen.

Im Inneren des Zeltes war es nicht viel heller als draußen. Eine kurze Fackel in der Mitte des runden Raumes war nahezu heruntergebrannt, rußte nur noch. Der Gestank war ekelhaft.

Doch dann nahm der Onmyôji all dies nicht mehr wahr.

An der rechten Wand des Zeltes prangte ein großes rechteckiges Tuch mit einem Bild darauf. Wären es irgendwelche Farben gewesen, Braun auf Gelb etwa, wäre das Motiv bei den schlechten Lichtverhältnissen nicht zu erkennen gewesen. Doch die schwarze Figur zeichnete sich klar gegen den weißen Hintergrund ab.

Es war das Wesen aus seinen Träumen. Der schwarze Drache, wie er ihn auf dem fremdartigen Markt gesehen hatte, und dann, später, auf dem Segel, das geisterhaft aufgetaucht und wieder verschwunden war. Dieses Motiv glich dem Traumbild nicht nur, es gab es exakt wieder – bis hin zur fünffachen Krümmung der Schnurrbarthaare, bis hin zu den sieben Mähnenbüscheln, die am Kinn des Drachen begannen und bis unter die Ohren reichten. Der Onmyôji war sicher, dass die Zahl der Schuppen – hätte jemand sie zählen wollen – mit dem Bild übereinstimmte, das sich auf dem Segel gezeigt hatte.

Dieses Tuch *war* das Segel, nur verkleinert.

Die Männer, die ihn ins Zelt begleiteten, senkten leicht den Kopf vor dem Drachen.

Die nächste Stunde verging in unwirklicher und fremdartiger Stimmung, als wäre auch dies alles nur ein Traum. Ihm wurde Nahrung gereicht, doch obwohl er großen Hunger hatte, konnte er nur wenig davon essen. Der ranzige Geschmack, der dem Fleisch und Fisch anhaftete, widerte ihn an, und Gemüse, Obst oder Getreide schienen die Menschen nicht zu kennen. Das einzige Getränk war eine dicke graue Milch, die bitter und sauer zugleich schmeckte. Selbst wenn er der Sprache dieser Menschen mächtig gewesen wäre, hätte er nicht den Mut aufgebracht, nach dem Tier zu fragen, das diese Milch gab. Während er daran nippte, stand das Bild einer riesigen verendenden Ziege vor seinem Auge. Er hätte sehr viel für ein Schälchen Reis oder Hirse gegeben, dazu einen Schluck frisches Quellwasser.

Schweigend saßen sie da. Wo war die festliche Stimmung? Wollte denn niemand ihm zu Ehren wenigstens einen primitiven Volkstanz aufführen? Gab es keine Frauen, die man ihm schenken würde? Keine Kostbarkeit, mit der man ihn gütig zu stimmen versuchte?

Irgendwann hielt er es nicht mehr aus. Der Drache auf dem Tuch schien sich zu bewegen, sein Magen begann gegen das Gegessene und Getrunkene zu rebellieren und die Fackel kokelte noch immer feucht und stinkend vor sich hin, gab kaum mehr Licht. Niemand machte Anstalten, sie durch eine neue zu ersetzen.

Der Onmyôji erhob sich und floh nach draußen. Die eisige Luft tat ihm gut. Er atmete einige Male tief durch und sah sich um. Dreißig, vierzig Menschen standen locker um das Zelt herum und starrten ihn an.

Und dann entdeckte er den Turm.

Auf dem Weg hierher hatte er vergessen, wie nahe das Bauwerk der Zeltsiedlung war. Nach Sonnenuntergang hatte die Finsternis es aufgesaugt, und auch jetzt waren seine Konturen nur zu erraten. Eigentlich war es so schwarz wie der Himmel, nur dass dort, wo es sich massiv und schwer aus den Felsen erhob, keine Sterne zu sehen waren.

Der Onmyôji beschloss hinaufzugehen. Der Turm war eine heilige Stätte. Vielleicht gab es in seinem Inneren eine Art Thronsaal oder innerstes Heiligtum, wo er, der Gott, der übers Meer gekommen war, etwas ruhen konnte. Vielleicht waren dort die Schätze angehäuft, die ihm zustanden, und die Bärenleute konnten ihn nur deshalb nicht beschenken, weil sie sich nicht trauten, sie zu holen.

Nicht dass er sich für Reichtümer interessiert hätte. Der Grund seiner Reise war es beileibe nicht gewesen, exotische Kostbarkeiten anzusammeln. Trotzdem hätte es ihn beruhigt, welche vorzufinden. Die Einfachheit dieser Menschen bedrückte ihn. Auch die primitivsten Barbaren hatten ihre Kultgegenstände, ihre Fetische, ihren Schmuck, ihre dreisaitigen Lauten, Bärenfelltrommeln oder Schilfflöten. Diese Leute schienen nichts zu haben außer dem Bild eines schwarzen Drachen auf einem weißen Stück Stoff.

Er schlug den Weg ein, von dem er annahm, dass er zum Turm führte. Das tat der Pfad tatsächlich, auch wenn er über immer steilere, kaum begehbare Felsenflächen verlief. Mehrmals zweifelte der Onmyôji daran, das Bauwerk auf diesem Weg zu erreichen. Doch dann hatte er es geschafft. Die Kälte biss sich durch seine zerschlissenen Kleider, seine Augen schmerzten von den beharrlichen Versuchen, der Dunkelheit Formen und Umrisse zu entreißen. Seine Hände waren aufgeschürft, seine Finger von der Kälte wie gelähmt, seine Muskeln erschöpft.

Das Stück Schwärze, das er ertastete, schien zunächst nichts als eine weitere natürlich gewachsene Klippe zu sein. Doch ein wenig Helligkeit erreichte ihn, und er sah, dass seine Finger auf dem untersten der Blöcke lagen, aus denen der Turm zusammengesetzt war. Zwanzig, dreißig Mannshöhen weit ragte das Gebäude in den Nachthimmel hinein, und mit etwas Fantasie konnte man die Position der vier leicht überragenden Stacheln abschätzen, die sich drohend an der Spitze des Bauwerks erhoben.

Woher rührte plötzlich das Licht? Die Frage war schnell beantwortet. Hinter ihm kam eine kleine Prozession der Bärenleute den Felsenpfad herauf, die Fackeln hoch erhoben. Sie hatten viel weniger Mühe mit dem Aufstieg, doch sie schienen sich Zeit zu lassen.

Der Onmyôji balancierte auf den Felsen und umrundete den Turm. Nirgendwo war eine Tür oder ein Fenster auszumachen. Zwar gab es Ritzen und Spalten, doch durch die hätte sich nicht einmal ein Kind zwängen können.

Dafür gab es eine Treppe.

Treppe war eigentlich das falsche Wort. Vorsprünge ragten in beinahe regelmäßigen Abständen aus der Wand. Sie fielen zum Turm hin ein wenig ab, sodass ein geübter Kletterer damit ohne Schwierigkeiten auf die Spitze gelangen konnte. Vorausgesetzt, er war jung, kräftig und schwindelfrei – und vorausgesetzt, die Vorsprünge waren auch weiter oben noch vorhanden. Diese Stufen gab es an drei Seiten.

Der Onmyôji fühlte sich der Aufgabe nicht gewachsen. Damit sah er die Sache als erledigt an. Der Stein war von eisiger Kälte. Seine Finger würden ihm abfrieren, ehe er die halbe Höhe erreicht hatte. Wie stand es mit seiner Magie? Fliegen war keine Unmöglichkeit für einen wie ihn – es gehörte nicht einmal zu den schwierigsten Übungen. Aber Fliegen war und blieb trotzdem eine der riskantesten Unternehmungen, an denen ein Onmyôji sich versuchen konnte. Wenn der Zauber versagte, ehe er die Spitze erreicht hatte, würde er in den Tod stürzen. Und da auf seiner langen Fahrt hierher weder das Schiff noch die Elemente seiner Magie gehorchen wollten, hatte er jegliches Vertrauen in sie verloren.

Er begrub den Gedanken, sich im Inneren des Turms umzusehen. Ernüchtert hob er die Arme, um den herankommenden Bärenleuten verständlich zu machen, dass er mit seiner Kunst am Ende war. Ihr Gott schaffte es nicht, seinen Thron zu besteigen. Keine gute Vorstellung für den Anfang.

Der Onmyôji stand auf einem Felstisch vor dem Turm. Der erste Bärenmann, der den Felsen in diesem Moment erreichte, trug etwas in der Hand – ein zusammengefaltetes weißes Tuch. Zu erraten, worum es sich dabei handelte, war nicht schwer. Der Mann ließ eine Ecke des Stoffes los und das Tuch tat etwas, was Tücher gemeinhin nicht tun.

Es flatterte auf, flog auf den Onmyôji zu.

Dieser erkannte sofort die Magie, die es beseelte. Es wäre töricht gewesen, die Bewegungen des Stoffes auf den Wind zu schieben. Zu regelmäßig, zu lebendig waren sie. Das Tuch klammerte sich an seinen Körper und umhüllte seinen Rumpf. Als er an sich herabblickte, sah er deutlich das Motiv des schwarzen Drachen.

Er wird mich auf den Turm tragen. Ganz nach oben. Der

Onmyôji wusste plötzlich, dass dies geschehen würde. Alle Tô-Drachen konnten fliegen, auch wenn sie keine Flügel hatten. Sie flogen nicht wie die Vögel, sondern schwebten durch ihre eigene innere Kraft – obwohl sie als Wesen des Wassers galten, waren sie gleichzeitig jene Geschöpfe, die am meisten positive Energie enthielten. Drachen waren lebendiges, fleischgewordenes Yang, nicht mehr und nicht weniger.

Er täuschte sich nicht. Sein Leib wurde in die Luft gehoben. Ein Schwindel ergriff ihn, als der zerklüftete Felsboden vor ihm zurückwich und die schwarzen Bärenleute kleiner wurden. Gewöhnlich litt er nicht unter Höhenangst, doch in seinem entkräfteten Zustand war er anfällig für jede Schwäche, die den Körper und den Geist eines Menschen befallen konnte. Die Luft erschien ihm wie flüssiges Eis, der Himmel wie ein dunkles Maul, das ihn verschlingen wollte. Er drehte sich um sich selbst und presste die Arme fest an seinen Leib, drückte das Tuch mit dem Drachen an sich, damit es nicht davonflog. Er konnte nicht sicher sein, ob der Drache ihn nicht töten wollte.

Die gebogenen Stacheln tanzten in sein Blickfeld. Also hatte er die Spitze erreicht. Was würde als Nächstes geschehen? Konnte er dort oben stehen? Gab es einen Eingang, eine Treppe hinab oder …

Ein heiserer Aufschrei kroch aus der Kehle des Onmyôji. Er schwebte über der Turmspitze, zwischen den vier Stacheln, die, riesenhaften Stoßzähnen gleich, nach oben ragten. Das Licht der Sterne war schwach, aber er konnte ein Stück weit in den Turm hineinsehen.

In ihn hinein!

Die Innenseiten der Turmwände waren zu erkennen. Sie sahen etwas anders aus als die Außenwände. Der Stein schien von einer glänzenden Schicht bedeckt zu sein, möglicherweise Eis oder eine Art Sekret, das sich verhärtet hatte. Es hing in langen, schimmernden Schlieren an den Wänden.

Das Entsetzliche war nicht diese Substanz auf den Steinen. Das wirklich Grauenvolle war die Tatsache, dass dieser Turm kein Dach hatte. Dass es in seinem Inneren keine Räume gab, keine Fußböden, keine Treppe – nichts.

Dass der Turm nichts war als eine schwarze Röhre, die kerzengerade in eine unauslotbare Tiefe führte.

Ein Schacht in die Unterwelt.

Der Schrei des Onmyôji riss nicht ab. Auf der Irrfahrt hierher hatte er hundertmal mit seinem Leben abgeschlossen. Die Vorstellung, über Bord gespült zu werden oder in einem Schneesturm zu erfrieren, hatte ihren Schrecken für ihn verloren. Auch wenn diese Barbaren ihn mit einem Speer durchbohrt und wie eine Kriegstrophäe in ihr Dorf getragen hätten, wäre ihm das auf eine gewisse Art und Weise recht gewesen. Er hätte es akzeptiert. Nach allem, was er getan und durchgemacht hatte, wäre ihm der Tod ein Trost gewesen.

Und dennoch ...

Er wollte nicht in diesen Abgrund stürzen.

Er wollte nicht von diesem steinernen Schlund gefressen werden.

Etwas so Widerwärtiges und Hässliches war an dieser

Todesart, dass er sie aus ganzer Seele verabscheute. Eine tosende, rauschende, unbändige Angst erfüllte ihn. Er krümmte seinen Leib zusammen. Das Tuch mit dem Drachensymbol durfte ihn nicht fallen lassen. Büßen – leiden – sterben – das alles wollte er, ja! Aber nicht in diesen Schacht fallen.

Es war besser, nicht geboren worden zu sein, als einen solchen Tod zu sterben!

Seine Augen schwammen in Tränen, und durch die Schleier hindurch erkannte er die Bärenleute. Mit geschickten und kraftvollen Bewegungen kamen sie die drei Steinleitern empor. Schon näherten sich die ersten dem oberen Ende des Turms. Ungläubig beobachtete er, wie sich die verwegenen Kerle an die Steine klammerten, die den Rand bildeten. Noch immer sagten sie kein Wort. Die Mutigsten warfen sogar einen Blick in den Schacht. Wer mochte schon sagen, was ihnen dabei durch den Kopf ging? Eine merkwürdige Opferstelle hatten sie da gebaut, sie oder ihre Vorfahren! Es gab wahrlich einfachere Wege, wehrlose Gestrandete ins nächste Leben zu befördern. Außerdem: Wer hatte schon etwas davon, wenn das Opfer in den uneinsehbaren Schatten am Ende des Schachts gegen einen Felsen schlug, und fertig? Vielleicht hallte der Todesschrei schaurig von den Wänden wider, aber visuell bot die Sache kaum Attraktionen. Er hätte wetten können, dass es der grimmigen Neugier dieser stumm glotzenden Menschen mehr Befriedigung gebracht hätte, hätten sie ihn beispielsweise in einen Bärenkäfig gesperrt. Zusammen mit dem Bären, versteht sich.

Von seiner schwebenden Position aus konnte er das Land überblicken. Schwarze Felsen, wohin man sah. Teilweise von Schnee bedeckt. Die Küstenlinie ein schmierig glänzender Streifen. Kein Licht außer den Fackeln der Bärenleute. Keine weitere Siedlung in weitem Umkreis.

Dieser Ort hatte ihn gerufen. Ohne Zweifel. Die drachenförmige Wolke am blauen Himmel Nippons – der Drache in seinen Träumen – in seinen Augenwinkeln – auf dem Segel – auf dem Tuch, das zuerst im Zelt hing und nun um seinen Leib gewickelt war und ihm Flügel verlieh.

Flügel, die einem nicht gehorchten – das war schlimmer als gar keine Flügel.

Von dem Moment an, da er sich dem Rat der Seeleute widersetzt und sie in den Tod geschickt hatte, war er in der Gewalt des schwarzen Drachen gewesen. Über eine Distanz von Hunderten Ri hatte dieser den Kurs bestimmt. Gegen die Magie des Tuches war die Magie des Onmyôji machtlos gewesen.

Wo hatten diese Leute dieses Stück Stoff her? Woher rührte seine Macht?

Einer der Bärenleute schrie auf. Die anderen brüllten ebenfalls.

Der Onmyôji stierte voll wahnwitziger Angst in den Abgrund hinab, konnte jedoch nichts erkennen. Die Männer schrien wieder. Und jetzt begriff er auch weshalb. Sie sahen so wenig wie er, aber sie spürten etwas. Da sie auf dem Turm standen, nahmen sie Schwingungen wahr, die durch die Erde und das Bauwerk liefen. Er hing frei schwebend in der Luft und hätte selbst vom größten Erdbeben nichts mitbekommen.

Irgendetwas näherte sich.

Die See kräuselte sich unter den Schwingungen. Doch die Wellen gingen vom Festland aus, kamen nicht vom Meer her.

Aus der Tiefe des Schachts erhob sich ein dunkles Dröhnen, als schlüge man mit einem gewaltigen Hammer gegen eine noch größere Glocke. Gegen eine Glocke, die so groß war wie drei Häuser. So groß wie dieser Turm.

Der Onmyôji sah etwas, was seiner Angst die Krone aufsetzte: Drei oder vier der kräftigen Burschen, die sich am Rand des Turmes festgehalten hatten, traten überhastet den Rückweg an, kletterten an den Steinvorsprüngen nach unten, so schnell sie es vermochten, und einer von ihnen rutschte etwa auf halber Höhe ab und stürzte auf den felsigen Boden. Der Onmyôji konnte sehen, dass der Mann sich bewegte, aber er schien zu schwer verletzt zu sein, um aufstehen zu können.

Was war es, das aus diesen furchtlosen Kerlen zappelige Hasenfüße machte?

Im Schacht bewegte sich etwas. Zuerst dachte der Onmyôji, jemand habe etwas hineingeworfen ... oder versehentlich fallen gelassen. Es war ein schwarz glänzendes, wie ausgefranst wirkendes Etwas, das hin und her peitschte, ein Stück fiel und dann wieder heraufschoss, wie ein Fetzen Stoff vielleicht, der auf einem Luftstrom tanzte.

Einen Luftstrom gab es nicht. Und niemand hatte etwas in den Schacht geworfen.

Das glänzende Ding kam aus der Tiefe. Es hatte einen langen Schwanz, der weit hinabreichte. Ein zweites ähnliches Objekt wurde sichtbar.

Dann erschien darunter ein riesiges helles Auge und noch eines, wie zwei fahle Vollmonde, aber mit schmalen, linsenförmigen Pupillen. Ein riesiges schwarzes Lid senkte sich darüber. Um die Augen herum schälte sich zusehends ein Meer aus Schuppen heraus, gesträubt und beweglich, scharfkantig, wie es schien.

Endlich begriff der Onmyôji, was die Objekte darstellten, die er im ersten Moment für tanzende Stofffetzen gehalten hatte. Es waren die Enden zweier riesiger Barthaare.

Weitere Bärenleute suchten ihr Heil in der Flucht, strömten die Außenwände hinab. Der Onmyôji bekam es kaum mit. Aus dem Bauch des Turms, aus dem Schacht, der unendlich viel weiter hinabreichte, als der Turm hoch war, drängte sich ein unfassbares Wesen empor, ein Materie gewordener schwarzer Hagelsturm, der dunkle Geist der Wasser, ein Wesen aus finsterem Feuer. Er suchte nach Worten und Begriffen, aber es gab keine, die es ausreichend beschrieben. Es war ein schwarzer Drache und er kam nicht aus der Erde, sondern durch einen unterirdischen Zugang vom Meer herein. Salzwasser spritzte in gewaltigen Fontänen in die Höhe, traf den Onmyôji oder verfehlte ihn. Die schweren, schlagenden Bewegungen des Schlangenkörpers pumpten das Wasser in den Turm und es floss nur schlecht wieder ab, denn der gewaltige Körper des Drachen füllte den Turm im Durchmesser nahezu aus. Es krachte in den Steinen des Bauwerks, als der Drache sich hindurchquetschte.

Der Onmyôji begann mit Versuchen, sich das Tuch vom Leib zu reißen, das ihn in der Luft hielt. Was er damit bezweckte, hätte er nicht sagen können. In diesen Momenten sah er das Maul, das sich öffnete wie eine Erdspalte. Er wollte diesen Tod nicht sterben.

Etliche der Bärenleute waren noch am Turmrand verblieben, und diese sahen aus, als wären sie darauf gefasst, notfalls ihr Leben zu lassen. Hinunterklettern würden sie nicht. Nicht, solange der Drache zu sehen war. Sie genossen diesen Anblick. Es war der Höhepunkt ihres Lebens.

Mit einem Aufbieten aller Kräfte packte der Onmyôji das Tuch und riss es in der Mitte durch. Nutzlos flatterten die beiden Hälften zu den Seiten davon. Der Mann stürzte in die Tiefe, genau in die Mitte des Turms, genau auf das Maul des Drachen zu.

Das sich in diesem Moment noch weiter öffnete.

Der Magier sah die Menschen verschwinden. Der Turm verschwand. Die Sterne verschwanden. Er spürte eine Hitze, eine Feuchtigkeit, kollidierte mit einem riesigen weißen Zahn, rollte über eine schwarze, lederartige Zunge und rutschte weiter in eine seltsam geformte Höhle hinab.

Das Maul des Drachen schloss sich.

In dem Moment, in dem der Onmyôji durch den Rachen der Bestie glitt, erfasste ihn die Ruhe und Gelassenheit, die dem unvermeidlichen Tod vorangeht. Er kämpfte nicht mehr, weder körperlich noch mit seiner

Magie. Das alles war jetzt nutzlos. Seine Magie wirkte nicht, und sich mit bloßen Händen aus dem Schlund eines Drachen befreien zu wollen, war verlorene Liebesmüh.

Warum habe ich diese Reise angetreten?, dachte er. *Was wollte ich auf der anderen Seite der See, im Reich der Mitte? Die Antwort ist denkbar simpel: Ich suchte einen Weg, um Rache zu üben. Rache an meinem Land, Rache an meinem Kaiser. Die Schmach, die ich erlitten habe, verlangt danach. Ich war ein guter Onmyôji und habe es nicht verdient, wegen eines kleinen Irrtums mit Schimpf und Schande aus dem Palast gejagt zu werden. Der Kaiser irrt, wenn er denkt, er könne so leicht auf mich verzichten. Er irrt auch, wenn er glaubt, mich zum Feind zu haben, bedeute keine Gefahr für ihn. Ich weiß, welche Mächte jenseits des Meers in Tô lauern. Ein einziges Yôkai aus Tô, ein einziges Giraffenmonster Kirin oder ein Exemplar des Giftvogels Chin, auf dem Schiff nach Nippon gebracht, vermag das Land in den Untergang zu stoßen. Und falls es dazu nicht reicht, so ist es mindestens genug, um den Kaiser zu töten und seinen Palast in Schutt und Asche zu legen.*

Was ist nun aus meinen Plänen geworden?

Anstatt in Tô ein hungriges, zerstörungssüchtiges Yôkai zu finden und ihm mein Land zum Fraß vorzuwerfen, bin ich selbst das Opfer eines Yôkai geworden. Und nicht von irgendeinem.

Ich habe schon über den schwarzen Drachen gelesen. Wenig steht über ihn geschrieben, aber das wenige genügt, um einen Eindruck von seiner Macht zu bekommen. Die Tô-Leute sehen Drachen als etwas Glückbringendes und Gutmütiges an. In ihrem Horoskop ist das Jahr des Drachen das segensreichste aller Jahre.

Doch alle Regeln haben Ausnahmen.

Der schwarze Drache ist die Ausnahme unter den Drachen.

20

Wir saßen vor einem Berg aus frischen Meeresfrüchten und schlugen uns den Bauch voll. Bisher hatte ich in meinem Leben erst wenige Male Fisch gegessen und nichts von dieser Vielfalt der Formen und Farben gewusst. Auch schmeckten längst nicht alle nach Fisch – in manchen glaubte ich den Geschmack von Fleisch oder Gemüse wiederzuerkennen. Das Problem war, dass sich ein großer Teil unserer Mahlzeit noch so guter Gesundheit erfreute, dass er wegkriechen konnte. Unsere Gastgeber sorgten lachend dafür, dass das Essen den Tisch nicht verließ.

Das zweite Problem war Iso. Wenn ich sie ansah, verschwand der Hunger für einen Moment aus mir und machte einem anderen, komplizierteren Gefühl Platz. Glaubt mir, ich habe viele hübsche Mädchen gesehen, und vielleicht waren ein oder zwei darunter, die noch hübscher waren als sie, aber ... wenn ich mir vorstellte, wie dieser zierliche Körper bis in fünfzehn Ken Tiefe vordrang, wurde mir heiß vor Aufregung. Es musste eine finstere Welt sein, da unten. Sehr einsam. Und obwohl ich mich bei meinen nächtlichen Wanderungen kaum je gefürchtet hatte, war ich doch größeren Gewässern stets ausgewichen. Bei Nacht *auf* See zu sein würde mir schon einiges an Mut abverlangen – im Dämmerlicht der Meerestiefe würde ich es gewiss keinen Augenblick aushalten.

Auch ihr Name gefiel mir. Ein Mädchen, das an der Küste lebte und »Küste« hieß – das war, als trage sie die besondere Schönheit dieses Landstrichs in sich.

»Der Gasha-Dokuro kann dieses Dorf nicht erreichen«, hörte ich mich über Dinge faseln, von denen ich nichts verstand. »Er ist an die Hügel gefesselt, das steht fest.«

»Ich glaube, er mag die Hügel«, brachte sich Urara ein. Iso bedachte sie mit einem skeptischen Blick. Ich begann mich ein wenig für meine Begleiterin zu schämen.

»Wisst ihr auch, warum er nicht von dort wegkann?«, fragte Tatsurô.

Ich sah ihn an. Die meiste Zeit über stellte er sich wie ein Trottel an, deshalb vergaß ich mitunter, dass er über ein beachtliches Bücherwissen verfügte. »Warum kann er nicht weg?«, wollte ich wissen.

»Dieses große Skelett setzt sich aus vielen kleinen Knochen zusammen. Und zwar sind es die Knochen von Menschen, die vor Hunger gestorben sind.«

Schweigen senkte sich über die Tafel. Insgesamt sieben Leute saßen um den Tisch herum: wir drei, Iso und drei Dorfälteste (oder was auch immer ihre Titel waren). Eben hatten sich zwei von ihnen angeregt über die Qualität der Muscheln unterhalten, nun waren sie abrupt verstummt. Eine große graue Garnele musste ihre Zerstreutheit bemerkt und die Chance ihres Lebens gesehen haben. Sie legte einen Sprint bis zum Rand des niedrigen Tischchens hin, ließ sich zu Boden fallen und entkam ungehindert.

Einer der Männer räusperte sich. »Nicht dass wir Euch widersprechen wollten, ehrenwerter Meister, aber …«

Der Onmyôsei reckte den Kopf aufmerksam nach vorne. Ich wartete darauf, dass eine Krabbe, die genau unter seinem Kinn lag, mit einer ihrer prächtigen Scheren nach seiner Geschwulst zielte und sie abzwickte. Aber das geschah nicht. Stattdessen fuhr der Sprecher fort: »… wir wissen ja alle, was der Ursprung dieses Yôkai ist.«

»Ach ja?«, fragte ich interessiert.

»Ja«, übernahm Iso das Wort. Sie strahlte über das ganze Gesicht. »Es sind die Eier, die der teefarbene Schatten vergräbt. Sie lassen die Yôkai entstehen. An manchen Orten sind es Oni oder Ki-no-sei[14], bei uns ist es eben der Gasha-Dokuro.«

»Eier?«, wiederholte ich. Bis jetzt hatten wir immer von Samen gesprochen. Der teefarbene Schatten schlich durch das Land und pflanzte eine Art Samen. Es gab Augenzeugen, die davon berichtet hatten.

»Es sind die Eier eines seltenen Fisches«, führte Iso weiter aus. »Dieser Fisch lebt nicht im Meer, sondern nur im Süßwasser. Ich habe ihn im Biwa-See gesehen.«

Tatsurô sah aus, als wolle er jeden Moment aufspringen oder den Tisch umstoßen oder etwas ähnlich Übertriebenes tun. »Wie kamst du zum Biwa-See?«

»Ich wurde angeheuert. Von einem Mann namens

Ukyô. Er reiste in Begleitung einer Frau. Er nannte sie seine Tochter, aber sie verriet uns ihren Namen nicht. Für ihn habe ich die Eier aus der Tiefe geholt. Doch dann ...«

»Ja?«

»... dann tauchte der teefarbene Schatten auf und nahm sie mir ab. Zuerst hielt ich ihn für einen guten Onmyôji, doch dann sagte er etwas sehr Gemeines, und ich spürte, dass er gefährlich war. Ich konnte mich gerade noch retten, sonst hätte er mich vermutlich getötet.«

»Wahnsinn«, hauchte ich.

»Und der Fisch?«, bohrte Tatsurô weiter. »Wie sah er aus?«

»Der Fisch? Er war riesig, wie ein Baumstamm. Und er hatte lange Barthaare wie ... wie ein Drache.«

»Ein Wels«, sagte der Onmyôsei. »Und du hast ihm die Eier gestohlen?«

»Ich wusste ja nicht, was später damit geschehen würde.« Iso klang nicht, als würde sie etwas bereuen. Stolz sprach aus ihrer Stimme, dass sie es gewesen war, die in eine so wichtige Sache verwickelt wurde. Ich konnte diesen Stolz nachvollziehen – ich glaube, an ihrer Stelle hätte ich mich ebenso gefühlt. Sie war dem teefarbenen Schatten begegnet und hatte es überlebt. Ein ähnliches Erlebnis hatte ich selbst erst vor wenigen Tagen hinter mich gebracht. Ich war kurz davor, vor allen Anwesenden mit meinem nächtlichen Abenteuer herauszuplatzen, doch dann sagte ich mir, dass es nicht der richtige Zeitpunkt dafür sein mochte. Immerhin hatte ich Tatsurô gegenüber noch keine Silbe davon erwähnt.

Trotzdem – ich fühlte mich ihr jetzt näher. Uns einte die Begegnung mit diesem unheimlichen Onmyôji.

»Die Samen sind also Wels-Eier«, murmelte Tatsurô. Er hatte die Augen halb geschlossen und seine Zunge leckte nervös über seine Oberlippe. »Das ist eine ungeheuerliche Erkenntnis.«

Zwar sah ich nicht, was daran ungeheuerlich war, aber es interessierte mich doch. »Was ist ein Wels?«, wollte ich wissen.

»Es gibt sie in unterschiedlichen Größen. Die meisten werden nicht größer als ein Mensch. Aber die Legenden sprechen von Fischen, die zehn Mal, nein, hundert Mal größer sind.«

Ich holte mir eine Handvoll Krabben (von den toten, gerösteten) und knabberte aufgeregt an ihnen herum. »Und? Sagen die Legenden noch etwas anderes?«

Der Onmyôsei nickte andächtig.

»Ihr sprecht von der Sache mit den Erdbeben«, schaltete sich einer der Dorfoberen ins Gespräch ein.

»In der Tat«, meinte Tatsurô. »In einigen Gegenden glaubt man, dass es Riesenwelse gibt, auf denen unser gesamtes Land ruht. Wenn sie sich bewegen, dann bebt die Erde.«

Mir war, als würde auch jetzt ständig die Erde leicht beben, aber mit Welsen hatte das bestimmt nichts zu tun. Die ganze Zeit über sah ich Iso an, wie sie mir aufrecht und würdevoll gegenübersaß, der Mittelpunkt der Gesellschaft, auch wenn sie gerade nichts sagte. Ich brannte darauf, ein paar Worte alleine mit ihr wechseln zu können. Ich wollte wissen, was ihr Eindruck von dem teefarbenen Schatten war, was genau er zu ihr gesagt hatte. Tatsurôs Wissen mochte ja beeindruckend sein, und es war sicher nett, Süßwasserfische und alte Legenden zu kennen, aber waren nicht Iso und ich die Einzigen, die dem Urheber des Grauens persönlich gegenübergestanden hatten? Waren nicht wir beide diejenigen, die diskutieren und eine Strategie entwickeln mussten?

Isos Selbstbewusstsein hatte mich aufgerüttelt. So wie sie eine Art Auserwählte in diesem Dorf, an dieser Küste war, so war ich doch auch ein Auserwählter unter den Mitgliedern der Sora-no-me-Gruppen. Wir mussten uns näherkommen, uns zusammentun, uns gemeinsam etwas ausdenken!

»Kennst du das Go-Spiel?«, platzte ich heraus.

»Was ist damit?«, murrte der Onmyôsei, doch Iso schmunzelte.

»Ja«, sagte sie, und dieses eine Wort, vorgetragen von ihrer Stimme, war wie das kürzeste und schönste Lied, das ich je gehört hatte. »Damals machten wir auf dem Rückweg vom Biwa-See einen Abstecher nach Heian. Ukyô war zwar sehr ungehalten, weil er die Fischeier jemandem versprochen hatte, aber wir verbrachten trotzdem einen wunderbaren Tag in der Stadt. Dort sah ich das Spiel. Ich konnte mir keines kaufen, aber später fand ich jemanden, der es mir nachbaute.«

»Wirklich?«, rief ich außer mir vor Freude. Seit ich mit Tatsurô und Urara unterwegs war, hatte ich niemanden getroffen, der es kannte, geschweige denn spielte. Es war hauptsächlich in den adligen Häusern verbreitet. »Mein Brett ist zusammenklappbar«, prahlte ich. »Hier!« Ich griff hinter mich, wo mein Bündel lag, und zog es hervor.

»Es ist schon spät«, meinte Iso plötzlich. »Wir sollten das Essen allmählich beenden. Unsere Gäste sind sicher müde.«

»Nein!«, stieß ich enttäuscht hervor. Für mich hatte der Abend erst begonnen.

Wieder lächelte Iso. »Natürlich können wir vor dem Schlafengehen eine Partie spielen, wenn du möchtest.«

Ich war wie verzaubert, als sie mich in ihre Hütte mitnahm. Ob ich den anderen eine gute Nacht gewünscht hatte, wusste ich nicht. Ich bekam auch nicht mit, wohin meine Begleiter geführt wurden.

In Isos Hütte stapelten sich Geschenke. Nichts hätte die Popularität, die sie in ihrem Dorf genoss, besser zum Ausdruck bringen können als die vielen Keramikschälchen, die aus Schilf geflochtenen Decken und Wandbehänge oder die bunten Kleider. »Es ist sehr voll«, sagte sie entschuldigend und ich konnte nur staunend den Kopf schütteln. Wir fanden ein Plätzchen in der Mitte des Raumes. Iso brachte ihr Go-Brett herbei – es war schief und uneben und hatte nicht die richtige Zahl von Feldern. Auch die Steine waren von unterschiedlicher Größe, manche eher eckig als rund. »Kann man darauf spielen?«, erkundigte sie sich.

»Es ist wunderschön«, log ich.

Stumm verteilten wir die Spielsteine. Zum ersten Mal in meinem ganzen Leben spielte ich mit den schwarzen Steinen, denn sie wünschte sich die weißen, und ich hätte ihr diesen Wunsch um nichts in der Welt abschlagen wollen. Zuerst spielte ich nicht mit ganzem Einsatz, denn ich hatte vor, sie gewinnen zu lassen, doch schon bald merkte ich, dass sie sich ganz und gar nicht dumm anstellte. Außerdem tat ich mich mit den schwarzen Steinen schwer. Es war, als spielte ich zum ersten Mal Go.

»Weißt du«, sagte sie, nachdem jeder die ersten zehn Steine gesetzt hatte, »ich spiele oft alleine. Ich denke mir interessante Gegner aus, Meeresungeheuer zum Beispiel.« Sie senkte den Kopf und kicherte verschämt vor sich hin. »Du wirst mich bestimmt auslachen.«

Da täuschte sie sich aber! Ich beschrieb ihr einige von den Teufeln und Spukgestalten, gegen die ich so anzutreten pflegte, und sie revanchierte sich damit, mir die schaurigsten Seemonster zu beschreiben, gegen die sie je gespielt – und gewonnen hatte. Ich muss gestehen, ihre Fantasie war nicht von schlechten Eltern. So wie sie mir die schuppigen Ungeheuer schilderte, bekam ich unwillkürlich den Eindruck, sie hätte sie alle schon einmal mit eigenen Augen gesehen.

Wir spielten die Partie fertig, es wurde sehr spannend und anstrengend, und am Ende war doch ich es, der gewann. Wie soll ich sagen – sie war stark genug, um mich so sehr zu fordern, dass ich vergaß ihr den Sieg zu überlassen. »Entschuldige«, flüsterte ich überrascht, als ihre Niederlage besiegelt war. Doch sie schüttelte nur lächelnd den Kopf.

Beim Go-Spiel geht es darum, den Gegner mit den eigenen Steinen zu umzingeln. Die umzingelten Steine darf man vom Brett entfernen. Es hatte mir am Ende einen unbändigen Spaß bereitet, ihre weißen Steine mit meinen schwarzen einzuschließen – vielleicht weil ich noch nie mit Schwarz gespielt und Schwarz bei mir daher immer verloren hatte. Vielleicht hatte es auch einen anderen Grund. Es fällt mir schwer, es auszusprechen, aber … beim Spielen kam es mir ein bisschen so vor, als würde der dunkel gekleidete Hayate die in weißes Leinen gehüllte Iso auf dem Brett … symbolisch umarmen.

Ihr haltet es bestimmt für verrückt, so etwas zu denken.

»Ich hatte diese Fischeier in der Hand«, sagte Iso unvermittelt. »Sie waren kalt wie das Wasser, aber doch lebendig. Und sie vibrierten. Ich kann gut verstehen, was euer Begleiter, der Onmyôsei, ausdrücken wollte. Die Legende, meine ich. Ich glaube daran, dass diese Welse Erdbeben auslösen können. Jeder, der ihnen so nahe kommt wie ich, muss es einfach glauben. Es war, als steckte in jedem dieser Eier ein gewaltiges Beben. Ich habe erst viel später darüber nachgedacht. Und ich hatte Albträume davon.«

»Albträume?«, fragte ich alarmiert.

»Erdbeben ereignen sich nur nach und nach. Trotzdem richten sie großen Schaden an. Stell dir einmal vor, jemand könnte diese Kraft kontrollieren. Sie gezielt freisetzen. Sie bündeln. Stell dir vor, jemand würde diese Eier an bestimmten Stellen platzieren. Zum Beispiel in Heian, im Palast des Mikados.«

Zuerst zuckte ich zusammen, dann musste ich lachen. »Dazu müsste dein Jemand erst einmal dort reinkommen. Also, mich würde man in achthundert Jahren nicht in den Kaiserpalast lassen!« *Und dich auch nicht*, hätte ich beinahe hinzugefügt, aber glücklicherweise versiegelte mir mein Taktgefühl den Mund, ehe ich sie verletzen konnte.

»Ein Hofbeamter könnte jederzeit den Palast betreten«, erklärte sie. »Und das Erdbeben würde den ganzen Hof in Schutt und Asche legen.«

Ich atmete erst einmal tief durch und ließ ihre Worte auf mich wirken. Wenn den Eiern, die sie aus dem Biwa-See geholt hatte, tatsächlich diese Kraft innewohnte, dann war das schreckliche Szenario, das sie da vor mir ausbreitete, natürlich realistisch.

»Du sagtest, der teefarbene Schatten hat die Eier an sich genommen«, fasste ich zusammen.

»Genau. Er ist ein Onmyôji. Er könnte in den Palast gelangen.«

»Nein«, widersprach ich. »Ich glaube, er war einmal ein Onmyôji, aber jetzt ist er eine Art Yôkai geworden. Welches Unheil er sät, ist überall im Reich bekannt, also weiß man am Kaiserhof erst recht Bescheid. Die Onmyôji würden sich ihn vorknöpfen, wenn er es wagen würde, vor dem Palast aufzutauchen.«

»Die Onmyôji in Heian tun nichts, um ihn unschädlich zu machen. Deshalb zieht ihr ja durch das Land und setzt euer Leben aufs Spiel«, sagte Iso, und in diesem Punkt hatte sie leider recht.

Sie räumte das Spielbrett und die Steine weg, und ich hatte das Gefühl, jetzt sei der Moment gekommen, um mich höflicherweise aus ihrer Hütte zu entfernen. Dazu war es mir aber zu früh. Ich fand, dass wir noch vieles zu bereden hatten.

»Ich kann mich nicht entsinnen, in den letzten zwei Jahren von einem Erdbeben gehört zu haben«, meinte ich, um das Gespräch nicht stocken zu lassen. Mir war das neulich einmal aufgefallen. In meiner Kindheit hatte alle naselang die Erde gebebt, doch in letzter Zeit war es sehr ruhig geworden.

Nachdem Iso die Sachen weggeräumt hatte, setzte sie sich wieder zu mir auf den Boden. Ich jubilierte innerlich. »Vielleicht steht uns ein großes Beben bevor«, mutmaßte sie. »Eines, das für unser Reich den Untergang bedeutet. Der teefarbene Schatten vergräbt die Eier im ganzen Land, und das bedeutet ...«

»Nicht im ganzen Land«, unterbrach ich sie. »Soweit ich weiß, ist er nur in der Mitte des Reiches unterwegs.« Ich dachte nach, aus welchen Gegenden Nachrichten über das Auftauchen von Yôkai eingetroffen waren. »Wir sprechen von einem Radius von etwa dreißig Ri, mit Heian als Mittelpunkt.« Ich versuchte, möglichst professionell zu klingen, ganz so, als ob alle Informationsstränge bei uns zusammenlaufen würden. In Wirklichkeit wussten wir natürlich fast nichts. Die Zahl, die ich nannte, war wild aus der Luft gegriffen. Es konnten auch fünfzig Ri oder mehr sein. Dass wir aus entfernten Provinzen keine Berichte über Yôkai hatten, stimmte zwar, konnte aber auch einfach daran liegen, dass die Nachrichten von dort gar nicht erst bis zu uns durchdrangen.

Iso sah mich wissbegierig an, und dieser Blick behagte mir. »Der teefarbene Schatten zieht einen Kreis um Heian?«

»Na ja, ein sauberer Kreis ist es sicher nicht. Auch im Landesinneren hat er die Samen ... die Eier vergraben. Es ist eher eine Fläche als eine Kreislinie.«

»Trotzdem sieht es aus, als wolle er Heian einschließen«, stellte sie fest. »Das ist ja fast wie beim Go.«

»Du meinst, er umzingelt die Kaiserstadt, um sie dann von der Landkarte zu entfernen wie Steine vom Brett?«

»Warum nicht? Was wissen wir schon über seine Ziele? Gar nichts!«

Ich nickte. »Hat er etwas gesagt, als er dir gegenüberstand?«

»Nichts von Belang.«

Jetzt fand ich den Mut, mit der Sprache herauszurücken. »Ich habe den teefarbenen Schatten ebenfalls getroffen.«

Ihre Augen weiteten sich. Ehe sie noch Zweifel bekommen konnte, ob ich mich nur wichtigmachen wollte, berichtete ich ihr schnell von unserer nächtlichen Begegnung auf der von hohem Gras umschlossenen Lichtung. Ich erzählte von der Sänfte, die offenbar von Geistern getragen wurde. Und ich erwähnte auch, dass er mir prophezeit hatte, ich würde einst an seiner Seite kämpfen. Bei dieser Eröffnung verfinsterte sich ihr Gesicht, und auch wenn es mir nicht gefiel – ich konnte es ihr nicht verdenken. Ich versicherte ihr, dass mir nichts ferner liege, als auf die Seite eines Yôkai zu wechseln.

»Ich habe noch eine Frage«, meinte ich, als ich mit

der Schilderung fertig war. »Du sagtest, du bist für diesen – wie hieß er noch gleich? – getaucht.«

»Sein Name war Ukyô.«

»Und hast du eine Ahnung, was er mit den Eiern vorhatte?«

»Er selbst gar nichts, glaube ich. Er handelte nur im Auftrag eines anderen.«

»Und du weißt nicht, in wessen Auftrag? War es vielleicht diese Frau, die er als seine Tochter bezeichnete?«

Sie hob die Schultern. »Ich glaube nicht. Der teefarbene Schatten sprach von einem Feigling, der sich nicht selbst auf den See wagte.«

»Ein Unbekannter also. Ein Yôkai vielleicht.«

»Habt ihr schon viele Yôkai besiegt?«, wollte Iso wissen.

»Ein paar«, antwortete ich und fand, dass es beinahe zu bescheiden klang.

»Ich verstehe nicht, wie das alles zusammenhängt«, sagte sie nachdenklich. »Wenn die Fischeier Erdbeben auslösen würden, könnte ich es mir gerade noch erklären. Aber sie haben eine ganz andere Wirkung. Sie scheinen die Yôkai zu rufen oder zu ... wecken. Oder entstehen zu lassen.«

»Ja. Und gleichzeitig wecken sie in irgendjemandem eine besondere Kraft.« Ich lächelte ihr anerkennend zu. »So wie in dir.«

Ich hatte gehofft, die Andeutung würde ausreichen, damit sie mir offenbarte, welcher Art ihre Fähigkeit war, mir womöglich sogar eine kleine Kostprobe davon vorführte. Aber sie sprach nicht darauf an. »Wecken«, murmelte sie stattdessen abwesend. »Wir haben zweimal ›wecken‹ gesagt … eine Kraft wecken … ein Yôkai wecken … wie weckt man etwas … oder jemanden …«

Ich zog eine Grimasse. »Meine Begleiterin Urara liebt es, mich mit dem Fuß wach zu rütteln. Sie kann es nicht sehen, wenn ich schlafe. Das liegt daran, dass ich nachts meistens wach bleibe und dafür mittags …«

»Wach rütteln!«, rief sie. »Das ist es!«

»Das ist was?« Ich hatte keinen Schimmer, worauf sie hinauswollte.

»Wach rütteln«, wiederholte sie mit erhobenen Armen. »Da steckt das Wort ›Rütteln‹ drin. Und woran erinnert dich das?«

»Wie gesagt«, meinte ich, geistig nicht ganz auf der Höhe, denn sie sah zauberhaft aus, wenn sie so erregt war, und ich konnte sie nur anstarren, »es erinnert mich an Urara, die …«

»Vergiss mal für einen Moment deine Urara!«, zischte sie. Klang da ein Hauch Eifersucht aus ihrer Stimme oder war sie einfach nur ungehalten über meine Begriffsstutzigkeit? Eifersüchtig auf Urara, ein lächerlicher Gedanke. Gut, Urara war ein hübsches Ding und ich mochte sie irgendwie, aber sie konnte sich in keinster Weise mit diesem selbstsicheren, scharfsinnigen anziehenden Wesen messen, das mir gegenübersaß! Sie sprach weiter und ich hing an ihren Lippen: »Rütteln – das tut ein Erdbeben. Die Eier des Erdbebenfisches verursachen ein Rütteln. Aber nicht die Erde bebt. Es ist anders. Es passiert auf einer anderen Ebene. Schlafende Yôkai werden wach gerüttelt. Sie sind vorher schon da, aber sie treten nicht in Erscheinung, bis sie jemand aufweckt. Und weißt du was? Ebenso wach gerüttelt werden schlafende Fähigkeiten in Menschen.«

»Das klingt hochinteressant. Nur ergibt es leider keinen Sinn«, erlaubte ich mir ein Widerwort. »Dann wären die Eier ja gleichzeitig die Ursache für die Yôkai und für die Kräfte, mit denen sich die Yôkai besiegen lassen. Was sollte der teefarbene Schatten damit bezwecken? Wenn ich eine Bedrohung schaffe, dann liefere ich doch nicht gleich die Waffe dazu, mit der sie sich beseitigen lässt.«

»Du hast recht.« Sie sank ein wenig in sich zusammen. »Ich muss mich irren.«

Fast hätte ich ihre Hand gestreichelt, so geknickt sah sie aus. »Ich habe nicht viel vom Onmyôdô verstanden, aber ich denke, das Yin und das Yang gleichen sich immer irgendwie aus – wo es dunkel ist, muss es auch Helligkeit geben, wo Kälte ist, ist auch Wärme. Wenn das Gleichgewicht zerstört wird, tritt eine neue Kraft ins Spiel, die einen Ausgleich schafft. Für jedes Yôkai, das auftaucht, entsteht auch eine Gegenkraft. Das wird sicher nicht im Sinne des teefarbenen Schattens sein, aber er kann es auch nicht verhindern.«

»Und was ist mit dem Go-Spiel?«, wand sie ein.

»Was soll damit sein?«

»Im Go gibt es keinen Ausgleich. Irgendwann erlangt eine Farbe die Oberhand, die andere unterliegt.« Ihr Gesicht hatte einen harten Ausdruck angenommen.

»Richtig«, sagte ich. »Eine Farbe unterliegt, aber sie verschwindet nie völlig vom Brett, auch ganz am Schluss nicht. Sie lebt weiter. Welche Fähigkeit ist es denn, die in dir geweckt wurde?« Diesmal wagte ich es, sie direkt zu fragen. Ich tat es hauptsächlich, um uns beide von der unangenehmen Vision abzulenken, die sie mit ihren Worten heraufbeschworen hatte. Ich wollte mir nicht vorstellen, wie es sein würde, wenn die Yôkai einen Kreis schlossen und alles, was sich darin befand, zu existieren aufhörte. Go war ein Spiel und die Wirklichkeit war die Wirklichkeit. Das eine hatte mit dem anderen nichts zu tun.

»Wartet bis morgen«, entgegnete sie. »Ich spare meine Kräfte für den Kampf gegen das Ungeheuer.«

»Ich wollte keine Privatvorstellung von dir. Du könntest mir einfach nur sagen, was es ist.«

»Nein, das geht nicht. Wenn ich dir das verrate, dann würdest du es sehen wollen.« Sie erhob sich. »Ich glaube, es ist Zeit.«

»Wofür?«

»Für dich, dein Nachtlager aufzusuchen.«

Ach ja, richtig. Es war dunkel. Die meisten Menschen hatten die Angewohnheit, hurtig zu ihren Schlafstätten zu eilen, sobald das Sonnenlicht erloschen war. Da mir Iso in so vielen Dingen ähnelte, hatte ich wie selbstverständlich angenommen, sie würde auch das Nachtschwärmertum mit mir teilen.

Ich stand sofort auf, damit es nicht aussah, als würde ich meinen Besuch mit Gewalt in die Länge ziehen, verneigte mich artig und wandte mich zum Gehen.

»Einen Augenblick«, hielt sie mich zurück. »Eine Frage habe ich noch.«

»Bitte …«

»Wer ist diese Urara?«

Fast hätte ich gelacht. *Ein Mitglied der Sora-no-me*, wollte ich antworten. Doch eine solch patzige Antwort hätte ihren Intellekt beleidigt. Also musste ich etwas Geistreiches sagen. Ich versuchte es kühn mit: »Sie ist ein stumpfes Messer.«

Die Antwort schien ihr zu gefallen. Sie bückte sich und hob ein schmales, flaches und leicht gebogenes Stück Metall vom Boden auf. »Das ist ein Muscheleisen, gewissermaßen auch ein stumpfes Messer. Es ist sehr nützlich und hat mir manchen guten Dienst geleistet. Aber es ist eines von vielen. An dieser Küste gibt es Tausende, die so sind wie es. Wenn ich eines verliere, kann ich ein neues bekommen.«

Ich nickte und verließ ihre Hütte. Als ich ein Stück davon entfernt war, gestattete ich mir zu lachen.

21

Nach schlafen war mir trotzdem nicht zumute. Deshalb erkundigte ich mich, wo Tatsurô untergebracht war, und besuchte ihn, natürlich ohne vorher lange anzufragen, ob ich erwünscht war. Der Onmyôsei hatte sich bereits ausgekleidet und war gerade mit seiner *Rabenwäsche*[15] fertig. Das heißt, er begann eben damit, seine blaue Geschwulst einzucremen, und das konnte eine halbe Stunde oder länger in Anspruch nehmen. Sicher wäre er bei dieser intimen Körperpflege gerne alleine gewesen, doch darauf wollte ich keine Rücksicht nehmen. Da gab es etwas, was mir schon länger auf der Seele brannte.

»Tatsurô-sama! Warum habt Ihr Euch eigentlich den Sora-no-me angeschlossen?«

»Ruhm und Reichtum«, erwiderte er barsch. Ebenso gut hätte er »Lass mich zufrieden« knurren können.

»Ich habe gerade mit Iso gesprochen und …«

»Nur gesprochen?«, unterbrach er mich.

»Sicher. Sie hatte einige anregende Gedanken zum teefarbenen Schatten und dazu, was diese Eier bewirken.«

Sein Kopf ruckte herum und im nächsten Augenblick verzerrte sich sein Gesicht vor Schmerz, denn er hatte vergessen seine Geschwulst loszulassen. »Was hat sie denn gesagt?«

»Zuerst die Antwort auf meine Frage«, meinte ich, und ich glaube, mein Lächeln war das, was man süffisant nennt.

Er tat so, als würde es ihn nicht ärgern, wie respektlos ich mit ihm umsprang. Die roten Streifen allerdings, die um seine Augenbrauen herum entstanden, verrieten das Gegenteil. »Wie ich zu den Sora-no-me kam? Ich wollte mal frische Luft schnuppern wie die anderen auch. Von zehn Onmyôsei am Hof haben sich alle zehn den Sora-no-me angeschlossen. Das muss einen Grund haben, denkst du nicht? Ach, was rede ich da! Jemand wie du hat überhaupt keine Vorstellung, wie sich das Leben im Onmyôryô abspielt. Bücher schleppen, Schriftzeichen lernen, und wer besonders fleißig ist, darf zur Abwechslung mal in der Bibliothek Staub wischen …«

»Ich dachte, so etwas gefällt Euch, Meister? Bis auf das Staubwischen, meine ich.«

»Natürlich gefällt mir das. Aber doch nicht sechzehn Stunden am Tag, sieben Tage die Woche! Du liest von morgens bis abends über Spuk, Kobolde und Teufel und hast noch keinen einzigen gesehen! Und da kommt der Gründer der Sora-no-me, der veilchenfarbene Schatten, und bietet den Onmyôsei an, draußen im Land gegen Yôkai zu kämpfen. Ich kann mir nicht denken, wer sich diese Chance entgehen lassen würde.«

»Wer ist der veilchenfarbene Schatten?«

»Du weißt, dass ich das nicht weiß. Und wenn ich es wüsste …«

»… dürftet Ihr es mir nicht verraten. Habt Ihr ihm je gegenübergestanden?«

»Ein Mal«, sagte Tatsurô. »Aber es war zu dunkel, um viel von ihm zu erkennen. Er teilte mir Urara zu, und später rekrutierte ich einen älteren Mann, der allerdings beim ersten Kampf sein Leben ließ. Kurz darauf bist du zu uns gestoßen.«

»Wo findet man ihn?«

»Ich könnte dir die Adresse nennen, aber er wohnt längst nicht mehr dort. Es heißt, er bleibe nie länger als einen Tag an einer Stelle.«

»Warum nennt man den veilchenfarbenen und den teefarbenen Schatten überhaupt Schatten?«

»Vielleicht weil sie so flüchtig sind wie Schatten? Weil sie auftauchen und verschwinden wie ein Schemen. Ich kann es dir nicht sagen.«

»Man erzählt sich von einem geheimen Buch, das im Besitz des veilchenfarbenen Schattens ist …«

»Das Buch gibt es«, kam es schnell aus seinem Mund. Dann schüttelte er den Kopf, über sich selbst, wie es schien. »Auch wenn ich dir eigentlich nicht davon erzählen dürfte. Ich konnte einen kurzen Blick darauf werfen. Es heißt, es sei das wichtigste Buch, das je über unsere Lehre geschrieben wurde.«

»Und es ist der wirkliche Grund, warum sich zehn junge wissensdurstige und machthungrige Onmyôsei den Sora-no-me anschlossen. So ist es doch! Der veilchenfarbene Schatten hat Euch die Lektüre des Buches als Belohnung versprochen, wenn Ihr siegreich zurückkehrt. Und Ihr würdet es zu gerne in Händen halten.

Wenn Ihr das Buch von Anfang bis Ende durcharbeiten könntet, wüsstet Ihr mehr als Eure Lehrer.«

Tatsurô seufzte tief. »Du bist nicht auf den Kopf gefallen.«

»Woher hat er das Buch? Wer hat es verfasst?«

»Das ist beides nicht bekannt.«

»Aber der Autor muss doch ein Onmyôji gewesen sein, oder? Vielleicht der veilchenfarbene Schatten selbst? Oder der teefarbene Schatten? Es wimmelt ja nur so von bunten Schatten in dieser Geschichte.«

»Ich weiß es wirklich nicht. Vielleicht würde ich es erfahren, wenn ich es lesen könnte.«

»Oder das Ganze ist nur ein Schwindel, ein Trick, um Euch zu ködern. Weshalb kann der Gründer der Sora-no-me nicht offen in Erscheinung treten? Es würde ihm doch leichterfallen, noch mehr Leute zu rekrutieren. Nein, er muss seine Gründe haben. Er verfolgt irgendwelche Ziele, die niemand kennen darf, die Öffentlichkeit nicht und nicht einmal Ihr, seine direkten Helfer.«

»Welche Ziele sollen das bitte sein?«

Darauf wusste ich keine Antwort. Ich wandte mich um und ließ einen sehr nachdenklichen Onmyôsei zurück. Ja, ich hatte ihn so verstört, dass er nicht einmal daran dachte, seinen Teil unserer Abmachung einzufordern. Umso besser. So brauchte ich ihn nicht in das Gespräch einzuweihen, das Iso und ich geführt hatten.

22

Am Morgen kam Iso mit einem Blatt Papier an. Ich sah zu, wie Tatsurô es entfaltete, und wusste Bescheid. Der teefarbene Schatten hatte auch in diesem Dorf ein Gedicht hinterlassen. Voller Neugier drängte ich den Onmyôsei dazu, es uns vorzulesen. Das letzte Gedicht hatte sich angehört wie für mich geschrieben.

Irgendetwas in Tatsurôs Stimme und Betonung war diesmal anders. Er las es nicht höhnisch, sondern mit tiefem Ernst. Das Gedicht allerdings enttäuschte mich:

»Das Meer voller Wellen,
Aufgewühlt und rau,
Blitzend und funkelnd.
Wie ein Spiegel, in dem
Die Sonnengöttin sich betrachtet.«

Ich wartete auf Tatsurôs üblichen Spott. Diesmal musste es ihm leichtfallen, das Werk in Grund und Boden zu kritisieren, denn es war belanglos, abgedroschen und hatte keinen Klang. Aber Tatsurô faltete das Papier wieder zusammen und reichte es Iso. Er verlor kein Wort darüber.

»Mir käme es gelegen, wenn wir das Ritual durchführen könnten«, sagte er stattdessen. »Wir werden deine Kraft auf Papieramulette bannen. Diese können wir im Kampf gegen den Gasha-Dokuro einsetzen.«

»Ich möchte selbst kämpfen«, verlangte Iso.

Tatsurô schürzte die Lippen. »Es ist nicht nötig, dich in Gefahr zu begeben. Das ist unsere Aufgabe. Dafür wurden die Sora-no-me ins Leben gerufen.«

»Können wir nicht beides tun?«, fragte sie. »Ich gebe euch von meiner Kraft und wir ziehen trotzdem gemeinsam in die Schlacht?«

»Wenn wir das Ritual durchführen, wird es eine Weile dauern, bis du wieder über deine vollen Kräfte verfügst. Du musst dich schonen.«

»Ich bin jung und gesund. Und ich habe gut geschlafen im Gegensatz zu diesem jungen Mann hier.«

Sie wies auf mich. Sah man mir wirklich an, dass ich auch diese Nacht kaum ein Auge zugetan hatte? Oder ahnte sie einfach, was mir alles durch den Kopf gegangen war? Ich glaube, ich errötete ein wenig, denn es gab schon ein, zwei Dinge, die sie nicht unbedingt erraten musste ...

»Wir werden es versuchen«, entschied Tatsurô. »Vorher habe ich noch eine Frage. Gibt es in der Nähe dieses Dorfes einen Tempel?«

Iso nickte. »Ein kleines Stück den Berg hoch. Man kann ihn von hier aus sehen.«

Mit zusammengekniffenen Augen erkannten wir tatsächlich inmitten der gelb-grünen Vegetation einen dunklen Fleck, der nach einem kleinen Holzgebäude aussah.

»Und dort wohnt auch ein Mönch, nehme ich an.«

»Ja. Er kommt manchmal herunter und bekommt von uns etwas Fisch.«

Tatsurô nickte in sich hinein, als habe sich etwas bestätigt, was er schon vermutet hatte. »Komm«, meinte er zu mir. »Wir holen die Utensilien für das Ritual.« Und während wir zu zweit zu seiner Hütte gingen, flüsterte er mir zu: »Ich wusste es. Dieses Gedicht ist eine Fälschung.«

Mein Herz begann zu pochen. »Aber es ist doch genauso schlecht wie die anderen«, stellte ich mich erst einmal dumm.

»Die anderen sind nicht schlecht«, brummte der Onmyôsei. Das plötzliche Geständnis verblüffte mich. »Aber dieses hier ist schlecht. Außerdem war die Schrift eine andere und es gab drei Schreibfehler.«

»Aber ... wie ... wie sollte es eine Fälschung sein? Diese einfachen Fischer können doch bestimmt so wenig schreiben wie ich!« Meine Stimme war laut geworden und Tatsurô sah mich warnend an.

»Deshalb habe ich ja nach dem Tempel gefragt. Die meisten Mönche beherrschen die Tô-Schrift – wenigstens einigermaßen. Der Bursche dort oben hat den Dorfleuten das Gedicht geschrieben, als Dank für das Essen, das er von ihnen schnorrt.«

»Das heißt, man spielt uns etwas vor«, erwiderte ich umgehend, wieder zu laut.

»Hier ist einiges nicht so, wie es zu sein scheint«, erklärte Tatsurô mit gedämpfter Stimme, während er sein Schreibzeug kontrollierte und einpackte.

»Die Dorfältesten!«, rief ich. »Sie müssen Iso hinters Licht geführt haben. Aber wozu?«

»Du scheinst ja sehr viel von deiner kleinen Iso zu halten.« Seine Worte troffen vor Spott. Ich konnte mir gut vorstellen, dass er ihr selbst gerne nähergekommen wäre. Unter den Begabten, mit denen wir bisher zu tun gehabt hatten, waren Männer und ältere Frauen gewesen, aber noch kein so junges und hübsches Mädchen wie sie.

»Jedenfalls bin ich sicher, dass sie uns nicht anlügt«, sagte ich überzeugt.

»Ach ja? Und warum erzählt sie uns dann nicht, welcher Art ihre Kraft ist?«

Darauf erwiderte ich nichts. In meinem Inneren jedoch hatte ich eine Antwort parat: Ihre neue Kraft hatte sie so überwältigt und verwirrt, dass sie nicht wusste, wie sie darüber sprechen sollte. Es kam nicht jeden Tag vor, dass man plötzlich übernatürliche Fähigkeiten bekam. Nicht jeder nahm das so selbstverständlich hin wie der alte Ronta, der seine Hütte im Sturm festgehalten hatte, als wäre es das Normalste auf der Welt. Ich konnte Isos Gefühle sehr gut verstehen. In mir waren zwar keine besonderen Kräfte erwacht, dafür aber etwas anderes, etwas, was auf seine Art ebenso stark und aufwühlend war, und ich hätte es niemandem erklären können. Wir würden früh genug sehen, was Iso konnte. Und es würde schöner und mächtiger sein als alles, was wir vorher erlebt hatten, wie ein gewaltiger Blitz, der alles Böse einfach auslöschte.

Tatsurô ließ mich stehen. Er hatte seine Schreibwerkzeuge, ich hatte meine Gedanken. Das Gedicht – eine Fälschung. Ich konnte verstehen, dass jemand zum Beispiel einen wichtigen Brief fälschte. Aber warum ein Gedicht? Damit wir das echte nicht zu sehen bekamen?

Ich erstarrte. Meine Hand fand wie von selbst den Weg unter meine Kleidung. Es raschelte, als ich das gefaltete Blatt erreichte, das mir die mysteriöse Frau im Nachbardorf gereicht hatte. Eigentlich hatte ich mir vorgenommen, es sofort anzusehen, doch dann war so vieles auf mich eingestürmt – der Gasha-Dokuro, der beinahe mein Ende bedeutet hätte, und natürlich Iso.

Ich öffnete das Blatt und fand, was ich schon vermutet hatte: Es waren Tuscheschriftzeichen, in fünf vertikalen Zeilen angeordnet. Ein Gedicht. Obwohl ich es nicht lesen konnte, glaubte ich die Handschrift des teefarbenen Schattens zu erkennen.

Es musste sich um das Gedicht handeln, das der Schatten hier hinterlassen hatte. Jenes, das wir nicht zu Gesicht bekommen sollten. Ich starrte das Blatt atemlos an. Es warf achthundert neue Fragen auf – wer war diese Frau, wie war sie an das Gedicht gekommen, warum hatte sie es mir gegeben, und vor allem natürlich: Wie lautete es?

Es gab nur zwei Leute in der Nähe, die es lesen konnten. Tatsurô oder der unbekannte Mönch. Sollte ich mich heimlich zu dem kleinen Tempel hinaufschleichen? Während ich noch darüber nachdachte, fiel mir wie ein Spritzer kochendes Wasser das Ritual ein, das Tatsurô mit Iso durchführen würde. Notfalls konnte der

Onmyôsei es auch ohne mich bewerkstelligen, aber natürlich wollte ich dabei sein.

Als ich bei Iso eintraf, war Tatsurô mit ihr gerade in ein hitziges Streitgespräch verwickelt. »Wenn wir die Amulette einsetzen wollen, müssen wir wissen, was sie bewirken«, maulte der Onmyôsei und kniff sich so fest in seine Geschwulst, dass ich vom Zusehen schon Schmerzen bekam.

»Ihr werdet es sehen, wenn es so weit ist«, entgegnete Iso mit gepresster Stimme. Ihre Lider flatterten. So angespannt wie in diesem Moment hatte ich sie bislang nicht erlebt und sie tat mir leid. Ihre Worte waren voller Entschlossenheit, doch in ihrem Inneren mochte es sich wohl anders anfühlen.

Eilig legte ich mir eine kleine Rede zurecht, mit der ich ihre Position verteidigen wollte. Allerdings kam ich nicht einmal dazu, meine Argumente darzulegen. Tatsurô gab sich unerwartet schnell geschlagen und begann mit den Vorbereitungen. Ich assistierte ihm eifrig. Die Vorstellung, Isos Kräfte im Kampf einsetzen zu dürfen, machte mich ebenso glücklich wie nervös – im Rausch der Vorfreude vergaß ich beinahe, mit was für einem schrecklichen Gegner wir es zu tun hatten.

Das Ritual war ein Fest der Schönheit, anders kann ich es nicht nennen. Iso saß regungslos im Lotussitz auf einem gelben Kissen, den Kopf gerade, die Augen geschlossen, ihr ganzer Körper war in einen Hauch aus blütenweißem Leinen gehüllt. Vom Schnitt her hatte ihre Arbeitskleidung eher etwas Männliches an sich, doch das passte zu ihr, und der dunkle Schimmer ihrer durchscheinenden Haut war weiblich genug, um mein Hirn in ein nutzloses, wirres Ding zu verwandeln, in dem klare Gedanken Glückssache waren.

Die Gebete sprach sie mit weicher, dunkler Stimme, und als Tatsurô das Papier vor ihr ausbreitete und ihr den Pinsel reichte, war ihre tiefe Konzentration durch die Luft hindurch bis zu mir zu spüren. Der Onmyôsei führte ihre Hand, und gemeinsam mit ihm tauchte sie die Pinselspitze in die Tusche, die ich für sie gerieben hatte, setzte die haarfein zulaufende Spitze auf das Papier, und in einem einzigen, langen Atemzug schrieb ihre Hand die Zeichen nieder. Eigentlich war es Tatsurô, der schrieb, der ihre Hand wie ein Schreibgerät benutzte. Doch mir schien, als glänzten die Zeichen diesmal besonders vor Glätte und Vitalität, als wären sie keine abstrakten Symbole, sondern Abbilder lebender, atmender Wesen, schwarzer, glitschiger Fische vielleicht, die in das Papier wie in einen ruhigen weißen Tümpel eintauchten und dort scharf umrissen ihre Formen hinterließen. In solchen Momenten verstand ich die Hofleute und Adligen, die in der Kalligrafie die höchste aller Künste sahen und – so erzählte man sich – stundenlang vor ein paar gekonnt hingeworfenen Pinselstrichen zu meditieren vermochten.

Iso zeigte keine Anzeichen von Müdigkeit, bis der siebte O-Fuda fertiggestellt war. Dann kippte sie von einem Augenblick zum anderen zur Seite hin um. Dabei warf sie auch den Reibestein um, und der Rest Tusche ergoss sich auf den Boden und auf ihr Kleid.

»Wenigstens sind die Amulette unbeschädigt«, bemerkte Tatsurô nüchtern. Ich eilte zu der Ohnmächtigen und bettete ihren Körper behutsam auf den Boden.

»Sie wird sich nicht so rasch erholen«, meinte der Onmyôsei, während er die Sachen zusammenräumte und die Amulette vorsichtig trocknete. »Es ist das Beste, wir nehmen uns den Gasha-Dokuro ohne sie vor.«

In diesem Moment öffneten sich Isos Lippen ein wenig, und ohne die Augen aufzuschlagen, murmelte sie: »Lasst … mich … kämpfen …«

23

Im späteren Verlauf des Vormittags begannen sich hohe Wolken am Himmel aufzutürmen – ein Sommergewitter bahnte sich an. Das Mittagsmahl fand im Freien statt, unter einem metallisch wirkenden, drückenden Himmel. Die Dorfleute grillten für uns Fische über dem Feuer und sie brieten sie so lange, bis sie schwarz und bitter waren. Im Gegensatz zur reichen Tafel des Vorabends war es ein enttäuschendes Mahl, aber die Leute aßen mit großem Appetit ihre nicht weniger verkohlten Fische, und wir gaben uns Mühe, keine undankbaren Gäste zu sein. Als wir noch an den letzten Bissen kauten, entließen die Wolken die ersten Tropfen, dicke, schwere Geschosse, und ringsum bebte der Horizont unter fernem Donner.

Wann immer es mir möglich war, blieb ich bei Iso, die sich von den Strapazen des Rituals erholte. Ich fütterte sie sogar mit etwas Hirsebrei, doch wir stellten uns beide nicht sehr geschickt dabei an. Nach dem dritten Löffel wurde ihr verschmierter Mund uns beiden peinlich. Sie setzte sich auf und hielt den Löffel selbst. Am Nachmittag erholte sie sich zusehends, und als ich sie zur Zeit des Vogels[16] besuchte, lief sie mit festen Schritten in ihrer Hütte umher und traf Vorbereitungen für den Kampf. Inzwischen war der Regen stärker geworden. Mit einem unhandlichen Überwurf aus Bambus hatte ich mich davor zu schützen versucht, aber die schweren Tropfen ließen den Schlamm aufspritzen, und meine Beinkleider wurden so schmutzig, dass ich mich nicht weiter als bis zum Eingang wagte.

Zu gerne hätte ich Iso von der Frau erzählt, die ich im Nachbardorf gesehen hatte, und von dem Gedicht. Ich wusste, ich konnte ihr blind vertrauen. Dass ich schließlich nicht davon sprach, lag daran, weil ich um nichts in der Welt den Eindruck erwecken wollte, ich würde ihr einen Betrug zutrauen.

»Euer Nachbardorf ist ein merkwürdiger Ort«, sagte ich stattdessen.

Darauf antwortete sie nichts. Ich konnte allerdings sehen, wie sich ihre Miene verfinsterte, deshalb bohrte ich nicht weiter. Offenbar hatten sie genügend Probleme mit den wunderlichen, ungehobelten Gestalten aus dem Dorf. Vielleicht hatte der Gasha-Dokuro für sie sogar etwas Gutes, weil er eine schwer überwindbare Grenze zwischen den Dörfern zog, zumindest bei Nacht, denn der Onmyôsei hatte mir erklärt, ein Gasha-Dokuro würde erst bei Einbruch der Dunkelheit in Erscheinung treten.

»Wann kämpfen wir?«, fragte Iso ernst.

»Tatsurô sagt, wir brechen auf, sobald die Dämmerung einsetzt. Vorausgesetzt, es hat dann aufgehört zu regnen. Unsere Waffen sind Papieramulette. Sie würden im Regen schnell nutzlos werden.«

»Wir haben noch andere Waffen«, meinte Iso etwas

trotzig. »Mich zum Beispiel. Und das hier.« Mit einem kleinen Aufschrei machte sie einen Satz in meine Richtung und streckte mir ihr Muscheleisen entgegen wie ein Schwert. Unwillkürlich trat ich einen Schritt zurück in den Regen hinaus.

»Verschwinde, du Monster!«, knurrte sie und setzte noch einmal nach, bohrte mir die stumpfe Spitze des Eisenstücks zwischen die Rippen. In der nächsten Sekunde breitete sich der Schalk auf ihrem Gesicht aus. Zu spät! Schon war ich rückwärtsgetaumelt, im glitschigen Schlamm ausgerutscht und hatte mich auf meinen Hosenboden gesetzt.

»Ich habe gesiegt!«, jubelte sie und lachte voll überschäumender Freude. Obwohl mir ihr Jubel beinahe ein wenig unheimlich war, lachte ich schließlich mit. Ich kroch unter meinen Regenschutz und machte mich auf den Weg durch eine kleine schlammspritzende Hölle zur Hütte des Onmyôsei. Es schien mir unwahrscheinlich, dass dieser Regen heute noch nachlassen würde.

Doch da täuschte ich mich. Das Halblicht des Sturms ging nahtlos in die echte Dämmerung über. Die Wolken schienen allmählich leer zu sein, der Regen fiel nur noch in vereinzelten Tropfen, und Tatsurô wurde noch hektischer. Die letzten Stunden über hatte er wie ein Besessener Schutzamulette gepinselt. Da ihm das Papier ausgegangen war, hatte er die Zeichen auf kleine Holzplättchen, Stofffetzen und sogar auf Bambusvorhänge gemalt.

Ich spürte den Zeitpunkt des Kampfes nahen und hielt es plötzlich nicht mehr aus. Kommentarlos zog ich das

Blatt mit dem Gedicht heraus und legte es vor ihm auf das kleine Lacktischchen, auf dem er geschrieben hatte.

Der Onmyôsei las es, und es sah nicht so aus, als ob er dabei einen einzigen Atemzug tat. Tusche und Reibestein, die er eben hatte aufräumen wollen, ließ er einfach auf den Boden sinken.

»Was steht da?«, drängte ich.

»Das muss das Gedicht des teefarbenen Schattens sein«, murmelte er, aber damit sagte er mir ja nichts Neues.

»Wie lautet es?«

Und der Onmyôsei las es mir vor:

»Vater, welche ist dir die bessere Tochter?
Jene, die dich hasst oder liebt?
Jene, die dich verfolgt oder verlässt?
Jene, die dich narrt oder neckt?
Jene, die dich betrügt oder übertrifft?«

Wir schwiegen lange. Es war ein sehr ungewöhnliches Gedicht. Es enthielt keine Anspielungen auf Jahreszeiten oder auf die Natur. Und diesmal konnte ich auch keine Parallelen zu mir oder meiner Situation finden. Natürlich nicht! Hatte ich mir tatsächlich eingebildet, der teefarbene Schatten würde über mich schreiben?

»Woher hast du das?«, fragte Tatsurô streng.

Normalerweise stellte ich mich stur, wenn er mich so ansah, aber diesmal sagte ich es ihm. Ich war neugierig und hoffte, dass er mir eine Erklärung geben konnte oder die Frau vielleicht sogar selbst gesehen hatte. Doch meine Hoffnung zerschlug sich. Er war viel zu überhastet geflohen, um nachzusehen, was sich in den dunklen Hütteneingängen rührte, und die Beschreibung, die ich von der Frau gab, brachte in ihm offenbar keine Saite zum Schwingen.

»Warum wählt er dieses Thema?«, wollte ich wissen. »Warum schreibt er über Töchter und nicht über das Meer oder die Hügel oder … den Sommer?«

»Ich weiß nicht.« Tatsurô schien ratlos.

»Vielleicht hat er selbst eine Tochter«, mutmaßte ich. »Und jetzt, wo er einsam durchs Land zieht, sehnt er sich nach ihr.«

Der Onmyôsei hob nur die Schultern und ich dachte nach. Sprach der Schatten etwa von Iso? Ich hatte sie nicht nach ihrem Vater gefragt, wusste nicht einmal, ob er noch lebte. Dann dachte ich an die Frau, die mir das Gedicht gegeben hatte. War sie die Tochter von jemandem? Ich zuckte ein wenig zusammen, als mir einfiel, dass im Gespräch mit Iso ein einziges Mal von einer Tochter die Rede gewesen war. Ukyô, der Mann, in dessen Auftrag Iso die Wels-Eier geborgen hatte, hatte seine Tochter bei sich. Falls es wirklich seine Tochter war. Iso hegte da offenbar ihre Zweifel.

Aber das Gedicht klang, als würde der Schatten zwei Töchter miteinander vergleichen. Wer war die zweite? War es doch Iso? Oder jemand, den wir gar nicht kannten?

»Wenn wir dieses Gedicht verstehen«, meldete sich Tatsurô mit belegter Stimme zu Wort, »wissen wir mehr über die Dinge, die uns umgeben.«

Vielleicht hatte er recht. *Warum sehen mich die Menschen nicht als Dichter?*, hatte der teefarbene Schatten mich gefragt. Wer war er wirklich? Welches Ziel verfolgte er? Und wer war der andere Schatten, der veilchenfarbene, der Gründer unserer Kampfgruppen, der ein geheimes, verbotenes Buch besaß, das die Onmyôsei anlockte wie das Licht die Insekten?

Was, wenn alles ganz anders war, als wir es uns zusammenreimten? Der Verfasser dieses Gedichts verglich zwei Töchter miteinander. War es nicht bizarr, wenn der Mann, der das Grauen säte, seelenruhig darüber philosophierte, was eine gute Tochter ausmachte? Obwohl ich das Gedicht nur einmal gehört hatte, hatte es sich mir ins Gedächtnis eingegraben. Besonders die letzte Zeile ging mir nicht aus dem Kopf: »Jene, die dich betrügt oder übertrifft?«

Ich fuhr herum, als Urara die Hütte betrat. »Es regnet nicht mehr«, berichtete sie. »Aber der Boden ist noch nass. Und wenn man an einer Hütte vorbeigeht, tropft noch Wasser vom Dach herunter.«

»Das macht nichts«, erwiderte Tatsurô. »Hier! Eure Amulette. Passt auf, dass sie nicht nass werden. Nehmt meinetwegen diese Iso mit, wenn sie uns unbedingt im Weg herumstehen möchte – wir brechen auf!« Wir hatten fünf O-Fuda von Ronta und sieben von Iso. Tatsurô händigte Urara und mir je eines der Ronta-Amulette und je drei der anderen aus. Für sich selbst behielt er also dreimal übermenschliche Körperkraft, aber nur ein einziges von den O-Fuda, die er mit Iso geschaffen hatte. Ich war überrascht, sagte aber nichts. Wenn ich an seiner Stelle gewesen wäre, hätte ich gerade diese nur ungern aus der Hand gegeben. Zum Abschluss gab er uns noch von seinen hastig gekritzelten Schutzamuletten.

Natürlich übernahm ich es, Iso zu verständigen. Zu viert gingen wir durch die Öffnung im Schutzwall hinaus, begleitet von einer Abordnung der Dorfältesten, die sich jedoch schon bald zurückzogen. Was uns noch begleitete, war fernes Donnergrollen und Wetterleuchten. Mehrere Unwetter schienen im Kreis um uns zu wandern, wie eine Horde wilder Tiere, die nicht mehr als den ersten Hunger gestillt hatten. Wir mussten damit rechnen, dass uns an diesem Abend noch das eine oder andere Gewitter belästigen würde.

Die Stimmung war unbeschreiblich, die Luft angefüllt mit schweren Gerüchen – dem Gestank von aufgeweichtem Boden und dem schwer zu beschreibenden Duft der Blitze. Auch vom Meer her zog, einem dicken Kissen gleich, langsam eine Schicht unangenehmer Luft über die Hügel. Unsere Schuhe und Hosenbeine waren binnen Kurzem völlig von Schlamm überzogen, und unsere schwerfälligen, klatschenden Schritte klangen wie die einer Gruppe Wasserleichen, die von einem Fluch getrieben aus dem Meer gestiegen war.

Wir sprachen nicht miteinander. Mein Kopf war voll von den Bildern des Gasha-Dokuro, Bilder, die sich bald wieder auffrischen würden. Ich nehme an, den anderen erging es ebenso. Nur Urara gab bisweilen ihre Bemerkungen ab, wenn sie zum Beispiel einen Fischreiher niedrig über den Himmel ziehen sah.

»Er ist noch nicht wach«, war das Erste, was Tatsurô sagte. Wir hatten den höchsten der Hügel erklommen und konnten die Umgebung mit dem Meeresufer und den Dörfern gut überblicken. »Es ist noch nicht dunkel genug.«

Freilich hatten wir Fackeln mitgenommen, vier Stück, und zwei davon entzündeten wir jetzt. Die Dunkelheit kam zügig, unaufhaltsam und sie kam von allen Seiten wie die Gewitter. Es war lächerlich, aber das gab mir das Gefühl, auch das Knochenungeheuer würde von allen Seiten gleichzeitig auf uns einrücken, so als wäre es noch viel größer als gestern. Mit einer Umarmung seiner unendlich langen Arme würde es uns einschließen und uns keine Chance zur Flucht geben.

»Wir greifen an, sobald es erscheint«, befahl Tatsurô. »Vielleicht ist es am Anfang noch schwach.«

Ich stellte mir vor, dass es sich langsam in der Luft bilden würde, ein Nebelhauch zuerst, bis es immer massiver wurde. Meine schweißnasse Hand kramte unter meiner Kleidung nach den O-Fuda. Ich würde mich nicht mit Kleinkram aufhalten, sondern gleich eines der Amulette ziehen, die Isos Kraft enthielten. Seite an Seite mit ihr würde ich auf das Yôkai zustürmen und es mit der doppelten Gewalt ihrer Macht in tausend Stücke schlagen. Was immer ihre Fähigkeit war, ich würde sie intuitiv und schnell lernen, als wäre es meine eigene, denn ich fühlte mich tief verbunden mit ihr. Der eine Tag, den wir uns nun kannten, wog so schwer, als wäre es ein Jahr oder ein halbes Leben.

In Gedanken versunken blickte ich auf das Nachbardorf hinab, suchte die Hütte, in der die Frau gekauert hatte. Doch die armseligen lehmbeschmierten Behausungen hoben sich kaum mehr aus der Dunkelheit ab. Die Dämmerung schloss sich weiter um uns.

»Ich verstehe das nicht«, grummelte der Onmyôsei. »Gestern um diese Zeit war der Bastard doch schon unterwegs.«

Ja, aber heute wartet er, dachte ich. *So wie ich es immer getan habe. Ich habe auf die Sora-no-me gewartet. Er wartet auf die Finsternis. Oder auf das nächste Gewitter. Auf den Regen, der unsere Amulette unbrauchbar macht.*

Plötzlich spürte ich, wie der Grund unter uns bebte. Zuerst wagte ich nicht einmal, etwas zu sagen, denn ich glaubte, meine Aufregung hätte mir die Knie weich werden lassen. Dann hörte ich Urara »Erdbeben« flüstern, und meine Gedanken begannen zu rasen, rund um dieses Wort und rund um die Wels-Eier – also in eine ganz falsche Richtung. Tatsurô stolperte ein paar Schritte den Abhang hinunter, die Fackel erhoben. Vor ihm bäumte sich ein Teil des Hügels auf, er wurde zurückgeschleudert, als sich der Boden unter seinen Füßen aufwarf.

Noch während er stürzte, rief er mit überschnappender Stimme: »Der Gasha-Dokuro!«

Und er täuschte sich nicht. Gebannt beobachteten wir, wie der gewaltige Totenschädel sich aus dem nassen Boden hob. Erde klebte an ihm und ließ ihn wie eine hässliche dunkle Skulptur erscheinen. Als Tatsurô in den Schlamm klatschte, erlosch seine Fackel augenblicklich. Iso, die die zweite brennende Fackel trug, hielt sie mir schnell vor die Nase, damit ich meine daran entzünden konnte. In den endlosen Sekunden, die ich damit beschäftigt war, hievte sich das Ungeheuer vollends aus der Erde.

Seine ehemals fahlweißen Knochen waren von moorigem Schwarz, und auch als meine Fackel endlich brannte, war es gegen den dunklen Himmel kaum auszumachen. Eine riesige, schlammspritzende Knochenhand griff nur einen Schritt neben mir in die Erde, verkrallte sich dort und zog den schweren Brustkorb weiter nach oben, auf uns zu.

Unter uns regierte das Chaos. So hatten wir uns den Angriff des Yôkai nicht vorgestellt! Ich bemerkte, dass Tatsurô auf die Beine kam. Seine Kleidung war auf der Rückseite vollständig von Schlamm bedeckt und von seinen Haaren troff der Schlick.

»Nicht fliehen!«, rief ich, denn in Gedanken sah ich ihn schon den Abhang hinunterschlittern. »Wir müssen angreifen.«

Das O-Fuda, das ich mir zurechtgelegt hatte, hielt ich nun in der Hand. Ich klatschte es gegen meine Stirn und sprach einen kurzen Satz.

»Gyoku-tei-choku-go-shi-sho-fu-chaku-gaku-tsû-ki-den-riki«

Diese Worte bildeten die einzige Zauberformel, die Tatsurô uns beigebracht hatte – und wahrscheinlich die einzige, die wir uns hätten merken können. Es war schwache Magie, deren Wirkung darin bestand, den Papierstreifen an die Stirn zu heften und die Kraft fließen zu lassen. Ich spürte das leichte Ziehen im Kopf, die übliche Begleiterscheinung. Der dunkle Brustkorb des

Gasha-Dokuro kroch mir entgegen, von den Armen gezogen, die sich tief im Erdreich um Wurzeln oder Steine verkrampft hatten. Er war wie ein riesiger Käfig, und am meisten fürchtete ich mich davor, dass dieser Brustkorb sich vom Boden hob und als Gefängnis auf mich herabfiel. Ich wusste nicht, ob ich es bei klarem Verstand überstehen würde, zwischen diesen Rippen eingeschlossen zu sein.

Nur drei Schritte neben mir streckte Iso ihre freie Hand dem Monstrum entgegen. Es sah aus, als wolle sie ihm etwas entgegenschleudern, eine Art Energiestrom vielleicht, etwas, was aus ihrem Inneren kam. Ich nahm eine ähnliche Haltung ein, versuchte mich zu konzentrieren, ob ich eine Kraft in mir spürte, die ich bündeln und auf das Ungeheuer lenken konnte.

Ich spürte nichts. Auch Iso verharrte in ihrer Haltung, ohne dass etwas geschah. Floss die Energie unsichtbar, unfühlbar?

»Beeilung!«, kreischte Tatsurô. »Uns bleibt keine Zeit!« Er selbst hatte sich ebenfalls ein O-Fuda an die Stirn geheftet. Von mir aus war die Aufschrift nicht zu erkennen, aber ich hätte jeden Eid abgelegt, dass es eines der Amulette war, die er mit dem alten Ronta erstellt hatte.

Obwohl ich für einen Moment geglaubt hatte, meinen Blick nie mehr von der schrecklichen Erscheinung des Gasha-Dokuro abwenden zu können, war es nun Iso, die meine Aufmerksamkeit an sich riss. Eben noch hatte ihre entspannte Miene siegessicher gewirkt, jetzt begann sie sich zu verkrampfen. Falten entstanden auf ihrer Stirn, die ich dort nie gesehen hatte, und ich konnte das Knirschen ihrer Zähne durch alle anderen Geräusche hindurchhören. Was war mit ihr? Sie hatte offensichtlich Schwierigkeiten, ihre Fähigkeiten zu aktivieren!

Inzwischen war der Brustkorb des Ungeheuers ein drei Mann hohes Gitter vor mir, und der darauf sitzende Schädel kippte zu mir herunter, die Kiefer geöffnet, gefüllt mit länglichen, faustgroßen Zähnen. Wütend hieb ich mit der Fackel nach dem skelettierten Kopf über mir. Mit der freien Hand drückte ich mir das O-Fuda fester gegen die Stirn und suchte verzweifelt in meinem Inneren nach irgendetwas, was darauf ansprach.

Nichts! Als die Fackel das Kinn des Riesenschädels traf, wurde sie mir aus der Hand geschleudert. Die Zähne kamen auf mich zu, ich sprang zurück, duckte mich und rannte dann in die entgegengesetzte Richtung, nach vorne, auf den Brustkorb zu. Eiskalt durchlief es mich, als ich nach den armdicken Rippen griff, mich daran entlanghangelte und mich an dem Gerippe vorbeiflüchtete, an einen Ort schräg hinter ihm, wo ich wenigstens ein paar Herzschläge lang sicher sein würde.

»Iso! Was ist passiert?«, brüllte ich. Ich schrie auch deshalb so laut, weil es wieder heftiger zu donnern begonnen hatte. Ein Feld weißer Blitze bedeckte den Himmel über uns. Wie ich vermutet hatte: Eines der Gewitter war zurückgekehrt.

Die junge Ama starrte auf ihre Hände, fassungslos, wie es schien.

Fassungslos war ich auch, als ich Tatsurô auf das Skelett losgehen sah, das flatternde O-Fuda auf der Stirn. Er attackierte seinen Gegner von hinten. Irgendwo an der Wirbelsäule klammerte er sich fest, zerrte daran, und tatsächlich stockte die Bewegung des Yôkai. Wahrscheinlich versuchte er, das Skelett über seinen Kopf hinweg nach hinten zu wuchten, doch dazu reichten nicht einmal Rontas erstaunliche Kräfte. Wenn es stimmte, dass der Gasha-Dokuro sich aus der Knochenmasse von Toten zusammensetzte, mussten in diesem mächtigen Körper Dutzende von Menschen stecken.

Tatsurô war entschlossen und er war stark, aber alleine würde er dem Ungeheuer nicht beikommen. Hilfe kam von unerwarteter Seite. Urara hatte sich ebenfalls Rontas Amulett an die Stirn geheftet – das Einzige, das sie von der Sorte besaß. Natürlich: Nicht einmal sie vertraute Iso. Dummerweise nutzte sie ihre Chance nicht richtig. Sie hämmerte johlend mit ihrer noch immer nicht brennenden Fackel auf die Skelettfratze ein. Wäre ihre Waffe ein Schwert gewesen, hätte sie den ungeheuerlichen Schädel damit vermutlich in zwei Hälften spalten können, mit Rontas Kraft in ihren Muskeln. Doch die Fackel brach an dem Unterkiefer der Kreatur ab und die Sache war erledigt. Ich schüttelte den Kopf. Ohne nachzudenken, war ich an Isos Seite gehetzt und legte den Arm um sie.

»Entspann dich«, sagte ich, ohne auch nur ein Quäntchen von der Ruhe in meiner Stimme zu hören, die ich dort gerne gehabt hätte. »Du bist einfach erschöpft. Du hast dir zu viel abver…«

Iso stieß mich von sich. Die rechte Riesenklaue des Gasha-Dokuro schoss in unsere Richtung … und nun zwischen uns beiden hindurch. Hätte Iso weniger geistesgegenwärtig reagiert, hätten wir wohl jetzt im Griff des Monsters geschwebt, weit über den Hügeln, und hätten nichts tun können, als abzuwarten, auf welche Weise es uns töten wollte.

Als wir uns aufrappelten, sah ich Tränen der Enttäuschung in Isos schönen Augen, und mir krampfte sich der Magen zusammen. Wenigstens hatte sie ihre Fackel gerettet – die letzte, die noch brannte. Die Dunkelheit drohte uns zu schlucken. Obwohl Tatsurô und Urara sich in unmittelbarer Nähe aufhalten mussten, konnte ich sie nicht mehr erkennen. Lediglich die Blitze am Himmel wurden heller und zahlreicher, und für kurze Augenblicke rissen sie eine albtraumhafte Welt aus Schlamm und Tod aus der Finsternis, die nach dem Verlöschen der Blitze nur noch dichter schien.

»Sie ist eine verfluchte Betrügerin!«, hörte ich eine hohe Stimme irgendwo im Nichts zetern. Natürlich gehörte sie Tatsurô. »Sie kann nichts! Nichts! Ihre Kraft ist ein einziger großer Schwindel!«

Iso brach schluchzend zusammen, als sie die Worte vernahm, und ich hob sie aus dem Morast, stützte sie und taumelte mit ihr blind in eine Richtung davon, von der ich annahm, dass sie uns von dem Skelettgiganten wegführte. Hass auf Tatsurô stieg in mir auf. Als ob es in diesen Momenten nichts Wichtigeres gegeben hätte, als das arme Mädchen zu beschimpfen! Noch immer stand für mich fest, dass der einzige Schwindel Tatsurô selbst war – ein Onmyôsei, der nicht einmal anständige Schutzamulette zu schreiben verstand.

Hinter uns schrie Urara etwas. Es klang wie: »Lasst uns das Licht!«

Indem wir wegliefen, stahlen wir ihnen die letzte Helligkeit. Und damit die letzte Chance, sich gegen das Ungeheuer zu behaupten. Wir hielten an. Irgendwo vor uns vermutete ich das kleine Ahornwäldchen, doch ich wusste nicht, ob es gut war, dorthin zu fliehen. Ich wollte ja kämpfen, aber mehr als alles andere wollte ich Iso beschützen. Und dazu musste ich sie in Sicherheit bringen. Sie war noch zu schwach, um auf sich selbst aufzupassen. Hatte sich zu viel zugemutet.

Isos Wimmern verwandelte sich in Sprache. »Er hat recht«, war das Erste, was ich verstand. Keine hundert Schritte vor mir glühte ein dicker weißer Blitz, fast gerade, ohne Verästelungen. Er verband den Himmel mit einem der Bäume des Wäldchens, auf das wir zugelaufen waren. Ein Krachen, als würde der Himmel selbst auseinanderbrechen, dröhnte uns entgegen. Baumsplitter wurden durch die Luft geschleudert, Flammen schossen aus dem zerschmetterten Holz und griffen auf die anderen Bäume über. Eine kleine Flamme schien über den Boden davonzujagen, wie ein wendiges kleines Tier, doch schon bald verlosch sie in der Dunkelheit.

»Hast du das gesehen?«, hauchte ich.

Iso ging nicht darauf ein. »Tatsurô hat die Wahrheit gesagt«, beharrte sie. »Ich habe euch belogen. Ich besitze überhaupt keine besonderen Kräfte. Es ist wahr. Ich bin eine Betrügerin!«

Ich glaubte ihr nicht. Sie war durcheinander – wer wäre das in dieser Situation nicht gewesen? Unsere Freunde konnten schon tot sein, und wir selbst hätten es ebenfalls sein können, wenn wir das Wäldchen erreicht hätten, ehe der Blitz dort einschlug.

Tatsurô brüllte in der Ferne. Waren wir schon so weit geflohen? Sein Aufschrei klang, als werde er in hohem Bogen durch die Luft geschleudert, und ein dumpfes Ächzen folgte, als er auf dem Boden aufschlug. Alles in mir verkrampfte sich. Ich musste zurück. Ich konnte die beiden nicht sterben lassen, ohne wenigstens versucht zu haben, sie zu retten.

»Du bleibst hier«, befahl ich Iso. »Gib mir die Fackel. Du wirst sicherer ohne sie sein. Leg dich flach auf den Boden, damit du nicht vom Blitz getroffen wirst.«

Sie gehorchte und schluchzte etwas, was ich nicht verstehen wollte. Trotzdem verstand ich es. In den folgenden Minuten würde ich mir mit aller Gewalt einzureden versuchen, das Mädchen hätte nicht »Lass mich sterben. Ich habe es verdient!« gesagt. Irgendetwas anderes, aber nicht das. Ehe ich sie zurückließ, blitzte das metallische Ding an ihrer Hüfte auf, ich streckte die Hand danach aus und sie reichte es mir. Ihr Muscheleisen, kaum länger als mein Unterarm und stumpf, aber besser als gar keine Waffe. Ich steckte es mir unter die Kleidung.

Mit ihrer Fackel in der Hand lief ich zum Kampfplatz zurück. Der knöcherne Riese war nicht zu verfehlen. Im Schein der über uns zuckenden Blitze konnte ich Urara erkennen, wie sie dem Monster Tatsurôs Amulette entgegenschleuderte. Sie richteten nichts aus. Der gewaltige Schädel schnappte immer wieder nach ihr, und es gab nichts Schrecklicheres, als dabei zuzusehen. Im grellen Licht der Blitze klar und deutlich eine Attacke beobachten zu müssen und dann, in der darauf folgenden Dunkelheit, nicht erkennen zu können, ob Urara den Zähnen entging oder nicht – das war unerträglich.

Ich wusste nicht, ob die Zauberei, die sie vor den Sicheln des Kama-Itachi bewahrt hatte, auch gegen diese riesigen Zähne bestehen würde. Schützte das Zeichen »stumpf« nur ihren Rücken oder ihren ganzen Körper? Und: Würde es einen Unterschied machen, ob diese Zähne scharf waren oder stumpf? Würde das Ungeheuer ihren Körper nicht trotzdem zwischen seinen Kiefern zermalmen?

Von Tatsurô sah und hörte ich nichts mehr. Vielleicht war er schon tot. Oder zumindest kampfunfähig gemacht. Ich hätte auf das Amulett zurückgreifen können, das die Stärke des alten Ronta enthielt. Aber ich war es Iso schuldig, ihre Ehre zu retten. Ich glaubte an sie. Das war alles, was mich interessierte. Wenn ich den Glauben an sie verlor, würde ich auch mein Leben verlieren. Ich pappte mir ein weiteres ihrer O-Fuda an die Stirn, keuchte die Zauberformel und stürzte mich auf das Skelett.

Ich erwischte eine der Knochenklauen. Die Finger kamen mir vor wie Baumstämme. Ich klammerte mich fest, als ich in die Luft gehoben wurde, versuchte irgendetwas zu tun und wusste doch nicht, was. Isos

Energie musste eine so titanische Kraft bergen, dass sie schwer zu entfesseln war. Was war der Schlüssel, um sie fließen zu lassen? Das Feuer der Fackel leckte über mein Gesicht und ich ließ sie los, um mich besser festhalten zu können. Sie wirbelte davon, prallte auf den Boden und brannte dort schwach weiter. Für einen Moment sah ich die Welt von oben, wie ein Vogel. Die Hand des Gasha-Dokuro hatte mich in den Himmel gehoben. Über mir webte das Gewitter ein gespenstisches Netz aus weißem Licht auf die Wolken, unter mir bewegte sich der Totenschädel. Schlamm spritzte in riesigen Fontänen bis zu mir auf, wenn das Skelett sich durch die Erde wühlte. Für einen kurzen Moment sah ich Urara. Sie kauerte auf der Erde, lebendig, aber verwundet, geschlagen, am Ende ihrer Kräfte. Es sah aus, als klebten mehrere O-Fuda übereinander und nebeneinander auf ihrer Stirn, zerfetzt und schlammbesudelt. Wirkungslos.

Tatsurô kam erst in mein Blickfeld, als die Knochenklaue mich abschüttelte. Einen Augenblick konnte ich mich noch festhalten wie ein Reiter auf einem bockigen Pferd, doch dann wurde die Fliehkraft zu stark und riss mich aus dem Sattel. Ich stürzte durch die Luft, ruderte mit Armen und Beinen und kollidierte schließlich mit dem auf mich zurasenden Erdboden. Nur die schlammige Nässe rettete mir das Leben.

Mein Körper fühlte sich an wie ein Sack voller Schmerzen. Ich habe erwähnt, dass ich Tatsurô sah. Er lag nur wenige Ken entfernt von mir auf der Erde. Der Gasha-Dokuro musste ihn herabgeschleudert haben wie mich und in dieselbe Richtung. Vielleicht wollte er uns beieinanderhaben, damit er uns später wieder fand, um uns endgültig zu erledigen.

Nachdem er Urara getötet hatte.

Und als Letztes kam wohl Iso an die Reihe.

Meine arme Iso.

»Hayate?«, stöhnte der Onmyôsei und ich gab ein bejahendes Ächzen von mir. »Hayate. Hast du den Blitz gesehen da unten, im Wäldchen?«

Diesmal konnte ich »Ja« sagen.

»Das Feuer, das über den Boden lief wie ein kleines Tier? Weißt du, was das ist?«

Wie sollte ich? Ich hatte es für eine Sinnestäuschung gehalten. Und mittlerweile ohnehin vergessen. Ich konnte nur an den vierfachen Tod denken, der auf uns wartete. Am meisten schmerzte mich, dass Urara und Iso sterben mussten. Um Tatsurô und mich war es vielleicht nicht schade, aber die beiden Frauen ...

»Man nennt das einen Kuronbô«, erklärte der Onmyôsei. »Er gehört zu den Gewittertieren. Das sind Wesen, die bei einem Blitzeinschlag entstehen.«

Schön. Wirklich schön, dass es so etwas gab. Es war eine wunderliche, verrückte Welt, die wir gleich verlassen mussten. Blieb abzuwarten, wie jene aussah, die wir anschließend betreten würden. Und ob wir dort die Menschen wieder trafen, die uns etwas bedeuteten.

Tatsurô ließ sich in seinem Mitteilungsbedürfnis von meinem Schweigen nicht bremsen. »Es sind kleine, schlanke Hunde. Sie haben einen rötlich gelben Streifen auf der Brust.«

Mit diesen Worten schaffte er es plötzlich, mein Interesse zu wecken. Die Wesen, die er beschrieb, hatte ich gesehen, mehrmals, zuletzt in der Nähe der Sänfte, in der der teefarbene Schatten reiste.

»Die Kuronbô sind ausgezeichnete Kundschafter und Boten. Man sagt, besondere Menschen könnten mit ihnen kommunizieren. Ein Onmyôji zum Beispiel vermag ihnen Informationen zu entlocken. Sie sind sozusagen seine Augen und Ohren.«

Seine Augen und Ohren ... Jetzt begriff ich, wie der teefarbene Schatten gewusst haben konnte, wer ich war, was ich tat und wo ich mich befand. Diese kleinen, flinken Hunde hatten mich beobachtet.

Allmählich ging mir auch auf, warum Tatsurô so begeistert über sie dozierte, obwohl wir doch weiß Gott andere Sorgen hatten. Er hoffte auf Rettung. Bildete sich ein, der Kuronbô, der bei dem Einschlag eben entstanden war, würde einen Onmyôji herbeirufen, der uns den Gasha-Dokuro vom Hals schaffte. Lächerlich! Ebenso gut könnten wir hoffen, dass plötzlich, kurz nach Einbruch der Nacht, die Sonne wieder aufginge. Die Onmyôji lagen zu dieser Stunde bestimmt schon in ihren Schlafräumen am Hof vom Heian und träumten davon, die schaurigsten Ungetüme mit ein paar lässig dahingeschnippten Papierfetzen zu vernichten, ohne dabei ihre kostbare Kleidung in Unordnung zu bringen. Der einzige Kuronbô-Flüsterer, der sich in dieser Ecke des Landes aufhalten mochte, war der teefarbene Schatten, und der würde gewiss nicht zu unserer Rettung eilen.

Ich kämpfte mich hoch, stand wackelig auf den Beinen. Dann half ich Tatsurô auf, der in seinen langen, mit Schlick bedeckten Kleidern wie ein Moormonster aussah. Das Gewitter tobte über uns, ohne dass ein Tropfen Regen fiel. »Urara stirbt«, sagte ich deprimiert, weil ich wusste, dass ich nichts daran ändern konnte. »Ich gehe und kämpfe.« Dabei zog ich das Muscheleisen hervor. Von Papieramuletten hatte ich genug. Ich hasste sie geradezu, fühlte mich von ihnen im Stich gelassen.

Tatsurôs fiebrige Augen sahen mich aus dem schlammverschmierten Gesicht heraus an. Mit einer erstaunlich schnellen Bewegung griff er nach dem gebogenen Eisenstück, entwand es mir. Und rannte los, auf den Gasha-Dokuro zu.

Das Ungeheuer hatte sich uns zugewandt.

»Ihr seid verrückt!«, rief ich, und dann noch einmal: »Meister, Ihr seid des Wahnsinns!«

Dass er durchaus wusste, was er tat, erkannte ich einen Moment später.

Der Gasha-Dokuro krallte seine Hände in die Erde und rutschte auf uns zu, den Hang herab. Sein gigantischer Brustkorb pflügte eine breite Rinne in den Boden und der Schädel ruckte herab, die Kiefer geöffnet. Fauliger Atem füllte die Luft.

»Nein!«, brüllte ich.

Tatsurô tat schon wieder etwas Unerwartetes. Anstatt wenigstens mit dem Muscheleisen zuzuschlagen, steckte er es sich in den Ärmel. Und anstatt dem mörderischen Angriff der Riesenkiefer auszuweichen, sprang er dem Schädel geradewegs entgegen! Für einen Augenblick klammerten sich seine Hände an das Gebiss, doch dort blieben sie nicht. Er hievte sich mit einem entschlossenen Ruck, in dem er bestimmt seine letzten Kräfte bündelte, nach oben, stützte sich mit den Füßen am Kiefer ab und fand mit den Händen einen neuen Halt in der klaffenden schwarzen Nasenöffnung. Die Kiefer schlossen sich kraftvoll, doch zu spät – im letzten Moment hatte der Onmyôsei seine Füße in Sicherheit gebracht, und die Zähne erwischten nur noch eine Ecke seines schmutzigen Gewandes. Es ratschte, als der Stoff zerriss.

Ehe der Gasha-Dokuro ihn durch Kopfschütteln abwerfen konnte, hatte sich Tatsurô in dessen linke Augenhöhle verkrochen. Sie war gerade groß genug, um sich hineinzuquetschen, und in der Enge dieser Höhle steckte er nun so fest, dass er nicht mehr herauszuschütteln war.

Ich glaubte, er würde versuchen, den Schädel des Ungetüms von innen mit dem Muscheleisen aufzumeißeln, und ich war sicher, dass ihm das nicht gelingen konnte. Jammerschade, nachdem er so grandios über sich selbst hinausgewachsen war, sich zu einem wahren Helden gemausert und mich, der ich immer nur den Trottel in ihm sah, tödlich beschämt hatte.

Doch Tatsurôs Plan war ein ganz anderer. Ein furchtbarer, wahnwitziger Plan, der mir zeigte, was Mut wirklich war. Er streckte das Muscheleisen von sich, weit aus der Augenhöhle heraus. Dazu krähte er Tô-Zauberformeln in die Nacht, die so entsetzlich klangen, als kündige jemand den eigenen Tod an.

Und nicht viel anderes tat er.

Offenbar war dem Gasha-Dokuro eingefallen, dass er sich den lästigen Passagier auch anders vom Hals schaffen konnte als durch Hin- und Herschütteln des riesigen Kopfes. Eine Klaue des Ungeheuers näherte sich der Augenhöhle, bereit, den Menschen mit dem monströsen Zeigefinger herauszustochern.

Ehe sie ihn jedoch erreichen konnte, ging Tatsurôs Plan auf.

Der Himmel spuckte einen gleißenden, fetten Blitz aus. Wie ein Geisterwurm in einer violetten Aura stand er für einen Augenblick vor den schwarzen Wolken. Der Wurm endete in dem Muscheleisen, das Tatsurô emporgestreckt hielt, und dieses glühte auf.

Ich warf mich zu Boden, verschloss instinktiv meine Ohren. Dennoch konnte ich das Krachen hören, das Bersten und Knacken von Knochen, das Dröhnen.

Und den Schrei des Onmyôsei.

Der Gasha-Dokuro flog in achthundert Teilen über mich hinweg, ein Orkan bestehend aus den Knochen der Verhungerten. Die Geräusche waren vielfältig und dauerten einige Sekunden lang an. Der Knochensturm hatte die Splitter in die Hügel gebohrt, kleinere Bäume gefällt und an ein, zwei Stellen sogar Erdrutsche verursacht.

Als ich mich umsah, war die Wiese mit Knochen übersät. Der Gasha-Dokuro existierte nicht mehr. Was mit Tatsurô geschehen war, darüber wagte ich nicht nachzudenken.

Erschöpft und von einer schrecklichen Leere erfüllt,

erhob ich mich und stapfte gebeugt über den Hügel. Eine lähmende Müdigkeit breitete sich in mir aus, und es war, als fordere all der Schlaf, den ich in meinem Leben versäumt hatte, nun sein Recht.

In der von Blitzen zerrissenen Dunkelheit wirkten die gewaltigen Spuren, die das Ungeheuer hinterlassen hatte, wie Bestandteile einer anderen Realität. In einer fünf Ken breiten Rinne ging ich schwerfällig die Böschung hinauf und in dieser Rinne fand ich auch Urara. Sie war ohnmächtig, aber sie lebte. Soweit ich feststellen konnte, wies ihr Körper keine Schnittverletzungen auf. Offenbar hatten ihr Zähne und Klauen des Gasha-Dokuro tatsächlich nichts anhaben können. Gegen den heftigen Schlag jedoch, der ihr Bewusstsein ausgelöscht haben musste, hatte sie das magische Zeichen auf ihrem Rücken nicht geschützt. Ich legte sie mir über die Schulter und schwankte weiter.

Iso kam mir eilig aus der Dunkelheit entgegen. Als ihr Gesicht ganz dicht vor mir war, sah ich, dass sie noch immer weinte. Obwohl keine Tränen mehr kamen, waren ihre Züge so sehr von Weinkrämpfen verzerrt, dass ich sie kaum wiedererkannte. »Ich bin eine Betrügerin«, wimmerte sie, ihre Worte kaum verständlich. »Und es ist meine Schuld, dass der Onmyôsei sterben musste ...«

Noch immer weigerte ich mich, ihr zu glauben. Ich glaubte ihr ja, aber nicht dieser Iso, sondern der anderen, der alten, der Iso, die vor Selbstbewusstsein und Tapferkeit gestrotzt und mich mitgerissen hatte. »Du bist nicht schuld«, presste ich hervor, einfach, um sie zu trösten. »Ich bin schuld. Suchen wir seine Leiche.«

Gemeinsam machten wir uns auf die Suche. Und fanden sie nicht. Nicht seine Leiche.

Wir fanden nur einen Tatsurô, der lebte.

Seine Kleidung war teilweise verschmort, seine Haare verkohlt, sein Körper mit Brandwunden übersät und die Hand, in der er das Muscheleisen gehalten hatte, eine einzige blutende Wunde. Sein Gesicht schien um Jahrzehnte gealtert, die Adern traten hervor und die Geschwulst an seinem Kinn war nur ein Ascherest, der abfiel, als er den Kopf hin und her warf. Seine Augen waren einen Spaltbreit geöffnet, sein Mund ebenfalls.

»Wasser«, stöhnte er sehr, sehr leise, und als er keines bekam: »Nur ein ... Schluck ... ein ... Schluck ...«

»Ich habe keines bei mir«, sagte ich mit belegter Stimme. »Aber ich schwöre Euch, ich werde auf dem schnellsten Weg welches besorgen, und dann könnt Ihr trinken, so viel ihr wollt, *Meister* ...«

Uraras reglosen Körper hatte ich neben ihn gelegt und ich bat Iso, bei den beiden zu wachen, bis ich wieder zurück war. Ich würde auf dem schnellsten Weg ins Dorf eilen, Wasser besorgen und jemanden auftreiben, der sich auf die Versorgung von Wunden verstand.

Das war mein einfacher Plan – weiter in die Zukunft konnte und wollte ich nicht denken.

Doch ich kam nicht weit. In der Senke, die ich zu passieren hatte, stand etwas, was vorher noch nicht da gewesen war. Eine dunkle Sänfte mit silbernen Verzierungen. Die Drachen und Phönixe aus Metall reflektierten das Licht der Blitze wie Spiegel. Zu sagen, sie hätten dadurch wie lebendige Wesen ausgesehen, hätte es nicht getroffen. Aber sie sahen aus, als wären sie kunstvoll geformte Löcher, durch die eine silberweiße, eiskalte Energie aus dem Inneren der Sänfte nach außen strömte.

Ja, ich sah es jetzt. Sie leuchteten auch, wenn es nicht blitzte. Und wieder schwebte die Sänfte, von unsichtbaren Trägern gehalten.

Ich blieb am Hang stehen, wartete darauf, dass sich die Tür öffnen würde. Eine Hand legte sich auf meine Schulter, und ich konnte nicht verhindern, dass sich ein Schrei aus meiner Kehle löste.

Der Reisende war längst ausgestiegen.

Der teefarbene Schatten stand neben mir. Und diesmal war er wirklich ein Schatten. Er hatte nicht die Farbe von Tee und nicht irgendeine andere. Er war einfach nur ein finsteres Loch mit den Konturen eines Menschen, schwärzer als die Finsternis. Denn er reflektierte die Blitze nicht.

24

Wir sollten uns um die Verletzten kümmern«, sprach er mit seiner vollen Stimme. Sie klang bedrohlicher, animalischer als zuvor. Kleine, dunkle Echos begleiteten sie, die vielleicht zu erklären gewesen wären, wenn wir uns in einer Höhle aufgehalten hätten.

Ich brauchte einen Moment, um meine Gedanken zu ordnen, dann war ich bereit, genau an der Stelle anzuknüpfen, an der wir uns vor wenigen Tagen getrennt hatten. Ich, ein unerschrockener Kämpfer, der seine zerstörerische Macht nicht fürchtete, sondern dem Schurken, der er war, aufrecht und heldenhaft die Stirn bot. »Es war Eure Kreatur, die die beiden so zugerichtet hat. Wenn Ihr unter ›um sie kümmern‹ versteht, dass Ihr ihnen den letzten Rest Leben noch nehmen wollt, dann«, ich reckte nervös die Schultern, »müsst Ihr als Erstes mich töten.«

»Ich habe euch nicht befohlen, den Gasha-Dokuro zu attackieren. Ihr hättet ihn besser in Frieden gelassen.« Seine Worte kamen knapp und herrisch. Er ging mit schweren Schritten die Böschung hinauf, an mir vorbei. Zwei dünne schwarze Hunde – Kuronbô – wuselten zu seinen Füßen umher. Gewiss waren sie es gewesen, die ihm unsere Position verraten hatten.

»Ein Yôkai in Frieden lassen?«, meinte ich mit bitterem Spott. »Und zusehen, wie es die Dörfer auslöscht?«

»Der Gasha-Dokuro hat niemandem etwas getan, der ihm nicht zu nahe kam«, behauptete er. »Eher löschen die Dörfer sich gegenseitig aus. Frag doch deine Freundin. Sie kann dir zu diesem Thema einiges berichten, vorausgesetzt, sie nimmt nicht wieder Zuflucht in ihre Lügengeschichten.«

Mit drei Schritten war ich bei ihm. Hätte ich das Muscheleisen bei mir gehabt, ich hätte vermutlich versucht es ihm über den Schädel zu ziehen. So packte ich seinen dunklen Mantel und er blieb stehen.

»Einst habe ich dir einen Rat gegeben«, wisperte er mir zu. »Warum hast du ihn nicht befolgt?« Er wartete nicht auf meine Antwort, die ohnehin nicht gekommen wäre, sondern nahm zwei Papierstreifen aus seinem Ärmel, die sich knisternd entzündeten, als er sie ein wenig hin und her schwenkte. Einen davon reichte er mir. Ich konnte ihn nicht anfassen, denn es gab keinen Griff, keine Stelle, die nicht brannte, nur Feuer. »Nimm es«, befahl er. »Es wird dir nichts tun.«

Unter den Flammen war tatsächlich das Papier zu spüren. Es war heiß, aber nicht so heiß, dass es meine Haut verbrannt hätte. Ich ließ seinen Mantel los und folgte ihm den Hügel hinauf. Der verrückte Gedanke, dass er meinen Begleitern womöglich doch helfen wollte, machte es mir unmöglich, ihn noch länger aufzuhalten. Ich wusste nicht, ob Tatsurô bei seinen schweren Verletzungen lange durchhalten würde. Ein Blitz war mitten durch ihn hindurchgegangen, und vielleicht war es nur der Starrsinn des Onmyôsei, der sein Leben noch um ein paar Minuten verlängerte.

»Die Dummheit von euch Bauern und Handwerkern ist unbeschreiblich«, murrte der teefarbene Schatten und gab sich sichtliche Mühe, nicht auf die überall verstreuten Knochen zu treten. »Ihr beklagt, die Onmyôji würden nichts für euch tun, und wenn einer von ihnen für euch kämpft, stellt ihr euch trotzig gegen ihn.«

»Ihr seid kein Onmyôji«, bellte ich. Unter meinem Fuß knackte es, und er funkelte mich tadelnd an. *Leichenschänder*, sagte sein Blick.

»Ich *war* ein Onmyôji.«

Ich konnte mich nur zur Hälfte auf unser Gespräch konzentrieren. Das Feuer in meiner Hand machte mich unruhig. Noch immer wartete ich auf den brennenden Schmerz. »Der Mikado hat Euch entlassen«, zischte ich böse.

»Das hat er«, gestand der Schatten überraschend.

»Dann wird er seine Gründe gehabt haben.«

»Der Mikado irrt nie«, stimmte er zu. »Seine Entscheidung war richtig.«

Ich spürte das Wimmeln der beiden Kuronbô um meine Füße, und auch wenn ich im Allgemeinen nichts gegen Hunde hatte, war es mir in dieser Situation unangenehm. Es verstärkte nur meinen Eindruck, vollkommen in der Macht des teefarbenen Schattens zu sein.

»Es ging darum, die Hauptstadt zu verlegen, von Heijô nach Nagaoka.« Der groß gewachsene Mann machte weite Schritte über die Knochen hinweg. Wir näherten uns der Stelle, an der ich Tatsurô und Urara zurückgelassen hatte, dazu Iso als Wache. »Nagaoka war ein günstiger Ort, aus der Sicht des Feng-Shui. Berge, Flüsse, Ebenen – alles war am rechten Ort, so wie es die alten Schriften der Wissenschaften vorgaben. Deshalb rieten zwei Onmyôji dem Kaiser, die Hauptstadt nach Nagaoka zu verlegen.«

»Ihr nicht?«

»Ich nicht. Denn ich hatte bei meinen Inspektionen in Nagaoka eine große Gefahr entdeckt, die den Ort verpestete. Auch den beiden anderen Onmyôji war sie nicht verborgen geblieben, doch sie unterschätzten die Bedrohung und glaubten, sie ließe sich leicht beseitigen.«

Ein gutes Stück vor uns tauchte Isos Silhouette auf. Die junge Frau ging ruhelos um die beiden Liegenden herum. Sie wusste nichts mit ihnen anzufangen, war zu sehr mit sich selbst beschäftigt, um sich ihrer anzunehmen.

»In Nagaoka wohnte ein Yôkai«, stieß der teefarbene Schatten scharf hervor, als verzehre ihn bis heute der Hass, wenn er sich daran erinnerte. »Eine Bestie, wie ich nie eine zweite erlebt habe. Ein mächtiges Geschöpf, bereit, den Kaiser und den ganzen Hof in den Untergang zu stürzen.« Er atmete tief ein und wieder aus, und es klang wie das Schnauben eines Pferdes. »Eine Frau. Glaub mir, weibliche Yôkai sind die schlimmsten von allen ...«

Die lodernde Wut, die plötzlich von ihm ausging, entsetzte mich, und ich fragte mich, ob es nicht dumm von mir gewesen war, anzunehmen, dieser Mann könnte Tatsurô und Urara helfen wollen.

»Jahrelang habe ich gegen diese Dämonin gekämpft«, knurrte er. »Und doch konnte ich nicht verhindern, dass sie ihre Krallen nach dem Kaiserhof ausstreckte. Es gelang ihr, die einzigen beiden Frauen zu töten, die dem Mikado etwas bedeuteten: seine Gattin und seine Mutter. Außerdem schickte sie dem Kaiser selbst eine schwere und langwierige Krankheit. Das tat sie, um sich anschließend an seine Seite zu stehlen. Der geschwächte, trauernde Mikado sollte ihr verfallen und sie würde die Macht im Reich übernehmen. Ein Yôkai an der Spitze unseres Volkes!« Mit einem Aufschrei der Wut schleuderte er das brennende O-Fuda zu Boden. Die Flammen erloschen nicht, sondern pflanzten sich fort, zogen eine Spur über den nassen Boden, eine Linie, die bis zu der Stelle reichte, wo sich Iso und die beiden Verwundeten befanden. Es roch streng, aber nicht nach brennendem Papier, sondern nach ... brennenden Kräutern. »Dabei versuchte die Dämonin zuerst sogar zu verhindern, dass ihr Revier Nagaoka zur Kaiserstadt würde! Sie fürchtete sich, denn sie spürte, dass mit dem Kaiserhof jemand nach Nagaoka kommen würde, der gefährlich für sie war. Jemand, der die Macht hatte, sie zu vernichten.«

»Ein Onmyôji!«, rief ich. Inzwischen hatten wir Iso erreicht. Ihre Blicke sprangen zwischen uns hin und her. Den teefarbenen Schatten sah sie ja nicht zum ersten Mal.

»Kein Onmyôji«, gab dieser hart zurück. »Die Onmyôji waren zu schwach. Zwei von ihnen nahmen den Kampf mit ihr erst gar nicht auf, der dritte«, es war klar, dass er von sich selbst sprach, »schaffte es am Ende, sie zu schwächen, ihr ihre Kräfte zu nehmen, aber nicht, sie zu töten.«

»Die Dämonin existiert noch?«, fragte ich schaudernd.

Er nickte. »Sie ist auf der Flucht. Aber ihre Flucht hat sie in unsere Nähe getrieben. Meine Kuronbô haben ihre Witterung längst aufgenommen.« Er sah Iso mit festem Blick an, und für eine Sekunde glaubte ich, er wolle damit ausdrücken, dass sie die Dämonin war. Doch dann wandte er sich glücklicherweise von ihr ab und dem liegenden Tatsurô zu, der noch immer bei Bewusstsein war und uns aus halb geöffneten Augen ansah. Es war schwer, zu sagen, ob ihm klar wurde, wen er vor sich hatte.

Während der teefarbene Schatten seine Verletzungen begutachtete, fuhr er mit seiner Geschichte fort: »Da sie verhindern wollte, dass der Hof und die damit verbundene Bedrohung nach Nagaoka kam, ließ sie den Bauleiter umbringen. Sein Name war Fujiwara no Tanetsugu und er starb durch einen Pfeilschuss aus dem Hinterhalt.«

»Ich habe von dem Attentat gehört. Es geschah in dem Jahr, in dem ich geboren wurde. Hieß es nicht, der Kronprinz sei in den Mord verwickelt?«

»Die Dämonin ließ es so aussehen. Am Kaiserhof brauchte man schnell ein paar Schuldige, um Kompetenz zu demonstrieren. Die Dämonin benutzte keine direkte Magie für den Mord an Tanetsugu, denn sie wusste genau, dass die Onmyôji den Toten später untersuchen und auf jegliche Spur von Zauberei aufmerksam werden würden. Daher packte sie es anders an. Sie brachte einen Mann in ihre Gewalt, der fortan sein Leben vollkommen unter ihrer Kontrolle verbringen würde – sozusagen in einem Zustand endloser Hypnose. Ihn ließ sie das Attentat auf den Bauleiter von Nagaoka verüben. Doch der Kaiser war davon nicht beeindruckt. Er trieb die Bauarbeiten weiter voran. Und besiegelte damit, ohne es zu ahnen, den Tod seiner Gemahlin und seiner Mutter. Als die Dämonin nämlich sah, dass sie den Umzug nicht aufhalten konnte, erwachte ihr Hunger nach Macht. Sie tötete die beiden wichtigsten Frauen im Reich, um selbst an ihre Stelle zu treten.«

»Und die Bedrohung, die die Dämonin gespürt hatte? Was wurde aus ihr?«

»Diese Bedrohung war noch nicht reif. Zu einem späteren Zeitpunkt hätte sie die Dämonin vielleicht vernichten können, doch ehe es dazu kam …«

»Geschah, was?«

Der Schatten wandte mir die grimmigste Grimasse zu, die ich auf seinem Gesicht je gesehen hatte. »Halte deinen Fragen im Zaum, junger Mann! Siehst du nicht, dass dieser Onmyôsei rasche Hilfe braucht?«

»Ein … Schluck … Wasser«, röchelte Tatsurô und ich verstummte schuldbewusst. Einige Minuten lang beschäftigte sich der Schatten schweigend mit dem Verwundeten. Er strich über seinen Körper, legte ihm Amulette aus Papier und Leder in den Mund und besprach die schwer verletzte Hand mit kurzen, stakkatoartig hervorgestoßenen Sprüchen. Wie schon einmal glaubte ich auch jetzt Schriftzeichen wie Rauchfiguren aus seinem Mund schießen zu sehen. Sie zerplatzten an Tatsurôs Hand – Haut und Fleisch schienen sich dabei zu verändern, wurden weiß und papierartig, als wachse eine Masse darüber, die sich erst allmählich in echte menschliche Haut verwandelte. Die Gewitter verzogen sich, das Donnern wanderte in weite Ferne und die Blitze wurden zu blassem Wetterleuchten.

»Siehst du, Junge?«, richtete der teefarbene Schatten das Wort wieder an mich. Auf Tatsurôs Gesicht war ein entspannter Ausdruck erschienen. »Ich bin jemand, der Gutes tut. Wenn man mich lässt, so wie dieser vernünftige Mann hier.«

»Damit ich das glaube, muss ich erst die ganzen Hintergründe kennen«, maulte ich. »Ihr habt mir längst noch nicht alles erzählt.«

Er lachte höhnisch. »Und woher willst du wissen, dass du die Zusammenhänge überhaupt begreifen würdest? Wo dein Ameisenhirn doch nicht einmal einen einfachen Ratschlag versteht!«

»Ein Ameisenhirn hat derjenige, der einem Menschen befehlen möchte, ohne ihm zu erklären, welcher Sinn sich hinter dem Befehl verbirgt«, kläffte ich, und sein Schmunzeln veränderte sich, wurde anerkennender, ohne freundlicher zu werden.

»Also gut. Wir haben etwas Zeit. Warum verplempern wir sie nicht mit kurzweiligem Geschichtenerzählen? Womit soll ich beginnen? Vielleicht mit den Wels-Eiern? Mit dem geheimen Buch? Mit dem veilchenfarbenen Schatten? Mit dem aschefarbenen Schatten?«

»Aschefarben? Von dem habe ich nie etwas gehört.«

»Ja, aber ich habe dir bereits verraten, dass es drei Onmyôji waren, die damals mit dem Mikado über den Umzug der Kaiserstadt beratschlagten.«

»Einer riet dem Kaiser ab. Das wart Ihr!«, sagte ich schnell, um ihm zu beweisen, wie gut ich aufgepasst hatte. »Aber er entließ Euch dennoch aus seinen Diensten.«

»Ich hatte ihm nicht vehement genug abgeraten. Ich wollte dem Kaiser die Entscheidung nicht aufzwingen, obwohl ich wusste, dass der Umzug entsetzliche Konsequenzen haben würde. Als der Tod Einzug in seine Familie hielt, bestrafte er meine Zurückhaltung. Zu Recht.«

»Und Ihr wurdet zu einem ... Schatten. Flüchtig, dunkel und vage.« Ich stellte mich zu Iso, legte einen Arm um sie.

»Das ist nicht richtig. Man nennt uns nicht deshalb Schatten, weil wir flüchtig und vage sind. Der Name ›Schatten‹ bezeichnet ehemalige Onmyôji. Aus diesem Amt wird man nicht ehrenvoll entlassen. Unsere Nachfolger sagen, wir lasteten wie dunkle Schatten auf dem Kaiserhof. Wir halten uns nicht mehr dort auf, aber die Erinnerung an uns ist noch lebendig. Und mit der Erinnerung die Schande. Und die Drohung. Wir sind lebende Beispiele dafür, wie schnell ein Onmyôji beim Mikado in Ungnade fallen kann. Wie schnell ein schwerwiegender Fehler gemacht ist.«

»Dann gehört der veilchenfarbene Schatten, der die Sora-no-me gegründet hat, zu den anderen beiden?«

»Zu denen, die dem Kaiser zu Nagaoka geraten haben, ja. Den zweiten nennt man den aschefarbenen Schatten. Die Namen beziehen sich auf die Farbe unserer Tuniken.«

Eines verstand ich nicht. »Die Sora-no-me wurden doch gegründet, um dem Schrecken Einhalt zu gebieten, den Ihr sät.«

»Nein«, erwiderte der Schatten kalt. »Der veilchenfarbene Schatten hat eure Organisation nur aus einem einzigen Grund geschaffen – um seine eigenen Rachepläne zu verwirklichen.«

»Rachepläne? Das ist lächerlich!«, herrschte ich ihn an. »Ohne die Sora-no-me wären zahllose Menschen den Yôkai zum Opfer gefallen, die Ihr gerufen habt!«

»Es wäre überhaupt niemand den Yôkai zum Opfer gefallen, wenn die Menschen sich von ihnen fernhalten würden. Sieh dir den Gasha-Dokuro an! Er konnte seine Hügel nicht verlassen. Niemand in den Dörfern hatte etwas von ihm zu befürchten.«

»Und das Kama-Itachi?«, warf ich ihm entgegen. »Es hat eine ganze Siedlung verwüstet.«

»Das Kama-Itachi war eine meiner gefährlichsten Waffen. Ich habe große Hoffnungen darauf gesetzt, weißt du? Mächtige Waffen fordern mitunter kleine Opfer. Soweit ich informiert bin, haben ein paar Leute Kratzer davongetragen. Richtig attackiert hat das Wiesel erst, als es sich durch eure Ankunft bedroht fühlte. Es vereinigt den Instinkt eines wilden Tieres mit dem eines Yôkai. Es wusste, dass ihr kommt, um es zu vernichten.«

»Ihr sprecht von Waffen. Waffen wogegen?«

»Gegen das Grauen, das uns erwartet, wenn die beiden Schatten ihre Rachewünsche in die Tat umsetzen. Seit sie vom Kaiser in Schimpf und Schande entlassen wurden, schäumen sie vor Wut. Ihre einzigen beiden Ziele sind der Tod des Mikados und der Untergang des ganzen Reiches.«

»Ich ... kann das nicht glauben.«

»Wie ich bereits sagte: Du bist nicht imstande, die einfachsten Zusammenhänge zu begreifen!«

Iso nahm meine Hand und drückte sie. »Ich glaube, er hat recht«, wisperte sie. »Die Yôkai, die er geweckt hat, haben uns nichts getan. Wir selbst waren es, die uns Unheil zufügten.«

»Wie meinst du das?«, wollte ich wissen, doch Iso schwieg.

Der Schatten antwortete an ihrer Stelle. »Es fällt den schwachen kleinen Leuten schwer, die Wahrheit auszusprechen, auch wenn ihr Lügengebäude bereits in sich zusammengefallen ist. Den Gasha-Dokuro habe ich nicht geschaffen. Er war längst hier. Ich habe ihn lediglich noch einmal wach gerüttelt wie all die anderen Yôkai auch.«

»Aber wieso war dieses ... Monster hier?«

»Seit Jahren verstehen sich die Leute aus dem Dorf dieser jungen Dame darin, die Küste leer zu fischen. Den anderen in den Nachbardörfern bleibt nicht viel, um sich und ihre Kinder zu ernähren.«

»Wir sind besser und tüchtiger«, murmelte Iso beinahe lautlos.

»Ohne Frage. Das seid ihr. Und deshalb lebt ihr im

Überfluss, auch in den fischarmen Jahren, von denen es in letzter Zeit viele gab. Weil ihr glaubt, dass eure Überlegenheit von den Göttern gewollt ist. Das gibt euch die Kraft, mit anzusehen, wie Menschen ein paar Steinwürfe von euch den Hungertod sterben. Hunderte starben über die Jahre hier auf den Hügeln, weil sie Almosen von euch wollten, einen Teil eurer reichen Erträge.«

»Aus den Knochen der Verhungerten … entsteht der Gasha-Dokuro«, keuchte Tatsurô, der damit bewies, dass er das Gespräch durchaus verfolgt hatte. Unablässig betastete er seine verwundete Hand, die noch immer wie Papier aussah und sich auch so anfühlen musste.

Die Eröffnung hatte mich schockiert, und ohne es zu wollen, lockerte ich meinen Griff um Isos Schulter. Die Bilder der abgemagerten Menschen, denen wir im Nachbardorf begegnet waren, geisterten durch meinen Kopf. Wenn Iso und die anderen ihnen tatsächlich ihre Hilfe versagt hatten …

»Vor etwas über zwei Jahren fasste der veilchenfarbene Schatten einen Plan, wie er das Reich und den Palast zerstören würde. Dabei war es nicht einmal sein eigener Einfall. Die Grundidee dazu fand er in dem geheimen Buch, das er wie einen Schatz hegte. Wie seinen einzigen Schatz – hatte er doch seinen anderen Schatz verloren. Doch er war nicht der Einzige, der es gelesen hatte. Die beiden anderen Schatten kannten es in- und auswendig. Wir hatten lange Zeit Gelegenheit, es einzusehen. Und da ich erriet, welche der vielen in dem Buch verzeichneten Möglichkeiten zu seinem persönlichen Geschmack passte, ahnte ich voraus, was geschehen würde. Ich behielt den Biwa-See im Auge. Dort leben die Riesenwelse.«

»Erdbebenfische«, platzte Iso heraus.

Der Schatten nickte. »Er hatte tatsächlich vor, die Eier zu stehlen. In ihnen wohnte die Kraft, die Erde beben zu lassen. Vermutlich wollte er sie an wichtigen Punkten im Reich platzieren, wo sie dann die Katastrophe auslösen sollten. Damit hoffte er, das Land verwüsten zu können.«

»Dann war Ukyôs Auftraggeber also niemand anderes als der veilchenfarbene Schatten!«

»Wer sonst? Zum Glück gelang es mir, sein Vorhaben zu vereiteln. Ich war rechtzeitig auf Ukyôs Boot, als die drei Taucherinnen die Eier heraufbrachten, und konnte sie an mich nehmen. Damit bewahrte ich das Reich vor dem Untergang. Eines der Beben hätte gewiss den Kaiserpalast zerstört.«

»Müsstet Ihr nicht auch vor Rachelust zerfressen werden wie die anderen beiden?«, konnte ich mir die bissige Bemerkung nicht verkneifen. Mir gefiel nicht, wie er sich als edlen Retter darstellte, obwohl doch genau er es war, der allerorts Chaos säte.

»Rache ist etwas für die, die nicht verstehen. Die ihre Fehler nicht einsehen.«

»Demnach hat es nichts mit Rache zu tun, wenn Ihr die Wels-Eier in den Boden pflanzt? Sind sie es nicht, die die Yôkai wecken ... oder *wach rütteln?*«, fragte ich, das Wort benutzend, das Iso bei unserem Gespräch letzte Nacht verwendet hatte.

»Die Eier des Riesenwelses sind nicht mehr das, was

sie zu Beginn waren. Sie befanden sich zwei Jahre lang in meiner Obhut. In dieser Zeit hielt ich sie in einer magischen Schwebe, in der sie nicht weiter heranreifen konnten. Täglich arbeitete ich nach den Lehren des Onmyôdô an ihnen, erforschte den Fluss von Yin und Yang in ihrem Inneren und wirkte auf sie ein, behutsam, um sie nicht zu töten oder zu verletzen.«

»Stand es vielleicht auch in dem geheimen Buch, wie Ihr dabei zu verfahren hattet?« Ich weiß nicht, manchmal entwickle ich ein Gespür für die Schwachstellen eines Menschen, dass es fast schon gruselig ist.

Der ehemalige Onmyôji zuckte zusammen wie unter einem Peitschenhieb. Er antwortete nicht, und das war mir unter diesen Umständen Antwort genug. Nicht nur der veilchenfarbene Schatten bezog seine Ideen aus diesem ominösen Buch – auch mein Gegenüber hatte sich darin bedient. Es musste ja ein großartiger Schmöker sein ... Ich brannte darauf, ihn nach dem Verfasser zu fragen, doch vorher gab es noch andere Dinge zu klären. Und danach zu bohren, das übernahm Iso für mich.

»Ihr habt die Eier also so verändert, dass sie nicht mehr die Erde rüttelten, sondern etwas anderes«, sagte sie etwas unbeholfen.

»Wenn du so willst, kleine Lügenkönigin, ja. Die starken Schwingungen, die sie aussenden, auf eine andere Ebene zu verlagern, das war mein Ziel. Und es gelang mir. Geistige Vibrationen traten an die Stelle von körperlichen. Damit vermochte ich die allerorten schlafenden Yôkai zu wecken.«

»Die Ihr *wofür* braucht?«

»Sie sind meine Armee«, eröffnete er. »Wenn das Reich in Gefahr ist, werden sie es schützen.«

»Ein Heer aus Yôkai?« Iso verzog das Gesicht.

»Die Menschen alleine werden nicht stark genug sein, um die Bedrohung abzuwenden. Die Yôkai mögen in den Augen einfacher Leute schreckliche Ungeheuer sein, aber sie sind mit dem Land verbunden und haben ein Interesse daran, es zu verteidigen. Sie sind mächtig, ihre Kräfte vielfältig.«

»Aber habt Ihr die Bedrohung nicht schon abgewendet?«, schaltete ich mich wieder ein. »Ihr konntet dem rachedurstigen Onmyôsei die Wels-Eier abnehmen. Rechnet Ihr damit, dass er neue Pläne schmiedet?«

»Du vergisst den Mann, den sie den aschefarbenen Schatten nennen. Auch sein Lebenszweck ist die Rache geworden.«

»Wo ist er? Ich habe nie von ihm gehört.«

»Vermutlich hält er sich nicht einmal in Nippon auf. Sein besonderes Interesse galt schon immer dem Land über dem Meer – Tô. Sein Racheplan ist ein völlig anderer als der des veilchenfarbenen Schattens. Ich nehme an, er wird versuchen in Tô ein außergewöhnlich mächtiges Yôkai zu finden. Dieses wird er nach Nippon locken und ihm unser Land ... sozusagen zum Fraß vorwerfen.«

»Und das steht sicher auch in dem geheimen Buch«, legte ich meinen Finger in die Wunde.

Der Schatten nickte müde. »Es ist die Rede von der Möglichkeit«, begann er einen seiner umständlichen Sätze, »dass ein Yôkai aus Übersee eines Tages unser Land attackieren könnte. Ich bin sicher, der aschefarbene Schatten kann sich für diesen Gedanken begeistern. Die Yôkai aus Tô sind mächtig, mein Junge, so mächtig wie das Reich, die Kultur und die Wissenschaft dieses wunderbaren Landes. In Tô leben gewaltige Chimären und Phönixe und allen voran die Drachen. Ein ganzes Heer könnte einen Drachen nicht aufhalten, würde er sich entschließen Nippon anzugreifen. Es sind Tiere des Feuers, fleischgewordenes Yang, und doch gehören sie auch dem Element des Wassers an, vermögen Stürme zu entfachen, gewaltige Regenfälle auszulösen oder Gewässer über die Ufer treten zu lassen. Sie fliegen ohne Flügel und fühlen sich in den Tiefen des Ozeans ebenso wohl wie hoch oben in den Lüften. Oft werden sie mit Gewitterwolken in Verbindung gebracht, denn Gewitterwolken vereinen Feuer und Wasser in sich, wie sie es tun.« Er senkte die Stimme. »Es ist gut denkbar, dass die Unwetter, die wir heute Nacht erleben, Vorboten eines Drachenangriffs sind. Das wäre das Furchtbarste, was unserem Land widerfahren könnte.«

Sein langer Monolog hatte mich etwas benommen gemacht. Ich musste mich erst etwas sammeln, ehe ich die nächste Frage stellen konnte. »Eine Armee einheimischer Yôkai gegen Tô-Ungeheuer«, fasste ich zusammen. »Um eine solche Armee aufzustellen, habt Ihr rund um Heian die Eier des Erdbebenfisches vergraben. Und was ist mit den Fähigkeiten, die plötzlich bei den Menschen auftraten und ihnen halfen, sich gegen die Yôkai zur Wehr zu setzen? Damit hattet Ihr wohl nicht gerechnet? Das stand wohl nicht in Eurem Buch?«

»Du irrst dich. Es war ein erwünschter Nebeneffekt. Die geistigen Schwingungen, die die Eier aussenden, wirken mehrfach. Sie zerstören verhärtete Strukturen, brechen Krusten auf, zerreißen Fesseln und lassen Verborgenes an die Oberfläche gelangen. Man kann sagen, in der Erde wecken die Schwingungen schlummernde Yôkai und im Menschen wecken sie schlummernde Kräfte.« Ich sah Iso an. Letzte Nacht hatte sie fast wörtlich dasselbe gesagt. Sie hatte die Zusammenhänge von Anfang an besser durchschaut als ich. Der Schatten fuhr fort: »Die besonderen Kräfte, die sich bei manchen Menschen zeigten, wollte ich ebenfalls in der Schlacht einsetzen. Wir hätten alle miteinander Seite an Seite gekämpft, Menschen und Yôkai, für Nippon. Vielleicht ist das immer noch möglich. Doch die Sora-no-me hat vieles kaputt gemacht. Ich hätte nicht gedacht, dass jemand auf die Idee kommen würde, die neu erwachten Kräfte gegeneinander auszuspielen. Es war ein geniales, aber zerstörerisches Vorhaben, die Sora-no-me zu gründen. Eure kleinen Truppen haben meinem Plan großen Schaden zugefügt. Ich kann nur hoffen, dass der Gegner niemals kommt oder weitaus schwächer ist, als ich befürchte. Sonst wird unser Reich bald in Trümmern liegen.«

»Die Idee der Sora-no-me stammt demnach nicht aus dem geheimen Buch«, schlussfolgerte ich. »Sonst hättet Ihr Euch darauf eingestellt.«

»Im Buch ist die Rede davon, dass ein Onmyôji mithilfe bestimmter Rituale die Kräfte anderer Menschen in Amuletten binden kann. Ich habe die Passage gelesen, aber … ich hatte nicht angenommen, dass es in dieser Weise geschehen würde.«

Die Vielzahl der Informationen erdrückte mich. So wirr das alles klang, es schien einen Sinn zu ergeben und das Geschehen zu erklären. Trotzdem weigerte ich mich, das alles zu glauben. Wenn der teefarbene Schatten die Wahrheit sprach – und ich richtig verstanden hatte –, dann waren wir, Tatsurô, Urara, ich und all die anderen Menschen in den Sora-no-me-Gruppen, im Auftrag eines rachegierigen Schurken unterwegs.

»Was ist das Ziel der Sora-no-me?«, wisperte ich mehr im Selbstgespräch.

Mein dunkles Gegenüber gab mir eine Antwort. »Das Ziel eurer Organisation ist es, die Verteidigung, die ich für unser Land aufgebaut habe, von innen heraus zu schädigen, damit sie keinen ausreichenden Schutz bietet gegen die Bedrohung von außen. Nachdem der Plan des veilchenfarbenen Schattens nicht aufging, setzt er seine ganze Hoffnung auf den Grauen und sorgt dafür, dass er leichtes Spiel haben wird. Das Endziel der Sora-no-me ist damit kein geringeres als die Zerstörung Nippons.« Seine Augen fixierten mich. »Und jeder Schritt, den ihr unwissenden Narren in den letzten Wochen getan habt, jeder eurer Atemzüge, jedes Wort, jeder Pinselstrich, hat unser Land dem Untergang ein kleines Stück näher gebracht!« Er machte eine Pause. »Verstehst du jetzt, warum ich dir in jener Nacht geraten, nein, dich *gebeten* habe, die Sora-no-me zu verlassen? Denkst du, ich habe dich zu mir gerufen, um mit dir zu plaudern?«

Ich senkte den Kopf, dann hob ich ihn wieder, höher als zuvor. Noch war mein Stolz nicht gestorben und mein Trotz noch weniger. »Wir sind also das Böse, und Ihr, Meister Schatten, seid das Gute.«

Er schüttelte sich ein wenig. »Gut und Böse sind schwierige philosophische Konzepte, über die man lange fruchtlos debattieren könnte. Aber ja, im Prinzip hast du recht. Ich handle aus uneigennützigen Gründen. Ich fechte einen Kampf aus für die Menschen dieses Landes. Ich bin das, was sie ›gut‹ nennen würden, wenn sie mich verstehen könnten. Ihr dagegen habt euch in eurer Dummheit von den Mächten der Zerstörung versklaven lassen, den Mächten des Bösen, wenn ihr so wollt.«

Erschöpft setzte ich mich ins Gras, neben Urara und Tatsurô. Tatsurô hatte sich ein wenig aufgerichtet und lauschte wortlos. Urara war noch immer nicht zu sich gekommen.

Urara ...

»Warum«, schoss es mir in den Sinn, »habt Ihr Euch noch nicht um diese Frau gekümmert?«

Der Schatten bedachte sie mit einem erstaunlich abschätzigen Blick. So als kenne er sie und halte nicht viel von ihr. Aber wo sollten sich Urara und der ehemalige Onmyôji schon einmal begegnet sein? Das dumme Gänschen und Meister Ich-weiß-wofür-du-wirklich-kämpfst – nein, diese beiden lebten bestimmt in unterschiedlichen Welten und hatten sich nichts zu sagen.

»Ihr fehlt nichts«, meinte der Schatten desinteressiert. »Sie hat sich ein bisschen den Kopf gestoßen. Das wird schon wieder.«

»Weckt sie auf!«, bat ich. Nein, ich *befahl* es ihm. Und zu meiner Überraschung führte er meinen Befehl aus, vielleicht auch nur, um mir zu beweisen, dass er überhaupt dazu fähig war. Eines hatte ich inzwischen bemerkt: Mochte er noch so ein großer Mann sein, Magier, Held und Retter des Reiches, er war stolz und empfindlich und sehr leicht zu provozieren.

Das hatte er mit mir gemein. Vielleicht kamen wir deshalb so gut miteinander aus. Immerhin ließ er sich dazu herab, mit mir zu sprechen, und nur etwa jeder dritte seiner Sätze enthielt offenen Spott oder Tadel ...

So flüchtig wie möglich drehte er Urara den Kopf zu und spuckte eines seiner rauchartigen Schriftzeichen in ihre Richtung. Es war ein winziger, aber entscheidender Unterschied: Tatsurô hatte er mit seiner Magie *angehaucht*, Urara *bespuckte* er damit. Als das wabernde Zeichen sie traf, begannen ihre Lider zu zittern, dann zu flattern und schließlich öffneten sie sich.

Urara sah mich und Iso erst gar nicht an. Ihre Blicke saugten sich sofort an dem Schatten fest, zu dessen Füßen sie lag. Ihre Reaktion war heftig und unerwartet. Sie stieß einen gellenden Schrei aus, krallte ihre Hände in ihre Haare und wälzte sich zuckend in panischen Krämpfen im Schlamm. Hektisch robbte sie davon, so von Entsetzen gepackt, dass sie vergessen zu haben schien, wie man lief oder auch nur einigermaßen effektiv kroch.

Mit verzerrter Stimme kreischte sie: »Der böse Mann! Der böse Mann!« Und dann versanken ihre Worte in einem Sumpf aus verzweifeltem, hysterischem Weinen.

25

Sie fantasiert«, kommentierte der Onmyôji einsilbig.

Es war offensichtlich, dass er log. So verflucht offensichtlich, dass ich es kaum fassen konnte. Er log mich an! Nachdem er eine halbe Stunde lang Erklärungen über Erklärungen gestapelt hatte, auf (fast) jede meiner Fragen eine Antwort gewusst und mein Weltbild kurzerhand auf den Kopf gestellt hatte, besaß er den Nerv, mir plötzlich eine billige Lüge aufzutischen!

Ich war außer mir vor Wut.

»Wer seid Ihr?«, brüllte ich ihn an. »Warum fürchtet sie sich vor Euch?«

Er erwiderte meinen Blick wortlos, in überheblicher Körperhaltung, aber mit einer Miene, die alles andere als gelassen war. Ich will es einmal so formulieren: Dämonen des Hasses, der Furcht und der Scham lieferten sich auf seinem Gesicht eine wilde Schlacht, und ich glaube, die Mächte der Furcht gewannen mehr und mehr die Oberhand. Vielleicht war es die Furcht vor der Wahrheit. Vor der Wahrheit, die er selbst nicht sehen wollte. Die Furcht, das Bild des Beschützers und Helden aufgeben zu müssen, das er so mühsam von sich gezeichnet hatte.

Vor dem Hintergrund dieses Gesichts erkannte ich, dass ich nicht unbedingt eine Antwort von ihm benötigte. Worte waren überflüssig – ich brauchte nur eins und eins zusammenzählen.

Auf Uraras Rücken war ein Schriftzeichen aufgemalt. Das Zeichen für »stumpf«. Zwar schützte es sie vor Klingen und Pfeilen, aber es machte auch ein einfältiges, geistloses Geschöpf aus ihr. Dass nur ein Onmyôji für diesen Zauber verantwortlich zeichnen konnte, war mir schon lange klar. Ich wusste nicht, welchen Grund der teefarbene Schatten hatte, ihr das anzutun, aber ausnahmsweise interessierte es mich auch nicht. Die Tat trug seine Handschrift. Dieses *Widersprüchliche*, dieses *Zweiseitige*, *Paradoxe* – das gehörte zu ihm. So wie er Yôkai rief, die die Menschen bedrohten und beschützten, so musste er auch den Zauber gewirkt haben, der Uraras Leben schützte und es gleichzeitig wertlos und schal machte.

Ich lief zu Urara und versuchte sie zu beruhigen. Doch sie stieß mich von sich, und nach mehreren Versuchen gab ich es auf. »Ich habe Euch durchschaut!«, schleuderte ich dem Schatten entgegen. »Das Tätowieren gehört also auch zu Euren bewundernswerten Talenten. Aber so ganz scheint Ihr die Kunst nicht zu beherrschen. Es muss sehr schmerzhaft gewesen sein …«

»Ihr wart das, Onmyôji?«, keuchte Tatsurô schwach. »Aber wozu? Welchen Sinn hat es?«

Bitte, ihr Götter, fieberte ich, *lasst ihn keine Erklärung geben! Er wird wieder dafür sorgen, dass es klingt, als habe er dem Land damit einen Dienst erwiesen. Und am Ende müssen wir uns vor ihm verneigen, weil er uns damit vermutlich allen das Leben gerettet hat. Nein, ich will es nicht hören! Falls er den Mund aufmacht, werde ich mir die Ohren zuhalten. Oder bis ans Ende der Welt rennen.*

Doch der Schatten sagte nichts.

Er drehte sich von uns weg, und ich dachte schon, er würde uns einfach stehen lassen und fortgehen. Dann erkannte ich, dass seine Bewegung nicht einmal etwas mit unseren Worten zu tun hatte. Aus der Dunkelheit näherten sich zwei Menschen, kamen die Böschung herauf auf uns zu. Er musste sie gehört ... oder gespürt haben.

Der rechte war ein Mann, groß und kräftig, und ich schätzte, dass er aus keinem der beiden Dörfer stammte. Seine Kleidung war dunkel und zweckmäßig, und wäre die von hellen, seidigen Tüchern umwehte weibliche Gestalt an seiner Seite nicht gewesen, hätte ich ihn vermutlich nicht einmal wahrgenommen. Die Frau wirkte zart und zerbrechlich, aber nicht auf eine anmutige, bezaubernde Weise. Ihr langes Gesicht mit dem nicht enden wollenden Kinn stach aus der Ferne schon hervor, und ich war nicht ganz sicher, ob sie beim Gehen wirklich die Beine bewegte. Eine Aura von Schwäche umgab sie, wie ein Spuk, den der Aufenthalt in der Welt der Lebenden viel Kraft kostete.

»Ukyô!«, rief Iso, die ein Stück abseits von uns stand, eine scheue Büßerin, die sich selbst von unserer Gemeinschaft ausgeschlossen hatte. »Und seine merkwürdige Tochter.«

Das waren die Leute vom Biwa-See? Der Mann, der vor zwei Jahren im Auftrag des veilchenfarbenen Schattens drei Taucherinnen angeheuert hatte? Isos Auftraggeber? Ja, so ähnlich hatte ich ihn mir vorgestellt, etwas grobschlächtig und primitiv, aber mit der Autorität eines Mannes, der wusste, wie man ein Schwert führte. Seine Tochter hatte keine einzige Gemeinsamkeit mit ihm. Ihr Aussehen, ihre Bewegungen, ihre Ausstrahlung – es gab keine Übereinstimmung. Ich hatte selten zwei Menschen gesehen, die einander so vollkommen fremd waren.

Der teefarbene Schatten zuckte, als wolle er ihnen entgegengehen. Ich konnte es sehen, da ich direkt neben ihm stand. Doch er beherrschte sich und wartete, bis die beiden auf wenige Schritte herangekommen waren. Mir entging nicht, wie gespannt sein Körper war, bereit, jeden Moment zu reagieren. Worauf? Erwartete er eine Attacke?

Der Mann, der Ukyô hieß, beachtete Iso nicht, obwohl er sie doch kennen musste. Er blieb fünf Schritte vor dem Schatten stehen und begann das Gespräch mit einem Räuspern, das dem warnenden Knurren eines Wolfes nicht unähnlich war. »Gut, dass wir Euch gefunden haben«, sagte er. »Ihr wisst, dass es mir nicht leichtfällt, ausgerechnet Euch um Hilfe zu bitten, aber meine Tochter ist sehr schwach. Sie braucht Hilfe.«

Der teefarbene Schatten lachte auf eine schrille Weise auf, die nicht in das Bild passte, das ich von ihm hatte. Aber was für ein Bild hatte ich schon von ihm? Keines mit klaren Konturen. »Dass dieses Geschöpf schwach ist, glaube ich dir«, spottete er. »Ich glaube es, weil ich es weiß. Dass es von mir Hilfe erwartet, ist sehr, sehr unwahrscheinlich ...«

Ukyô schüttelte sich wie ein schnaubendes Pferd. »Ich bin kein Mann, der auf Knien bittet«, meinte er gepresst. »Schon gar nicht jemanden, von dem ich einst beraubt worden bin. Aber heute ersuche ich Euch inständig. Meine Tochter ist mir das Teuerste auf dieser Welt. Bitte erniedrigt mich nicht weiter.«

»Warum kommst du zu mir?«

»Das Gedicht«, sagte Ukyô. »Erinnert Ihr Euch an das Gedicht, das Ihr auf meinem Boot hinterlassen habt? ›Auf einer Schiffsreise, bei der man sich fremd wähnt, einem alten Bekannten begegnen.‹ Ich habe nachgedacht, auf wen es sich beziehen könnte. Ich war Euch nie zuvor begegnet, und von der Mannschaft oder den Taucherinnen nehme ich es ebenfalls nicht an. Also müsst Ihr meine Tochter gemeint haben, falls Euer Gedicht tatsächlich einen Sinn hatte.«

Der Schatten gingen einen Schritt auf den Mann zu. »Ach? Wie sollte ich deine Tochter kennen, ohne dich zu kennen, wo du doch nie von ihrer Seite weichst?«

Das Gesicht des Mannes wurde länger, seine Augen schmal. Er schien nachzudenken.

»Meister«, meldete sich Tatsurô zu Wort, der noch immer auf der Erde saß und seinen Oberkörper mit zitternden Armen aufrecht hielt, um nichts zu verpassen. »Diese beiden Menschen suchen Hilfe. Wollt Ihr nicht wenigstens versuchen, sie ihnen zu gewähren?«

Herrisch bedeutete ihm der Onmyôji zu schweigen. »Du sprichst von zwei Menschen«, meinte er. »Ich sehe nur einen. Einen Menschen, der unter einem magischen Bann steht und nur denkt und sieht, was ihm zu denken und zu sehen gestattet wird. Und die Dämonin, die diesen Bann auf ihn gelegt hat.«

Mit einiger Verzögerung begriff ich, was der Schatten damit sagte. Ich wich gleich mehrere Schritte zurück. Meine Blicke hefteten sich an die spukähnliche, blasse Frau. Ihre Züge wirkten so wirr zusammengewürfelt, als wären mehr als zwei Menschen an ihrer Zeugung beteiligt gewesen ... Zuerst bildete ich mir ein, sie nie zuvor gesehen zu haben, doch dann kehrte die Erinnerung zurück. Ja, ich war ihr über den Weg gelaufen. Die Frau, die mir im ersten Dorf aus einer der Hütten entgegensah und schließlich das Papier mit dem Gedicht überreichte – das war sie gewesen!

»Keine Sorge«, lächelte der Onmyôji. »Dieses Yôkai habe ich vor Jahren seiner Kräfte beraubt. Töten konnte ich es nicht, aber seither ist es vollkommen harmlos, oder sagen wir besser: hilflos. Die Dämonin, die jetzt vor uns steht, vermag vielleicht ihren arglosen Handlanger weiterhin zu blenden – abgesehen davon aber ist sie so gefährlich wie ein rotznäsiges Kleinkind, das mit Kiefernzapfen nach einem wirft.«

Ich betrachtete das Geschöpf genau. Wie ein Teufel sah die seltsam alterslose Frau wirklich nicht aus. Aber etwas Unmenschliches, durch und durch Fremdartiges hatte sie ohne Frage an sich. Hatte dieses filigrane Wesen tatsächlich in Nagaoka gewütet, dem Mikado Frau und Mutter genommen? Noch im Nachhinein wurde mir mulmig, wenn ich daran dachte, wie ich am Rande des Dorfes für einige Augenblicke mit ihr alleine gewesen war. Alleine mit der Bestie. Trotzdem fühlte ich mich merkwürdig erleichtert, als ich sie sah. Zumindest bedeutete dies, dass die Dämonin nicht Iso oder (wie ich seit Kurzem befürchtete) Urara sein konnte. Nach den Eröffnungen des Schattens hatte ich mit allem gerechnet.

»Dann ist Ukyô also der Mann, der in Nagaoka das Attentat auf den Bauleiter verübt hat«, stellte Iso fest. »Ein kaltblütiger Mörder! Und ich habe für ihn gearbeitet ...«

»Ich habe kein Attentat verübt«, protestierte der Begleiter der Dämonin.

»Du kannst dich nicht daran erinnern«, erklärte ihm der Onmyôji wie einem kleinen Kind. »Und es hat keinen Sinn, es zu versuchen. Sie erlaubt es dir nicht. Kommen wir zur Sache – was sucht ihr wirklich an diesem Ort?«

Zum ersten Mal öffnete die Dämonin den Mund. »Ich wollte einen Blick auf deine Sänfte werfen«, kam ihre Stimme wie das leise, gemächliche Zischeln einer Schlange. Diese Stimme war mir Beweis genug, dass der Onmyôji die Wahrheit sprach – ein Mensch war dies nicht. »Man hört, es sei ein besonderes Modell. Getragen von unsichtbaren Shikigami[17]. Und voller ... Energie. Dunkler Energie.«

»So? Hört man das? Zwitschern es die Spatzen von den Dächern?«

»Die Kuronbô bellen es von den Hügeln«, grinste die Frau, und das Grienen machte ihr ungleichmäßiges Gesicht noch schiefer. »Vielleicht hättest du etwas bescheidener sein und nicht so viele von ihnen in deine Dienste nehmen sollen. Sie sehen sich sehr ähnlich, und es fällt nicht auf, wenn sich einer daruntermischt, den die Gegenseite schickt.«

Die Miene des Schattens wurde hart, die Falten um seinen Mund tiefer und kantiger.

»Gräme dich nicht wegen der Kuronbô«, fuhr die Frau fort. »Jedem unterläuft mal ein Fehler. Das war ohnehin der kleinste Schnitzer von allen, die du in deinem Hochmut begangen hast …« Sie ging zwei feierliche Schritte auf ihn zu, wie ein Scharfrichter, der sich dem zum Tode Verurteilten nähert.

»Du bist machtlos«, brachte der Schatten hervor. In jedem Laut war zu hören, wie trocken seine Kehle und sein Mund geworden waren. »Ich habe dir deine Kräfte genommen.«

»Falsch«, erwiderte die Dämonin ruhig. »Für einen Mann deines Wissens drückst du dich ausgesprochen unscharf aus – weil du denkst, was du gerne denken möchtest. Du hast mir meine Kräfte nicht genommen, sonst hättest du sie jetzt. Du hast sie nur versiegelt, eingesperrt. In meinem Inneren eingesperrt. Ein gewaltiger Unterschied.«

Der Onmyôji zuckte grimmig mit dem Kopf. »Kein Unterschied«, beharrte er. »Weil ich sie so versiegelt habe, dass kein Mensch sie je wieder freisetzen kann.«

»Kein Mensch, richtig.«

»Und kein Yôkai.«

»Und doch gibt es eine Macht, die verborgene, verschüttete oder schlummernde Kräfte zu befreien vermag. Ich muss gestehen, ich habe nichts davon geahnt und ich wäre niemals darauf gekommen, wie eine solche Macht zu gewinnen ist.« Ihr Grinsen hatte jetzt eine menschenunmögliche Breite angenommen, ihr Gesicht beulte sich dort, wo ihre Mundwinkel immer weiter nach außen rückten, einfach aus, um genügend Platz dafür zu schaffen. Ich spürte, wie mein Magen rebellierte, und war versucht mich abzuwenden. Doch ich konnte es mir nicht leisten. Wir alle konnten es uns nicht leisten. Sie war eine tödliche Gefahr, und ich glaube, das war in diesem Moment auch Iso und Tatsurô klar, vielleicht sogar Urara, die wimmernd etwas abseits von uns kauerte.

»Glücklicherweise«, setzte die Dämonin ihre boshafte kleine Rede fort, »hattest du eine ausgezeichnete Idee. Die Schwingungen der Eier des Erdbebenfisches zu nutzen – also, ich muss schon sagen, Meister, das war eine bewundernswerte geistige Leistung von dir. Mir deucht allerdings, du hast mich in deinem genialen Plan gänzlich vergessen.«

Selbst ich begriff allmählich, was sie sagen wollte.

Sie hatte den Plan des Schattens durchschaut und mithilfe der Kuronbô seinen Aufenthaltsort herausgefunden. Sie wusste genau, was er tat, wusste, was im Land geschah. Immerhin war sie ein Yôkai und sie war auf dem Biwa-See zugegen gewesen, als der Onmyôji die Eier an sich nahm. »Sie ist dem Schatten gefolgt und hat sich in voller Absicht den Schwingungen ausgesetzt«, flüsterte ich der neben mir stehenden Iso zu. »Und diese haben ihre versiegelten Kräfte wieder entfesselt. Unglaublich! Diesmal ist der Begabte kein Mensch, sondern die Dämonin! Und wir dachten ...«

»… ich wäre es«, ergänzte Iso. »Wie hättet ihr auch etwas anderes denken sollen, nachdem ich euch so unermüdlich belogen habe?«

Die Dämonin hob langsam beide Hände und fasste sich in das dünne, glatt herabfallende Haar, als wollte sie es hochstecken. »Das glückliche Ende der Geschichte habt ihr noch gar nicht gehört«, höhnte sie. »Die Macht der Erdbeben-Eier hat Kräfte in mir freigesetzt, die tief in mir verborgen waren. Ich bin noch stärker als zuvor, und dafür müsste ich dir dankbar sein.«

Nun war es an dem Onmyôji, einen Schritt in ihre Richtung zu gehen. »Oder du bist eine Lügnerin wie diese junge Dame hier.« Iso wandte sich voller Scham ab.

Die Dämonin und der Schatten waren sich so nahe gekommen, dass sie sich beinahe anfassen konnten. Sicher wäre es klüger gewesen, die Flucht zu ergreifen, ehe die Kontrahenten ihren magischen Kampf begannen. Allerdings hatte ich das Gefühl, dass wir nicht weit kommen würden, falls einer der beiden etwas dagegen hatte. Also blieb ich.

Einen Moment später sollte ich mir wünschen weggerannt zu sein …

Die Dämonin hob ihre Haare mit den Händen an und beschrieb blitzartig eine kreisende Bewegung mit dem Kopf. Schwer, als wären sie durchnässt, schwangen die schwarzen Haare herum. In der Dunkelheit war kaum zu erkennen, was wirklich mit ihnen geschah. Es sah aus, als strömten sie wie eine Flüssigkeit aus ihrem Kopf heraus, würden länger und länger. Als etwas Schwarzes, Nasses gegen meine Brust klatschte, begriff ich, dass es nicht ihre Haare waren, die durch die Luft flogen.

Eine schwarze Flüssigkeit spritzte von ihrem Kopf. Wie Tusche von einem Pinsel.

»Ich mag das«, lachte sie dunkel. »Es ist so … so *onmyôdôhaft* … so traditionell …«

Tusche sprudelte in riesigen Mengen aus ihren Haaren und bespritzte die Umstehenden. Die Flüssigkeit roch sehr intensiv. Fäulnis! Ich sah an mir hinab. Der schwarze Fleck breitete sich auf meiner Kleidung aus. Ich wäre nicht überrascht gewesen, wenn er ein Schriftzeichen gebildet hätte, doch er dachte gar nicht daran. Auf dem hellbraunen Stoff entstand ein Fantasiegeschöpf – eine Art gehörnte Kröte mit einem gewaltigen Maul voll spitzer Zähne. Die Füße des monströsen Tieres waren mit langen Krallen versehen. Ich bekam die Enden dieser Krallen schmerzhaft zu spüren, als das Ding auf meiner Kleidung auf und ab zu kriechen begann. Im ersten Moment war es zweidimensional gewesen wie eine lieblos hingeschluderte Zeichnung, doch nun blähte sich der fette Wanst der Kröte auf, als würde ein Höcker meine Kleidung nach außen wölben. Dann reckte sich der breite Kopf weit von mir weg und ragte aus meinen Kleidern hervor. Weiße Augen, die nichts waren als Löcher in dem hässlichen Schädel, schienen die Umgebung zu erkunden. Tausende kleiner schwarzer Ausbuchtungen übersäten den Leib mit Warzen.

Das Ding schnappte nach Iso.

Diese hatte anderes zu tun, als der Kröte auszuweichen. Auch sie hatte ein Schwall der tuscheähnlichen

Flüssigkeit getroffen. Über ihre weiße Leinenkleidung breitete sich ein Gewirr schwarzer Schlangen aus, spiralig geschlungen wie die Arme von Windengewächsen. Ihre Bemühungen, sie abzustreifen, blieben fruchtlos. Sie spannten sich eng um ihre Taille. Drückten zu.

Es ist fast unmöglich, mit Worten wiederzugeben, was sich in meiner Umgebung alles zutrug, wie sich die Welt innerhalb weniger Herzschläge veränderte. Auf jedem von uns schufen die lebendigen Tuschestriche neue Schrecklichkeiten. Sagt man das? Schrecklichkeiten?

Tatsurô wurde von einer Art schwarzem Panzer eingehüllt, wie der einer riesigen Schildkröte, geschaffen von einer gewaltigen Welle aus dicker, nach Aas riechender Tusche, in der er beinahe ertrunken wäre. Sein schmaler Kopf und seine langen Gliedmaßen ragten durch die Öffnungen im Panzer heraus, doch er lag auf dem Rücken, in kläglicher Hilflosigkeit, und schaffte es nicht, sich auf den Bauch zu drehen.

Mehrere kleine Tuschekleckse auf Uraras Kleidern verwandelten sich in zappelnde Fledermäuse. Die aufgescheuchten Tiere zogen den orangefarbenen Stoff nach allen Seiten, ohne sich davon lösen zu können, zwangen sie auf die Beine, ließen sie wieder straucheln. Aus den Augenwinkeln bekam ich mit, wie ihre Füße für einen Moment den Kontakt zum Boden verloren, wie sie über der Erde schwebte, ehe die wild flatternden Fledermäuse ihre Bemühungen aufgaben. Mit einem Schrei stürzte sie in den Schlamm.

Natürlich waren das alles nur Nebenschauplätze der Schlacht, die sich in der Dunkelheit der Nacht auf den

Hügeln abspielte, Fingerübungen der Dämonin vielleicht, spielerisches Geplänkel, um ihre neue Macht zu demonstrieren. Das eigentliche Ziel der magischen Angriffe war selbstverständlich der teefarbene Schatten.

Blitzschnell hatte er einige O-Fuda gezogen und hielt sie hoch, kaum dass die Kampfansage seiner Gegnerin ausgesprochen war. Doch noch ehe er sie werfen konnte, wurden die Papierstreifen von feinen Tuschestrahlen getroffen. Die dunkle Flüssigkeit durchdrang das Papier augenblicklich, färbte das Papier schwarz und löschte die darauf geschriebenen Sprüche aus. Vor Enttäuschung knurrend ließ der Onmyôji sie fallen. Er zog weitere Amulette nach, ein Dutzend vielleicht. Mit versteinertem Gesichtsausdruck fixierte er das Netz der auf ihn zuschießenden Tuschefäden, opferte alle O-Fuda für ein einziges, riss dieses jäh nach unten und schnippte es gekonnt unter den schwarzen Strahlen hindurch.

Ich jubelte innerlich, denn das Amulett traf die Beine der Dämonin und riss sie zu Boden. Kurze Zeit war sie mit sich selbst beschäftigt. *Sehr* kurze Zeit. Selbst im Fallen und im Aufstehen noch schüttelte sie ihren Kopf in kreisenden Bewegungen, schleuderte Fontänen aus flüssiger Finsternis über die Hügel.

Die Kröte auf meiner Kleidung wurde zusehends massiger und schwerer. Ihr Gewicht zog mich nach vorne. Ich stolperte auf Iso zu, ohne es zu wollen. Das Maul stieß nach ihr, während die Schlangen, die ihren Rumpf und ihre Beine umschlossen, keine Flucht zuließen. Nur in winzigen Trippelschritten kam sie vom Fleck. Ich versuchte mich herumzuwerfen, doch das Untier war stärker. Die Zähne wuchsen unter meinen Blicken länger und länger aus seinem Maul und erwischten Isos Kleidung.

Hilfe suchend sah ich mich nach dem Onmyôji um. Der hatte keine Zeit für mich. Er rief seine wabernden Schriftzeichen in die Nacht. Soweit ich sehen konnte, wurden die Symbole im Flug fast alle von den Tuschestrahlen getroffen, saugten sich mit Schwärze voll, blähten sich zu widerwärtigen, schwammigen Karikaturen auf und fielen klatschend zu Boden. Es war, als stelle sich die ganze Welt gegen uns, als verwandle sie sich in eine nasse, schwarze, formlose Hölle.

Ich versuchte auf die Kröte einzuschlagen. Ihr aufgedunsener Körper gab unter meinen Hieben nach, ohne Schaden zu nehmen. Leider war sie nicht überall so weich und nachgiebig. Ihre Krallen schmerzten entsetzlich in meinem Fleisch, und Isos Schreie bewiesen, dass auch die Zähne der Bestie alles andere als eine schwabbelige, schlaffe Konsistenz hatten.

Mir kam eine Idee. Und da ich ahnte, dass ich sie verwerfen würde, wenn ich auch nur fünf Sekunden darüber nachdachte, setzte ich sie unverzüglich in die Tat um.

Ich riss mir hastig die Kleider vom Leib, und zwar komplett, bis ich splitternackt war.

Was denn? Es war das Einzige, was ich tun konnte, um dieses Ding loszuwerden. Ich bin ganz gewiss niemand, der sich gerne in der Öffentlichkeit entblättert, schon gar nicht, wenn zwei junge Frauen, ein Onmyôji und eine Dämonin dabei anwesend sind. Habe ich

Tatsurô vergessen? Bei dem machte es mir überhaupt nichts aus. Es ist mehr als unangenehm, eine schwarze Monsterkröte wie einen fetten Wanst vor sich her zu tragen. Sich davon auch noch dirigieren zu lassen und zusehen zu müssen, wie quasi der eigene Bauch nach saftigem Mädchenfleisch schnappt, ist ein so scheußliches Gefühl, dass man einiges tun würde, um davon befreit zu werden.

Es funktionierte! Nahezu meine gesamte Kleidung hing mitsamt der Kröte nicht mehr an uns beiden, sondern nur noch an Iso fest, und als ich ruckartig daran zerrte, glitten die Tuschezähne von ihrer Beute ab. Ich schleuderte meine Bekleidung in hohem Bogen über die Hügel. Ein aufgebrachtes Grunzen erklang in der Ferne, wo das Ungeheuer aufgeschlagen sein musste. Es würde eine Weile dauern, bis es wieder über die vom Regen aufgeweichte Erde herangekrochen war. Ich hatte so ein Gefühl, dass diese Kreaturen nicht allzu lange lebensfähig waren ...

Iso starrte mich an. Irgendwie wünschte ich mir, sie hätte zur Seite gesehen, und irgendwie auch wieder nicht. Natürlich bedeckte ich meine schlimmste Blöße mit den Händen. Das konnte ich aber erst tun, nachdem ich mir die Kröte vom Hals geschafft hatte.

Isos Starren wurde intensiver, ihre Augen größer. Ich sah an mir hinab, ob irgendetwas mit mir nicht stimmte. Wenigstens konnte ich ausschließen, dass es ein Fleck auf meiner Kleidung war, der ihre Aufmerksamkeit fesselte. Und da die Männer in diesen Fischerdörfern den Sommer hindurch nur mit Lendenschurzen bekleidet umherliefen, konnte ich auch nicht der erste nackte Mann sein, den sie sah.

Was also wollte sie? Warum quollen ihr die Augen förmlich aus dem Kopf?

»Hilf mir schon, du D… du D…«, presste sie hervor, um jeden Atemzug ringend. Jetzt fielen mir wieder die Tuscheschlangen ein, die sich immer straffer um ihren Körper legten. In der Dunkelheit hatte mein überlasteter Verstand immer wieder erfolgreich versucht, sie als Schatten zu interpretieren. Aus eigener Kraft kam die Taucherin nicht von ihnen los. Ich musste sie befreien, aber wie?

»Mach schon!«, hauchte sie. »Meine Kleider!«

Wenn sie damit sagen wollte, dass ich ihr die Leinengewänder vom Körper reißen sollte, wie ich es bei mir getan hatte, musste ich leider passen. Natürlich hätte ich es tun können, aber … nein! Es ging einfach nicht. Sie war ein Mädchen und …

Selbst unter den miserablen Lichtverhältnissen bemerkte ich die bläuliche Färbung auf ihrem Gesicht. Eine Ader auf ihrer Stirn trat so scharf hervor, als wolle sie aus ihrem Schädel springen. Iso zerrte an ihrem Kragen, an ihren Ärmeln, aber sie war bereits zu schwach geworden, um den Stoff zu zerreißen, und ihre Finger tasteten in ihrer Panik über die Knoten hinweg, die sie lösen musste.

Ich warf einen schnellen Blick in die Runde. Keiner sah in unsere Richtung. Der Onmyôji wehrte sich gegen eine Wolke feiner schwarzer Nadeln, die von den Haaren der Dämonin auf ihn abgeschossen wurden. Sein rechter Oberarm war bis zum Ellbogen hinunter dicht mit den kleinen Stacheln übersät.

»Ich kann das nicht!«, stieß ich hervor ... und stürzte zu Iso hin. Den Blick schamvoll abgewandt ertastete ich ihre Schultern, krallte mich in den Leinenstoff. Wie war das Oberteil geschlossen? Meine Finger hasteten über ihre Brust, fanden überraschend ihre beiden ... die Enden zweier dünner Bändchen.

Daran ziehen. Die Finger kraftvoll unter die drückenden, würgenden Schlangenringe schieben. Sie zerfetzen. Die ständig nachwachsenden neuen Fesseln zerreißen. Das Kleidungsstück über ihre Schultern ziehen. Über ihre Arme streifen. Die sich hartnäckig an sie und an mich klammernden Schlangen immer und immer wieder lösen. Dabei ihre warme Haut, ohne es vermeiden zu können, mit den Fingernägeln verletzen. Entschuldigungen murmeln. Erleichtert vernehmen, wie sie keuchend die Luft einsaugt.

Gerade als ich überlegte, wie ich mit ihrer Hose verfahren sollte, erhielt ich von Iso einen leichten Stoß gegen die Brust, der mich zwei Schritte zurücktaumeln ließ. In der Sekunde danach erfuhr ich fasziniert, wie groß der Sichtwinkel des menschlichen Auges ist! Ich schwöre, obwohl ich in eine völlig andere Richtung blickte, konnte ich sie irgendwo neben mir (beinahe schon *hinter* mir) dabei beobachten, wie sie die Hose aus eigener Kraft nach unten schob und abstreifte.

Doch es kam noch schlimmer.

Dort, wo ich wirklich hinsah, lief Urara vorüber, in Zickzacklinien, denn sie kämpfte gegen Fledermäuse in ihrer Kleidung, versuchte abzuschütteln, was nicht abzuschütteln war. Ihre Blicke streiften mich. Doch anstatt überrascht oder befremdet oder verwirrt oder wütend oder wenigstens ein winziges bisschen peinlich berührt zu sein ... lächelte sie. »Das ist es!«, konnte ich sie begeistert rufen hören. Entschlossen löste sie die Verschlüsse ihrer hauchzarten orangefarbenen Kleider und befreite sich so geschickt und anmutig von ihnen, dass es aussah, als blieben ihre Textilien für einen Moment an ihrem Platz stehen, während die Frau einfach weiterlief, aus ihren Kleidern hinaus sozusagen.

Urara vollführte ein paar Luftsprünge, sicher vor Freude, den Fledermäusen entgangen zu sein. Die Tätowierung auf ihrem Rücken war zu sehen. Während meine Augen ihr ungewollt folgten, geriet sie in die Nähe von Iso, und ich glaube, meine beiden Augen, die ein Leben lang brav dieselben Bewegungen vollführt hatten, wurden sich für ein paar Momente untreu, lösten sich voneinander und jedes nahm etwas anderes wahr: Das rechte Auge sah den braungebrannten Schemen einer schlanken, knabenhaften Iso, das linke die vollere, weichere, weiblichere, hellere Gestalt von Urara. Wobei ich unbedingt hinzufügen muss, dass in dieser Dunkelheit auch die letztere nicht viel mehr als eine vage Kontur war.

Ich wandte mich von beiden ab ... und erkannte Tatsurô, der gerade seinerseits mit dem Abstreifen von Kleidung beschäftigt war. Meine Idee hatte Schule gemacht. Da ich es nicht über mich brachte, dem verletzten Onmyôsei, der von seinem Panzer beinahe erdrückt wurde, beim Ausziehen behilflich zu sein, sprang Iso an mir vorüber und übernahm diese Arbeit.

Der Einzige, der meinem Beispiel nicht folgte, war der teefarbene Schatten. Er kämpfte noch immer mit auf Papier geschriebenen, in die Luft gemalten und aus heiserer Kehle gebrüllten Zauberformeln um sein Leben. Doch es war offensichtlich, dass er sich nicht mehr lange behaupten würde. In der kurzen Zeit, die wir gebraucht hatten, um uns unserer Kleidung zu entledigen, hatte die Dämonin unermüdlich Unheil aus ihrem Kopf geschüttelt. Hin und her, auf und ab flog ihr dünnes Haar, und jedes Mal löste sich eine Flut flüssigen Grauens daraus. Immer rascher wechselte die Gestalt, die dieses Grauen annahm.

Zwei Schwärme riesiger, löchriger, wie zerfetzt wirkender Raben schossen über uns hinweg, der erste ungefährlich hoch, der zweite so niedrig, dass wir uns nur retten konnten, indem wir uns zu Boden warfen. Auch die Erde bot uns keinen Schutz. Was eben noch klebriger Schlamm gewesen war und nicht mehr, begann nun zu leben. In schwarzen Schlieren kamen magische Wesen auf uns zu gekrochen, geglitten, gekrabbelt. Jedes sah anders aus. Übergroße Schnecken und Würmer waren darunter, Schlangen und Echsen, Krabben und Spinnen, Tausendfüßler und Käfer.

Wahrscheinlich würden wir sterben, denn gewinnen konnten wir nicht. Ab und an flog ein O-Fuda aus der Richtung des Onmyôji in unsere Richtung, schlug in die Erde ein und ließ ein, zwei der Geschöpfe zerplatzen. Alles Tropfen auf den heißen Stein. Die Bestien waren nicht mehr nur vor uns, sie schlossen den Kreis, machten eine Flucht unmöglich. Nackt krochen wir über die Hügel, warfen mit Schlamm nach unseren Angreifern und taten andere lächerliche Dinge, um unser Leben noch um ein paar Herzschläge zu verlängern.

Mein Blick fiel auf Ukyô. Er stand ein Stück hinter der Dämonin und regte sich nicht. Die Wogen der Finsternis hatten ihn ebenso getroffen – mehr als nur Schatten drängten sich auf seinen dunklen Kleidern. Groteske Kreaturen, die wilde Vielfalt der Ungeheuer, die auch uns belagerte. Ihn schien das alles nicht zu kümmern. Der hypnotische Bann lag noch auf ihm. Wer konnte schon sagen, was sie ihm vorspiegelte? In seiner Fantasie mochte sie als liebliche Tochter neben ihm stehen, die es zu beschützen galt. Wenn wir unterlagen, wenn der teefarbene Schatten unterlag – würde dann den Mikado dasselbe Schicksal erwarten wie Ukyô? Würde sie an seiner Stelle das Reich beherrschen, ohne dass er es überhaupt bemerkte?

Mir fiel das Gedicht ein, das ausgerechnet sie mir gereicht hatte. Zweifellos war es ein Akt des Spottes gewesen, mir zu offenbaren, was der Schatten geschrieben hatte. Ich hatte es mir gemerkt: »Vater, welche ist dir die bessere Tochter? Jene, die dich hasst oder liebt? Jene, die dich verfolgt oder verlässt? Jene, die dich narrt oder neckt? Jene, die dich betrügt oder übertrifft?« Die jeweils ersten Eigenschaften trafen auf die Dämonin zu. Sie hasste, sie verfolgte, sie narrte und sie betrog ihren Vater. Ihren Schein-Vater, denn als Yôkai hatte sie natürlich keinen echten. Dann hatte der Onmyôji also über sie geschrieben. Über sie und über eine zweite Tochter. Eine, die ich wohl nicht kannte.

Meine Gedanken wurden unterbrochen, als der teefarbene Schatten völlig unvermittelt einen Angriff startete. Seine Kleider wallten auf wie unter einer jähen Bö und er schien zu wachsen. Undeutlich, schemenhaft erhob sich ein lang gestreckter Riese an seiner Stelle. Die Beine waren dünn, in die Länge gezogen, und die Arme pendelten flatternd herab. Kein imposanter Riese, kein mächtiger Titan, sondern ein bizarr in die Höhe gedehntes Zerrbild. Er sah aus, als wäre er aus Papier gemacht, und als Uraras schlammverschmierte Gestalt hinter ihm vorüberrannte, konnte ich durch ihn hindurchsehen!

Es war, als habe der Onmyôsei die Masse seines Körpers auf einen größeren Raum verteilt. Mir war klar, dass er in diesem zerbrechlichen Zustand keinen Angriff auf seine Widersacherin wagen konnte. Doch das hatte er auch nicht vor, wie sich gleich herausstellen würde. Während ihre Angriffe weitergingen, setzte sich der schiefe, verformte Körper wankend in Bewegung und er lief geradewegs auf seine Gegnerin zu. Diese attackierte ihn unermüdlich mit der dämonischen Flüssigkeit, die aus ihren Haarspitzen schoss. Die dünnen Beine des Schattens wurden davon durchnässt, förmlich getränkt, und die Gestalt taumelte. Aber sie lief weiter. Immer schneller, an Ukyô vorüber, den Hang hinab. Der hoch aufgeschossene Onmyôji ruderte mit den Armen und stolperte mit riesigen Schritten wie ein Stelzenmann davon.

»Er wird nicht weit kommen«, hörte ich die Dämonin frohlocken. »Noch ein paar Schritte und die Tusche wird sich in seinem ganzen Körper ausgebreitet haben. Dann wird er die interessante Erfahrung machen, in schwarzen Wassern zu ertrinken, ohne dafür einen Schritt ins Meer gehen zu müssen.«

Er muss nicht weit kommen, um zu entkommen, begriff ich mit einem Mal. Auch die Dämonin war nicht unfehlbar. Das grausame Spiel, das sie mit ihm und uns trieb, hatte sie das Wichtigste vergessen lassen. Dass dort unten, am Fuße des Hügels, etwas höchst Bedeutsames wartete.

Seine Sänfte mit den unsichtbaren Trägern.

Ich kam auf die Beine, lief los. Meine Nacktheit störte mich nicht mehr. Ich lief zum Gipfel des Hügels. Ich wollte genau sehen, was geschah.

Die Sänfte kam ihm entgegen. Seine Hilfsgeister trugen sie heran. Silbern glommen die Verzierungen in der Dunkelheit. Es sah aus, als würde er es nicht schaffen. Sein Körper wurde dick von der dämonischen Tusche überzogen, er reckte seinen Kopf weit in den Himmel, um sich der ganz privaten tödlichen Flut zu entziehen, die an ihm emporschwappte. Die Sänfte zu seinen Füßen war so winzig, dass er beinahe darüber stolperte. Die kleine Schiebetür öffnete sich, im Inneren pulsierte silbernes Licht in wirbelnden Spiralen. Die Szene war wie eine lebendige Karikatur: ein Riese, der durch ein winziges Loch zu schlüpfen versuchte.

Der gewaltige Körper fiel in sich zusammen. Vielleicht brach er unter dem Gewicht der Flüssigkeit zu Boden, die er aufgesogen hatte, vielleicht war der Zauber des

Onmyôji einfach erschöpft. Die dritte Möglichkeit, dass der Schatten starb, wollte ich nicht in Betracht ziehen.

Ein schwarzes, grob menschenähnliches Etwas kauerte vor der geöffneten Sänftentür. Es schien zerschunden und schwach, am Rande des Todes wie ein gehetztes Stück Jagdwild. Die silbernen Haare standen wirr vom Kopf ab, und eine schwarze Flüssigkeit troff aus zahllosen Wunden, Blut oder Tusche – oder eine Mischung aus beidem.

Zwei Hände berührten die Sänfte, umgriffen den unteren Rand der Türöffnung. Mit einem Ächzen, das bis zu uns heraufklang, hievte sich der längst nicht mehr teefarbene, sondern tiefschwarze Schatten in die Kiste. Das kreisende und wogende Licht wölbte sich dem Leib entgegen, überzog ihn und zerrte ihn an sich. Das Letzte, was ich sehen konnte, ehe die Tür sich mit einem hohlen Klopfen schloss, war ein kochendes Durcheinander von schwarzen und silbernen Schlieren, wo die Energie im Inneren der Sänfte sich mit der aus dem Körper des Onmyôji strömenden Schwärze verquirlte. Als die Tür geschlossen war, kam Leben in die Ornamente, die das Holz zierten. Die Drachen und Phönixe begannen zu zerfließen; Schuppen und Federn dehnten sich zu langen Silberfäden und rannen über die Oberfläche, umwickelten die Holzkiste wie ein feines Drahtgitter. Versiegelten die Sänfte.

Was hatte die Dämonin über die Sänfte gesagt? *Getragen von unsichtbaren Shikigami. Und voller dunkler Energie.*

Dunkel? Dunkel konnte man das silberne Lodern nicht gerade nennen. Aber ich ahnte, was sie meinte.

War Silber nicht eine Yin-Farbe, der negativen Energie zugehörig, wie Schwarz, Weiß oder Grau?

»Dieser Bastard!«, fluchte die Dämonin. Ihr Gesichtsausdruck verzerrte sich weiter, aber in ihrer Miene war noch etwas anderes außer Hass. Erschöpfung. Sie war stark, aber nicht allmächtig. Die ununterbrochenen Attacken auf den Onmyôji und uns hatten sie müde gemacht. Wieder schüttelte sie ihr Haar, doch der schwarze Flüssigkeitsstrom wurde dünner und setzte immer häufiger ganz aus. Trotzdem wollte sie die Sänfte nicht ziehen lassen, lief den Hügel hinunter.

»Achtung!«, rief plötzlich eine schwache Stimme. »Urara flieht! Sie flieht!«

Ich sah, wie die Dämonin anhielt. Sich umwandte. Den Hügel wieder heraufkam. »Nein«, keuchte sie. »Sie darf mir nicht entkommen ...«

Ich verstand überhaupt nichts. Urara rannte ein Stück abseits von uns durch das Gras. So wie auch mir war es ihr gelungen, sich der Tuschewesen zu erwehren. Die schwarzen Bestien verloren rapide an Vitalität, seit ihre Erschafferin sie nicht mehr ständig mit neuer Energie versorgte. Gerufen hatte Tatsurô. Aber weshalb? Warum hatte er vor Uraras Flucht gewarnt? Und was kümmerte das die Dämonin? Was war schon dabei, wenn Urara davonlief, ein nacktes Dummchen – das nutzloseste Mitglied einer komplett unfähigen Kampftruppe? Schwer zu verwunden, ja, wegen ihrer Tätowierung, aber abgesehen davon ... ein Nichts. Unbedeutend.

Wie harmlos sie war, bewies sie mir im nächsten Augenblick aufs Neue. »Hat mich jemand gerufen?«, meldete sie sich treuherzig. »Will jemand was von mir?« Und sie kam einfach herangelaufen, der Dämonin entgegen, die kopfschüttelnd stehen blieb.

Die Enttäuschung war dem weiblichen Yôkai ins Gesicht geschrieben. Der Onmyôji, dessen Vernichtung sie sich auf die Fahnen geschrieben hatte, war entkommen. Die Demonstration ihrer Macht war spektakulär, aber nicht tödlich gewesen.

»Ihr seid meine Gefangenen«, stellte sie fest. »Ihr werdet mit mir nach Heian reisen. Wir brechen sofort auf.«

»Was sollen wir in der Hauptstadt?«, fragte ich ruppig. Wahnsinn – nicht nur mit Onmyôji redete ich in einem wenig ehrerbietigen Ton, auch Dämonen pflaumte ich jetzt schon an.

Ihre Antwort kam unverzüglich. »Ihr werdet einer Hinrichtung beiwohnen. Einer von euch wird das Opfer sein, die anderen dürfen zuschauen.« Ihre Blicke wanderten von einem zum anderen und blieben an Urara hängen. Viel zu lange blieben sie dort hängen. Mir wurde heiß und kalt.

»Ich könnte dich auf der Stelle töten«, zischte sie die junge Frau an. »Aber ich möchte es vor den Augen einer ganz bestimmten Person tun.«

»Und die finden wir in Heian?« Wieder ich, unerschrocken nach außen hin, ein bibbernder Brocken aus Angst und Verwirrung im Inneren.

»Das vermute ich. Der veilchenfarbene Schatten entfernt sich selten weit von der Kaiserstadt.«

Wir sahen uns an. Ich hätte so gerne begriffen, wovon sie sprach.

26

Warum will sie Urara töten? Und woher wisst Ihr das alles?« Dies sind nur zwei aus einem Schwall von Fragen, die ich Tatsurô an den Kopf warf, als wir unterwegs waren. Die Dämonin hatte uns großzügig gestattet, unsere schlammigen Kleider wieder anzuziehen. Sicher wollte sie verhindern, dass wir Aufsehen erregten.

»Ich weiß gar nichts«, erwiderte der Onmyôsei. Wir befanden uns in einem Ochsenkarren. Tatsurô lag direkt auf dem harten Holz, Iso, Ukyô und ich saßen um ihn herum. Die Dämonin ging mit Urara zu Fuß voraus und ließ sie nicht aus den Augen. Beide waren sie unter riesigen Regenhüten verborgen. Uns überließ sie weitgehend uns selbst. Es interessierte sie wenig, ob wir flohen oder nicht. Aber wie könnte ich mit Iso weglaufen und Urara und Tatsurô dieser Teufelin überlassen? Wo sollten wir Hilfe holen?

Das Wetter hatte sich wieder verschlechtert. Es regnete in Strömen und fast schon regelmäßig zogen Gewitter über uns hinweg, schwächere und heftigere. Die vier angespannten Ochsen hatten Mühe, uns über die glitschigen Bergpfade zu ziehen.

»Ich habe nur nachgedacht«, fuhr Tatsurô fort. »Erinnerst du dich, was der Schatten über die Ermordung des Bauleiters in Nagaoka erzählte?«

»Dieser Mann hat das Attentat durchgeführt«, sagte ich und nickte zu Ukyô hinüber, der mir gegenübersaß. Er reagierte nicht. Sein Blick ging ausdruckslos in die Ferne. Er stand noch immer unter einem Bann.

»Ja, aber warum musste der Bauleiter sterben?«, fragte Tatsurô. »Weil die Dämonin das Nahen einer Gefahr spürte. Es war kein Onmyôji – so viel hat uns der Schatten verraten. Aber was kann das sein? Kein Onmyôji, aber doch eine Gefahr für die Dämonin. Der Schatten wechselte rasch das Thema, als du nachhaken wolltest. Merkwürdig, nicht wahr?«

Ich zuckte die Schultern. Natürlich war das merkwürdig, aber verriet uns das irgendetwas?

»Ich habe mir die drei unter uns vorgenommen, über die ich am wenigsten weiß«, sprach Tatsurô weiter. »Dich, Hayate, kenne ich. Iso habe ich auch sofort durchschaut – eine kleine Angeberin, der es zu Kopf stieg, dass sie ein bisschen besser tauchen kann als andere, dass sie einem Onmyôji begegnet ist und schon einmal die Kaiserstadt besucht hat.«

Isos Körper versteifte sich, doch sie sagte nichts. Inzwischen hatte selbst ich verliebter Trottel begriffen, dass uns ihr übergroßes Ego etwas vorgespielt hatte. Ich schwankte dazwischen, sie für ihre Lügen zu verachten oder sie dennoch zu mögen. Noch hatte ich mich nicht für eines von beiden entscheiden können.

Der Onmyôsei führte weiter aus: »Ukyô hier ist ein unwichtiger Statist.«

»Das hatte ich von Urara auch angenommen«, warf ich ein.

»Weißt du, mir kam sie von Anfang an seltsam vor.«

»Wirklich?«

»Als Leiter einer Sora-no-me-Truppe hätte ich eigentlich meine Leute selbst rekrutieren müssen. Das tat ich auch, bei dir zum Beispiel. Aber Urara wurde mir von Anfang an zur Seite gestellt – vom veilchenfarbenen Schatten selbst. Das bedeutet, dass sie in irgendeiner Weise eine besondere Rolle spielt. Und als wir dann diese Tätowierung entdeckten ...« Er machte eine Pause und trank einen Schluck Wasser aus einem irdenen Becher. Noch immer war er sehr schwach, konnte nicht aus eigener Kraft aufstehen. Wahrscheinlich funktionierte sein Geist deshalb so gut. »Ich habe versucht, die drei Personen, die mir ein Rätsel sind, zu einem Dreieck zu verbinden. Ich dachte mir, vielleicht kann ich sie besser verstehen, wenn ich zu begreifen versuche, welches Verhältnis sie zueinander haben.«

»Die drei Personen, die Euch ein Rätsel sind – das sind Urara, der teefarbene Schatten und ...«

»... die Dämonin natürlich. Und ich habe einen Zusammenhang gefunden, auch wenn er auf den ersten Blick nicht viel auszusagen scheint. Es ist ein Dreieck der Furcht.«

»Ein Dreieck der Furcht ...«, wiederholte ich.

»Urara fürchtet sich vor dem Schatten, nicht wahr?«

Da konnte ich nur zustimmend nicken. Das Grauen in ihrem Gesicht, als sie die Augen aufschlug und ihn sah, würde ich wohl mein Leben lang nicht vergessen.

»Und der Schatten fürchtet sich vor der Dämonin.«

Auch das war wohl richtig. Sie war ihm überlegen, und wäre seine Sänfte nicht gewesen, hätte sie ihn zweifellos vernichtet.

»Also schließen wir das Dreieck«, sagte Tatsurô. »Urara fürchtet den Schatten. Der Schatten fürchtet die Dämonin. Die Dämonin fürchtet ...«

»Urara!« Ich wäre beinahe aufgesprungen. »Aber ... aber das ist nur ein Gedankenspiel.«

»Es *war* zuerst ein Gedankenspiel. Was ist, dachte ich bei mir, wenn ausgerechnet Urara, unsere Urara, die Gefahr wäre, die die Dämonin in Nagaoka bedrohte? Ich hatte nichts zu verlieren, wenn meine Idee falsch war, also probierte ich es aus. Und siehe da ...«

»Urara – eine Gefahr? Aber das könnte ja bedeuten, dass die Dämonin es war, die ... die Tätowierung auf Uraras Rücken anbrachte! Stumpf ... So wie sie Ukyô unter Kontrolle hält, könnte sie auch versucht haben Urara zu beherrschen. Mit einem Zeichen, das ihren Verstand abstumpfen ließ.«

»Demnach wäre Uraras Stärke ihre Intelligenz.«

»Unvorstellbar.«

Tatsurô drehte sich auf die Seite, als schmerze sein Rücken vom Liegen. »Ja, unvorstellbar. Ich persönlich glaube, dass jemand anderes Urara tätowiert hat.«

»Sagt jetzt nicht, es war der teefarbene Schatten ...«

»Und warum nicht? Das könnte die Angst erklären, die sie vor ihm hat.«

»Aber die Tätowierung schützt sie. Sie wäre längst tot, wenn sie sie nicht hätte.«

»Ich glaube, vieles wäre anders, wenn sie die Tätowierung nicht hätte. Sehr vieles. Ich kann nicht sagen was. Es ist nur so ein Gefühl.«

»Und der veilchenfarbene Schatten? Warum möchte die Dämonin Urara vor seinen Augen töten?«

»Urara muss ihm sehr viel bedeuten. Und die Dämonin hasst ihn – vermutlich weil er ein Onmyôji ist. Oder war.«

»Augenblick! Der Gründer der Sora-no-me schickt Urara in den Kampf gegen die Yôkai – obwohl sie ihm viel bedeutet? Und obwohl sie durch die Tätowierung intellektuell zu einem Kleinkind geworden ist? Wer tut so etwas?«

Tatsurô sah mit leerem Blick vor sich hin. Er wusste es nicht. »Ich habe den Eindruck«, murmelte er, »wir sind nur noch einen Schritt von der Lösung entfernt. Welche offenen Fragen gibt es noch?«

Der Wagen holperte über eine steinige Passage. Der Regen hatte noch immer nicht nachgelassen. Mir fielen die Worte des Schattens ein. Dass Wolken, Regen und Gewitter Vorboten eines Drachenangriffs sein mochten. Unter einem Drachen konnte ich mir wenig vorstellen. Wir hatten andere, konkretere Sorgen.

»Ungeklärt bleibt, wer der Verfasser des geheimen Buches ist«, antwortete ich.

»Nehmen wir an, es ist jemand, den wir kennen. Einer der beiden Schatten zum Beispiel.«

»Oder Ukyô.« Der Mann sah mich an und wandte sich dann gleichgültig wieder ab.

»Wie wäre es mit Urara?«, schlug der Onmyôsei vor und ich musste lachen.

»Nein, nein! Ich gestehe, ich war es!«, rief ich in einem Anflug von hysterischem Humor. »Ich habe das geheime Buch verfasst.«

»Du kannst nicht schreiben«, erinnerte mich Tatsurô trocken.

»Das kann Urara auch nicht«, konterte ich.

Tatsurô schloss die Augen und sah sehr nachdenklich aus. Die Schmerzen, die er durchlitten haben musste, hatten tiefe Falten in sein knochiges Gesicht gegraben und ließen ihn noch greisenhafter wirken. Immer wieder rief ich mir gewaltsam ins Gedächtnis, dass er nur wenige Jahre älter war als ich. Auch fiel es mir schwer, mich an das Fehlen seiner Geschwulst zu gewöhnen. Der Blitzschlag hatte sie zu Asche werden lassen und an ihrer Stelle war nur eine runde Narbe zurückgeblieben. Häufig fasste er sich gewohnheitsmäßig dorthin, als würde er sie suchen.

»Wir haben nicht die geringste Ahnung«, meinte er nach langer Pause, »was Urara konnte oder nicht konnte, ehe sie die Tätowierung bekam.«

Da hatte er recht. Aber dass Urara die Verfasserin eines Buches war, konnte man dennoch ausschließen. Sie war eine Frau. Frauen konnten nicht schreiben. Sie waren einfach nicht dazu geschaffen, und falls sie schon das Talent dazu in sich trug, dann würde man sie nicht lassen. Frauen lernten nicht schreiben.

»Wir werden nie alle Rätsel lösen«, resignierte ich. »Ihr solltet versuchen etwas zu schlafen. Es wird schon wieder dunkel.«

Wenig später hielt der Wagen an und die Dämonin

stieg zusammen mit Urara zu. Wir waren jetzt eine Nacht und einen Tag unterwegs – mindestens noch zwei Tage würden wir bis Heian brauchen. Urara war müde. Sie musste schlafen, und die Dämonin, die anscheinend keinen Schlaf brauchte, bewachte sie. Wir schliefen eng nebeneinander – leider war ich zwischen Tatsurô und Ukyô eingeklemmt und keiner von ihnen roch besonders gut.

Würde Urara wirklich von der Dämonin hingerichtet werden? Es waren so viele unerwartete Dinge geschehen, dass ich die Hoffnung noch nicht aufgab. Irgendwo musste die Sänfte des Schattens unterwegs sein, vielleicht sogar in unserer Nähe. Würde er versuchen uns zu retten oder war ihm unser Schicksal gleich? War er überhaupt noch am Leben? Was hatte die Energie im Inneren der Tragekiste bewirkt? Hatte sie ihn gestärkt … oder verzehrt? Oder etwa beides?

Dieser wirre Gedanke begleitete mich wohl in meine Träume. Nachdem ich in den letzten Nächten fast keinen Schlaf gehabt hatte, schlummerte ich diesmal ungewöhnlich rasch ein. Und träumte.

Ich befand mich in einer Welt aus flüssigem Silber. Der Ort fühlte sich kalt und feucht an. Es war keine stille, ruhige Welt, in der silberne Ornamente anmutig im Mondlicht schimmerten. Nichts dergleichen. Das Silber war eine Bestie, ein körperloses, formloses Monstrum, das alles Lebendige und Tote umfloss und beherrschte. Und es hatte ein Opfer gerissen, eine dunkle Gestalt, zusammengekauert wie ein Igel ohne Stacheln. Das Opfer blutete aus zahllosen Wunden, sein Blut war überall, auf dem Boden, an seinem Körper und sogar in der Luft. Und es war schwarz. Die silberne Bestie trank dieses schwarze Blut, und merkwürdigerweise erstrahlte es heller und heller, je mehr sie davon aufnahm. Aber noch viel merkwürdiger war etwas anderes: Auch das Opfer trank von seinem Jäger. Feine Ströme aus leuchtendem Silber liefen in den dunklen Leib hinein und wurden von ihm aufgesaugt. Auch er schien dabei zu erstarken. Er wuchs und eine Aura der Macht ging von ihm aus. Die beiden Kräfte tranken und tränkten sich gegenseitig.

Yin und Yang.

Nein. Hier war kein Platz für das feurige, farbige, männliche Yang. Hier war nur Yin, in vielen Formen zwar, in Kälte und Feuchte und Finsternis und farbloser, schimmernder Helligkeit. Silber war keine Farbe, Silber leuchtete nicht. Silber war wie Schwarz, nur dass es fremdes Licht zu reflektieren vermochte. Silber war spiegelnde Dunkelheit.

Yin und Yin interagierten miteinander. War so etwas möglich?

Ich wusste sofort, was mir der Traum zeigte. Das Innere der Sänfte, die der teefarbene Schatten bestiegen hatte. Bei der Sänfte musste es sich um eine gewaltige Quelle aus negativer Energie handeln und der ehemalige Onmyôji befand sich mitten darin. Es ließ sich nicht mit Sicherheit sagen, ob das Yin ihn tötete oder heilte. Vielleicht von jedem ein wenig.

»Meister«, wisperte ich. Ich sprach deshalb so leise, weil ich das Yin nicht auf mich aufmerksam machen wollte – natürlich ein törichtes Verhalten, aber man darf nicht vergessen, dass es sich um einen Traum handelte.

Tief in dem schwarzen, zusammengekrümmten Etwas knarrte es. »Ah«, sagte eine Stimme, die einem alten Baum gut zu Gesicht gestanden hätte, »da ist er ja, der junge Mann, der sowohl mit Weiß als auch mit Schwarz gewinnen kann.«

»Nur wenn es Go-Steine sind«, antwortete ich wenig geistreich.

»Go ist das Spiel des Einschließens«, knarzte die Stimme. »Vermag es auch aufzuschließen?«

»Wer weiß«, entgegnete ich vage, denn ich hatte keinen Plan, worauf er hinauswollte.

Ein Sturm aus brodelndem und dennoch eiskaltem Silber brach hinter mir hervor, toste zu allen Seiten an mir vorüber, schloss sich vor mir wieder zu einem dicken Strahl und strömte in den schwarzen Leib. Dieser bäumte sich auf wie unter einem Dutzend Peitschenschläge. Gleichzeitig sah ich ihn wachsen. Wenn er so weiterwuchs, würde er früher oder später einmal die Sänfte sprengen.

»Aaah«, stöhnte der Schatten. »Die Perle des Drachen!«

»Die was?«, schrie ich.

»Die Perle des Drachen ... du musst ...«

Laute Geräusche weckten mich. Der Wagen wurde erschüttert. Es fühlte sich an, als würden wir wieder anfahren, doch mir fiel ein, dass die Ochsen losgemacht waren und schliefen. Zeterndes Brüllen drang von draußen herein. Hier war es so dunkel, dass man nichts erkennen konnte, also rappelte ich mich auf und sprang nach draußen. Dabei trat ich auf mehrere Gliedmaßen, worauf männliche und weibliche Stimmen mit verschlafenem Brummen reagierten.

Auch draußen war es sehr dunkel. Was ich erkennen konnte, war die Dämonin, die breitbeinig und fauchend neben dem Wagen stand und einem hellen Fleck nachsah, der in der Ferne verschwand. Einem silbern schimmernden Fleck.

Die Sänfte war hier gewesen.

Die Dämonin hatte sie gespürt und eilig den Wagen verlassen, um sie anzugreifen. Doch die Sänfte war ihr ein zweites Mal entkommen.

»Was gibt es da zu glotzen?«, fuhr sie mich an. »Los, zurück in die Falle!«

Ich gehorchte sofort und quetschte mich in mein Plätzchen zwischen Tatsurô und Ukyô, das noch enger geworden war, seit ich es verlassen hatte. An Schlaf war für den Rest der Nacht nicht mehr zu denken. Hätte sich die Sänfte nicht unserem Nachtlager genähert, so hätte ich an einen zufälligen Traum glauben können. Aber jetzt war ich überzeugt davon, dass der Traum eine Botschaft an mich gewesen sein musste. Wovon hatte der Schatten am Ende gesprochen? Die Perle des Drachen …

Die ganze Nacht hindurch verfolgte ich die Geräusche von Regen und Wind. Die Unwetter schienen gar kein Ende mehr zu nehmen – wenn das eine weiterzog, war sofort ein anderes zur Stelle. Der ganze Himmel war voll damit.

Als wir am frühen Morgen wieder aufbrachen, waren die Wege noch schwerer zu passieren als zuvor. Tatsurô sah mich die ganze Zeit über mit bohrendem Blick an. Er hatte etwas auf dem Herzen und wartete nur auf den Moment, da die Dämonin aus dem Wagen stieg. Auch ich sehnte diesen Moment herbei und ich war schneller mit meiner Frage.

»Was ist die Perle eines Drachen?«, wollte ich wissen.

»Wie kommst du plötzlich darauf?«, fragte der Onmyôsei, sprach jedoch weiter, ehe ich mir eine Antwort überlegt hatte. »Man sagt, dass die Drachen von Tô eine Perle in der Hand halten, den Speicher ihrer Lebensenergie. Es soll auch Drachen geben, die tragen sie unter dem Kinn.«

»Wie Ihr Eure Geschwulst«, konnte ich mir die Bemerkung nicht verkneifen.

Kaum hatte ich ausgesprochen, griff sich Tatsurô ans Kinn. Vermutlich hatte er geglaubt, das verhasste Stück Fleisch wäre dort wieder aufgetaucht. »Ich bin kein Drache«, meinte er erleichtert, zerstreut und völlig überflüssigerweise. Dann sprach er weiter: »Ich habe eine neue Theorie entwickelt, während du schliefst. Du erinnerst dich bestimmt an das letzte Gedicht des Schattens, jenes über die zwei Töchter.«

»Die erste, schlechte Tochter ist die Dämonin«, meinte ich, »und ihr Vater Ukyô.«

»Zweifelsfrei. Und die zweite könnte Urara sein.«

»Was soll Urara denn noch alles sein?«, rief ich. »Eine Gefahr für die Dämonin, tätowiert vom teefarbenen Schatten, womöglich die Verfasserin des geheimen

Buches und jetzt auch noch die Tochter aus dem Gedicht. Als Nächstes heißt es vermutlich, sie sei die Sonnengöttin Amaterasu!« Ich atmete tief durch. »Wer ist dann Eurer Meinung nach ihr Vater? Vielleicht der Mikado höchstpersönlich?«

»Unwahrscheinlich. Ich tippe eher auf den veilchenfarbenen Schatten.«

»Ach, und warum ausgerechnet der?«

»Weil wir festgestellt haben, dass ihm viel an Urara liegen muss, wenn die Dämonin eine so große Vorfreude dabei empfindet, sie vor seinen Augen zu töten. Dieser Punkt wäre erklärt, wenn es sich um seine Tochter handelte. Und es würde auch erklären, dass sie früher einmal schreiben konnte. Als Tochter eines Onmyôji könnte sie es ausnahmsweise gelernt haben.«

»Das sind doch nur haltlose Vermutungen!«, ereiferte ich mich. »Die in Wirklichkeit überhaupt nichts erklären. Wozu die Tätowierung? Und wenn der veilchenfarbene Schatten ihr Vater ist, warum schickt er sie dann in den Kampf gegen die Yôkai? Er muss doch damit rechnen, dass sie dabei umkommt, dumm und hilflos, wie sie ist.«

Tatsurô schwieg.

Die nächsten Tage versanken in Regen und Schlamm. Die Wege wurden unpassierbar und wir mussten den Wagen mit den Ochsen in einem kleinen Dorf zurücklassen. Für Tatsurô bauten wir eine überdachte Trage, die Ukyô und ich mühsam durch den Regen schleppten. Offenbar gingen die Kräfte der Dämonin nicht so weit, uns ein schnelleres Fortbewegungsmittel zu verschaffen.

Unsere Reise verzögerte sich. Ununterbrochen regnete es. Seit vier Tagen hatten wir die Sonne nicht gesehen. Es schien, als würden wir Heian nie erreichen.

Immerzu blickte ich zum Himmel empor. Stellte mir vor, die Wolken wären der Bauch eines riesigen grauen Drachen. Der Traum der ersten Nacht kehrte auch in den folgenden Nächten zurück, jedes Mal wenn der Schlaf mich übermannte. Er wiederholte sich nicht nur – er wurde intensiver, greifbarer, die Stimme des Schattens ein krachendes, unmenschliches Brüllen, und mehrmals erwachte ich schweißgebadet und mit einem Aufschrei, der alle anderen weckte.

Ein, zwei Mal sah ich tagsüber die flinken schwarzen Kuronbô in unserer Nähe, aber ich wusste nicht, ob sie zum teefarbenen Schatten, zur Dämonin oder zu keinem von beiden gehörten. Da jeden Tag mehrere heftige Gewitter über das Land niedergingen, waren bestimmt eine Menge der Gewittertiere geboren worden.

Immer wieder hatte ich das Gefühl, die Nähe der Sänfte zu spüren, aber wahrscheinlich täuschte ich mich, denn die Dämonin reagierte nicht. Sie war angespannt und alles andere als selbstsicher, und ich ahnte warum. Sie spürte das Nahen einer Macht, die größer war als ihre eigene.

Das Nahen des Tô-Drachen.

27

Die harmlosen Kuronbô waren nicht die einzigen Yôkai, die wir sahen. Je weiter wir uns der Kaiserstadt näherten, desto häufiger begegneten sie uns. Zwei tiefblaue Oni mit weißen Hörnern folgten unserer kleinen Gruppe ein Ri weit. Sie waren kaum größer als zweijährige Kinder und bewegten sich ähnlich unbeholfen, doch die kräftigen Zähne, die aus ihren Mündern ragten, zeugten von ihrer Gefährlichkeit. Von uns schienen sie nichts zu wollen. Sie waren unterwegs nach Heian und sie verschwanden plötzlich, als sie eine Abkürzung durch den Wald entdeckten, die wir nicht passieren konnten. Am Himmel beobachtete ich einmal einen großen Tengu, einen Vogelmenschen, mit dem kurzen, breiten, aber messerscharfen Schnabel. Ich hatte dieses Geschöpf bisher nur auf Bildern gesehen.

Jetzt glaubte ich, dass der teefarbene Schatten uns nicht angelogen hatte. Die Yôkai strömten in die Kaiserstadt, um zu kämpfen, nicht für uns Menschen, aber für ihr Land. Jedes Yôkai, das wir oder die anderen Sora-no-me-Truppen vernichtet hatten, würde in diesem Kampf fehlen. Würde die Dämonin, die uns führte, ihre Kräfte ebenfalls gegen den Drachen einsetzen? Würden wir wirklich alle Seite an Seite kämpfen, Freunde und Todfeinde?

Nicht, *mit* wem man kämpft, ist wichtig, sondern, *gegen* wen.

Ich hatte das gesagt. Und der teefarbene Schatten hatte es wiederholt.

»Da!«, durchbrach die Stimme der Dämonin das Rauschen des Regens. »Die Kaiserstadt!«

Wir machten auf einer Anhöhe halt und zunächst sah ich gar nichts. Die Welt schien kurz vor unseren Augen zu enden, eine graue Wand aus Wolken und Regen versperrte den Blick ins Tal. Doch für Sekunden hoben sich Formen durch den Regen hindurch wie bei einem Steinrelief. Straßen, die kerzengerade durch Reihen rechteckiger Häuser führten. Heian war wie ein Go-Brett aufgebaut, nicht natürlich gewachsen, sondern mathematisch geplant und genau nach der Windrose ausgerichtet. Die Straßen verliefen exakt von Nord nach Süd oder von Ost nach West, und jedes einzelne Haus, ob Palast, Villa, Tempel oder einfache Hütte, fügte sich passgenau in dieses System.

»Die Stadt steht unter Wasser«, stellte Iso fest. Ein gelbbrauner Glanz überzog das verschwommene Bild der Kaiserstadt. Das Schimmern von schlammigem Wasser!

Die Dämonin nickte. »Der Kamogawa ist über die Ufer getreten. In Heian regiert das Chaos.« Der Kamogawa war der große Fluss im Osten der Stadt. »Wir müssen uns beeilen, wenn wir noch etwas Lebendiges vorfinden wollen ...«

Ich konnte nur hoffen, dass diese Äußerung ihrem teuflischen Charakter zuzuschreiben war und nicht eine realistische Einschätzung der Situation darstellte. Heian war meine Heimat, seit vor fünf Jahren die Bauarbeiten begonnen hatten. Ich hatte Familie und Freunde hier.

Wie in Trance legte ich die letzten drei Wegstunden bis zu unserem Ziel zurück. Hatte ich eben noch Hunger und Durst verspürt, waren diese menschlichen Regungen nun verschwunden. Ich dachte fieberhaft darüber nach, wie ich mich von der Gruppe lösen und nach meinem Vater und meinen Geschwistern suchen konnte. Und noch etwas dachte ich, auch wenn es übermütig und anmaßend klingen mag: Ich überlegte mir, wie ich es schaffen konnte, den Drachen zu vernichten.

Verrückt, nicht wahr? Der Junge, der gerade mal eben ein paar Fehden mit Yôkai ausgefochten und den Sieg meistens seinen Gefährten oder dem Glück zu verdanken hatte, machte sich ernsthaft Gedanken darüber, wie der große Drache aus Tô zu bezwingen war. Ja, ich fühlte mich tatsächlich ein wenig als derjenige, der das Zeug dazu hatte. Ich glaube, es lag daran, dass ich jahrelang auf meine Chance gewartet hatte, etwas zu bewegen. Ich hatte mich den Sora-no-me angeschlossen und dabei vielleicht vieles falsch gemacht, mich kurzzeitig auf die Seite des Falschen gestellt. Aber ich lebte. Ich hatte unter anderem das Sichelwiesel und den Gasha-Dokuro überlebt und eine Dämonin, die einst Frau und Mutter des Kaisers getötet hatte und derentwegen die Kaiserstadt ein zweites Mal verlegt worden war. Ich hatte die geheimnisvolle Urara kennengelernt und natürlich den teefarbenen Schatten. Er hatte mich mit einem merkwürdigen Titel bedacht: »Der junge Mann, der sowohl mit Weiß als auch mit Schwarz gewinnen kann.«

Der Satz, den ich im Traum vernommen hatte, ging mir nicht aus dem Kopf. Sicher bezogen sich diese Worte auf das Go-Spiel. Aber war das alles? Wollte der Schatten damit nicht sagen, dass ich ein Siegertyp war, jemand, der in jeder Situation gewinnen konnte? Auf meinem Go-Brett hatte ich mich Nacht für Nacht mit den Ungeheuern aus meiner Fantasie gemessen. Ich hatte Gegner besiegt, die so schrecklich waren, dass ein Drache sich dagegen beinahe harmlos ausnahm. Konnte ich diese Erfahrung nicht irgendwie in die Tat umsetzen? Auch Heian war ein Go-Brett, gewissermaßen.

Wir betraten die Stadt durch ein kleines Tor an der Westseite. Im Osten würde kein Durchkommen sein. Dort musste der Kamogawa das ganze Gebiet überflutet haben.

Im Westen herrschte noch eine gewisse Besonnenheit. Die Menschen rangen verbissen mit dem Hochwasser. Einige aber – vermutlich aus dem Ostteil der Stadt – ergriffen bereits die Flucht. Gebeugt schwankten sie durch die überfluteten Straßen, ihre Habseligkeiten zu einem Turm auf ihrem Rücken aufgehäuft. Einmal sah ich ein kleines Kind auf einem dieser Türme thronen. Andere Bewohner Heians hoben mit stoischer Ruhe Gräben aus, füllten Säcke mit Erde und bauten daraus Schutzwälle gegen das Wasser. Die Menschen sahen sich alle ähnlich. Sie waren braun vom Schlamm, und das meist von Kopf bis Fuß. Man musste genau hinsehen, um die Vornehmeren von den einfachen Leuten zu unterscheiden. Ab und an blitzte das farbenfrohe Muster eines edlen Kimonos hervor. Adelige Damen rannten vorüber, die einst so bunten Seidenröcke gerafft. Der Schlamm bedeckte auch ihre langen schwarzen Haare, die ihr ganzer Stolz waren. Sie konnten einem nur leidtun, wie sie so beschmutzt durch die Straßen irrten. Die Kleider der Hofleute waren schwer geworden, klebten an ihren Körpern und ließen sie kaum mehr vom Fleck kommen.

Ich hätte sicher stundenlang durch die Stadt laufen und die Eindrücke der Katastrophe aufsaugen können, fasziniert und entsetzt zugleich. Heian war mir fremd geworden – von der Atmosphäre entspannter Gelassenheit, dem edlen und doch bescheidenen Glanz des Kaiserhofs war nichts mehr übrig. Der Regen hatte die Anmut der Stadt weggewaschen. Die neu errichteten kunstvollen Gebäude ragten farblos und stumpf in den grauen Himmel, als wären sie schon lange verlassen. Einige der Stellen, die ich vor Kurzem noch täglich passiert hatte, erkannte ich kaum wieder.

Dazu kamen die Yôkai.

Ein kleiner Junge kam uns entgegengelaufen, und als er zu mir aufsah, erkannte ich, dass er kein Gesicht hatte. Dort, wo sich seine Augen, seine Nase und sein Mund hätten befinden müssen, war nur eine glatte Fläche. Ich war im Begriff, Tatsurô nach diesem Yôkai zu befragen, doch was hätte ich davon, wenn ich den Namen dieser Kreatur kannte? Der Junge rannte an uns vorüber. Seine Hand wies mit ausgestrecktem Zeigefinger an den

Himmel. Ich folgte dem Zeichen und glaubte für einen Augenblick eine Struktur in den Wolken zu erkennen. Den geschuppten Bauch eines Reptils, schwarz und glänzend.

»Gibt es schwarze Drachen?«, erkundigte ich mich bei dem Onmyôsei.

»Wo ist er?«, wollte dieser wissen, doch natürlich blieb ihm unter seinem Regenschutz der Blick auf den Himmel verwehrt. Das machte ihn unruhig. Er reckte sich, konnte jedoch nicht an dem Schilfdach vorbeisehen. »Es gibt einen, den man Kokuryû nennt«, fuhr er fort, »den schwarzen Drachen.«

»Ich wette, er ist der furchtbarste von allen«, rutschte es mir heraus.

»Er ist böse, Hayate. Grausam. Jeder andere Drache hat neben den zerstörerischen Aspekten seines Charakters auch eine freundliche, gütige Seite in sich. Es heißt, dem schwarzen Drachen fehlt diese Seite.«

Beinahe hätte ich laut gelacht. »Dann können wir uns wohl beglückwünschen.« *Oder hoffen, dass dein Bücherwissen dich ein einziges Mal im Stich lässt*, dachte ich.

Tatsurô war noch nicht fertig. »Gewöhnlich verbirgt sich der schwarze Drache in der Abgeschiedenheit der Tiefsee oder in den kargen Berglandschaften kalter nördlicher Regionen. Manche sagen, er kommt weniger als einmal in hundert Jahren in von Menschen besiedelte Reiche.« Etwas leiser meinte er: »Vielleicht hast du dich getäuscht.«

Obwohl es durchaus möglich war, dass der Drache eine andere Farbe gehabt hatte (oder gar nicht da gewesen war), schloss ich es aus. Der einzige Drache, der keine Gnade kannte – das klang sehr nach einem Yôkai, das der aschefarbene Schatten in Tô aufstöbern würde, um damit Rache an seinem Land und seinem Kaiser zu üben. Wir durften also nicht darauf hoffen, den Drachen irgendwie besänftigen zu können. Wir mussten ihn bezwingen. Wie bezwang man ein Wesen, das tagelang heftige Gewitter über das Land zu treiben vermochte?

Auf den Häusern waren Dutzende von Kuronbô unterwegs. Sie sprangen behände von Dach zu Dach. Auf diese Weise konnten sie die Stadt in Kürze durchqueren. Welche Szenen sich vor ihren Augen abspielen mochten? Und ob es wohl jemanden gab, dem sie ihre Beobachtungen verrieten?

»Wir brauchen eine Unterkunft«, drang die Stimme der Dämonin durch den Regen. »Wir können nicht länger ziellos umherirren.«

»Nichts leichter als das«, kommentierte ich ironisch. »Das schlechte Wetter drückt bestimmt die Zimmerpreise.«

»Du scheinst dich hier auszukennen«, sagte sie. »Wo wohnt deine Familie?«

Ich schwor mir, es ihr auf keinen Fall zu verraten, doch plötzlich veränderte ich mich. Auf einmal schien es mir gar nicht so schlecht, ihr zu dienen, sie zufriedenzustellen. »Moment«, hörte ich meine Stimme sagen. »Zuerst nehmen wir die Ômiya-Gasse nach Süden und dann ...« Wir wateten durch das Wasser auf das Haus zu, in dem mein Vater und meine Brüder wohnten.

An einigen Stellen versanken wir bis zu den Knien im Schlamm, und es wurde immer schwieriger, die Bahre mit dem Onmyôsei zu transportieren.

Was dann folgte, war wie ein merkwürdiger Traum. Mein Vater, der vor dem Haus mit dem Errichten eines Walls beschäftigt war, wandte uns sein nasses Gesicht mit an den Kopf geklatschten Haaren zu, erschrak für einen Moment – und warf dann die Sandsäcke achtlos hin, um der Dämonin zuzulächeln, wie ich ihn nie hatte lächeln sehen. »Mein Haus ist Eures«, sagte er. »Freunde meines Sohnes sind auch meine Freunde.« Als ihr Bann auf ihn überwechselte, ließ ihr geistiger Einfluss von mir ab, doch das blieb ohne Folgen. Um meine Familie nicht zu gefährden, musste ich gute Miene zum bösen Spiel machen.

Wir würden ohnehin nicht lange hier sein.

»Der Drache!«, flüsterte ich Tatsurô zu, als wir ihn von der Trage hievten und ins Haus schleppten. Ein paar Sekunden lang sahen wir ihn beide am Himmel. Er zog seine Kreise in den Wolken, ein gigantisches schwarzes Geschöpf, dessen Größe kaum zu schätzen war. Als sein Kopf aus dem grauen Dunst hervorstach, erblickten wir ein geschwungenes Maul mit spitzen Reißzähnen, einen riesigen weißen Bart, der ihm das Aussehen eines grausamen alten Mannes gab, zwei kolossale Barthaare, die weit vom Himmel herabpendelten und die Dächer der höheren Gebäude zu streifen drohten. Die Schuppen lagen nicht glatt am Körper, sondern standen steil ab und gaben dem Wesen das Aussehen einer roh aus schwarzem Holz geschnitzten Figur. Eine Klaue mit fünf krallenbewehrten Fingern reckte sich in unsere Richtung, ehe der Drache sie wieder einzog. In einer anderen Klaue prangte eine schwärzlich graue Kugel, die von dünnen silbernen Blitzen umwebt wurde. Die Perle des Drachen! Hatte der teefarbene Schatten davon gesprochen? Reichte es, diese Perle zu zerstören, um das Ungeheuer unschädlich zu machen?

»Wir brauchen einen begnadeten Bogenschützen«, sagte ich mit gedämpfter Stimme zu Tatsurô. »Er muss die Perle treffen, sobald sich der Drache noch weiter auf die Stadt herabsenkt.«

»Ukyô könnte das bewerkstelligen«, hauchte der Onmyôsei. »Er muss aus weiter Entfernung geschossen haben, als er in Nagaoka den Bauleiter ermordete.«

Richtig. Und es sah so aus, als wäre der Bann jetzt auch von ihm abgefallen. Die Dämonin konnte offenbar nie mehrere Menschen auf einmal kontrollieren. Ich schlich mich an den Attentäter heran und wisperte ihm ins Ohr, was uns vorschwebte. Doch der Mann reagierte nicht, starrte uns nur verständnislos an. Er hatte zu lange unter dem Bann der Teufelin gestanden und fand sich in der Welt nicht mehr zurecht. Ehe wir uns eingehender mit ihm beschäftigen konnten, trat die Dämonin wieder zu uns.

»Wir gehen den veilchenfarbenen Schatten suchen«, entschied sie. »Er darf nicht sterben, ehe ich Urara vor seinen Augen hingerichtet habe.«

»Hört mich an«, nahm ich meinen ganzen Mut zusammen. »Wollt Ihr wirklich tatenlos zusehen, wie der Drache das Land verwüstet? Das mächtigste aller Yôkai seid Ihr! Die Scharen von Geistern, Füchsen und Kobolden sind Schwächlinge gegen Euch. Wenn jemand den schwarzen Drachen stoppen kann, dann Ihr!«

»Deine Schmeichelei nützt dir nichts«, lächelte sie wieder das hässliche Lachen, das zu breit war, um auf ihr Gesicht zu passen. »Ich habe kein Interesse daran, dieses Land zu verteidigen. Soll es doch untergehen, mit all seinen Onmyôji und Helden und Kaisern! Ich habe diesen Staat nicht gemacht. Ich brauche ihn nicht. Ich war schon hier, als es noch keine Menschen gab.«

Ich holte tief Luft für den nächsten Stapel Argumente. »Der veilchenfarbene Schatten und der aschefarbene Schatten wollen das Reich vernichten. Beide sind Onmyôji. Wenn Ihr den Drachen nicht aufhaltet, tut Ihr den beiden damit den größten Gefallen. Ihr unterstützt ihren Plan. Wollt Ihr das wirklich? Ich dachte, Ihr hasst sie!«

»Netter Versuch«, höhnte sie. »Noch irgendetwas, was ich mir unbedingt anhören müsste?«

»Natürlich!«, bellte ich. »Es gibt achthundert Gründe. Zum Beispiel ... zum Beispiel ...«

Neben mir hob Tatsurô seinen Oberkörper von seiner Bahre. Seine hageren Hände, mit denen er sich stützte, zitterten. »Der Drache wird dich töten, wenn du ihn nicht tötest«, sagte er langsam. »Wie alt und mächtig du auch sein magst, der schwarze Drache ist älter und mächtiger.«

Mir entging, welche Reaktion sie darauf zeigte, denn mein Vater brachte Erfrischungen herein, Wasser, etwas Sake und dazu Mizuame, eine klebrige Süßigkeit, die ich hasste. Es war gruselig, Vater als willenlosen Diener zu sehen. Nicht dass ich mir nicht das eine oder andere Mal gewünscht hätte, ihn herumkommandieren zu können ... Einer meiner Brüder betrat das Zimmer und wurde leichenblass. Ich wusste nicht, was für eine Erklärung ich ihm für die Situation geben sollte, also sagte ich gar nichts. Draußen schien indes die Welt unterzugehen. Der Lärm wurde lauter. Das Hochwasser war jetzt nicht mehr das größte Problem für die Menschen von Heian. Die meisten von ihnen mussten mittlerweile die Yôkai gesehen haben, vielleicht sogar den Drachen.

Als Iso nach dem Wasser, Ukyô nach dem Sake und Urara nach den Süßigkeiten greifen wollten, zuckte die Dämonin gereizt mit dem Kopf. Ihre Haare flogen auf, ein Schwall schwarzer Tuschefäden traf das niedrige Tischchen, auf dem mein Vater die Sachen abgelegt hatte. Der Tisch zerbrach in der Mitte, Getränke und Süßigkeiten rutschten zu Boden.

Und dann, plötzlich, noch ehe die Flüssigkeiten in der Tatami-Schilfmatte versickert waren, legte sich ein überirdisches Schweigen auf unsere Gruppe. Die Dämonin, Tatsurô, Urara, Iso, Ukyô, mein Vater, mein Bruder und ich – acht Personen waren wir in dem kleinen Zimmer, dicht gedrängt, und wir hielten alle zugleich den Atem an. Irgendetwas war nicht mehr wie zuvor.

Ich versuchte herauszufinden, was es war. Meine Augen konnten nichts entdecken. Erst als ich mich auf mein Gehör konzentrierte, fiel es mir bewusst auf – unbewusst hatte ich es schon Sekunden vorher wahrgenommen ... und alle anderen auch.

Die Geräusche hatten sich verändert. Die Welt draußen hielt mit uns den Atem an. Kein Klappern, kein Schaufeln war mehr zu hören, keine Schritte und keine menschlichen Stimmen. Ich konnte förmlich vor mir sehen, wie ganz Heian auf den Himmel starrte. Denn hinter der Stille brauste ein entsetzliches Geräusch – ein dumpfes Tosen, wie es ein Berg verursachen mochte, der langsam durch die Luft flog.

Ich sah Tatsurô an und dieser nickte.

Der Drache kam herab.

Und etwas an diesem Geräusch sagte mir, dass er nicht *irgendwo* herunterkam, schon gar nicht im Norden der Stadt, wo der Kaiserpalast lag. Der Drache stürzte geradewegs in unsere Richtung!

»Wir müssen hier raus!«, rief Iso und schnappte sich ein Ende von Tatsurôs Bahre. Ich griff nach dem anderen Ende, und mit einem gemeinsamen »Yoi-sho!« hoben wir ihn an. Als wir durch die Tür wollten, war diese durch Ukyô blockiert, der zögernd dort stand und sich nicht recht entscheiden konnte, was er tat.

Im nächsten Moment war das alles egal. Noch ehe das Tosen ohrenbetäubend laut werden konnte, ertönte ein gewaltiges Krachen. Das Dach unseres Hauses wurde zerschmettert, kleine und große Holzteile wirbelten durch die Luft und regneten auf uns herab. Durch die riesige Öffnung stieß ein gigantisches schwarzes Etwas herab. Zuerst hielt ich es für den Drachen, dann für die Pranke des Drachen und dann sah ich, was es wirklich war.

Eine einzige Kralle einer seiner Klauen. Nichts als ein

Fingernagel des Ungeheuers, doch dieser Nagel, diese gebogene, schartige Kralle, war größer als unser Haus!

Wäre die Spitze dieser Kralle auf mich zugerast, ich hätte nicht die geringste Chance gehabt, ihr auszuweichen. Doch sie hatte ein anderes Ziel. Sie fuhr in der Mitte des Raumes herab, dort, wo alleine und trotzig eine Gestalt stand, die es als Einzige nicht für nötig befunden hatte, sich an die Wand zu drücken oder zur Tür zu hasten.

Die Dämonin!

Die Kralle des Drachen spießte sie auf. Die Spitze bohrte sich in ihren Rücken und trat an ihrer Brust wieder aus. Kein Blut spritzte, nur eine Wolke Dunkelheit strömte wie dicker Rauch aus der riesigen Wunde. Rauch, der im nächsten Augenblick sofort wieder eingesaugt wurde, vielleicht von ihr, vielleicht von der Kralle. Verrückterweise fragte ich mich in diesem Augenblick, was wohl geschehen wäre, wenn der Fingernagel des Drachen nicht sie, sondern Urara an dieser Stelle getroffen hätte. Hätte der Schutzzauber des Schriftzeichens die Kralle des Drachen ebenso stumpf werden lassen wie die Klingentatzen des Sichelwiesels?

Auch andere seltsame Dinge gingen mir in meiner Verwirrung durch den Kopf. Mein Vater tat mir leid, weil der Drache sein Haus zerstört hatte. Ich dachte sogar an den Sake, der verschüttet worden war, und ob man ihn noch retten könnte.

Es musste wohl der Schock sein. Denn während ich mir über achthundert sinnlose Fragen den Kopf zerbrach, machte ich keine Anstalten, den Ort der Gefahr zu verlassen. Stattdessen beobachtete ich ruhig, wie der aufgespießte Körper der Dämonin sich veränderte. Risse entstanden in ihrer Haut, die immer heller, farbloser wurde. Der Leib schrumpfte und brach auseinander. Die Teufelin schrie dabei unablässig, doch es klang nicht, als ob sie Schmerzen hatte. Es war mehr unbändige Wut, die aus ihrer Stimme sprach. In der Mitte ihres Gesichts bildete sich ein Krater, weißer als das weißeste Papier, und in diesen Krater hinein rutschten ihre Nase, ihre Augen, ihre Ohren und ihr Mund. Raschelnd verschwand ihr ausgetrockneter, ausgebleichter Leib unter ihrer hellen Kleidung, und kurz darauf hing nur noch schlaffer Stoff an der Drachenkralle.

Weiße, Funken sprühende Blitze jagten an dem gigantischen Nagel empor. Schließlich zog das unglaubliche Wesen seine Kralle wieder zurück. Die Spitze blieb dabei an einem Balken hängen, die letzten Reste des Daches wurden krachend in die Luft geschleudert, und eine der Wände brach ein.

»Energie«, hörte ich Tatsurô keuchen. »Er hatte es auf dieses Yôkai abgesehen, weil er daraus am meisten Energie zapfen konnte. Die Dämonin war sein erstes Ziel in dieser Stadt.«

»Der fetteste Happen«, sagte ich. Noch immer ließ mich das Geschehene relativ kalt. Mir war, als würde ich nur ein Theaterstück verfolgen, das mich im Grunde nichts anging. Wenn ich überhaupt etwas empfand, dann ein wenig Enttäuschung darüber, dass diese schreckliche Dämonin so rasch und undramatisch vernichtet worden war.

Undramatisch? Wir standen in den Trümmern unseres Hauses, eines Gebäudes, das zehn Atemzüge vorher noch neu und stabil gewesen war. Aber das kümmerte mich kaum.

»Der Drache wird nach weiteren Opfern suchen«, sagte Tatsurô. »Das eine wird ihn nicht satt gemacht haben nach der langen Reise über den Ozean.«

»Wer wird sein nächstes Opfer?«, wollte Iso wissen.

»Sicher nicht wir einfachen Leute«, vermutete ich. »Mehr Energie werden ihm die Yôkai liefern. Und die Onmyôji.«

Tatsurô brummte zustimmend.

»Und was tun wir jetzt?«, fragte ich.

Iso und ich hielten noch immer die Trage mit dem Onmyôsei und gingen damit nach draußen. Die Gegend um unser Haus war vollkommen menschenleer. Die Leute hatten das Weite gesucht, als der Drache seine Kralle nach uns ausstreckte.

Als ich vor den Überresten unseres Hauses stand, erreichte mich der Schrecken der vergangenen Minuten. Er kam wie eine Welle aus meinem Inneren. Schlagartig wurden meine Knie wie Tofu, die Welt rotierte in ausladenden, schlingernden Drehungen um mich. Ich setzte die Bahre halb ab, halb fiel sie mir aus der Hand. Es musste ja kommen: Jetzt wurde mir klar, wie knapp wir alle dem Tod entgangen waren. Noch schlimmer allerdings war die zweite Erkenntnis: Dass der Drache, der beinahe die Ausdehnung der ganzen Kaiserstadt haben musste, kein Gegner war, der sich besiegen ließ. Nicht von einem Pfeil, der aus einer Bogensehne schnellte, und nicht von ein paar mit Papierstreifen um sich werfenden Onmyôji. Unser Ende würde noch kommen, später.

Ich war bereit, alles hinzuschmeißen, wie jemand, dem speiübel ist, sich nicht nur im Scherz den Tod wünscht. Es war nicht nach meinem Geschmack, in der Stadt umherzuirren und zu warten, bis eine Kralle vom Himmel aus nach mir stieß und mir zeigte, dass meine Zeit gekommen war.

Was mich davon abhielt, zu resignieren, war vor allem meine Familie, dazu Iso und Urara, die ich beschützen wollte, ja, und sogar Tatsurô. Er hatte viel mehr auf dem Kasten, als ich ihm zunächst zutrauen wollte, und ich war bereit in Erwägung zu ziehen, dass er eines Tages ein ehrbarer Onmyôji werden würde, dürr und asketisch und imposant, sobald sein Alter sich endlich seinem Aussehen angepasst hätte.

Aber nur, falls es ein »eines Tages« gab.

Die Träume der letzten Nächte hielten die Flamme des Mutes in mir am Brennen. Der teefarbene Schatten schien auf mich zu zählen. Nicht umsonst hatte er mir diesen sonderbaren Beinamen gegeben: »Der Mann, der mit Weiß und Schwarz gewinnen kann.« Nur verstand ich nicht, was er von mir wollte. Die Träume brachen immer an der Stelle ab, an der er von der Perle des Drachen zu reden begann.

»Wir sollten zügig nach Norden gehen«, meinte Tatsurô. »Zum Palast.«

»Den Kaiser schützen?«, fragte Iso.

Tatsurô schüttelte den Kopf. »Die Onmyôji aufsuchen. Wenn wir ihnen alle Informationen übermitteln, die wir haben, können sie vielleicht eine Waffe entwickeln.«

»Sollten wir nicht versuchen den veilchenfarbenen Schatten zu finden?«, schlug ich vor. »Er besitzt doch dieses geheime Buch, dieses Meisterwerk der Yin-Yang-Lehre.«

Das Buch, von dem Tatsurô allen Ernstes behauptete, Urara könne es geschrieben haben. Na, vielleicht war es doch nicht ganz so weit her mit der Klugheit des Onmyôsei. Wer solche Theorien aufstellte, würde bereits durch die *Gesunder-Menschenverstand-Prüfung* rasseln, falls so etwas für ihn anstände.

»Wie sollen wir den veilchenfarbenen Schatten überhaupt finden?«, wandte Iso ein. »Heißt es nicht, er hält sich gut versteckt?«

»Ich glaube, *er* wird *uns* finden«, meinte Tatsurô. Ich begriff erst, was er meinte, als mir drei oder vier Kuronbô auffielen, die in der Nähe über die Dächer huschten. Ihre dünnen schwarzen Körper waren im Regen kaum auszumachen. Es sah tatsächlich aus, als würden sie uns beobachten. Zu wem gehörten sie?

Wir machten uns auf den Weg nach Norden, die ganze seltsame Truppe. Ukyô, der sich noch immer zu fragen schien, wer er war und was um ihn herum geschah, folgte uns wie ein treuer Hund. Nur mein Vater und mein Bruder blieben zurück. Es galt, die wenigen Habseligkeiten zusammenzupacken und die Flucht aus der Stadt zu versuchen.

Was ich unterwegs zu sehen bekam, schreckte mich

nicht mehr. Der Regen hatte die Straßen in Flüsse verwandelt, und von den Bergen her strömte noch mehr Wasser in die Stadt. Wir trafen Menschen, die uns in abgehackten Satzfetzen die Situation rund um den Kaiserpalast schilderten. Hohe Beamte, deren Gesichter man selten außerhalb der Palastmauern gesehen hatte, liefen voller Panik umher. Auch Onmyôji wollte man gesehen haben, wie sie ein paar vorsichtige Schritte vor die Tore machten. Kaum jemand erhoffte sich von ihnen noch eine Rettung.

Natürlich nicht, dachte ich. *Denn die Rettung bin ich. Ich werde der Held von Heian sein, denn der teefarbene Schatten vertraut mir. Die Träume, die er mir schickt, werden schon nicht umsonst sein. Ich bin der Mann, der mit Schwarz und Weiß gewinnt.* Ununterbrochen kreiste dieser Titel in meinem Kopf, spornte mich an.

Die Bewegungen des Drachen am Himmel waren meist nur zu erahnen. Nach seiner Attacke hatte er sich wieder hinter die Wolken zurückgezogen. Nur ab und an tauchten die schwarzen Schuppen für Augenblicke aus den dicken grauen Schleiern.

Ein junger Mann, der die Kopfbedeckung der Beamten schief auf dem Kopf trug, watete uns durch Wasser und Schlamm entgegen. »Eine ... eine Sänfte«, keuchte er. »Am Suzakumon steht eine Sänfte, wie sie nie jemand gesehen hat.« Das Suzakumon war das große Südtor des Palastbereiches, benannt nach dem roten Vogel, dem Gott der Himmelrichtung Süden.

»Was meint Ihr?«, fragte ich hektisch, schon ahnend, wovon er sprach.

»Ein Netz aus Silber verschließt sie«, berichtete der Mann atemlos. Seine einst weiße Kleidung war vollgesogen mit braunem Wasser. »Und sie hat keine … keine …«

»Keine Träger«, ergänzte ich. Sein Nicken sah ich schon nicht mehr. »Wir müssen hin!«

»Lasst mich zurück, dann kommt ihr schneller vorwärts«, bot Tatsurô an, doch das konnte der Held in mir nicht zulassen. Einem Helden war jeder Einzelne wichtig. Er ließ nie jemanden im Stich.

Die Sänfte des teefarbenen Schattens wartete an der Palastmauer. Das hatte ich hören wollen! Das war es, was ich brauchte, um meine Hoffnung zu untermauern. Der Schatten hatte etwas vor. Er würde mir verraten, wie ich die Perle des Drachen erreichte. Er würde mir die Kraft und das Handwerkszeug geben. Hatte er mir nicht prophezeit, dass wir eines Tages Seite an Seite kämpfen würden?

Vater, dachte ich, *du hast immer gesagt, manchmal müsse man lange warten. Danke für dieses Stückchen Weisheit! Ich habe lange genug gewartet. Jetzt werde ich Heian von dem Drachen befreien!*

Bis zu der Stelle würden wir unter diesen Umständen noch fast zehn Minuten brauchen. Es musste einfach reichen! Der Drache verhielt sich ruhig – vielleicht kaute er noch an seiner letzten Mahlzeit. Immerhin war es ein großer Brocken gewesen.

Doch zwei Straßen weiter wurden wir plötzlich aufgehalten. Ein ganzes Rudel von Kuronbô sprang auf den Dächern hin und her, und in der Mitte des überfluteten

Weges stand breitbeinig ein Mann, alt und nicht sehr groß, in ein violettes Gewand gehüllt, ein Holzamulett in jeder Hand. Sein Hut war ihm vom Kopf gerutscht und präsentierte eine blanke Glatze. Er hatte die blasse Gesichtsfarbe eines Menschen, der selten die Sonne sah. Sich seit Jahren im Verborgenen hielt.

Obwohl ich ihm zum ersten Mal begegnete, wusste ich, mit wem wir es zu tun hatten. Die Amulette deuteten auf einen Onmyôji hin, und die Farbe seiner Tunika erinnerte, zumindest da, wo sie nicht durchnässt war, an den sanften Farbton von Veilchen …

Er sprach nicht und ich fragte mich, was er wohl von uns wollte.

»Wir ziehen in den Kampf«, erklärte Tatsurô, der ihn von seiner Bahre herunter ansah. »Schließt Euch uns an. Wir können Eure Zauberkunst gut gebrauchen.« Als Leiter einer Sora-no-me-Truppe hatte er dem veilchenfarbenen Schatten schon einmal gegenübergestanden.

Der ehemalige Onmyôji zögerte mit der Antwort. »Ich habe nicht vor, für diese Stadt zu kämpfen«, sagte er dann langsam. Natürlich hatte er das nicht. Wenn unsere Informationen stimmten, dann hatte er die Sora-nome ins Leben gerufen, um die Abwehr zu zerstören, die der teefarbene Schatten gegen die Gefahr von außen – also den Drachen – aufzubauen versuchte.

»Wenn Euch nichts an der Stadt liegt«, mischte ich mich ein, »dann vielleicht an Eurer Tochter.« Ich griff Tatsurôs Theorie auf, wonach er Uraras Vater war.

Der Schatten kam mit grimmigem Gesicht auf mich zu, sah mich aber nicht an. Sein Blick ruhte auf Urara. »Mir liegt sehr viel an meiner Tochter«, brummte er. »Deshalb möchte ich sie sterben sehen!«

Die junge Frau biss sich auf die Lippen. »Vater«, brachte sie hervor.

Eine Gänsehaut lief mir über den Rücken. »Was hat sie Euch getan, dass Ihr ihr den Tod wünscht?«, fragte ich mit belegter Stimme.

Der veilchenfarbene Schatten lachte sarkastisch auf. »Sie – nichts! Aber sag selbst, junger Bursche, ist es nicht besser, tot zu sein, als so leben zu müssen: dessen beraubt, was sie so einzigartig machte? Ich habe gleich angeboten sie zu töten, wenn sie schon bestraft und aus dem Verkehr gezogen werden muss. Doch der Mann, den man den teefarbenen Schatten nennt, gab sich gnädig und verschonte ihr Leben. Wenn ich geahnt hätte, welche Strafe er für sie vorsah, ich hätte sie noch in derselben Nacht getötet, in der wir so taten, als würden wir ihr Buch verbrennen. Glaubt mir, es ist seither kein Tag vergangen, an dem ich es nicht bereute, sie gezeugt zu haben.«

Tatsurô richtete sich auf. »Aber später brachtet Ihr es nicht mehr über Euch, sie eigenhändig zu töten. Deshalb sollte sie sich den Sora-no-me anschließen. Um im Kampf gegen die Yôkai zu sterben.«

Ich war wie erschlagen von den Offenbarungen, selbst wenn sie nicht wirklich neu waren. Also stimmten alle unsere Informationen und Tatsurôs wilde Spekulationen. Urara war als Tochter eines Onmyôji in die Schreibkunst ebenso eingeführt worden wie in die Lehren des Onmyôdô. Sie hatte für beides ein außergewöhnliches Talent bewiesen, hatte das geheime Buch geschrieben und war vom teefarbenen Schatten dafür bestraft worden. Die magische Tätowierung, das Zeichen »stumpf«, hatte ihren Verstand zu dem eines kleinen Kindes gemacht. Eine Gnade, verglichen mit der Todesstrafe? Oder eine noch viel grausamere Bestrafung?

Was noch offenblieb, war die Frage, warum man Urara überhaupt bestraft hatte. Lag es am Inhalt des Buches? Aber wenn es wirklich so brillant und gefährlich war, dass es in den falschen Händen eine Katastrophe auslösen konnte, hätte man da nicht das Buch zerstören müssen anstatt die Autorin?

Mir gefiel ganz und gar nicht, dass Urara das Opfer des Mannes war, auf dessen Seite ich nun stand. Dass der teefarbene Schatten mit den Wels-Eiern die Yôkai gerufen hatte, empfand ich inzwischen als richtig. Auch wenn ein paar Menschen dabei zu Schaden gekommen waren, hatte er es doch getan, um die große Gefahr abzuwenden. Aber Urara? Wie konnte jemand etwas so Bestialisches tun und eine hochintelligente junge Frau zu einer Idiotin machen?

»Schließt Euch uns an«, meinte ich schwach. »Sonst werdet Ihr das nächste Opfer des Drachen werden.«

Der Schatten sah mich finster an. »Das mag sein. Aber es kümmert mich nicht. Der Kaiser hat mich an dem Tag vernichtet, als er mich aus dem Onmyôryô warf. Geblieben ist von mir bloß noch eine Hülle. Zusammengehalten wird sie von Rache. Wenn nur diese Rache erfüllt wird, ist mir gleich, was mit mir geschieht.«

»Wir müssen uns gewaltsam den Weg frei machen«,

flüsterte ich Tatsurô zu, dessen Kopf auf meiner Seite der Bahre lag.

Der veilchenfarbene Schatten musste meine Worte aufgefangen haben, denn er sagte: »Keine Sorge. Ich werde euch nicht aufhalten. Ich habe gehört, am Kaiserpalast wartet die Sänfte des teefarbenen Schattens. Ich weiß nicht, was ihr euch davon erwartet, aber ich weiß, dass ihr enttäuscht sein werdet. Maßlos enttäuscht. Dieser Mann ist längst geschlagen. Was hat seine Aktion denn bewirkt? Ja, er hat mir die Eier des Erdbebenfisches vor der Nase weggeschnappt, mit denen ich das Land vernichten wollte. Doch was dann? Die ganze komplizierte Geschichte hat nicht zu einer tapferen Armee von Yôkai geführt, sondern das Chaos nur verstärkt. Seht euch um! Kobolde und Gespenster irren ziellos durch die Stadt und behindern die Flucht der Bewohner, anstatt für sie zu kämpfen. Er wollte mir schaden. Stattdessen benutze ich jetzt seine Kuronbô, um den Zustand der Stadt auszukundschaften. Und die Sänfte – ja, es ist ihm gelungen, in ihrem Inneren enorme Mengen von Yin-Energie zu erzeugen. Genug Energie, um vielleicht sogar den Drachen besiegen zu können. Vorausgesetzt natürlich, man lässt der Sänfte und ihm viel Zeit, dieses Yin zu generieren. Sehr viel Zeit. Alles in allem ist es eine hübsche Spielerei ohne tieferen Wert. Ich wette, er hatte gar nicht den Drachen im Kopf, als er sie konstruierte. Es ging ihm nur um die Dämonin. Damals war es ihm nicht gelungen, sie zu vernichten. Vielleicht hatte er das Yin und das Yang in sich zu gut ausbalanciert, um genug zerstörerische

Energie aufzubringen. Das will er jetzt wohl ändern. Die Sänfte soll ihn mit einseitiger, dunkler, destruktiver Energie aufladen. Dazu hat er sich übrigens von einem kleinen Instrument inspirieren lassen, das ich ihm damals auf den Hals schickte – eine Kugel, in der sich das Yang nahezu ins Unendliche potenzierte. Aber was hat ihm die Sänfte gebracht? Um sich vor dem Zugriff der Dämonin zu retten, musste er sie fest verschließen. So fest, das kein Mensch und kein Yôkai sie jemals wieder öffnen kann. Und von innen ist sie ohnehin nicht aufzubekommen. Darf ich dich fragen, junger Mann: Was nutzt ihm all die Energie, wenn sie für immer mit ihm in diesem kleinen Kasten eingesperrt ist? Er hat das Duell verloren und ihr habt mit ihm verloren.« Mit einer theatralischen Bewegung trat er einen Schritt zur Seite und gab damit symbolisch den Weg frei. »Bitte! Ich halte euch nicht auf.«

Vorsichtig passierten wir ihn. Nur Urara blieb bei ihm stehen. Es zerriss mir das Herz, ihre Gestalt zu sehen. Sie wirkte ganz anders als sonst, wie eine geknickte Blume. Ich wusste nicht, wie viel sie von den Worten ihres Vaters verstanden hatte, aber sie musste zumindest mitbekommen haben, dass er ihren Tod wünschte. »Komm, Urara!«, rief ich, und tatsächlich: Sie löste sich von ihm und folgte unserer Gruppe. Der veilchenfarbene Schatten blieb zurück. Kurz war mir der Gedanke gekommen, ihn nach dem Buch zu fragen, doch er würde es mir ohnehin nicht geben.

Je näher wir dem Palast kamen, desto mehr Yôkai kreuzten unseren Weg. Von vielen hatte ich nicht einmal gehört. Rankenähnliche Geschöpfe schwammen auf dem Wasser und reckten plötzlich ihre Köpfe, wenn man sie für treibende Pflanzen hielt. Affenwesen schwangen sich an gewaltigen Klauen von Dach zu Dach; Riesenspinnen mit Frauengesichtern sahen zu den Türöffnungen der Häuser heraus; Männer mit Schlangenhänden gingen umher; und aus dem Wasser, durch das wir wateten, erhoben sich die Köpfe echsenartiger Ungeheuer.

Der veilchenfarbene Schatten behielt recht. Die Yôkai kämpften nicht gegen den Drachen – wie hätten sie das auch bewerkstelligen sollen? –, sondern verschlimmerten nur die Panik und das Chaos in der Stadt.

»Die Sänfte!« Iso hatte sie zuerst gesehen. Vielleicht hätte ich sie auch gar nicht erkannt. Sie wirkte verändert. Die silbernen Ströme, die das Fortbewegungsmittel wie ein natürlich gewachsenes Gespinst umhüllten, schnitten tief in das Holz ein. Die regelmäßige Quaderform der Sänfte hatte sich in ein knorriges Etwas verwandelt, das an ein Stück aus einem alten Baum erinnerte. Es war unmöglich, zu erkennen, wo einmal die Schiebetür gewesen war. Nur die vier Trageholme ragten noch heraus. Auch sie waren krumm, schief und knorrig geworden. Noch immer schwebte die Sänfte in der Luft, die Shikigami, die sie trugen, waren unsichtbar geblieben.

Über uns zog der Drache seine Kreise, nun wieder niedriger. Er würde sicher bald zuschlagen. Wer stand als Nächstes auf seinem Speiseplan? Der veilchenfarbene Schatten? Die Onmyôji im Palast? Unsere Wenigkeiten?

Wir setzten Tatsurôs Trage ab und ich untersuchte die Sänfte. Zunächst tat ich es nur mit Blicken, dann tasteten meine Hände darüber. Das Silber war von erschreckender Kälte.

»Kannst du sie öffnen?«, wollte Iso wissen.

Natürlich fragte ich mich dasselbe. Und natürlich hatte ich keinen blassen Schimmer, wie ich es anpacken sollte.

»Der Drache!« Tatsurô rief es. Er hatte den Himmel von uns allen am besten im Blick. Wir sahen den schwarzen Schlangenkörper herabschießen. Diesmal kam er nicht auf uns zu. Der Drache war – ich scheue mich, es zu sagen – von unglaublicher Schönheit. Das längliche Maul mit den geschwungenen Barthaaren, die in keinster Weise animalischen, sondern durch und durch menschlichen, oder besser: göttlichen, Intelligenz versprühenden, Augen. Sein schlanker, gewundener Körper, die wie poliert wirkenden, steil aufgerichteten, schwarz glänzenden Schuppen, der stolze und bedrohliche Stachelkamm auf der Rückenseite, dazu ein nicht enden wollender Schwanz, der bis über die Berge zu reichen schien. Er hatte keine Flügel, flog mithilfe der Kraft aus der grauen Perle, die seine linke Hand hielt. Hätte man die Zeit dazu gehabt, man hätte ihn stundenlang bestaunen können. Ich verstand sehr gut, warum die Tô-Menschen den Drachen verehrten. Er war ein lebendiges Gemälde.

Ehe er gegen den Boden prallen konnte (was einen großen Teil der Kaiserstadt dem Erdboden gleichgemacht hätte), krümmte sich sein Körper ein wenig und sein Flug wurde langsamer, die Flugrichtung änderte sich. Seine linke Klaue zuckte nach unten, Trümmer flogen auf. Ich wandte mich ab.

»Das war nicht die Position des veilchenfarbenen Schattens«, sagte Iso.

»Wirklich nicht?« Ich konnte nur Urara ansehen, betete, dass Iso recht hatte.

»Er muss sich irgendein Yôkai geholt haben.«

Im nächsten Moment wurden wir Zeugen, wie der Drache einen gewaltigen fischähnlichen Körper in seiner Klaue nach oben riss. Ein Yôkai, wie Iso vermutet hatte. Grelle Blitze zuckten aus dem Leib des Opfers bis hin zu der grauen Riesenperle, die die Energie zu schlucken schien.

Die Sänfte! Gewaltsam lenkte ich meine Aufmerksamkeit wieder auf sie. Ich legte meinen Kopf gegen die eiskalte Oberfläche und lauschte auf Geräusche aus dem Inneren. Da war nichts zu hören, aber ich wusste ja, wie es im Inneren aussah. Der teefarbene Schatten befand sich dort, oder das, was die silberne Yin-Energie von ihm übrig gelassen hatte. Vielleicht bekam ich etwas von der Energie ab, wenn ich die Kiste öffnete – oder der Schatten überreichte mir eine Waffe, mit der ich die Perle des Drachen zerstören konnte. Mir fiel einiges ein: eine Energielanze zum Beispiel, die dicke, saftige Yin-Blitze verschoss. Oder ein Pfeil mit einer Spitze aus konzentriertem Yin. Oder ...

Der Drache stieß wieder herab, noch weiter entfernt diesmal. Nach wie vor regnete es stark, die Wolken schienen tiefer zu sinken, sich über die Stadt zu legen wie Nebel. Aus der Ferne war ein Schrei zu hören, vermutlich der eines Yôkai, nicht der eines Menschen, aber vielleicht wünschte ich mir das auch nur, denn im Todesschrei endeten die Unterschiede zwischen Mensch, Tier und Yôkai.

Zum dritten- oder viertenmal tastete ich die Sänfte auf eine Öffnung ab. Es gab keine. Eine winzige Fuge? Nichts dergleichen zu finden. Ein Griff, um daran zu ziehen? Fehlanzeige. Kein Schloss, kein Schlüssel, kein Riegel, kein Zapfen, kein Haken. Nur Holz und darüber ein unregelmäßiges Netz aus zerflossenem Silber.

Der Mann, der mit Weiß und Schwarz gewinnen kann, dachte ich zum hundertsten Mal. Ich war zappelig und zittrig geworden. Wie sollte man Seite an Seite mit jemandem kämpfen, den man nicht erreichte? Was nützte es, wenn ich theoretisch ein Held sein konnte, aber nicht das nötige Werkzeug dazu bekam?

»Ist das ein Drache?«, fragte Iso. Sie meinte eine der Figuren, die einst die Sänfte geziert hatten. Drachen und Phönixe. Sie waren zerschmolzen und ihre ursprünglichen Formen kaum mehr zu erkennen, doch mitunter hatten sich noch ein paar Elemente erhalten. Man konnte den Schnabel eines der Zaubervögel erkennen oder einige der Drachenkrallen. »Er trägt etwas in der Hand.«

Ich sah, worauf sie abhob. In einer silbernen Klaue lag eine helle Kugel, nicht größer als eine Mirabelle. Die Perle des Drachen. Neu war mir das nicht – die Entdeckung hatte ich schon vor Minuten gemacht. Jetzt befühlte ich die Perle. Während ich zuvor nur darübergestrichen hatte, versuchte ich sie nun zu drehen, schob meine Fingernägel darunter …

… und hielt sie plötzlich in der Hand.

Iso stieß einen kleinen Schrei aus.

Ich konnte das Ding nur anstarren.

Die Perle des Drachen.

Sie lag auf meiner Handfläche.

Und jetzt?

Ich war drauf und dran, sie Tatsurô zu zeigen, doch eigentlich hatte ich keine Lust dazu. Für einen Helden ließ ich mir schon viel zu viel von anderen helfen. Wenn Iso mich nicht auf die Perle aufmerksam gemacht hätte, wäre sie mir gar nicht aufgefallen.

Noch einmal betrachtete ich die Sänfte. Das Muster, das das zerflossene Silber auf der schwarzen Oberfläche bildete, erinnerte mich an etwas. Aber woran? Wie das Metall in das Holz eingesickert war und tiefe Furchen hineingrub, sah es beinahe aus, als hätte ein Kampf stattgefunden zwischen Metall und Holz, zwischen Silber und Schwarz.

Mit etwas Fantasie konnte man in dem wirren Muster eine Art Go-Spiel entdecken. Wenn man die silbernen Ströme als weiße Linien und den knorrigen hölzernen Hintergrund als schwarze Linien interpretierte … dann sah man eine Spielsituation vor sich.

Und die Perle in meiner Hand – sie war nichts als ein Spielstein. Ein weißer Spielstein.

Ich spürte das Blut heiß und dick durch meine Adern strömen. Die Welt versank um mich herum und wurde ersetzt durch den komplexen Spielstand vor meinen

Augen. Das Spiel war weit fortgeschritten. Es reichte zu allen Seiten um den Kasten herum, bedeckte die Sänfte vollständig. Obwohl die einzelnen Spielsteine nicht zu sehen waren, sondern sich zu Linien und Flächen verbunden hatten, erkannte ich die Situationen deutlich, nachdem ich mich erst einmal daran gewöhnt hatte. Die beiden Kontrahenten schenkten sich nichts und schienen ebenbürtig zu sein. Obwohl der Spielplan bis in den letzten Winkel ausgefüllt war, stand die Entscheidung noch aus.

Iso und Tatsurô sagten irgendetwas, aber nur die Laute kamen bei mir an, nicht ihre Bedeutung. Je länger ich dieses faszinierende Spielbrett betrachtete, desto mehr verinnerlichte ich die Konstellationen. Die Perle in meiner Hand wog schwer. Ich kannte dieses Gefühl. Einen Spielstein in der Hand zu halten, am Zug zu sein, das Muster auf dem Brett einzusaugen wie Atemluft und darauf zu reagieren, mit dem besten, mit dem perfekten Zug ...

Ich fand eine Stelle, die die Perle geradezu zu rufen schien. Immer wieder umkreiste ich die Sänfte, legte mich sogar darunter, prüfte die Situation. Und wurde immer aufgeregter. Ja, es gab einen Zug, einen einzigen, der das Spiel entscheiden konnte. Wenn ich den Stein in meiner Hand auf diese Position legte, hatte Weiß – oder Silber – das Spiel gewonnen.

Ich beugte mich über die Sänfte, streckte meine Hand mit der Perle darin nach der Stelle aus, an die sie gehörte.

Und dann zuckte ich zurück.

»Was geschieht«, murmelte ich, »wenn ich den Stein setze?«

Tatsurô bewies wieder einmal, wie gut sein Gehör war. »Die Sänfte wird sich öffnen«, beantwortete er die Frage, die ich eher an mich selbst gerichtet hatte. »Der teefarbene Schatten wird ihr entsteigen und gegen den Drachen kämpfen.«

Ich erschrak, als ich mich umwandte. Der Onmyôsei stand hinter mir, gestützt von Iso. »Der Schatten ist in einer Yin-Hölle gefangen. Sie verzehrt ihn und stärkt ihn zugleich. Seine Kraft wird mit jedem Augenblick größer.«

»Woher ... wisst Ihr das?«

»Der veilchenfarbene Schatten hat eben erst davon gesprochen. Außerdem hatte ich ein paar seltsame Träume in den letzten Nächten.« Tatsurô grinste. »Ich nehme an, sie waren für dich bestimmt, aber das heißt nicht, dass andere nichts davon mitbekamen ...«

Erschrocken sah ich Iso an und sie nickte. »Flüssiges silbernes Yin«, sagte sie. »Die Perle des Drachen. Der Mann, der mit Weiß und Schwarz gewinnen kann.«

Die Menschen, die neben mir geschlafen hatten, hatten dieselbe Traumbotschaft aufgefangen. Eigentlich verständlich, wenn man davon ausging, dass sich die Sänfte des Nachts heimlich unserem Ochsenwagen näherte und ihre Botschaft aussandte.

Mich ärgerte es trotzdem. Sicher würde mir Tatsurô gleich sagen, was ich seiner Meinung nach zu tun hatte. Doch der Held war ich. Ich würde die Entscheidungen treffen.

War ich wirklich ein Held?

Ich blieb stehen, ließ die Hand mit der Perle sinken. Waren meine Hoffnungen nicht vollkommen unrealistisch? Naives Wunschdenken? Der teefarbene Schatten würde diese Tortur gewiss nicht auf sich nehmen, um mich zum Helden zu machen. Sobald ich die Sänfte geöffnet hatte, würde er selbst kämpfen. Und es würde ein so gewaltiges Duell werden, er gegen den Drachen, dass für mich kein Platz mehr darin war. Ich war der Junge, der mit Weiß und Schwarz gewinnen konnte. Der Junge, der die Tür aufmachte. Der Schatten hatte mich gebraucht, weil ich etwas konnte, was die Dämonin nicht hinbekam. Er hatte für seine Sänfte einen Schließmechanismus benötigt, den seine Erzfeindin nicht zu öffnen vermochte. Also wählte er das Go-Spiel. Ich war sehr gut darin, sie verstand nichts davon. Mit ihrer ganzen magischen Kraft konnte sie den Stein nicht an die richtige Stelle setzen. Nur ich konnte das, und nur das war meine Funktion.

Ich war kein Held und würde auch keiner sein.

Ich war ein Schlüssel für ein Schloss. Ein Schlüssel, den man wegwerfen durfte, wenn das Schloss geöffnet war.

»Du solltest die Sänfte jetzt aufmachen«, mahnte Tatsurô. »Die Angriffe des Drachen werden heftiger. Bald wird er sich Uraras Vater holen. Dann uns. Und Tausende anderer Unschuldiger.«

Ich hasste nicht nur den Schatten. Ich hasste auch Tatsurô, der immer alles besser wusste und mich immer herumkommandieren wollte. Ich kam mir entlarvt vor.

Sie hatten meine Träume gesehen und sie durchschauten meinen sehnlichsten Wunsch: ein Held zu sein.

»Ich verstehe, wie du dich fühlst«, versuchte mich Iso zu trösten. »Er hat dich nur benutzt, nicht wahr? Ich habe mich genauso gefühlt, als er damals auf dem Biwa-See diesen Satz zu mir sagte. Bis heute habe ich seine Worte nicht vergessen: ›Manchmal beschützt man eine Schnecke vor dem Igel, damit sie einem einen Dienst erweist. Wie lächerlich wäre es, wenn sich die Schnecke dafür bedanken würde – könnte man sie doch ohne Bedenken zertreten, sobald sie ihre Aufgabe erfüllt hat.‹ So ist er. Du und ich, wir sind nichts für ihn.« Ihre Blicke schweiften für einen Moment in die Ferne ihrer Erinnerung, dann fokussierten sie auf mich. Isos Stimme klang eindringlich, als sie sagte: »Du musst die Sänfte trotzdem öffnen. Er ist der Einzige, der den Drachen aufhalten kann.«

»Aber nur, wenn das Yin ihn schon so stark gemacht hat, wie wir es vermuten«, fügte Tatsurô in seiner oberlehrerhaften Art hinzu.

Die Perle in meiner Hand schien schwerer und schwerer zu werden. Ich hatte unbändige Lust, sie mit ganzer Kraft von mir zu schleudern, aus Rache an dem teefarbenen Schatten. Mochte er doch in seiner Sänfte von dem Yin verschlungen werden! Noch hatte ich die totale, uneingeschränkte Macht über ihn. Noch war er mein Sklave. Ich war ein Schloss, das klemmte. Der Gedanke gefiel mir.

Als ich ihn ausgekostet hatte, verschwand der Zorn langsam aus meinem Geist und ich dachte nach. Logisch und folgerichtig.

Das Yin machte den Schatten stärker, jeden Augenblick, den er länger in der Sänfte gefangen war. Das bedeutete, seine Chancen, den Drachen zu bezwingen, wuchsen mit jeder Sekunde, die ich zögerte.

Es war verrückt!

Der Drache attackierte die Stadt und Eile war geboten, um die Yôkai, die Menschen, den Kaiser, die Gebäude, *alles* zu retten. Doch je mehr ich mich beeilte, je früher ich den Schatten befreite, desto geringer war seine Macht.

»Du solltest nicht zu lange zaudern«, rügte Tatsurô. »Menschenleben sind in Gefahr.«

»Ich zaudere nicht«, sagte ich mit einem sanften Lächeln. »Ich warte.« Ich schloss meine Finger um die silberne Perle.

Isos Augen weiteten sich. »Du darfst nicht warten!«, rief sie. »Du bist der Schlüssel. Alles hängt an dir!«

»Sei nicht eingeschnappt!«, schimpfte der Onmyôsei. »So ist das Leben. Die Mächtigen benutzen die Schwächeren. Du machst einen Fehler, wenn du dich dagegen auflehnst.«

»Ich lehne mich nicht auf«, sagte ich. »Ich warte.«

Ja, ich wartete.

Ich beobachtete das Chaos um mich herum, sah, wie der Drache herabschoss, um sich neue Opfer zu holen. Yôkai. Vielleicht würden es schon bald Menschen sein, und dann war ich es, der ihren Tod auf dem Gewissen hatte. Andererseits – ich hatte auch eine Verantwortung gegenüber dem ganzen Reich, gegenüber allem, was hier lebte. Der Drache würde nichts davon übrig lassen.

Mein Vater hatte mir immer eingeschärft, wie wichtig es war, warten zu können. *Jetzt* war der Moment gekommen, an dem es darauf ankam. Jeden Augenblick potenzierte sich die Macht des teefarbenen Schattens. Jeder Augenblick, in dem ich nichts tat, war nicht mit Gold aufzuwiegen. Ich hatte geglaubt, ein Mann würde zu einem Helden, indem er etwas Besonderes tat. Aber man konnte auch zu einem Helden werden, indem man nichts tat. Nichts tat, wenn andere etwas getan hätten.

Dank meines Vaters konnte ich warten.

Und noch jemand fiel mir ein. Der Mönch, der mir seinerzeit einen Ratschlag gegeben hatte. »Man wartet nicht auf die Erfüllung der Wünsche«, hatte er gesagt. »Man wartet darauf, dass die Wünsche verschwinden.« Und genau darauf musste ich jetzt warten. Bis ich stark genug war, alle Hast und Gier abzulegen. Die Gier, ein strahlender Held zu werden. Und auch den Wunsch, den Menschen rasch helfen zu können.

Iso und Tatsurô hingen an mir und beschworen mich, endlich zu handeln. Ich aber sah Urara an, und in diesem Moment erschien sie mir wunderschön, wie sie einfach nur dastand, ein wenig abseits von uns, dem Drachen zusah. Mit einem kindlichen Lächeln auf dem Gesicht bewunderte sie seine Schönheit, ohne das Grauen zu begreifen, das er brachte.

Nie hätte ich gedacht, dass Warten so angenehm sein konnte. Hayate, die schnelle Hand, führte weder ein Schwert noch den Hobel. Sie harrte aus, reglos, und es machte keinen Unterschied mehr, ob sie schnell war oder langsam, solange sie sich nicht bewegte.

Ich hatte Zeit. Zeit, mein Leben zu überdenken, über alles nachzusinnen, was mich beschäftigte. Es waren die Augenblicke größter Gefahr, und dennoch war ich ruhiger und konzentrierter als bei den längsten und einsamsten meiner nächtlichen Wanderungen.

Irgendwann, als mich die Welt und die Perle und das Spiel nicht mehr nervös machten, als Iso und Tatsurô ihre Bemühungen eingestellt hatten und wimmernd auf dem Boden lagen, ihrem Schicksal ergeben. Irgendwann, als ich genug gewartet hatte, wandte ich mich um, beugte mich ein letztes Mal über die Sänfte und setzte den Spielstein an die richtige Stelle.

28

Die Sänfte explodierte nicht.

Sie wurde nicht von einer gewaltigen Faust aus dem Inneren zerschmettert, flog mir nicht in scharfkantigen Trümmer um die Ohren.

Stattdessen veränderte sich die Welt.

Schon vorher hatte das Unwetter sie grau und farblos gemacht, doch nun teilte sie sich vollends in Schwarz und Weiß. In Papier und Tuschestriche. Die Welt, wie ich sie bisher mit meinen Augen gesehen hatte, verschwand hinter einem riesigen lebendigen Gemälde, das die Götter selbst zu malen schienen, jede Sekunde aufs Neue. Die feinen Strukturen der Wolken, der Gebäude, der Menschen und ihrer Kleider wurden zu dicken, kraftvollen Pinselstrichen, tiefschwarz und nass glänzend von der frischen Himmelstusche, mit der die Götter sie Augenblick für Augenblick neu schufen.

Die Sänfte war ein wildes Gewirr aus schwarzen Linien geworden, unruhig und konfus. Es konnte einen den Verstand kosten, lange hinzusehen. Doch was war es schon wert, einen funktionsfähigen Verstand zu besitzen, wenn die Wirklichkeit selbst nichts mehr mit der gemein hatte, die man kannte?

Das gigantische Göttergemälde spannte sich wie eine

Halle aus Papier um uns und über uns. Dominiert wurde es nach wie vor – und vielleicht noch mehr als zuvor – von dem schwarzen Drachen. Er war nicht mehr das filigrane, anmutige Geschöpf mit den feinen, ornamentartigen Schuppen und Haaren, zu schön für die Grausamkeiten, die er beging. Nein, der Drache war jetzt ein fetter schwarzer Strich, übermütig mit einem Pinsel aufs Papier geschleudert, der die Dicke eines riesigen alten Baumstammes haben musste. Mindestens. Noch immer waren die langen Barthaare zu erkennen, doch waren sie nun nichts als Spuren eines unsauber abgesetzten Pinsels. Der Drache war zu einem Monstrum geworden, so rau und urtümlich, als wäre er nur eine Idee der Götter, noch nicht ausgeführt.

Wenn mir jemand erzählt hätte, dass ein fetter schwarzer Strich am Himmel die Macht hatte, einem Menschen den Angstschweiß ausbrechen zu lassen, ich hätte nur darüber gelacht. Doch sosehr diese Welt an eine Tuschezeichnung erinnerte, sie war lebendig, wirklich und … grauenvoll.

Die Häuser wirkten wie Skizzen, die im Wasser zerliefen. Die Fluten, die Heian versinken ließen, waren Ströme aus schwarzer Tusche, der tosende Regen war ein dichter Schleier aus fließendem Grau.

Das einzige Element, das einen Hauch von Farbe in dieses Bild brachte, war die Gestalt, die wie brauner Dampf zwischen dem Strichgewirr der Sänfte hervorquoll. Dampf ist vielleicht das falsche Wort. Der teefarbene Schatten war keine Farbe auf dem Papier – er war auch nicht braun im eigentlichen Sinne. Wo er sich bewegte, schien das Papier zu verbrennen. Es war, als fresse sich ein unsichtbares Feuer von der Sänfte aus in das lebendige Gemälde hinein. Die Umrisse des Feuers waren die eines Menschen. Eines Menschen, der zum Riesen wurde. Wie von selbst wuchs er zum Giganten heran, als das Feuer weiter fortschritt.

Braun. Die Farbe von Tee. Aber auch die Farbe von verbrennendem Papier ...

Ich warf einen Blick auf die Menschen in meiner Nähe. Auch sie waren nichts als Pinselstriche, unsauber ausgeführt, zerfranst und fleckig. Ungeheuer. Und doch waren sie mir nicht fremd. Ich erkannte jeden Einzelnen von ihnen an einer charakteristischen Haltung oder Geste. Ihre Körper zerflossen von unten her. Das Hochwasser. Wässrige Tusche.

Immer wieder tauchten Yôkai aus dem wirren Gemälde auf, flogen niedrig über die Stadt hinweg, hüpften über die Dächer oder erhoben sich aus den Fluten. Im Gegensatz zu den Menschen verloren sie etwas von ihrer Abscheulichkeit, wirkten possierlich und harmlos. Die Einzigen, die sich kaum verändert hatten, waren die Kuronbô. Sie hatten schon immer wie Tuschestriche ausgesehen. Jetzt passte die Welt besser zu ihnen.

Der teefarbene Schatten – der Papierbrand – schob sich empor. Er bedrohte nun weniger die Stadt als den Himmel und seine Bewohner.

Der Drache hatte die Gefahr längst erkannt. Wütend peitschte sein Schwanz im Flug hin und her. Der schwarze Körper fuhr auf den Gegner herab, attackierte das Feuer, schnappte mit den Zähnen danach. Ein rasches Zucken, das den Drachen über den ganzen Himmel katapultierte, war das Ergebnis. Zweifellos hatte er sich das Maul verbrannt. Als Nächstes versuchte er den Rand des Feuers mit den gewaltigen Klauen zu erwischen. Es ging nicht. Feuer ließ sich nicht anfassen – diese Erfahrung musste das Wesen in diesem Moment machen. Voller Pein wand sich der Körper am Himmel, sein Schwanz raste in unsere Richtung und klatschte unweit von unserer kleinen Gruppe auf eine Häuserzeile nieder. Flüssigkeit spritzte – ob Wasser oder Tusche, wer wollte das noch entscheiden!

Der Regen wurde stärker. Das Papier, das unsere Welt bildete, wurde durchzogen von immer dickeren, schwärzeren Strichen, ekstatisch von einer göttlichen Hand geschnellt. Die Tusche glänzte feucht, und tatsächlich – das Feuer ließ sich davon aufhalten. Der Brand fraß sich nur langsam weiter. Vielleicht war es Einbildung, aber ich glaubte den durchdringenden Gestank eines von Nässe erstickten Brandes zu riechen.

Was atmeten wir eigentlich? Luft? Papier? Die magische Atmosphäre der sich duellierenden Mächte?

Fasziniert verfolgte ich, wie der Kampf in die zweite Runde ging. Der teefarbene Schatten konnte nicht mehr weiterwachsen. Der Drache schoss heran, attackierte das schwelende Feuer mit Kaskaden aus Regenwasser, doch er vermochte es nicht völlig zu löschen. Und schon gar nicht konnte er den bereits verbrannten Teil seiner Welt zurückerobern. Es war unglaublich! War es denn wirklich Papier, auf dem wir lebten? Oder saßen wir nur einer Täuschung auf?

Zwei runde Punkte lösten sich aus dem Körper des teefarbenen Schattens, zwei lodernde Tuscheflecken, falls es so etwas geben konnte. Sie flogen kokelnd und schwelend auf den Drachen zu – einer verfehlte den gewaltigen Leib, der andere schlug in seine Brust ein und schleuderte ihn zurück. Ich ahnte, worum es sich handelte. Zwei Wels-Eier, vielleicht die letzten beiden, die der Schatten noch nicht vergraben hatte. Auch sie hatte das Yin verändert, zu schrecklichen brennenden Wurfgeschossen gemacht.

Ihre Wirkung war so, wie ich es mir vorstellte. Der Drache wurde durchgeschüttelt, als breite sich ein Beben in ihm aus. Unkontrolliert zuckten seine Gliedmaßen durch die Luft. Er driftete ab, der Stadt entgegen. Der riesige Leib überschlug sich, geriet in Rückenlage. Die Kugel, die der Drache in der Klaue hielt, entglitt ihm, beschrieb einen Bogen und flog auf uns zu.

Zwanzig Schritt rechts von mir kam sie herab, rollte ein Stück, kollidierte mit der Mauer des Kaiserpalastes und zerbrach. Sie war so groß wie ein Haus. Auch die Mauer hatte Schaden genommen – ein Teil von der Größe eines Ochsenwagens war herausgebrochen.

Und der schwarze Drache?

Er war vernichtet. So schnell und überraschend, wie er die Dämonin getötet und aufgesaugt hatte, kam auch sein Ende. Auch er wurde aufgesaugt, vom Papier, von der Atmosphäre dieser Welt. Ehe sein Körper die Häuser Heians unter sich begraben konnte, wurde sein Leib dünner, brüchiger. Weiße Stellen bildeten sich in ihm, Löcher. Es mag unglaublich klingen, aber der Pinsel der

Götter, der ihn malte, trocknete einfach aus. Immer wieder zeichnete ihn die Götterhand frisch, doch ohne das Schreibwerkzeug von Neuem in die Tusche zu tauchen, und so blieben nach kurzer Zeit nur noch ein paar trockene Striche übrig. Wie Rauchschwaden gingen sie auf die Stadt nieder, harmlos und flüchtig.

Die vom Schatten verbrannten Stellen unserer Wirklichkeit – anders kann ich das nicht formulieren, denn genauso erlebte ich es – brachen aus dem Papier heraus, und dahinter konnte ich die Realität ausmachen, die ich kannte. Die winzigen Farbabstufungen des Wolkenhimmels kamen mir vor wie die grellsten Lichtreflexe. Allmählich verschwand die Welt, auf der dieser unglaubliche Kampf stattgefunden hatte. Der Geruch von Papier und Tusche lag in der Luft. Und damit ... war es vorbei.

Ich blickte auf ein Heian, das noch immer von Hochwasser geplagt und von Regen gepeitscht wurde. Noch immer waren auf den Dächern Kuronbô zu sehen und noch immer flohen die Menschen vor grotesken Yôkai. Doch der Drache tanzte nicht mehr am Himmel.

Die Sänfte stand wieder neben mir, knorrig und von silbernen Strömen überzogen. Dort, wo ich den letzten Stein gesetzt hatte, klaffte ein kleines Loch im Holz, das wie hineingebrannt aussah. Die Shikigami, die die Sänfte trugen, flimmerten ein wenig, als wären sie geschwächt, nicht mehr in der Lage, sich vollständig unsichtbar zu machen.

Der teefarbene Schatten war ein Haufen verbrannter Kleider, drei Schritte von der Sänfte entfernt. Unter den Kleidern regte sich sein Körper. Ich wusste, dass er lebte. Der Mann, der den Drachen getötet hatte, war entkräftet, aber unverletzt. Ich wusste es einfach. *Er* war der Held. *Ich* war nur ein Schlüssel.

Ich ging zu ihm und wartete. Wartete darauf, dass er den Kopf hob und sagte: »Danke, mein Junge. Du hast lange genug gezögert, um meine Kraft ins Unermessliche steigen zu lassen. Nur so konnte ich den Drachen bezwingen. Du hast die Menschen unseres Reiches gerettet, nicht ich.«

Als er sich nicht regte, zupfte ich vorsichtig an einem der Kleidungsstücke, hob es hoch.

Ächzend und knurrend kam der teefarbene Schatten auf die Beine. Ruckartig waren seine Bewegungen. »Meine Knochen«, stöhnte er. »Ich glaube, ich werde alt.«

Sonst sagte er nichts.

»Gut, dass ich das Spiel durchschaut habe«, bemerkte ich leise.

Er streckte mit schmerzverzerrtem Gesicht seine Glieder. »Du hast lange dazu gebraucht. Ich dachte schon, du schaffst es nicht mehr.«

Zorn explodierte in mir. Ich bedeckte mein Gesicht, wandte mich ab und ging davon, um ihm nicht zu zeigen, wie enttäuscht ich war. Ein leises »Danke« war doch wirklich nicht zu viel erwartet!

»Aber du hast es geschafft«, sagte die Stimme des Onmyôji nach einer entsetzlich langen Pause. Ich war schon fast außer Hörweite. Ich glaube, er hatte damit absichtlich so lange gewartet, um mich spüren zu lassen, wie er sich gefühlt hatte. »Du hast deine Aufgabe erfüllt. Mehr kann man von jemandem wie dir nicht erwarten.«

Die Worte befriedigten mich nicht, aber sie besänftigten mich ein wenig. Ich erreichte die Stelle, an der die Energiekugel aus der Klaue des Drachen gegen die Palastmauer geprallt war. Eine dünne, metallisch glänzende Hülle war weggebrochen wie die Schale eines Eis. Die Kugel barg im Inneren etwas, was aus einem Albtraum hätte stammen können. Ich näherte mich ihr nur zögernd.

Es war ein gewaltiger dunkelgrauer Klumpen aus den Leibern von Menschen und Yôkai.

Mit verschlungenen Gliedmaßen wickelten sich die farblosen Körper ineinander. Und diese Körper bewegten sich! Einige der Yôkai waren bereits aus der Kugel herausgefallen, krümmten sich auf dem Boden oder krochen davon. Die tieferen Schichten gehörten zu den Dingen, die man nicht sehen möchte, bei denen man aber trotzdem den Blick nicht abwenden kann. Ich hatte den Eindruck, dass dort innen bereits Menschen miteinander verschmolzen waren. Sie lebten nicht mehr, lösten sich auf, dienten nur noch als Energiequelle für den Drachen.

»Diesen Mann kenne ich!«, rief der teefarbene Schatten und kam hinkend herbeigeeilt. »Das dort – siehst du dieses Gesicht?«

Ich sah viele Gesichter und alle waren von Qualen und Schrecken gezeichnet. Der Onmyôji, der keine Spur von Abscheu oder Furcht zeigte, reckte sich nach dem Mann, der Teil des Klumpens war. In ganz und gar *unmagischer* Weise griff er nach einem grauen Ärmel und zog so heftig daran, dass der Körper aus der Kugel herausfiel.

Stöhnend rollte der Mann vor unsere Füße.

»Das ist jener, den man den aschefarbenen Schatten nennt«, erklärte der Onmyôji. »Er lebt, aber er ist schwach. Er hat dem Drachen viel von seiner Lebensenergie spenden müssen.«

»Hat er den Drachen gerufen?«

»Gerufen – geweckt – gereizt – geleitet – irgendetwas davon. Es ist in der Geschichte nie vorgekommen, dass ein Yôkai aus Tô unser Land angriff. Ohne ihn als Auslöser wäre es nicht geschehen.«

Nachdenklich beobachtete ich, wie der aschefarbene Schatten darum kämpfte, das Bewusstsein zu erlangen. Es war ein merkwürdiges Gefühl, ihn vor mir kriechen zu sehen. »Welche Strafe hat er zu erwarten?«

Der Magier hob die Schultern. »Welche Strafe habe ich zu erwarten? Welche Strafe hast du zu erwarten?«

»Ihr? Ich? Ihr habt das Reich gerettet. Und ich habe dazu beigetragen. Wer sollte uns strafen wollen?«

Der Onmyôji lachte. »Du denkst wirklich, jemand wird in diesem Durcheinander gleich erkennen, welche Rolle wir alle spielten? Du bist sehr jung und sehr naiv. Ja, die Wahrheit wird ans Licht kommen, aber bis es so weit ist, können wir schon tot sein. Es wird schnelle Urteile geben, wie immer. Was passiert ist, ist zu groß und zu verwickelt, als dass es der Hof auf Anhieb durchschauen könnte.«

»Aber ... was wird dann geschehen?«

»Wir, die drei Schatten, werden untertauchen. Es ist das Beste.«

»Die Öffentlichkeit wird nichts von Euren Heldentaten erfahren?«

»Was hätte sie davon? Sie ist gerettet, das genügt.«

»Und die anderen, die beiden Schatten ... sie werden nicht bestraft?«

»Es gibt wichtigere Dinge als Strafen. Unter Umständen können wir gemeinsam etwas aufbauen, im Geheimen, im Untergrund sozusagen. Du siehst ja selbst, wie hilflos die jetzigen Onmyôji sind. Heian steht einen Schritt vor dem Untergang und keiner von ihnen wagt sich hinter den Palastmauern hervor.«

»Ihr könnt Euch doch nicht mit Euren Gegnern zusammentun!«

»Unsere Gegner sind besiegt – eine Dämonin und ein schwarzer Drache. Was bleibt, sind Menschen. Menschen können miteinander reden.«

»Aber der veilchenfarbene Schatten ... ich habe ihn sprechen gehört. Er hasst Euch aus ganzem Herzen.«

»Und dazu hat er allen Grund.«

Mein Mund wurde trocken. »Habt Ihr tatsächlich seine Tochter ... zu dem gemacht, was sie jetzt ist?« Ich sah zu Urara hinüber. Sie war aufgestanden, blickte besorgt in meine Richtung. Natürlich behagte es ihr nicht, dass ich mit dem teefarbenen Schatten sprach, dem Mann, den sie mehr fürchtete als alles andere.

»Ich habe sie tätowiert, ja.«

»Warum?«

»Weil die Umstände es erforderten.«

»Das ist keine Antwort«, maulte ich.

»Du bist mutig. Und du bist ein guter Go-Spieler. Möchtest du dich unserer Gruppe anschließen, den drei Schatten, falls sie zustande kommt?«

Die Frage traf mich so vollkommen unerwartet, dass mich ein Schwindelgefühl packte. Ich konnte mir nicht einmal ansatzweise vorstellen, was das bedeuten würde, die drei Erzfeinde unter einem Hut und ich bei ihnen. Der Graue zu meinen Füßen ächzte. Wir wussten ja noch nicht einmal, ob er durchkam.

Ich räusperte meinen Hals frei und sagte aufmüpfig: »Ich überlege es mir, wenn Ihr mir verratet, weshalb Ihr Urara tätowiert habt!«

Sein Mund war ein harter Strich. »Ich könnte es dir sagen, denn die Wahrheit kommt immer ans Licht, irgendwann. Aber es geht trotzdem nicht.«

»Sagt jetzt nicht, ich würde es nicht verstehen.«

»Doch, du würdest es verstehen, sehr gut sogar. Aber du würdest Hass empfinden. Hass auf mich, weil ich es getan habe. Und Hass auf dich selbst, weil du meine Motive nachvollziehen kannst.«

»Ich bleibe dabei: Erst muss ich es erfahren.« Ich funkelte ihn an, als wäre ich ihm ebenbürtig. Ich rechnete damit, dass er sich abwenden und sagen würde: »Tja, dann eben nicht!«

Aber er sagte etwas ganz anderes. Seine Augen bekamen einen verklärten Glanz, während er sprach. »Urara war ein Phänomen. Sie verbrachte jede Sekunde, die sie konnte, an der Seite ihres Vaters, des veilchenfarbenen Schattens, sog alles in sich auf, was es zu lernen gab.

Sie konnte Tô-Schriften lesen, als sie dreizehn war. Mit fünfzehn wusste sie mehr als jeder unserer Onmyôsei, und ein paar Jahre später war sie uns, den Onmyôji, ebenbürtig, nein, überlegen.«

»Dann hat also wirklich Urara das geheime Buch geschrieben?«

»Natürlich. Es ist die erste bedeutende Schrift, die in Nippon über den Onmyôdô verfasst wurde. Ein einzigartiges Buch, den meisten Tô-Klassikern haushoch überlegen. Es ersetzt eine ganze Bibliothek. Ein großer Teil, der Magie, die wir verwenden, verdanken wir diesem Buch. Sie schrieb es im Alter von achtzehn Jahren.«

»Ich verstehe nicht. Warum wurde sie dafür bestraft? Hätte man sie stattdessen nicht fördern sollen? Hätte sie nicht dem Kaiser und dem Volk hervorragende Dienste geleistet?«

»Das hätte sie ohne Frage. Aber das konnten wir nicht zulassen.«

»Und warum nicht?«

»Die Antwort kennst du.«

»Nein, ich ...«

Doch. Ich kannte sie. Ich hatte geglaubt, wenn ich sie aus seinem Mund hören würde, könnte ich so tun, als ob ich sie nicht kannte. Als ob ich sein Motiv nicht verstehen würde. Aber ich verstand es.

»Urara ist eine Frau«, flüsterte ich. »Das ist alles.«

Er nickte. »Das ist alles.«

Was er vorhergesagt hatte, traf ein. Ich empfand Hass. Gegen ihn und gegen mich, weil mir der Grund nicht unbegreiflich war, sondern irgendwie … plausibel. So verrückt es auch war. Die Onmyôji – ehrwürdige Herren in reifem Alter – konnten nicht zulassen, dass eine junge, hübsche Frau sie mit ihrem Wissen übertrumpfte. Uraras Vater war sogar so weit gegangen, von sich aus ihren Tod vorzuschlagen. Doch der teefarbene Schatten hatte eine andere Idee. Er würde sie am Leben lassen, ihr sogar einen Schutzzauber mit auf den Weg geben. Dafür würde er ihr das nehmen, was sie für das traditionelle Onmyôryô zu einer Bedrohung machte: ihre Intelligenz.

Mir fiel das letzte Gedicht ein, das der Schatten hinterlassen hatte. Ein Vergleich zwischen zwei Töchtern. Die eine hasste und betrog ihren Vater, die andere liebte ihn, verehrte ihn und übertraf ihn. Jetzt begriff ich die Bitterkeit, die in diesen Zeilen lag. Es war nicht wie in den Märchen, in denen schlechte Töchter bestraft und gute belohnt wurden. In diesem Fall erntete auch die gute nur Unglück. Sie erhielt ihre Strafe dafür, dass sie ihren Vater bewundert und ihm nachgeeifert hatte.

Noch eine Erkenntnis machte ich, und das war vielleicht die schlimmste von allen: dass an dem, was mit Urara geschehen war, viele andere Dinge hingen. Denn jetzt konnte ich auch den Hass des veilchenfarbenen Schattens verstehen. Vielleicht war es gar nicht die Enttäuschung über die Entlassung aus dem Hofamt, die diese Rachelust in ihm geweckt hatte. Vielleicht war es die Verzweiflung über Uraras Schicksal. Jeder Vater wollte stolz auf sein Kind sein. Der veilchenfarbene Schatten hätte der stolzeste Vater des ganzen Reiches sein können.

Kurzzeitig hatte ich einen verrückten Gedanken: dass in dem Duell zwischen dem teefarbenen Schatten und dem schwarzen Drachen der Falsche gesiegt hatte; dass das größte Monstrum in dieser ganzen Geschichte der teefarbene Schatten war.

Dann blickte ich der geschundenen, zerfledderten und von Ruß beschmutzten Gestalt in die Augen und sah für einen Moment, was dieser Mensch wirklich war: ein alter Mann zwischen Dummheit und Weisheit. Ein Wesen, das sein Leben lang Wissen angesammelt hatte und doch bis zum heutigen Tag nicht wusste, was richtig und falsch war.

Es gab einen einzigen Punkt, der mir an ihm imponierte: dass er das Suchen noch nicht aufgegeben hatte; dass er bei allem, was er angerichtet hatte, stets beide Seiten sah und nie bereit war, jemanden vollkommen zu verurteilen oder aufzugeben. Er hatte Urara Schreckliches angetan, aber er hatte sie nicht getötet.

»Kann Urara wieder zu dem werden, was sie vorher war?«, fragte ich.

Wieder einmal hob er nur die Schultern, und ich setzte noch eins drauf, mehr eine Anklage als eine Frage: »Oder fürchtet Ihr Euch etwa vor ihrer Rache?«

29

Eine Woche später befand ich mich in einem kleinen Lager, einen Vier-Stunden-Marsch westlich von Heian. Immer und immer wieder betrachtete ich die Menschen, die sich dort versammelt hatten, und ich konnte nicht glauben, wer hier mit wem um ein Feuer saß. Es würde noch lange dauern, bis ich es glauben konnte.

Da war der teefarbene Schatten. Er hatte sein Beamtengewand gegen die einfache Tracht eines reisenden Händlers ausgetauscht. Er verhielt sich sehr still und zurückhaltend, schien sich alle Mühe zu geben, Teil einer Gruppe zu werden, nicht ihr Anführer. Seine Augen blickten traurig und ernst. Ich spürte, dass er sich bemühte in die Zukunft zu blicken. Und dass er doch nur die Bilder der Vergangenheit sah, die Fehler, die er begangen hatte.

Das konnte man auch über den Mann sagen, der seiner grauen Kleidung treu geblieben war. Ich hatte ihn noch kaum ein Wort sagen hören, und seine Angewohnheit war es, sich ruckartig umzusehen, wenn es irgendwo ein Geräusch gab. Ich nahm an, er fürchtete sich davor, der Drache könne zurückkehren. Seine Haut hatte ebenfalls den Ton von Asche angenommen, war zerknittert und trocken. Man sagte, dass er das Land Tô besonders schätzte, mehr als sein eigenes. Vielleicht war auch sein wahres Motiv nicht die Empörung über seine Entlassung aus dem Onmyôryô gewesen. Vielleicht hatte ihn die Scham zerfressen, die Scham, ein Bewohner Nippons zu sein, ein ewiger unbedeutender Schüler des mächtigen Reiches Tô.

Der Mann, der der veilchenfarbene Schatten gewesen war, saß neben seiner Tochter und legte beschützend einen Arm um sie. Seine Augen blitzten noch immer voller Angriffslust, aber da war auch etwas anderes in seinem Blick. Eine Portion Weisheit und das Bemühen, den anderen zu vergeben, um sich selbst vergeben zu können.

Urara fühlte sich nicht wohl in dieser düsteren, schweigsamen Gruppe, das sah man ihr an. Doch sie genoss die Nähe ihres Vaters, und wenn jemand etwas sagte, gab sie bereitwillig ihre einfachen Kommentare ab. Es war, als suche ein Teil von ihr, der tief in ihr begraben lag, ständig den Kontakt zu anderen. Niemanden sah ich so oft und so lange an wie sie. In ihren schönen großen Augen versuchte ich zu lesen. Irgendwo darin musste sich ihre phänomenale Intelligenz versteckt halten. Sie faszinierte mich, und ich machte Anstalten, mich besser mit ihr anzufreunden. Doch hatte das überhaupt einen Sinn? Solange sie in diesem Zustand war, würde ich nicht glücklich mit ihr werden, und falls sie eines Tages ihre Intelligenz wiedererlangte, würde sie gewiss nicht mehr mit mir reden ...

Auch Iso hatte sich unserer Gruppe angeschlossen. »Ich habe das gleiche schwarze Herz wie alle hier«, hatte sie als Begründung angegeben. »Ich habe euch sogar so hartnäckig angeschwindelt, dass ich selbst an meine Lügen geglaubt habe.« Überhaupt redete sie eine Menge, und es ging uns nicht auf die Nerven, sondern erleichterte uns das Zusammensein. Es war, als sei sie das Sprachrohr für uns alle, spreche die Gedanken aus, die wir alle hatten.

Ukyô hatte sich uns nicht angeschlossen, und ich weiß nicht, was er heute tut und wohin er sich gewendet hat. Einmal träumte ich, er habe sich der Justiz gestellt und seinen Mord gestanden, doch insgeheim hoffe ich, dass er es nicht getan hat, denn er ist nicht schuldig. Er hat unter dem Einfluss der Dämonin gestanden.

Tatsurô gehörte zu unserer Gruppe. Er erholte sich mit jedem Tag zusehends. Den Onmyôji gegenüber gab er sich untertänig und ein bisschen schlicht, doch das täuschte. Er war ein gelehriger Schüler des geheimen Buches, dessen Lektüre der veilchenfarbene Schatten ihm erlaubt hatte.

Die Yôkai hatten sich rasch aus Heian zurückgezogen. Sie wurden häufig gesehen, doch von Konflikten mit den menschlichen Bewohnern des Landes hörte man selten. Die Situation im Reich normalisierte sich.

»Ich habe einen Wunsch«, wand ich mich an den teefarbenen Schatten. »Ihr sagt, dass jede Wahrheit eines Tages ans Licht kommt. Ich weiß nicht, ob das so ist, aber ich würde gerne die Dinge aufschreiben, die wir erlebt haben – die Wahrheit festhalten, ehe sie uns wieder entgleitet.«

»Ein Buch?«, fragte der Schatten überrascht. »Ein

Handwerkersohn will ein Buch schreiben. Du kennst die Schrift nicht!«

»Ihr könntet mir dabei helfen«, sprach ich schnell weiter. »Ihr würdet es niederschreiben. Alle Menschen, die eine wichtige Rolle gespielt haben, sind hier versammelt. Wir können jeden fragen, wie sich die Dinge zugetragen haben. Dann erstellen wir eine Chronik. Natürlich werden auch Eure meisterhaften Gedichte darin zu finden sein ...«

Der aschefarbene Schatten hatte uns zugehört, und ich war überrascht, als er zustimmend nickte. »Es sind noch Mauern zwischen uns«, meinte er und sah von einem zum anderen. »Wir können sie nur einreißen, indem wir unsere Gedanken und Taten offenlegen.«

Der teefarbene Schatten nahm den Fisch vom Feuer, den er gerade briet. Er schüttelte den Kopf über den unerwarteten Beifall, den meine Idee fand. »Und wie willst du die Chronik nennen? Der Angriff auf Heian? Die Rache der Onmyôji?«

Ich schmunzelte. »Im Titel müsste eine große Heldentat vorkommen. Ich würde das Buch ungefähr so nennen: ›Der meisterhafte Zug des Hayate, der mit Weiß und Schwarz gewinnen kann, mit dem Go-Stein auf der Zaubersänfte des Onmyôji gegen den Drachen in letzter Minute ...‹«

Während ich Luft holte und mir noch einen Nachsatz überlegte, schüttelte sich mein Gegenüber. „Das ist lang und zäh genug, um dir damit die Kehle zuzuschnüren.«

»So? Warum nennen wir es dann nicht einfach ›Das verbotene Buch der wahren Macht‹?«

Auf dem Gesicht des teefarbenen Schattens stießen harte Linien zusammen, verwandelten es im Feuerschein in einen hässlichen Holzschnitt. Iso lachte anerkennend über meine Frechheit und Urara fiel zögernd ein.

»Ich werde die Chronik mit einer anderen Heldentat übertiteln«, wisperte der Onmyôji, mehr an sich selbst gewandt. »Nach einer, die niemals wurde, was sie hätte sein sollen.« Hier senkte sich seine Stimme so weit, dass wohl nur ich, der ihm ganz nahe war, den letzten Satz verstand: »Wie ein Gedicht, das im falschen Moment am falschen Ort ausgesprochen wird.«

Begriffserläuterungen

1 Jahr 11 der Ära Enryaku: entspricht dem Jahr 792 der europäischen Zeitrechnung
2 Tô: japanischer Name für das China der Tang-Zeit (618–907)
3 Ken: alte japanische Einheit, etwa 1,82 Meter
4 Shiragi: der größte Teil des heutigen Korea
5 Heijô: das heutige Nara
6 Tennô: »Himmelskaiser«
7 Fûsui: in chinesischer Aussprache »Feng-Shui«
8 Ri: alte japanische Einheit, 1 Ri entspricht etwa 4 Kilometern
9 Heian: das spätere Kyôto
10 Tatsurô-sama: »-sama« ist eine ehrende Anrede
11 Oni: gehörnter Kobold
12 Sun: alte japanische Einheit, etwa 3 Zentimeter
13 Origami: die japanische Kunst des Papierfaltens
14 Ki-no-sei: Baumgeister
15 Rabenwäsche: würde man im Deutschen »Katzenwäsche« nennen
16 Zeit des Vogels: die Zeit zwischen 17 und 19 Uhr
17 Shikigami: Hilfsgeister der Onmyôji

Hinweise zur Aussprache des Japanischen

Die japanischen Vokale a, e, i, o, u werden ähnlich den deutschen ausgesprochen. Lange Vokale werden durch einen Accent circonflexe markiert: Yôkai spricht man »Yookai«, Nyûdô wird »Nyuudoo« gesprochen. Ausnahme ist das lange e, welches »ei« geschrieben wird: Heian liest man »Heean«.

Die Konsonanten werden meist wie im Englischen gesprochen, also j wie in »Jack«, ch wie in »child«, sh wie in »ship«, w wie in »water«. Nur das japanische r unterscheidet sich vom englischen – es wird mit der Zunge am Gaumen angeschlagen. Sonderregel: n wird vor m, b oder p als m gesprochen. Onmyôji spricht man damit »ommyoodschi«, Onmyôsei spricht man »ommyoosee«.